李然◎主编

传奇

刘伯温

广东旅游出版社
GUANGDONG TRAVEL & TOURISM PRESS

中国·广州

图书在版编目（CIP）数据

刘伯温传奇 / 李然主编. — 广州：广东旅游出版社，2017.10
（2024.8重印）
　ISBN 978-7-5570-1097-3

　Ⅰ.①刘… Ⅱ.①李… Ⅲ.①传记小说－中国－当代 Ⅳ.①I247.5

中国版本图书馆CIP数据核字（2017）第219201号

. . . .

刘伯温传奇
LIU BO WEN CHUAN QI

出 版 人　刘志松
责任编辑　李　丽
责任技编　冼志良
责任校对　李瑞苑

广东旅游出版社出版发行

地　　址　广东省广州市荔湾区沙面北街71号首、二层
邮　　编　510130
电　　话　020-87347732（总编室）　020-87348887（销售热线）
投稿邮箱　2026542779@qq.com
印　　刷　三河市腾飞印务有限公司
　　　　　　（地址：三河市黄土庄镇小石庄村）
开　　本　710毫米×1000毫米 1/16
印　　张　17.5
字　　数　229千
版　　次　2017年10月第1版
印　　次　2024年8月第3次印刷
定　　价　75.00元

- -

本书若有倒装、缺页影响阅读，请与承印厂联系调换，联系电话 0316-3153358

序　言

元末明初，是一个风云变幻、群雄逐鹿的时代，各路英雄豪杰纷纷登上历史舞台，写下了自己浓墨重彩的一笔，刘伯温就是其中最引人注目的一位。

本书用传统章回体的叙述体式讲述了刘伯温精彩传奇的一生。刘伯温作为人中之杰，于元统元年(1333 年)考取进士，从此进入仕途，开始他在中国历史舞台上的精彩表演。

最初，刘伯温希望为元朝政府效力，通过做官来实现自己的远大抱负。但是他的建议往往得不到朝廷的采纳，他的才能反而受到朝廷的压制。刘伯温非常失望，先后三次愤然辞职，回故乡青田隐居。而当此之时，全国的形势发生了根本的变化。全国各地反元起义风起云涌，元王朝的统治已摇摇欲坠，但各支反元义军又互相纷争，各不相让。刘伯温静观天下形势，经过一番分析，认为在众多的起义军中，以平民出身的朱元璋最有真龙天子之气，他领导的一支红巾军才是能够推翻元朝、建立新江山的队伍。

公元 1360 年，义军统帅朱元璋两次向隐居青田的刘伯温发出邀请，刘伯温经过深思熟虑之后，终于决定出山辅助朱元璋，实现自己治国平天下的宏志。与当年诸葛亮"隆中对"相似，刘伯温初次与朱元璋相见，就提出了"时务十八策"。朱元璋一见刘伯温之后，大喜不已，从此将刘伯温视为自己的心腹和军师。刘伯温出山之后，忠心耿耿地为朱氏政权效力，积极地出谋划策。他为朱元璋制订了"先灭陈友谅，再灭张士诚，然后北向中原，一统天下"的战略方针。而朱元璋得到刘伯温的辅助，正是如虎添翼。他基本上按照刘伯温为他制订的战略、战术行事。公元 1368 年，朱元璋在南京登基称帝，正式建立大明王朝，改元"洪武"。为朱氏最后平定天下、开创朱明朱明皇朝立下了汗马功劳的刘伯温，作为开国元勋之一，被任命为御史中丞兼太史令。为了表彰刘伯温的特殊贡献和巨大功勋，明太祖还下诏免加刘伯温家乡青田县的租税，不久又追封刘伯温的祖父、父亲为永喜郡公。

作为一代军师和智者，刘伯温料事如神，他深知自己平时疾恶如仇，得罪了许多同僚和权贵，同时也深知"伴君如伴虎"的道理。因此，他在功成名就之后，毅然选择急流勇退，主动辞去一切职务，告老还乡，回青田隐居起来。刘伯温在青田过了两年的隐居生活，本来希望远离世间是非争夺，但是，他的智慧和才能实在太高，他的名声实在太大了，他甚至被民间百姓渲染成了一位活神仙般的人物，这就无法避免政敌的嫉妒和皇帝的猜疑。在多次为人所诬告后，刘伯温更加忧虑，终于一病不起。公元1375年，抱病在身的刘伯温由皇帝朱元璋所派使者护送回家，不久在家忧愤而终，结束了他传奇而精彩的一生。

翻开本书，让我们一起回到那个英雄辈出的时代，感受这位大明王朝开国元勋那权谋机断、卓尔不凡的人生智慧，感受这位千古第一谋臣如何谋己、谋人、谋兵、谋天下，开创大明盛世的百年基业。

目　录

引子：刘伯温生平简介

拨开历史的迷雾，重新审视刘伯温其人和他那神机妙算的传奇

刘基（1311 年 7 月 1 日—1375 年 5 月 16 日），汉族，字伯温，青田县南田乡（今属浙江省温州市文成县）人，故称刘青田，元末明初军事家、政治家、文学家，明朝开国元勋。

元至顺间举进士。博通经史，尤精象纬之学，时人比之诸葛亮。至正十九年（1359 年），朱元璋闻刘基及宋濂等名，礼聘而至。刘伯温上书陈述时务十八策，倍受宠信。参与谋划平定张士诚、陈友谅与北伐中原等军事大计。

朱元璋即皇帝位后，刘伯温奏请设立军卫法，又请肃正纪纲。尝谏止建都于凤阳。洪武三年十一月封诚意伯，岁禄 240 石。四年，赐归。刘伯温居乡隐形韬迹，惟饮酒弈棋，口不言功。寻以旧憾为左丞相胡惟庸所讦而夺禄。入京谢罪，留京不敢归，以忧愤疾作，胡惟庸曾派医生探视。八年，遣使护归，居一月而卒。

刘伯温佐朱元璋平天下，论天下安危，义形于色，遇急难，勇气奋发，计划立定，人莫能测。朱元璋多次称他为："吾之子房也。"在文学史上，刘伯温与宋濂、高启并称"明初诗文三大家"。中国民间广泛流传着"三分天下诸葛亮，一统江山刘伯温；前朝军师诸葛亮，后朝军师刘伯温"的说法。他以神机妙算、运筹帷幄著称于世。

第 01 章
伯温初出山　中榜入仕途

元朝至顺三年(1332年)，凉爽的秋风正悄悄褪去山林昔日青翠的衣衫，为它换上昏黄的新装，举目望去，像病中人枯黄的脸。野草半衰，在风中幽怨地舒展着将尽的生命，发出低沉凄婉的呜咽。怕冷的候鸟早已急不可待地踏上南去的征途，它们成群结队地飞过苍穹。不时，可见一两只离群的孤雁，急急地拍翅追赶前边的伙伴们，偶尔悲切地鸣叫几声，刺破了这高而远的天空。这悲鸣更易刺中人的心事，那些被人紧紧裹挟的感怀伤世、离愁别恨一股脑儿地奔腾出来，湮没了人的心田，一发不可收拾。

秋风，肆意拨弄着一名女子的裙裾，惹得那艳艳的衣衫翩翩起舞，宛若风中之蝶。她在一条蜿蜒崎岖的山道上疾行，如履平地。她毫不理睬身后一名青衣男子发出的高低不断的呼喊声，反而狂奔起来，将那人远远甩在后边。那青衣男子只得脚下发力，拼命追赶。男女二人在山道上你追我赶，一人追得愈近，另一人行得更快，这样他们之间始终保持着一段距离。

前面的女子直到行至山下道旁一棵参天古木时方收拢了脚步，在树下一硕大的青石上盘膝而坐。令人啧啧称奇的是，她的气息通顺流畅，脸上也未见有汗水，若是常人行这么久的山路担心早已气喘如牛、汗流浃背了。她从腰上取下一管洞箫，缓缓地吹奏，先是一曲《高山流水》，时而激昂，时而低婉，有欢快的跳动，也有款款的萦绕。背后的青山和脚下的清泉，正切合了曲意。这一曲终了，那青衣男子方赶到古木下，一时间也不言语，只是用衣袖拭去额头的汗水。

接着，女子一曲《凤求凰》却如银瓶乍破、铁骑突出般骤然回荡在山谷，原韵的和美奔放荡然无存，欣悦希冀也在这变奏中消失得无影无踪，但是，只吹了半曲便戛然而止。那青衣男子仍旧不发一言，静待女子吹奏下去，他的双眼注视着山外空旷之处。

那女子旋即吹起了《阳关三叠》，起先还有几分清新明快之意，后边竟全然跌进沉郁哀婉，像是语重心长，又似恋恋不舍，这一曲居然吹奏再三。青山、流水、山石上的女子、古木下的男子在曲终之后竟如凝固一般，似乎都在反复品味那刚刚吹罢的《阳关三叠》。

又过了许久，那青衣男子只张口叫了"珠妹——"就无法再往下讲只言片语。

那女子闻声将身子扭转过来，但见她已是泪流满面，前襟早被打湿一大片！她含泪的双眸一看到那青衣男子，泪水就夺眶而出，如江河决堤。四目凝视，相看无语，时间如同死了似的。

从那女子的眼中看去，眼前的他一会儿模糊一会儿清晰。模糊时只是青色的一团，清晰时，却是一个身材高大修长、面色淡黄、双眸如同两汪清澈深透的潭水、鼻梁高挑、双唇饱满红润却不失刚劲冷峻、疏淡相宜的两道剑眉、一袭青袍的俊朗青年，真可谓一名一表人才的伟丈夫！

从他的眼中望去，眼前的她，云鬓高叠，横插珠翠，又用大红绢帕罩住后面，煞是好看。肤若凝脂，晶莹有光，额头丰洁，一对翠眉傲立不群，眉峰高挑入鬓。本来光彩照人的一对清水凤目却已哭得红肿如桃，高耸的鼻梁下，两片娇艳欲滴的红唇，唇角向上微翘，分明是一个倾国倾城的俏佳人。她的神情让人难以捉摸，既含娇带怨又忧郁憔悴，看上去更让人觉得楚楚可怜。

终于，那名被称作"珠妹"的女子将头扭向一边，不再凝视那男子。仿若对身旁的清泉低诉般道："温哥，你可否记得去年我俩遵命下山来，在长江之畔的望月楼上，你凭栏远眺，望着江中来来往往的船只，你对我说的那番话？"

"珠妹，这个……不错，我记得。"

"你指着那些船问我可知船上奔波劳碌之人所欲，是不是？"

"是。"

"你说只二字便可道尽，一为'名'二为'利'。世上的许多人都在不停地奔波劳碌，他们不过都是些追名逐利之辈。"

"你记得丝毫不差。"

"我反问你日后该将怎样，你又是如何回答的我？"

"伯温言道：'名利乃身外之物，吾自当淡泊明志，与其做那逐利之夫，不如与珠妹一道归隐山林，有清风明月为伴，与山禽野兽为友，参禅悟道谈玄说理，自在逍遥地相伴一生。'"

"巧言令色，鲜矣仁！刘伯温啊刘伯温，说你记性差吧，你记得一字不落，说你记性好吧，你却自食其言！莫非你当初如此这番花言巧语只为将我哄骗？可笑我将那话铭刻于心，时时温习。'痴心女子负心汉'！真真的不错！"说罢她从石上立起，两眼茫然地向远处望去，嘴角挂着冷冷的笑。

当下，刘伯温被这番话说得好一阵不自在，低头不语。

那女子见他哑口无言，更是怒从心头起，接着痛述道："自然，进京赶考可是件前途无量的事。'十年寒窗无人知，一举成名天下晓'。鱼跃龙门金榜题名，做天子门生，可十字披红、骑马夸官，又给你们刘家光宗耀祖。日后，位极人臣，'一人之下，万人之上'，权势通天，豪宅美眷，锦衣玉食，少不了妻妾成群，这样的锦绣前程，哪个能不心动呢？况且，人家才富五车，学高八斗，考个进士如探囊取物！我这个无姿无色无才无德的乡姑村妇，凭什么让人家舍荣华富贵而陪我在这荒山野林终此一生呢？多情应笑我！"

话音未落，一团身影突起犹如潜龙腾渊，射向半空，一把寒凛凛的宝剑上下翻飞，舞出朵朵剑花，对那古木的枝叶一阵左砍右削，旋即，身形落地，剑锋所过之处，枝叶如碎片般飘落到泉水中，先是原地打着旋儿，后被流水冲得无影无踪。

这女子越说越痛心，说到最后悲怒交加，便怒向无辜的枝叶挥剑，以遣散心中的怨恨。

此情此景，纵使是个哑巴也会张口说话，更何况刘伯温的舌头要比哑巴的好使千万倍。

"哇！好个'落花有意随流水，流水无情恋落花'。珠妹，但不知你我哪个是落花，哪个又是流水？"

"嗤！"珠妹以此作为回应，觉得刘伯温实在油腔滑调。

刘伯温像是未受任何打击似的继续侃侃而谈道："'天行健，君子当自强不息'，想我伯温一介贫儒，何德何能承蒙珠妹错爱不弃，令我没齿难忘。珠妹国色天香，聪慧淑贤，并且武功卓绝，真乃人世间一奇女子也！世人若能一睹你的风采，即使九死也不辞！自古言'美女配英雄'。我此番出世，便是要做一番轰轰烈烈的事业，以证我非庸碌无为之辈，与珠妹日后偕老，也不至于辱没了你。前日，我夜观天象，帝星光芒渐微，有坠入混沌之势。客星闪烁异常，天下不久将有大乱。我若不能做朝廷中兴之干将，治世之能臣，自会退隐书斋，著书立说，阐扬吾师我辈之学说。三五年内便见分晓，那时你我自会重逢，你又何必虑我如黄鹤一去不复返，将我认作无情无义之人？"

真是不言则已，一开口便如长江之水滔滔不绝，即便古时苏秦、张仪重生也会甘拜下风。正如女子的泪水是男人的致命武器，无论他有多么铁石心肠、多么冷酷无情，即便是百尺钢也会被化为绕指柔；男人的救命法宝当是伶牙俐齿，能把死人说活，也能把活人气死，讨得芳心蠢动更是屡试不爽。刘伯温这篇宏论自然起了奇效。

　　也就在他最后一个字从唇舌间滑出时，珠妹从巨石上闪电般地飘落在他的面前，那把削铁如泥的宝剑剑尖直抵刘伯温的喉咙！珠妹会有如此的反应是刘伯温始料不及的，然而，他的脸上没有一丝的惊慌和恐惧。他平静如水地注视着眼前的这个女子，接着向下讲道："我明白，世间的话语最软弱无力，它来得容易去得更容易！肺腑之言与哄骗之语相差无几，纵使我心昭昭，可见日月，又怎能保证不使人昏昏呢？信我，则他年他月你我再续前缘；不信，一剑穿喉，我亦无言，生当不悔，死亦无憾。若我此时此刻血溅当场，命丧黄泉，浮生俗世无甚留恋，只有一事未成令我抱恨而终。"说到此处，刘伯温停下来顿了顿，尔后，一字一句地说，"——那就是'与子相悦，执子之手，与子偕老'。"

　　"咣当"，宝剑跌落尘埃，珠妹飞入刘伯温的怀抱，泪水顿作倾盆之势，二人尽释前嫌，互诉衷肠。其实，珠妹何尝不知刘伯温此番下山的原委呢？不过是难以割舍心上人罢了！

　　光阴消逝在两人绵绵不绝的情话中，眼看着日头西沉，伯温晓得再不起程，天黑之前难以走到有人烟处，只得狠下心肠与珠妹道别。珠妹默视着熟悉的身影渐渐远去，心里热切盼望他能回头再看自己一眼，可是他却没有，不禁心中嗔怪：这个狠心贼，走得这般快，这般干脆！

　　远行的人随着步子一下一下地远离了背后的大山、背后的佳人，一下一下地走进了外面的世界。

　　一曲箫声缭绕在他的身后，悠远、绵长，伴他彻底消失在另一人的视线里。

　　没几日，刘伯温回到青田县武阳村，在家度过春节后，便打点行装辞别双亲，进京赶考去了。父母要派遣可靠的家丁送他上京，但刘伯温执意不肯。他打算要独自闯荡江湖。至此，他便开始了人生之路的第一紧要处。

　　天色阴沉得如同一床用了多年的棉被，让人看了不会有什么好心情。风吹得很紧，其间杂有凉而湿的气味。刘伯温不用掐指卜卦，便知一场秋雨即将来临，他的心中别无所求，只求赶在下雨之前找个避身的所在。心里一想到这些，脚下也就快了许多，急急地向前而行。可惜，天不遂人愿，雨点洋洋洒洒自天而降，丝毫也不顾惜下边的行路人，更不论是张三还是李四了。

　　刘伯温只好从行囊中取出油纸伞，撑开来抵挡这霏霏的秋雨。雨珠凭借着风儿肆虐着，一柄纸伞，哪能顾得了周全？身上先是一片一片地被淋湿，过了不多久便成了水人。更何况，秋雨中的风，寒意逼人，不时让刘伯温打个冷战。刘伯温决定找个地方避避风雨，双眼便向四下搜寻。可怜的是他行走在人烟稀少之处，行人都没有几个。他正在彷徨时，发现路旁的坡上有一座小庙，正如溺水之人抓到一根稻草，刘伯温毫不犹豫地奔向那小庙。

　　那小庙真的有些残破不堪了，晦暗败坏的红墙，经年经雨历风的雕梁画栋已朱痕难寻，倒是几株苍松劲柏从残垣之处显露出来，在这寒风冷雨中愈发显得冷翠。

　　刘伯温沿台阶而上来到山门，背对紧锁的庙门，在庙门前檐下躲避风雨，整理着被弄湿的衣衫。到处都是湿的，让人心中好不腻烦，索性不去理会这些了，转而怀着兴致看那雨中世界。

微带寒意的连绵秋雨统领着这个混沌世界，风也在发着淫威。远处树上的残叶更经受不起夹风带雨的"照顾"，全都零落在地，只待化作泥尘，进行新的轮回。再多的雨水对于枯黄的野草已不具备什么意义。大道变得泥泞起来，它蜿蜒曲折地通向南北，但没有什么行人，显得很孤寂。刘伯温望着望着，目光也就迷离起来，心中却不知在想些什么……

就在刘伯温心思飘忽时，只听得"嘎吱"一声，这突如其来的动静惊得刘伯温心神归位，赶忙回身去看个究竟。原来是庙门洞开，一个小和尚从里面走了出来，一见到刘伯温，便双手合十，向他躬身施礼，口中说道："施主，您可是处州府青田县的刘伯温？"

这话让刘伯温大吃一惊，暗想这小和尚因何知晓自己姓甚名谁来自何方，但行不更名，坐不改姓，故迟疑一下便答道："不错，在下正是处州府青田县的刘伯温。"

小和尚又问："施主此行可是去进京赶考？"

这让刘伯温更为惊讶，心中不由得倒吸一口凉气，人家不仅知道自己的来历，还通晓自己的去处，莫非是自己的寿限至了，这小和尚乃是阎王遣来的索命鬼？小和尚见他沉思不语，便明了刚才所问之事不假，微微一笑，说道："施主不必过虑，刚才我师父唤我到庙门请一名处州府青田县名叫刘伯温的举子，我心中信不过，故一一询问。我师父请您先去客房更换衣裳，随后，他要与您在禅房一叙。施主，请随我这边来。"说罢，自往前边领路。眼前破败不堪的小庙里居然卧虎藏龙，这是刘伯温始料不及的，自己的来龙去脉人家竟然了如指掌。

踏入庙内，刘伯温心中惊呼自己刚才看走了眼。从外边看来，此庙破败残旧，离最后的消亡不远矣，殊不知，内外之间仅隔一扇山门，却有着天壤之别。规模虽然不甚宏大，却也有前殿一座，大殿一座，两侧一为藏经阁一为讲经阁，钟楼、碑亭一应俱全，只是多数为青松翠柏所遮掩，在外边所观的仅是一些表象，里边却透着气度森严，佛法宏大。香火显然不很繁盛，想必是世间的庸碌之辈以貌取之。

小和尚将刘伯温领进一间僧房，请他自行更衣，说他师父在禅房敬候，言罢便退到门外。

刘伯温换上一套干净整洁的衣裳后，心中立刻畅快了许多。他便出了房门跟随那个小和尚前往禅房。

雨依旧在下，二人虽不执雨具，但衣裳却丝毫不湿。原因在于他们所行走的小径两侧密植着松柏。松柏枝繁叶密，顶端交织在一起，像是天然的长廊。那些松柏树干粗大，很有些年头了。这条长廊左突右折，可谓"曲径通幽"，平添了几分神秘莫测。

最后，小和尚在这"柏伞"的尽头停住了脚。前边显露出一眼石洞。他面带笑意地对刘伯温言道："刘施主，请进洞吧，此处便是我师父的禅房，他在里边恭候您多时了。"刘伯温抬眼打量这间禅房，只可望清里边两三丈远的地方，再往里却是玄黄一色，让人难以估摸它的奥妙。刘伯温毫不迟疑，略微整理一下衣衫，便抬步向里走去。

起先的几步，凭借外边的光线，还可前行无碍。进入玄黄那部分后犹如身在混沌之中。刘伯温脚步变得迟疑了些，再往里只剩下漆黑一片，给人的感觉好像身在地府中。刘伯温只得手扶石壁摸索前行，伸手不见五指。石壁的冰冷潮湿，让刘伯温的心顿时狂跳起来，他对自己此番贸然前行的结局毫无把握，他不晓得最终等待他的会是什么。不过自忖没什么可怕的，便继续向前走。又行了数丈，脚下突然蹭到了什么。他那鼻尖也险些碰扁，他赶忙停住脚，用双手代替双眼，上下左右挠了一通，感觉是一道石壁，用力推推，石壁纹丝不动。刘伯温心中升腾起的第一个念头是："糟了，进入绝地了，恐怕要命丧于此。"想要转身向外跑，但旋即被他的第二个念头所打消。"怕什么！既来之，则安之。绝地必有生机，那神秘的和尚既然邀我至此，当有进入的法门。"于是，他耐心地在石壁上寻找起来。先摸了摸上边，什么都没有，中间，依旧是冰冷潮湿的石壁！他蹲下身去，却在下边摸到两个拉手式的物件，先用力推了推，还是稳如泰山。接着，他用力地向外一拉。

刹那间，眼前豁然开朗，光亮让他难以睁眼，他紧闭双目站起身来，过了好一会儿，却发现一个别致的天地展现在眼前。

这是位于山体腹地的一个洞窟，顶部有一丈许的圆形洞口，光线从那里投射进来。整个洞窟呈圆桶形，四周石壁光滑，在洞中央有一莲花状的石池，内有泉水翻涌，还散发出阵阵热气，想来是一眼温泉。

刘伯温还没有看清楚这个洞窟，一个洪亮的声音却已在耳边震荡："刘施主，你我虽素昧平生，但我知道你已久。今日有缘，得以相见，久违了。"

刘伯温循声去找说话之人，其实，他从踏入这座寺庙的第一步起，就在心中勾画猜测这位邀请自己的神秘高僧的外相。他认为，必定是位长须白眉的老和尚。孰料，映入他眼帘的却是一位肥头大耳的中年胖和尚，这和尚真是世上罕有的胖和尚，且不说他全身上下到处都是圆滚滚的，光他的下巴就好几层，似乎是根本没长脖子，大圆脑壳直接嵌在肩上，那凸起的肚子赛过小山包。倘若他低头向下看肯定看不到肚子以下的身体。

刘伯温心想，真是世界之大，无奇不有。不过，"人不可貌相，海水不可斗量"。这和尚能测定自己的来历去向，必有非凡的法力，可不能小瞧了他。

刘伯温赶忙躬身施礼，说道："晚生刘伯温，凡眼难识佛体，不知禅师的法号称讳，失礼了。"

"刘施主过谦了，小僧法号汇源，只不过比别的和尚虚长了几斤重量，不敢妄自称佛。"

刘伯温心说：你何止是比别人多了几斤重量，怕有上百斤不止，但是心中所想，口不能说，只是言道："禅师今日邀我至此，不知有何见教？"

"我素知刘施主博学多识，志向宏远，早有心求见，恨无机缘，不过是与您谈真说理、探知求真，谈不上'见教'二字。"

"我乃一介书生，德寡望低，但不知禅师何以知我?"刘伯温想要解开心中疑惑。

"不在三界，便在五行。有缘千里相见，无缘擦肩而过。既是有缘相见，何必知晓有缘的缘法?"胖和尚略含笑意，却是不肯泄一丝天机。

"禅师不便道出，刘伯温亦不敢探问。贵庙从外观之，俨然已是破败之所，进得庙内，方知法度修严，玄妙无穷，刘伯温真是眼拙。"刘伯温还在为初至庙门却未识玄妙而检讨自己。"施主好高的悟性，果然是与佛法有缘之人，我以为修法当不重外相而重内质。小僧惯以不讲经、不化缘、不在名山大寺而行，原因何在? 不过是修法学佛之事，需从苦中求来，脱俗便可成名，超凡即能入圣。此事看起来容易，做起来却难! 敢问千百年间修法成佛的可有几人? 施主此番进京赶考，虽不为名利所驱使，但终要以成名得利为结果，可惜了!"这胖和尚汇源意欲点化刘伯温，让他遁入空门。

"禅师语含玄机，意味深长，可我矢志要效命天府，立功成业，下报所学，上报朝廷。"刘伯温见这胖和尚有让自己摩顶皈依的念头，心中作恶，故一本正经起来，且看他如何作答。

"哈……呵，口是心非! 少年不经事，果然豪气干云，只不过……只不过他日你方醒悟自己苦斗多年，不过是'打倒这一个，树起又一个'，原地踏步，徒劳罢了! 我观施主之意，大概是定要一试身手，也好，咱们可打个长赌，期限为三十五年，我赌你那时会悔不当初!"胖和尚像是稳操胜券，语气坚决不容置疑。

刘伯温到底是年轻人，心中是这样想的："我正值年轻有为之时，现在无所可惧，将来亦无所可悔。"于是，他也斩钉截铁地说："好! 这个赌我打定了，以何为注?"

"倘若你那时心有悔意，则要替我抄部《金刚经》，可好?"

"好，一言为定! 禅师乃有道之人，刘伯温那时悔与不悔，您一鉴便知。倘若那时我无怨无悔的话……"刘伯温沉吟不语，其实心中在冒坏水，"这样吧，罚您做三日的酒肉和尚，可否?"

"这……"轮到胖和尚迟疑起来，刘伯温如此打赌是他始料不及的。不过胜算在握，也不计较这对佛法的大不敬了，便爽然一笑，道："就依施主，来、来、来，你我三击掌为誓!"

"砰! 砰! 砰!"三声干脆的击掌声回响在这空洞之处，回声刚起又被两人陡然发出的笑声所湮没。

这汇源和尚早悟三昧，佛典经卷烂熟于心，是个得道有为的法师。除此之外，还通天文、知地理、晓阴阳，恰恰刘伯温也好此道，两人愈谈愈投机，大有相见恨晚之势。刘伯温在此盘桓了几日，实在为考期所迫，方恋恋不舍地重新上路。

俗语讲："读万卷书，不及行万里路。"刘伯温自幼饱读诗书，寒窗苦读十几载，虽算不上足不出户，但在外游学的经历却是少之又少。此次，只身赴京赶考，让这个年轻人既饱览秀美的山川江河，又体验了人情世态，算得上收获颇丰。

然而世道险恶、人心难测，即便平地也起三尺浪，一场凶险向初涉江湖的刘伯温逼来，他还沉浸在初闯世界的兴奋中，浑然不觉。

这一日，刘伯温独自一人在路上前行，起先看看路边的风景，还觉得新鲜有趣，走的时辰久了，风景不过大同小异，心中渐起了腻烦，又不禁懊悔起来，后悔当初自己为何要执意独身赴京，不肯带名随从，以至于在这荒野郊外冷冷清清、孤孤寂寂，要说个话都没有个伴，真是难受。

他是越走越烦，心里便胡思乱想起来。想起自己的珠妹，那张娇俏可爱的脸便在脑海里生动起来，与她相处的欢乐时光比眼下这孤独光景要强上千万倍。一会儿脑中又闪出恩师那张刻板的脸、双亲慈爱的脸，不久又蹦出汇源和尚那张特大号的胖脸，每闪出一张脸便要回想一些与此人有关的往事。凭借着胡思乱想，甚是无聊的路途方消磨而过。

刘伯温就在这心有所思中，连午饭也不曾吃，直行至日将偏西，方醒过神来，人已是又困又急需找个宿脚之处休整一下，以便明日继续赶路。

可惜他在胡思乱想中错过了许多投宿之处，现在要找一个真是势比登天。突然，他的眼睛一亮，心中暗呼：天无绝人之路。远处的山坡上有七八间房子，房前引客的幡子如一只手在召唤着刘伯温，这让刘伯温一下子来了精神，直奔而去。

未及刘伯温踏进客店的场院，一名青衣短打扮、肩搭白毛巾的店伙计便迎了上来，满脸堆笑，开口说："客官可是来投宿的？到我们这'福来老店'保证您错不了。本店已有百年之久，干净舒服，饭菜可口，南来北往的客官差不多都住这儿，我不是吹牛，您只要住上一住，包您满意。怎么样，客官，住下吧？"

好个口舌麻利的堂倌，刘伯温挑了一单间就在此住下了。店伙计很快送来热的汤水，还有毛巾，刘伯温洗脸净手后，又在一张桌子前坐下，听伙计报菜，随意选了几样。伙计把刘伯温所选的饭菜又高声报了一遍，一是让客人再听听，看有没有差误错漏，二是让后边的厨子着手料理。

刘伯温一边品着店家奉送的热茶，一边打量这旅店的里外。这所"福来老店"确有些异处，墙体为石头所砌，看来经久耐用，年头也不少了，房门都为漆成黑色的铁门，想必这店在当初营建时，在坚固结实上颇费了心机。

店内的饭堂中摆了五六张方桌，除刘伯温外还有两人在一角低斟慢饮，看他俩的言谈举止，像是经商之人。

掌柜的在刘伯温进来时正聚精会神地打算盘核对账目。这时，他亲自将刘伯温所点的一盘菜端来，对这位新住店的客官致以殷勤，口称："客官，这是您的菜。小店粗鄙，若有招待不周，请多包涵，您慢用。"

这是个短胖的中年人，面带谦卑恭敬地笑看，白胖的脸上没甚棱角，两撇八字须，一对老鼠眼本来不甚大，再用力一笑，就快眯成一条线了。他一边与刘伯温搭讪，一边高声召唤："娇娘，快与客官添些热水来！"

"来……啦！"一名少妇应声从里边送出茶水来，但见她莲步轻盈，裙裾微扬，一张粉妆玉琢的脸，身上虽无绫罗绸缎，只不过是布裙荆钗，却掩不住她的一派风流，那一对眸子比常人更觉异样光艳。眼见这位客官神如秋水，志若春云，她星眸一闪，飞过一个眼风。若是旁人则早已骨酥肉麻，刘伯温心头一颤，心里暗道：好个风情万种的女子！

刘伯温赶忙将眼神躲向别处，恰好瞧到了另外一桌两人的痴态，那两对眼珠子死死地粘在娇娘身上。其中一人挟了块红烧肉，正待放入口中，却失魂落魄般地把筷子定在半空，大嘴微张；另一人举杯将饮，却因看得出神，杯子微斜，酒水打湿衣衫仍浑然不觉。

"吧唧"一声，四座皆惊。

原来那块红烧肉掉在桌上，那二人自觉失态，赶忙推杯换盏来掩饰。那娇娘故作嗔怒，双唇微努，扭动她的小蛮腰转到后边去了。

刘伯温强忍笑意，专心对付饭菜。

饭后，刘伯温回房休息，一天奔波，身子确有些乏了，但睡意还不甚浓，遂取出书卷，秉烛夜读。不料竟读出兴致来，忘了自己身在何处。

渐渐，夜至三鼓。

背门而坐的刘伯温自读得津津有味，突然，他感到身子一重，有温润滑腻之物贴在脸颊。刘伯温大惊失色，想要起身察看，不料有双手似铁箍般围在腰间，这让他更为惊惧，发了狠力才挣脱，定睛一看，却是那日里风流妖媚的娇娘，乌云半偏，铁凤半斜，双唇微启，娇艳欲滴，身着轻纱，雪肤若隐若现，真真的风骚无比。

"你……你意欲何为？"刘伯温惊问道。

"公子，天气新凉，你难道不需要加床棉被吗？"娇娘一边说着一边将身子凑近刘伯温。

"使不得，男女授受不亲，你我当恪守礼数才是。"刘伯温却是边说边退。"哟，还假惺惺地说这个，男欢女爱，人之大欲，莫要辜负我的好意！""刘伯温纵使万死也不敢从命！"娇娘不再言语，纵身一跃，又将香软温滑的身子贴在刘伯温身上。刘伯温情急之中奋力一推，将这尤物推开。娇娘一个趔趄，跌坐在地，那张粉脸涨若猪肝，气息渐粗，恨得她咬牙切齿，从地上挣扎起来，指着刘伯温道："不知好歹的东西！老娘又非残花败柳，你却兀自清高，你本是飞蛾扑火，自投罗网，死期将至还执迷不悟，待会儿便让你见识见识老娘的手段！"

说罢，扭身走出房门。"咔嚓！"似有上锁之音。刘伯温心中暗叫不好，去拉那房门，哪里还拉得动！门已被娇娘反锁住，去推那窗子，窗子纹丝不动，仔细观瞧，不觉得大吃一惊，门窗俱为铁制，无有坚利的器具想要撬开，无异于白日做梦。

刘伯温叫苦不迭却又无计可施，那个后悔劲儿就别提了，肠子都快悔青了，恨自己未施占卜，不辨吉凶，忙里投错店，遇见如此个淫娃荡妇惹祸上身。心中急急地想：这妇人将会怎样待我？向其夫诬告我欲非礼她，先将我胖揍一顿，再榨光我的盘缠？或是扭送我至官府？

他在这里胡猜乱想，却迟迟不见那妇人有何行动，也许她在虚张声势？刘伯温索性吹熄烛灯，上床歇息去了。他的心中是这样打算的：反正身陷绝地，走投无路，与其白费力气不如坐以待毙。

　　当然，刘伯温再没心没肺也远远未到躺下就睡着的地步，他边养精蓄锐边绞尽脑汁，希冀抓住一线之机，转危为安，起死回生。

　　一切都悄无声息，越是静寂无声越是阴森恐怖。然而，不远之处传来隐约的淫声荡语，刘伯温依稀可以辨出是娇娘与那两个客官正在干那苟且之事。好个不知羞耻的贱货！刘伯温除了痛骂一声外，想自己身困这铜壁铁墙的屋内，如砧上之鱼，听人宰割，愈发地烦躁不已。

　　过了一阵子，那边的声响渐歇。这边的刘伯温和衣在床，一筹莫展。

　　"扑通、扑通！"两件东西砸在刘伯温的身子上，每个有七八斤的样子，砸得他很痛，黑灯瞎火里用手一摸，还有温滚滚、黏糊糊的液体，刘伯温点灯细看，不看则已，一看骇得他毛发耸立，把手中的一个扔出老远去。

　　那东西非是旁物，乃两颗血淋淋的人头，正是刚才还寻欢作乐的那两人，现已身首两处命丧黄泉！

　　刘伯温的头皮麻得一阵紧似一阵，屋外骤然响起一阵狞笑声，更是让他心头一惊。

　　"公子，尝尝本店的特色点心吧，哈……哈……哈！"

　　刘伯温方醒悟过来自己住进了杀人越货的黑店。也许炒菜的肉便是人肉，也许烧菜的油便是人油……一念及此，阵阵恶心翻涌到心头，想吐却又吐不出来。

　　"小子，'福来老店'向来让人住一夜，记一辈子。"一个粗犷的男声透进屋来。

　　"娘子，你'热脸贴个冷屁股'，纵有万般风情，人家对你不理不睬，你是枉费心机了。"掌柜的看来也不是甚好鸟，一对狼狈为奸的狗男女。

　　"哼！我'毒手娇娃吕娇娘'出道十几载，勾魂摄魄从未失手，这个愣头书生不解风情，是他的命数尽了，但我要他死还未简单到一刀杀了他的地步，我要剜了他的心！"

　　刘伯温无言以对，只得怪自己时运不济，自寻了一条死路。

　　一股黄烟带着奇香从屋外吹进，当刘伯温闻到香味，心中暗叫不好，但为时已晚，他瘫倒在地，人事不省。

　　他感觉身在迷雾中游荡，昏昏沉沉的，突然，周身上下一凉，好似坠入了冰窟中。

　　他睁开双目，一张杀气盈天的脸映入眼帘，正是"毒手娇娃吕娇娘"，旁边一张胖脸也是凶光毕现。

　　两张脸离刘伯温不过尺余，刘伯温恨不能张嘴一人咬上一口，他挣扎着想要坐起却发现手足都被捆，根本动弹不得。娇娘握一把寒光闪闪的牛耳尖刀，挑破刘伯温胸前的衣裳，露出白嫩的肌肤，用刀尖比划比划，高高举起，就要将刘伯温开膛破肚，剜出他的心来。

　　刘伯温心里一翻个儿，完了，完了，"出师未捷身先死"。自己死不瞑目，但也只能把眼睛闭上，不想再看见人间这两张丑恶的脸。

　　老半天过去了，刘伯温并未感到撕心裂肺的痛，大概是刀太快了，自己死了还未觉察到，再一想，这不对劲呀。他用力一睁眼，不禁被眼前的情形吓住了。

那两个凶神恶煞之人如木雕泥塑般立着不动，"毒手娇娃吕娇娘"握刀的手还高悬在半空。掌柜刚才还得意扬扬的脸此时却是神情错愕，适才发生了什么事？刘伯温再看时发现了异样之处——两恶人的咽喉俱被利器刺穿，血已滴湿了衣衫，两人分明已气绝身亡，怎么尸体不倒呢？刘伯温刚想到这儿，"扑通""扑通"二声，两具死尸向后栽倒，一串银铃般的笑声传进耳中，笑声未绝，一团粉影只一闪，便站立在刘伯温的床前，手腕上还系着两条白练，调皮的笑挂在嘴角，目不转睛地望着刘伯温。

只能用又惊又喜来形容刘伯温此时此刻的心情了，来的非是旁人，正是刘伯温朝思暮想牵肠挂肚难以忘怀的小师妹——朱珠。

"珠妹，你该不会是从天而降吧？"又见到亲人的刘伯温喜不自禁地问。"温哥，你一向可好啊？怎会落到这步田地？"

"你这死妮子！快与我解了绑绳，让手脚松快松快。"被人捆得如死狗般的刘伯温很不好受。

朱珠双手背抄，在屋内转圈踱步，改作慢条斯理状。

"为你松绑，这个容易，举手之劳，不过……"朱珠故意拖长声腔。"不过什么？有话快讲！"刘伯温恼不是不恼也不是。

"不过我有个条件！你答应了我，我便放了你，如若不然……"

"嘿嘿！你这小蹄子，竟敢威胁我，我就是不允，你又能把我怎样？"刘伯温有心不理会这小孩子的把戏。

"师哥，我的条件未曾说出，你便恼了，你这样太不好玩了嘛！"朱珠又是撒娇又是卖嗲。

"够了，够了，快讲你的条件吧！"刘伯温怕她再玩新花样。

"就是……就是允许我伴送你进京赶考。"

"是师父派你来的？"

"嗯……"朱珠"嗯呀"半天也未"嗯"出个所以然来。

"你肯定是背着师父，私自下山。"

这边仍旧支吾不语。

"师父觉察了有你好果子吃？怎么像个孩子似的，做什么全由着性子？"刘伯温板着脸孔语调言辞也激烈起来。

朱珠低头不语，双手不停地绞腕上的白练。她一边听着师哥的斥责，一边感到自己一片苦心如此地不值钱，眼泪便拼命地往下掉，哭得如"一枝梨花春带雨"，谁人看了不心碎！

刘伯温本还想再痛责几句，一见师妹伤心欲绝的样子，刚硬起的心肠也就软了。

"好了，莫要哭了，为兄答应便是了，不过男女相伴，一路多有不便，你须女扮男装才可，此外，凡事不可任意胡为，要听从我的安排。"

这女子的泪水来得快去得更快，脸上虽挂着最后一粒泪珠，却是欢天喜地过来替她的温哥解去绑绳，口里喋喋道："唉，这是你自己说的，我可没逼你。我答应按你的吩咐去做，你可不许赶我走！"

"你不知道那天你走后，人家心里多么牵挂你，我想你都快想疯了，那日师父外出访友，我一人孤孤单单地待在山上，后来，我心里就像腾起一团火一样，什么都不管了，下山来找你。其实，我跟在你后边已好几天了，想让你知道又怕你赶我走，所以一直悄悄地跟着，今天多险呐！幸亏我及时赶到……若你有个三长两短，我自己也活不下去！……"说着，一头扎进刘伯温怀中。

刘伯温心中纳闷儿，分开还没几天，这小女子竟变得如此婆婆妈妈，咳！女人真是难缠，不过，难得她的一片痴心与好意。

别后重逢，恋人的心中都升腾起火焰，虽然口中的话语远没心中的炽热，但彼此的心意无须点破便各自了然于胸。

刺鼻的血腥味很快让这对恋人从醉人的激情中清醒，尸陈于地、血流成河的场面确不是别后话情的场所。

"温哥，你看该怎样办？"

刘伯温稍加考虑，便有了主意，说道："这'福来老店'是个谋财害命的肮脏之所。现在，奸人已死，不如放把火，将这里化为灰烬，倒落个干净，珠妹，你看呢？"

"好，天快亮了，我俩早些动手，免得撞上官司，惹上麻烦。"

不久，熊熊的火光冲天而起，木头爆出"噼里啪啦"的声响，火星四溅，用不了几个时辰，这个杀人魔窟就会变成除断壁残垣外便是灰烬。屈死的魂灵或许会在这烈火中得到超度，该死的恶徒大概也会在此中彻底丧失他们的肉身。

朱珠与刘伯温早已起程，火光中的"福来老店"已成为他们身后的一个亮点。

他俩一路急急地走，直至天大亮，路上行人渐渐多起来，估计城邑就在前方不远处。走着走着，珠妹突然拉了拉刘伯温的衣袖，悄声问道："温哥，为何旁人看咱俩的眼光怪怪的？"

刘伯温瞧瞧朱珠，再看看自己，心里便明了几分，对朱珠低声说："人家以为咱俩是星夜私奔至此的野鸳鸯。"

朱珠让"私奔"二字臊得双颊飞红，脸上热辣辣的，嗔怒道："休要胡言乱语，没遮掩。"

"此乃实情也。孤男寡女，尘霜满面，行色匆匆，携东带西，路人焉不会起这样的疑心。不若这样，你先换上一套我的衣服，扮作我的随从，衣服宽大不适也只好将就些，待进城中，再作打算。"

朱珠思量一番，也没有比这更好的办法，只得去路旁的避人之处乔装一下。

待她再回到大路上，娇小的身体裹藏在刘伯温宽大的衣装内，处处都富余得很，一顶布帽将秀发藏起来。刘伯温粗看，倒有几分男人相，再细细端瞧，那高耸的秀峰、粉嫩的脸又难脱女子的神韵。刘伯温眉头一皱计上心来，先对朱珠耳语一番，朱珠面上初露为难之色，后咬牙应下来。

刘伯温从行囊中找出墨块，又往掌心吐了口唾沫，将墨块蹭了几蹭，随即把满手乌黑都涂抹在那张粉嫩娇美的脸上。可怜，刚才还是位肤若雪花、貌如天仙的佳人，片刻之后便成了脸赛锅底、惨不忍睹的恶神。

不久，二人便置身于城中大道上南来北往的人流中。他俩在一家名为"悦来客栈"的门口站住脚步，刘伯温朝朱珠一使眼色，朱珠心领神会，用一手扶着额头，宽大的衣袖遮去大半张脸，刘伯温一旁搀扶着进了客栈，冲着伙计大声说："找间上房，我这位同伴身子不适，需赶紧休养！"

店伙计见他呼喝甚急，慌忙不迭地将他俩引入一客房内。刘伯温吩咐道："我的同伴需要静养，没有我的召唤，不要前来打扰。另外，城中离此最近的药店在何方？我好去寻几味药来煎与他吃，在我未回来之前，什么人也不许进这房间！"说罢，顺手扔给店伙计几两碎银子，小伙计一见银子，心中乐开了花，赶忙说："听爷吩咐，一切按爷说的照办！您问最近的药店，出咱们客栈，向东拐，走不多远便可望见'宝林堂'的招牌，爷可写下单子，小的替爷跑腿。"白花花的银子就是好使，小伙计一个劲儿地献殷勤。

"嗯，这个不必了，还是我亲自走一趟吧，你先出去吧！"

"嗯，好哩！有事您吩咐，有事您吩咐。"小伙计满脸堆笑，边说着边退出门外将门带上。

在一旁装模作样的朱珠见刘伯温如此煞有介事，一直强忍着笑，小伙计刚走，她便想痛快地笑出来，却被刘伯温的手势止住，只好紧咬双唇，将满腔笑意咽进肚中。刘伯温对她讲，他要出去片刻，让她先在床上休息。

朱珠躺在床上没多久，便酣然入梦了，连日来的奔波劳碌，特别是昨夜惊心动魄的遭遇及星夜兼程，身子确已乏透了，待她醒转过来，屋内已点起烛火来，刘伯温在灯下拥卷读得津津有味。望着肩宽腰圆的刘伯温全神贯注在书卷中，朱珠不禁意乱情迷起来，暗想要是能与这个人举案齐眉，做他夜读添香的红颜知己该有多好，可她实在不知那种日子何时才能盼到，自己有没有那个福分……

"唉！"她发出一声叹息。

这叹息声让刘伯温把目光从书卷上移开，关切地问："珠妹，你什么时候醒的？看你睡得那样香甜，我一直没敢惊动你，肚子肯定饿了，你先躺着，我叫伙计将饭菜送到房间里。"

工夫不甚长，饭菜茶汤便摆了满满一桌，流香四溢，勾人馋涎。两人早已饥肠辘辘，谁也没客气，这一个狼吞虎咽自不必说，那一个比往日的细嚼慢咽要急了许多，投箸送筷如暴风骤雨，没多久，桌上的山山水水皆见了底。朱珠放下筷箸，目不转睛地注视着另一个，另一个则专心致志摸索着最后的"残兵游勇"，许是一片青菜抑或一粒肉丁，找到后，向口中一抛，有滋有味地嚼了起来，完毕，目光仍盯在狼藉的杯盘上，口中却幽幽地说："干什么眼睛老盯着我不放？"

自觉失态的朱珠脸飞彩云，嘴头上却不肯认输："你未看人家，怎知人家在看你，真真的自作多情。"

刘伯温抬眼看了看她，嘿嘿一笑，说："你那两道目光如火，都快把我烧焦了，我又怎么感觉不到？"

这话先是羞得朱珠脸上的两朵彩云顿成火烧云，将头深埋于胸，后又眼含笑意抬头看刘伯温，理直气壮地说："就算看你又怎样？只不过你是这间屋里除了我以外第二个喘气的活物罢了。倘若这屋里有什么阿猫阿狗的，人家才不会稀罕你！"

"哈哈。"刘伯温不禁爽声大笑，心想这小女子真是刁钻得可以。

"我刘伯温看来真是不值钱，不过却有人不远千里赶来相救，唉，这口是心非并非我刘伯温一人专好。"

"好个狠心贼，薄幸郎！得了天大的便宜还在这里卖乖。只顾自己建功立业，却不管人家愁长思浓。你说，这段日子你想我没有？"

儿女总是情长，英雄难免气短，刘伯温与朱珠这一夜情话绵绵，直聊到三更时分，一个伏睡在桌上，另一个则在床上昏昏地睡去。

待他一夜醒转，外边已是天色大白。他挺直腰板，一床锦被从肩滑落，不知何时珠妹为自己披上的。抬眼向床上望去，却是空空如也，不见了珠妹的身影。

"吱呀"一声，门外进来一人，面如冠玉、神清骨秀，眉目间自有十分的风流倜傥，纵使潘安、卫介再世，也要自愧不如。好一个俊秀潇洒的书生！刘伯温不由得心生艳羡之情。那俏书生向他躬身施礼，念道："兄台，现已日上三竿，愚弟以为该是你我上路之时了。"

刘伯温心中正纳闷儿：这书生一身上下的衣冠鞋帽与昨日为珠妹所买的竟是一丝不差，这一开口，却是极力效仿男子雄浑之声。此人不是珠妹又能是谁？

刘伯温不禁哑然失笑，又将珠妹上下前后打量一番，赞不绝口。

"看来，日后我要称你为'珠弟'了。"

这一日，他俩直奔岳阳楼而去。

路途中，刘伯温有心考问师妹，问："珠弟，你可知岳阳楼的由来？"

一听这话，朱珠便知师兄用意何在，不过是要摆摆其渊深的学识，故朝他翻了翻白眼，咬文嚼字地说："小弟才疏学浅，胸无点墨，还望兄台不吝赐教一二！"

刘伯温清清嗓子，像开馆授艺似的讲了起来。

"这岳阳楼最早是三国东吴鲁子敬，就是鲁肃，他练兵于此所筑的阅兵台。后来，唐开元四……"

他这一"年"字尚未出口，却被朱珠打断。

"……中书令张说遭贬任岳州太守，沿原址构建了一座精美壮观的楼台南楼，后来改名为'岳阳楼'。师兄，我说的对也不对？"朱珠讲这番话时，目光散射，似是漫不经意道出，但却麻利极了。说罢，朝刘伯温顽皮一笑。

死妮子，敢戏耍我，真是无法无天。刘伯温心中暗想。

"珠弟含才不露，愚兄眼拙了。杜工部、李太白、白乐天都有佳词绝句，不妨你我二人一道温习，我念上句，请贤弟接下句，可好？"

另一个笑而不语，点颔称允。

"吴楚东南坼。"

"乾坤日夜浮。杜甫作于大历三年，题为《登岳阳楼》。"

"雁引愁心去。"

"山衔好月来。李太白题《与夏十二登岳阳楼》。"

"珠弟真是好记性！再听我出'春岸绿时连梦泽'。"

"'夕波红处近长安。'兄台，下边一联我只记住半边，望请兄台续全，'猿攀树立啼何苦'。"朱珠飞快地反将一军。

"雁点湖飞渡亦难。"刘伯温毫不迟疑，将下句应声而出。

"兄台果然学识过人，折服了小弟。你看，前边莫不就是岳阳楼？"

刘伯温顺指望去，见到西门城楼上，有一座楼阁三层三檐，雕梁画栋，构筑奇巧，气度非凡。二人拾级而上，登楼远眺，从八百里洞庭送来的烈烈凉风，吹得衣衫飘然，吹得檐角低垂的铜铃叮咚作响，清脆悦耳。耳中听得铃声，眼中却望着楚天千里寒波，洞庭湖水浩渺无边，远山层层叠叠，有的像是美女所戴的玉簪，有的像是美人的发形，湖中的君山则宛如一颗美人痣，叫人看了心动。湖面上烟波荡漾，水中舟船如片片秋叶，随水而逝，清清沙白，鸿雁环翔。

二人看得如醉如痴。

朱珠小声道："俗语讲'洞庭天下水，岳阳天下楼'，真是一点不差。"

一旁的刘伯温陶醉在这山水楼台间，情不自禁吟诵范希文的《岳阳楼记》："……巴陵胜状，在洞庭一湖。衔远山，吞长江，浩浩汤汤，横无际涯；朝晖夕阴，气象万千。此则岳阳楼之大观也，前人之述备矣。然则，北通巫峡，南极潇湘……

"体恤民情的范希文，关爱苍生，先天下之忧而忧，后天下之乐而乐，真乃伟丈夫胸襟。滚滚长江东逝水，多少英雄已随风吹雨打去，有此抱负的人能有几个，可惜，自古贤才难为用。范希文励精图治，意欲铲除时弊、造福黎庶，但他至死都未能如愿。我不奢求功名富贵，但求不做袖手英雄，空留余恨。"

"恨与不恨，尚在两说之间。出手又怎样，袖手又怎样？温哥意欲借庙堂之位以扫江湖之苦，殊不知居庙堂之位谈何容易？师父那日曾讲过'君欲求权，须曲须圆；君欲求位，须奸须媚'。小妹我虽不甚解其意，但也明白，欲谋权夺位，须先变个人才可！此是得是失，怕一时难以权衡明白吧？"

这席问话如连珠炮直射刘伯温的心窝，使得他心潮翻涌，难以平复。

虽身为巾帼，但见识却不让须眉！小师妹真是聪慧过人，刘伯温不由心生赞叹，但他对朱珠的发问却是无以答复，因为这些话他也同样在自问，可答案却是无处寻觅。末了，只发出一声深远、郁重的长叹。

从通往帝都的官家大道向南望去，却见两骑绝尘而来。两名书生打扮的人端坐在马上，一青一白、一左一右并驾而驰。

行至一片小树林前，却听到鼓锣骤响，一伙人冲到马前，拦住了他二人的去路。

为首一人，面赛锅底，浓眉大眼，奇瘦无比，一旁的朱珠心中暗想：这人骨瘦如柴，把他折了当柴使怕是烧不开一壶水。

　　来人高声喝道："哒！你俩听好！此路是俺开，此树是俺栽，要打俺这过，留下买路财。"刘伯温听到这老掉牙的带有浓郁河南口音的"拦路词"，便明白这伙人是要打劫。可他仔细打量眼前的这伙人，心中直犯嘀咕：世上最穷破败落的劫匪当是这伙人吧，衣衫褴褛，面带菜色，一个赛一个的瘦。手中的家伙什更可怜，除了锄头、耙子便是几根树枝折成的木棒，刀枪剑戟、斧钺钩叉不必提了，连把杀猪刀都没有！

　　"各位大爷，我俩乃身无长物的穷书生，恳请高抬贵手，放我二人通行，当有一锭纹银奉上。"说罢，从怀中取出银子，递向那人。

　　那黑汉子接过银子，在手中掂了掂，歪头想了一会儿，把银子揣进怀中。"不中哩！光有银子还不中，马跟衣服都留下。"

　　朱珠闻听此言，火光顿起，立时要拔剑将这伙人砍翻在地。刘伯温赶忙用眼色止住，接着和颜悦色地说："各位大爷，这马乃我二人的脚力，前方路途迢迢，此处又前不着村后不着店，马匹留给你们，会误了事。"

　　"他妈妈的！俺们都他妈的三天没吃食啦，没力气跟你废话！赶快下马滚蛋！俺们还等着杀马填饱肚子哩！"黑汉子许是饿得不耐烦了，一点好气都没有，身后那帮人又是擂鼓又是敲锣，以示壮威。

　　刘伯温还要说些什么，耳中只听得"呛啷"一声，一团白影腾向半空，他知不好，急呼："珠弟，不可害命！不要杀他们！"

　　那身影似矫龙，手中的龙泉宝剑，又似银蛇吐信，闪现了朵朵剑花。朱珠的行迹在空中画了个半圆，又稳稳地坐回到马上，气息如常，像是刚才什么都没发生过。

　　那帮人刚才只觉得头上一凉，宝剑已从头上掠过，有的人摸鼻子摸脸，看看这几个物件是否还完好，有的人上看下看左看右看，看看有何异样之处。除了一地的头发外，他们当中没有死的也没有伤的。那伙人各自瞅了瞅地上的落发，神情错愕，心中不胜惊恐，倘若那宝剑低上几寸，削落在地的就不是这几根头发了，脑袋就该搬家了。

　　"妖怪啊！"只有一人大叫一声，撒腿便跑，那伙人如鸟兽散，丢下满地的锄头、耙子、木棒，霎时间跑得无影无踪，只余下那黑汉子孤零零一个，他满是惊惧的双眼望了望马上的这二位，并未转身狂奔，而是一声不哼地昏倒在地，软如稀泥。

　　朱珠不禁咯咯地笑出声来，边笑边说："世上竟有这般不济的劫匪！我也没想伤着他们，不过是比划比划，吓唬一下罢了。倒显得他们是良民，我是劫匪！"

　　"他们也许本来就是老百姓，饥寒起盗心，才干起这拦路打劫的勾当来。你刚才出手，着实让我心头一惊，怕你大开杀戒，还好，只削了几撮头发下来！"

　　刘伯温已从马上跳下，俯下身子，用手去探那黑汉子的鼻息，料无大碍，不过受到惊吓加之几日未进水米，一时昏厥过去，招呼朱珠取水囊来。

　　刚给那黑汉子灌下一口水，猛然间林中又奔出一人，赤足散发，张牙舞爪，跌跌撞撞地冲将过来，一眼瞥见那黑汉瘫软在地，先是呆地一愣，随后抚"尸"泪如倾盆，连哭带嚎中间夹着咒骂："哪个该千刀万剐的害了俺的汉子，他个老实巴交的泥腿子，要不是今春发了大水淹了地，他还安安分分给东家种地哩！要不是俺们娘俩饿了三天两夜，他才不晴天大白日地在大道上劫人家，这混账的老天爷，咋就不教庄稼人安稳地过日子哩！这狠心的黄河水，咋就把俺家淹了呢！命苦呵！"

刘伯温看个真切，痛哭之人是个婆娘，背上还有个娃，用布带系了，她这一哭一摇，让昏睡着的娃子醒了，醒了又没吃的，于是哇哇地大哭。刘伯温刚想着辩说几句，那婆娘两只眼含着怒火，那意思想把眼前二人生生地吞进肚去。她本是哭喊累了，歇了一下，又放声痛哭起来，手还不断摇动那黑汉子的身子。

"哎哟……俺的亲娘哩，怎么将俺嫁了这么个短命鬼哟，跟他做牛做马，到头来也没混上口饱饭吃、换上件好衣裳穿，你们两个害了俺汉子，赔俺！……"

那汉子咽了一口水，又经他婆娘这般摇来晃去，一时也就醒转了，眼一睁开便说了这样一句："俺这是在阴间哪还是在阳间哪！嗯，媳妇？"说着，挣扎着坐起身来。"呀！你这黑心鬼没死呀！张老三那帮没良心的逃回去对我讲，你死在大道上，说你让个妖怪给砍死了，那妖怪在哪？我怎地不曾看见？"

那黑汉子一只手打颤，指了指朱珠，道："就这个穿白衣的，会腾云驾雾，宝剑玩得好极了！"

刘伯温与朱珠费了半天口舌，才给这二位解释明白他俩是进京赶考的举子而非什么神仙鬼怪。从这对夫妻的口中，刘伯温也弄清楚了这伙破落劫匪的身世：他们世代务农，今年的一场大水让他们无家可归，只好逃荒在外，乞讨为生。如今水虽退了，但地上全都是一层黄沙，地荒了没法种，可官府不仅不赈灾免捐，反而催收更甚，故家园难返。他们这一伙人有老有少流浪至此，已经好几日没有进食。因逼得实在没法了，大家便推这黑汉子为首，上得大路来劫些吃食，不承想刚"开市"便遇上刘伯温与朱珠两个。

这一番话后，刘伯温长时间地皱眉不展，左思右想，只得说："老乡，我俩确系穷书生，身上所带银两不多，这样吧，我再留下些银子，尔等好到后边的集镇买些吃食，我们的干粮、水也留下，好解尔等一时之急。"说到这里，他望了一下朱珠，猛一跺脚似在下最后决心，说道："两匹马中留下一匹给你们，先杀了吃，我俩同乘一骑赶路便可！"

那两人听到这大善大义之话，感激得涕泪横流，头如捣蒜磕个不停，口中念叨："好心人啊！大慈大悲的菩萨啊！你们是俺们穷苦人的救命恩人，上天保佑你们金榜高中，保佑你们大福大贵，平安百岁！"

刘伯温二人骑马准备上路，被黑汉子拦住，一面让婆娘喊藏在林中的那伙人，一面要让刘伯温留下名姓，日后好立长生牌位。

不一会儿，那伙刚才还自称"劫匪"的人呼啦跪倒了一大片，口中念叨着感恩戴德的话，一再要求刘伯温留下名姓。起先，刘伯温执意不肯，后来，实在拗不过众人，只得说："我乃青田刘伯温！"

说罢，与朱珠起程了。

从通往帝都的官家大道上看去，有一匹马驮着一青一白两名书生向北而去，后边却跪倒了一片衣衫褴褛、面带菜色的人……

往后的路途，二人都没了寻幽览胜的兴致，因见处处民生凋敝、惨不忍睹，只得快马加鞭。不久，便到了帝都京师，竟比预计要早到了些时日。

大都饱经历史的风云变幻，颇受帝王将相的青睐，是个虎踞龙盘、人神际会的宝地，素有"河山拱戴，气势脱俗天下"之美誉，世人皆称之为天府神京。至元四年（1274 年），世祖定都于此。皇亲国戚、文臣武将云集此城，保着元朝的社稷江山数十载。

刘伯温早就想一览大都的风采，瞧瞧三教九流，观悟人生百态，与朱珠抵达帝都后，在一家名为"龙门客栈"处开了房间，那是个举子云集之所。

刘伯温自幼精读经史子集，三经五典已是烂熟于胸，对于此次会试，已成竹在胸，不像一些个举子"平时不烧香，事来抱佛脚"，将自个终日锁在客栈直读个天昏地暗方罢休，更不似富豪官宦子弟，终日里托东托西，花大把大把银子去拜高官显贵。刘伯温自有十分的洒脱，他与朱珠相伴，走览京华的风土人情，享尽了闲情逸致。

这一日，天高气爽，二人游兴大发，打算去城外的万寿寺。万寿寺是座上了年头的寺庙，先前被称为潭柘寺。刘伯温曾在方志上见过"先有潭柘，后有幽州"的说法，故要亲历其地，以见虚实。

城中大道两旁店铺林立，五颜六色、形状不一的旗幡迎风飘扬。南来北往、走东串西的人们川流不息。市面上声响喧天，尤其是那商贾招揽生意的吆喝声，此起彼伏，好不热闹。有叫卖绫罗绸缎的、有叫卖花鸟虫鱼的、有叫卖珠宝器玩的、有叫卖针头线脑的，五花八门，一应俱全，把帝都的繁华点缀得尽形尽相。

两位年轻人走马观花逛京城，只恨自个的肚子太小，吃了那么多的美味小吃，吃得再也吃不下却仍是想吃；只恨自个的双眼不够使，看东看西看得眼花缭乱还是觉得看不够。正在两人漫步街头时，前边的人群一阵骚乱，原本如织的人流慌乱躲往路旁，二人身边霎时间变得空空荡荡，刘伯温二人不明所以，愣在了当街上。若说在刚才那如织的人流中，他俩如同湮没在大海中，如今在光净净的街面上，这二人分外突兀。

骚乱声中有人喊什么"帝师来啦"，二人心中还在琢磨"帝师"是何等人物时，远处已有一列队伍缓缓而行，先头是四名手持长鞭的壮汉，挥鞭净街，鞭在空中"啪啪"作响，如同吐信的长蛇，紧跟其后的是八名提着铜锣的兵士，有一人领头，一边敲锣一边口呼："帝师驾到，官民闪道——啦——"

又有十名打着五色彩幡的仪仗，幡上书着"开教宣文""辅治大圣""真智伯国""如意大宝"等金字，二十名金甲武士手持金瓜、金锤、金钱、金朝缓步而行，三十六名蒙古喇嘛手捻佛珠、口诵经文，四十五面九龙曲盖明黄耀眼，又有六十四人持各式各样的引导小旗，引导旗后是一辆华盖宝车，宝车形体巨大，有一把雕龙刻凤的黄级面椅子摆放当中，有一人端坐在上，虽是活佛的身份却长得像凶神恶煞，青灰色的宽大脸盘，两道浓眉竖起，一双明亮的小眼珠放着精光，贪婪地向着左右扫来扫去，鹰钩鼻下一张嘴阔如海口，生生的一副要吃活人的架势，服饰华贵却难掩其卑琐。宝车后紧随一百二十名带刀的蒙古侍卫。

愣在当街的刘伯温两个早被一好心老者拉进路旁躲闪的人群，老者道："二位先生是新近来京的？"

"对，我俩初次上京。"刘伯温两个口中应着眼却看着这气势非凡的队伍。"我说嘛，帝师的队伍过来了还在当街傻站着，您二位定不知这帝师的仪仗有多威风，那个厉害着呢！您要是冲撞了他的队伍……这么说吧，您就是没冲撞了他，他们要见您不顺眼，杀您跟捻死只蚂蚁没什么区别！"

"气焰这等嚣张，官府也无人敢管？"

"哟！您快小声点，您活腻歪了我还想多活两年呐！我低声给您说，"这老者压低嗓音讲，"如今的帝师除了天子外无人敢管，即使天子也要对他礼让三分。前些年，帝师门下的几个僧人，与诸王叫什么八刺的妃子在大道上发生争执，各不相让，那几个僧人便将王妃从轿里拽出来，一顿暴打，把王妃一行人打了个落花流水，口中连皇上都骂个不轻，后来怎样呢，皇上得知此事后，一点怪罪的意思都没有。"

这席话，刘伯温听罢顿觉心惊肉跳，天子脚下竟有如此横行的恶徒，真是难以想象。

那老者见刘伯温不胜惊诧，谈兴更浓，道："这伙子人真不是玩意儿！杀人越货、明抢暗夺、欺男霸女、草菅人命、无恶不作！您瞧您瞧！"老者用手指着队伍最后的几台轿子。

"那轿子里装的便是帝师今天从大街上抢来的女子，只要是被他瞧上，别说是平民百姓家的碧玉，就是王公贵族的闺秀，说抢就抢，被他祸害的黄花闺女海了去喽。"

刘伯温一向以为，当朝推崇藏传佛教，弘扬慈悲，万万没想到"出家人"竟是这般牲畜行为，与"以慈悲为怀"相差了千万里去！

"救命啊！快救我！"一名妙龄女子从其中一台轿中冲脱出来，手脚都被捆着，塞在口中的一布团不知怎地被她弄掉了，拼命地跌出轿外，喊声撕人心肺，然而路人皆无动于衷，看着兵士过来，一拳将这女子打昏过去，依旧塞回轿里，无事般地向前赶路。

队伍过去了，街面又恢复到刚才的喧闹繁华，那弱女子呼救的一幕如同一粒小石子丢进大海里，身怀侠义心肠的朱珠立时就要冲杀上去，她的手被刘伯温死死地握住。

刘伯温深知，即便朱珠的武功再高强，冲杀上去也无异于以卵击石。不过是多搭上一条命罢了。柔声对朱珠说："珠弟，人之命有如草木。草如苍头百姓，遭到践踏，有怨却无处申诉，春生秋死，岁岁枯荣，自古来有'草民'之称，世道也的确如此。木有千种，有木可存千载，有木未及成材便被摧折，自古'良才'难活，也是有道理的。世之不治并非朝夕所致，除弊铲恶，也非朝夕之功可毕。珠弟，一切还要从长计议，不可莽撞行事。我们今日就不去潭柘寺了，先回龙门客栈吧！"

扶危济困、除暴安良之事，朱珠一贯为之，今日路见帝师飞扬跋扈、强抢民女，胸中早已热血沸腾，师哥却是苦苦阻拦，恨得要将满口的银牙咬碎。可她尽管怒气难消，但也无计可施，不由得哼了一声，冷冷地说道："出家人皈依佛门，宣经讲法，劝恶扬善，常以'扫地不伤蝼蚁命，爱惜飞蛾纱罩灯'标榜，殊不知竟是如此恣意妄为、凶狠残暴，对佛门真乃天大的讽刺！"

"以往蜗居书斋，见识浅陋，外出这段日子里，真是开了眼界，善如昭昭日月常在，恶如漆漆沉夜不断。我不求位极人臣，享极致富贵，只求能诛奸惩恶，造福一方！"

"大厦将倾，独木难支！师哥又犯书生气，咳！"朱珠眼见刘伯温治国之心弥坚，不由得连连摇头。

"功名富贵，总会随波逐逝。我想那百年光阴，如驹过隙，事业文章也将随身湮灭，只须留几许清白足矣！"

朱珠见他如此执着，不好再说些别的，只是戏谈道："恭祝师兄'一举首登龙虎榜，十年身到凤凰池'。"

两人边聊边行，不知不觉中迷失了道路，刘伯温见此情景，提议道："反正我俩无须急着回客栈，不妨信步而行，四下里走走看看，岂不有趣？"

朱珠自无别话。

两人放慢了脚步，走到哪里算哪里。不久，便走到了一个热闹的所在。

在一处宽大的场地里挤满了各色人等，有卖家有买家，也有看客。简言之，摆在这里的是什么物件都有，来这里凑这份热闹的也是什么人都有。大的有家具木器，小的有针头线脑，菜蔬果品、小吃特产、鸡鸭猪狗、花鸟鱼虫、古玩玉器、绫罗绸缎，一应俱全！别说这里卖的物件齐全，就是大活人也有得卖！有摆摊的、有推车的、有肩背来回游走的、有手提竹篮四处兜售。鸡鸣狗跳，人欢马叫，诸多声响杂汇在一起，乍一听你是什么都听不清，倘要搞清楚须一家家走来，一处处看过了才行。

刘伯温忽然听到有人叫喊："卖宝物，卖宝物，祖传的无字天书，快来瞧，快来看啊！"

刘伯温连忙拉着朱珠挤到那人前面。他伸长脖子向里边看去，却未看到无字天书，只见一本类似方砖的、青铜色的物件摆在一块红毡布之上。

莫非摊主所喊的"无字天书"便是此物？刘伯温在心中暗想，却未敢询问，因为怕在人前露怯。

此时，有一个愣头小子挤了过来，愣头愣脑地问："嘿！爷们，你这是卖什么呢？"

摊主人是个中年男子，一副儒雅的风度，怎么看也不像一个破落户。

摊主对那愣头小子的叫喊并未作理会，而是继续他的吆喝："卖宝物，卖宝物，祖传的无字天书，快来瞧，快来看啊！"

那愣小子有些恼，喝道："嘿！爷们，耳聋了？"

"您问什么呀？"

"问你卖什么呢？"

"我不是刚吆喝过了卖无字天书!"

那愣小子看了看红毡上摆的物件,悻悻而去,临走丢下一句话:"这破东西卖不出去!"

这话激恼了摊主,说:"此物乃宝物,也许知古通今、平定天下、牵线搭桥全仰仗它了。"

刘伯温插言道:"您的见识真乃高明,这般夸耀有些过火了吧?"

那摊主手捻胡须,淡然一笑,说:"哪里,哪里,这些书不久将派上大用,若在我手不啻一堆废纸,倘在有缘人手中,威力将不可估量。"

刘伯温见此人说得甚为玄妙,与一般的买卖人倒有些不同,好奇之心就更浓了。手捧那本"无字书"问道:"冒昧询问这'书'的由来,不知您可否赐教一二。"

"天实为之,谓之何哉!"

唉呀,这摊主越说越玄了,我若再刨根问底,他大概要说此书"上承天命,下应地兆,亘古未有,仅此一件",兴许是珍宝,即便不是,买了回去我当切菜板使!刘伯温如此这般地想。于是,问:"但不知此'书'价值几何?您可否割爱卖与晚生?"

那摊主哈哈一笑,道:"我在此处设摊七日,无数人见之,询问者不计其数。都不过是问问而已,先生也是在打趣吧?"

"晚生向来爱寻幽探奇,但资质愚钝,打算购之潜心研究,确是真心问价。"

"果真?"那摊主追问一句,狡黠一笑,"不会买去当砧板吧?"

这话让刘伯温脸上一红,暗想:这人好有神通,竟能洞穿人的动机。不过,他的口中却说道:"既是'书',怎可去作那砧板,您这无价之宝也就开个价吧!"

"虽说是无价宝,但我决不漫天要价。不过有一条件,须您发下重誓,终生不弃!不知这个誓您可发得?"摊主神情变得凝重。

"您的话我有些不大懂了,为何要加此约束呢?"刘伯温心想,大千世界,无奇不有,买他本旧书,还让买主发誓,真乃闻所未闻。

"咳!书卖有缘人嘛!不是有缘人,此书也决不会相伴长久。"

"那您从何得知我是不是有缘人呢?"今天的刘伯温真有些犯邪,为本"无字天书"在这里刨根问底。

"你若是有缘人,你不弃它,它不弃你;你若是那无缘之人,三个月内,它将不翼而飞。怎么样,还买吗?我开的价是纹银七两。"

"买!我刘伯温发誓:终生不弃此书!"说罢掏银子就要付账走人。

这可把在一旁闲观多时的朱珠气得不轻,心说这都是怎么一档子事啊!为这物件二人饶舌了半天。要是本书也成,哪怕真是一块砧板也说得过去。书不像书,砧板不像砧板,开口就要七两纹银。师兄居然发了誓并要花七两纹银买这物件,真是个呆子!师兄在使银子上一贯节俭克己,今日出手如此阔绰,真乃咄咄怪事!

可木已成舟,朱珠只得闭上嘴,任凭刘伯温如获至宝地捧走那本"书"。

二人瞧了大半天的热闹,口渴腹饥、人困腿乏,于是,向旁人询问了道路,二人回转了龙门客栈。

严冬虽已过去，白日里暖和了许多，不过在夜里，料峭的春寒让人丝毫不以为春天已经来临。刘伯温二人也找到背风处，默立在那里，挨着时光与寒冷一分一秒地过去。

刘伯温的目光呆呆地望着试院大门上的那对衔环兽，心中却是思绪翻滚："去岁，自己拜别师父下山还是深秋时节，与双亲在家共度几日后，便打点行装，独自一人赴京赶考。途中发生各种奇遇与见闻，宛如刚才发生的一般，历历在目，不想，日子一晃就过去了，今天已置身举行科考的试院门外。朱珠突然间发问道："师兄，举子们过考场前是不是要搜身啊？""啊？"她的问话让刘伯温的思绪中断，"你刚才讲什么？""我问，朝廷对举子是不是要搜身？"

"搜身？何止是搜身！告诉你，所有应试的举子必须一丝不挂地接受试院衙役的检查。""真的？"朱珠对此感到怀疑，"那多让人难为情啊！""难为情你还来问！"刘伯温心想这丫头真是刁钻古怪，问的问题也刁钻。"那么，试院里边还有什么别的讲究？"

"过一会儿呐，举子们都要过'龙门'，哎，就是那个门——"刘伯温用手一指大门，示意给朱珠，"称为'龙门'不过是讨吉利。随后，还要拜孔子盟誓言，当然啦，都是主考们做的事，与咱们没甚关系。还有……算啦！那么多规矩章程，啰哩啰嗦的，我也记不清了。"刘伯温被朱珠突然一问，脑子乱如一锅粥，心里一顿，索性不讲了。

"那——"朱珠却不甘心，还要往下追问，却被一声"开——龙——门——啦！"所截断。

"那——那你就去考吧，我祝你金榜题名！"

"好吧，不用为我担心，金榜题名不过是手到擒来的事，我这就去啦，你先回客栈，待在房间等我回去。"刘伯温一边叮嘱一边用爱怜的目光注视自己的师妹。

他整理装束，提篮，迈开大步向前走，走了两步又回转过身子说："不许乱跑！在房间里等我回来。"看到朱珠冲他用力地点头，才又放心地去了。

朱珠向他点头应允时，脸庞带着灿烂的笑容，当他的背影随着鱼贯而入的队伍消失在深深的试院里，她灿烂的笑容已经凝结，两行泪水夺眶而出……发生在刘伯温背后的这一幕，刘伯温自是浑然不觉，他心中都是在想着这次考试。

读烂了万卷诗书的刘伯温，作那几篇应试文章时自然不费吹灰之力，真是下笔如有神。但他的心中也很明白：文章作得好并不一定就能当状元，当状元还须许多文章之外的东西，自己并未在那些方面用功，取不上也就不足为奇了。真若不中的话，与朱珠一道归隐南山赏菊篱下的日子也是蛮好的。

考试结束了，就如一场刚散的戏，有的踌躇满志、有的意气风发、有的失魂落魄、有的垂头丧气，人生百态尽在其中。刘伯温不像旁的举子要么大喜、要么大悲，或者牵肚挂肠、或者失意伤怀，他的心平静如止水，没有一丝的波澜。他最想做的，就是赶回客栈去见他的师妹。

"朱珠，我回来了。"他身在门外，嘴里迫不及待地叫出声来。

"朱珠，朱珠。"听不到应声，刘伯温一边召唤一边在房间内找寻。

房间内空无一人。

刘伯温再仔细打量，房内好像少了什么东西，桌子上却有一张信笺压在了茶壶下，刘伯温赶忙捡起观瞧。

师哥：

原谅我！原谅我就这样不辞而别。其实，我一直在对你撒谎。我这次下山，师父他老人家是知道的，是我向他苦苦哀求后他才答应的。不过，他是有条件的。他要求我在你进考场后十天之内赶回他的身边，并且三年之内不准我再下山。倘若我不能按时返回，他便要永远地把我逐出山门。

师哥，这一切我都不敢对你讲，直到你进了试院的大门，可我心中是多么想说出来啊，但怕你会在考试时分心。

师命难违，我不得不星夜兼程返回师父的身边。日后，你可要多多保重自己。我虽不能伴你左右，可我的心会永远牵挂着你。

师哥，他日你我还会重逢的。

不要忘了我啊！

愚妹！

那信笺有多处字体模糊处，想是朱珠一边挥写一边泪如雨下。刘伯温越看这张信笺眼睛越模糊，一个个独立的字渐渐变成黑黑的一团。此后几日，刘伯温夜里总是睡不好，一人独享三餐更是索然无味。待到放榜之日，刘伯温挤在围观的人群里观瞧，一甲一名是状元，不是自己，一甲二名是榜眼，也不是自己，一甲三名是探花，仍不是自己，刘伯温的心中泛起种种悲哀，世上真是千里马常有而伯乐不常有。直寻至二甲的末几名时，才看到"刘伯温"三个字赫然在上。虽然比自己预想的要差，可毕竟是中了，眼见一些举子乘兴而来，却是灰溜溜地离去，心中多少有些宽慰。夸官游街，赴琼林宴，刘伯温都未有多少兴趣，只望着能委任自己一个实差，好一施满胸的抱负，可最后的结果却只给了一个八品的虚衔，让刘伯温好不怅然，不知何年何月才能被录用。

尽管刘伯温一试而中，一偿夙愿，然而此行给他更多的却是无奈与等待。

第02章
断案如有神　百姓称青天

　　章溢字三溢，本是欧江上游龙泉城内的高门大户，世代耕读传家，家学渊源。章溢智慧超群，对程朱开创理学有自己的独到见解。他在外游学时结识了青田刘伯温，两人所谈很是投缘，一见如故。刘伯温赋闲在家，章溢在此访友论学，二人时常来往。

　　今天，刘伯温执黑，章溢执白，盘中两条大龙纠缠在一起，从局面上看很难讲谁优谁劣。除了"啪，啪"的落子声外，室内静悄悄的。二人都在凝神聚思，一脸的凝重。

　　刘伯温两只眼睛死死地盯在棋盘上，一只手轻捻着胡须，眉如峰聚，突然，双眸一亮，两道眉毛也舒展了，嘴角也有隐隐的笑意，另一只手拈着一颗黑子，"啪"的一声按在棋盘上，口中还说："三溢老弟，形势对你不妙啊。"

　　到了紧要关头，章溢反倒愈发地气定神闲，端起茶盏，徐徐地吹着，嘬上一口，但眼睛自始至终没离开棋盘，观瞻了许久，手执一子正待落下，这时，门帘一挑，有一人踱进房内，冲二人抱拳施礼，口中念道："伯温兄、三溢兄，好高的雅兴！我

来报喜了。"

二位棋痴抬眼一看,原来是故友叶琛。叶琛比刘伯温、章溢要年轻几岁,满腹经纶、诙谐风趣、风流潇洒,只可惜外形与内蕴相去甚远,生得又矮又胖,很难受到靓女佳人的青睐。他本是丽水人氏,家中钱财甚丰,在当地颇有声望。他一向仰慕刘伯温的才学,特意从丽水赴青田造访刘伯温,刘伯温也喜欢这个又黑又矮又胖的家伙。

刘伯温与章溢弃棋起身,刘伯温一面唤书童上茶看座,一面关切地问:"景渊老弟从何而来?怎么事先也不来个消息?"

"伯温兄,昨日灯花乱爆、今晨喜鹊登枝,想必你都未留心啦!我此次前来,是有喜讯告知你。"

"喜讯?喜从何来?"刘伯温一下子让叶琛说愣了,灯花喜鹊之类的吉兆,他一贯是不放在心上的。

"当然是喜讯,朝廷已委派你为高安县丞,不日,任命的书凭就要下来,这是我从上边的要员处得知的,千真万确。伯温兄,你已苦盼三年,不就等待这一天吗?"

章溢闻听此言,也喜上眉梢,说道:"伯温兄赋闲三年,终日慨叹虽有报国济世之志,却恨无报国济世之门,今日终可以一展身手,满腹的才学策论也不会枉费了!"

"好!太好了!"刘伯温左手为掌、右手握拳用力地击打,他站起身来,在书房里踱来踱去。不难看出,他的心里有一股难以抑止的冲动,他盼了足足三个春秋,他并非是个官迷,指望升官发财,他只求为任一方,造福一方,做一些实实在在的事,可他这番儒生心事上边却是丝毫不知。故而,他只得在家中等待。

叶琛的消息果然不差,没有几日,刘伯温便接到任命他为高安县丞的公文。

刘伯温辞别双亲,轻车简从,赶赴高安县上任。

人在年轻的时候,心气总是很高。纵有天大的艰难,也不会放在眼里。刘伯温初次参加会试便中了,这让许多读书人羡慕不已。事实也如此,刘伯温刚回到青田时,在众人的啧啧称赞和热心巴结中度过了一段日子,真可谓踌躇满志。然而日子一久,刘伯温迟迟得不到委任,门外便冷清多了,真像把一粒石子丢进池塘,起先总要溅起些波澜,但不久水面便恢复得与从前一样。盼来盼去,终于等来了任命,虽然仅是一个县丞之职,比七品的县令还要低,但刘伯温心中还是感到自己可一试才华。官场上勾心斗角,尔诈我虞,实干派寸步难行等等一些险恶,他也不放在眼中。

刘伯温初任高安县丞,便赶上了一件奇案。

高安县令郭光亚正被此案弄得焦头烂额,好不狼狈。恰在此时,刘伯温赶来上任。郭光亚对刘伯温早有耳闻,刘伯温在浙东名士中是数一数二的,见到刘伯温,就如溺水的人见到一根稻草要拼命抓住一样,郭光亚也将刘伯温视作救星,好叫自己从水火中脱身。

这桩奇案说来也是颇为有趣,它并未发生在高安县内的豪门大户和寻常百姓家中，虽然不过是一桩盗窃案，可它发生在县令郭光亚的内宅！

郭光亚的正室潘氏夫人有一尊金佛，据说是从北魏年间流传下来的，她视作心肝宝贝，一日都离不开，特地将金佛放在一木匣里边，白日里锁在密室中，夜里抱着小金佛酣然入睡。前段日子中有那么一天，潘夫人临睡前突然感到身体不适，而郭光亚外出饮酒未归，自己不愿动弹，可心中又十分想念金佛，便令贴身丫鬟春桃、秋菊二人拿着密室钥匙去取那装金佛的木匣，丫鬟取到后，潘夫人便抱着木匣安心地入睡了。

不料，她一病数日，卧床不起，吃了几服汤药才痊愈。那金佛一直放在她的枕边，病好后，她拿出来把玩时，却惊异地看到木匣内的金佛变作一尊石佛！郭光亚断定内宅失窃，系家贼所为。他把疑点放在夫人的那两个亲随身上，把春桃、秋菊叫来审讯，两个人都大呼自己冤枉，动了私刑两人依旧是铁嘴钢牙，没有招供的。这桩案子理不出头绪，金佛依旧没有下落。潘夫人责令郭县令十日之内破案。

郭光亚满脸尴尬地把这桩案子的前前后后向刘伯温讲述了一遍，还苦笑着说："伯温先生，实不相瞒，我的铺盖卷至今还在公堂内，到今日已过了七日了，可我仍旧一筹莫展。这事真是好说不好听，我又不能在公堂上审这桩案子，家丑岂可外传，可我实在无计可施，久闻伯温先生才智超群，望伯温先生费心，将此案查个水落石出，我将不胜感激！"

郭光亚一脸诚恳，真的把刘伯温视作了救星，就差一个头磕在地上。

刘伯温听完郭县令的讲述，心想：这是家务事与盗窃案搅在一起，确实让人感到棘手。从案情来看，焦点就在两个丫鬟身上。他沉吟了一会儿，对郭县令说道："大人说话太过客气，伯温哪里担当得起'才智超群'的盛名。不过，我有一计倒可以一试，我们不妨这样……"

刘伯温把他所想的计谋对郭县令轻声道出，这番话霎时让愁眉不展的郭县令变得喜笑颜开频频点头。

到了傍晚时分，刘伯温换了一副道家装束，发髻高绾，头戴九梁道巾，青色道袍的两边袖口绣着水火纹，九股丝绦系在腰间，足下蹬着一双白袜云鞋，一把七星阴阳剑背在身后，一柄马尾拂尘拿在左手，真有着几分仙风道骨，让人看后肃然起敬。

郭县令按刘伯温的吩咐，在院子当中摆一张高腿香案，上立三脚香炉，一对明烛立在两旁，几张黄纸一支朱笔也摆在了香案上。

一切准备就绪，便将春桃、秋菊两个丫鬟带上来。两个丫鬟在被带上来之前，郭县令已极尽唬人之能事，把刘伯温描绘得神通广大，不仅能掐会算，而且可以呼风唤雨。刘伯温已经算出谁是盗窃金佛的案犯，就在她二人中间，念及她侍候夫人多年，只要她现在供认，便可以从宽处理。两丫鬟对这番话是毫无反应。

一轮明黄的圆月已爬上了树梢，没有一丝的风，整个院子沉浸在一片沉沉的静寂中，两个丫鬟跪在当院，郭县令坐在远处一个角落里。刘伯温也不言语，朝郭县令使了个眼色，郭县令心领神会，冲着两个丫鬟一声断喝："你俩都将头抬起来好好看着！刘仙人要施法断案啦！"

两丫鬟满脸惶恐睁大惊惧的双眼望着刘伯温，不知这位仙人打扮的道长会怎样施法。只见刘伯温把马尾拂尘挂在臂弯，双掌合十，口中念念有词，双目却是紧闭，突然间，二目圆睁，抓起拂尘一挥，喝道："着！"

香炉旁两支明烛忽地燃起，跳跃着两朵火苗，可并没见有何火煤之物引燃。两个丫鬟与郭县令都看傻了，刘伯温又将拂尘放到一旁，从身后抽出他的七星阴阳剑，腕子一抖，剑锋从两支明烛上掠过，如蜻蜓点水，但又横在半空。剑头上已多了两处还在燃着的灯芯，而那两支明烛并未灭，刘伯温用这将要熄灭的灯芯将香炉中已插好的三支香一一点燃，股股青烟便袅袅升起。

"咣啷"一声，七星阴阳剑还鞘。刘伯温抓起笔来在黄符上龙飞凤舞涂抹一阵子，写好后便放到明烛上烧掉了。

"两个胆大的奴婢，趁主人生病，神智昏迷，便行偷鸡摸狗之事，窃取了金佛，至今仍执迷不悟。刚才，我已报知了阎罗神君，今夜过后便能真相大白。来人呐，去取神君所示之物！"

一个仆人赶忙跑近，刘伯温对他耳语几句。工夫不大，那仆人端回一个木盘，上边放了两支一般粗细长短的苇管。

刘伯温又厉声说道："你二人听仔细，盗窃的真凶就在你二人中。一人说谎，另一人冤枉。你俩各取一支苇管，握在手心，一刻也不许撒，倘若不握，便是窃贼无疑。作案者手握的苇管今夜将长出一截，在城外真武观守上一夜，明日将苇管回复上来，一比长短，真相便可大白。"

真武观早就安排好两间黑漆漆的空屋子，差役将春桃、秋菊二人各自关押在空屋中。

第二日一早，差役又把两个丫鬟押送回来并奉上那两支苇管。

刘伯温将两支苇管放在手中比较，春桃那支要比秋菊那支长些。究竟谁是窃取金佛的家贼，刘伯温此时心中已十分明了。他向郭县令禀告："大人，窃贼已经找到了。"

春桃、秋菊被带来，郭县令先是默不作声，绕着二人转了几圈，尔后淡淡地说："你们二人中谁是冤枉的谁是撒谎的，如今我已一清二楚，真是家贼难防啊，想我平日里待下人也不薄，怎会料到竟有人见利忘义，干出这等丑事。"

猛然间，语气陡然一变，喝道："秋菊！你盗去金佛，枉然不供，如今苇管已明示，还不从实招来！"

秋菊闻听此言，像是遭到雷击一般，立刻跪倒在地，抖如筛糠，低声说道："大人怎知是我窃走了金佛，我那苇管肯定没有春桃的长呀！"

郭县令狡黠地一笑。

"你怎知'肯定'没有春桃的长？"

"我……我……"秋菊支吾不语。

"你偷偷截取一段，要不是心中有鬼，你为何这样做呢？"

　　这话让秋菊立时变得面如死灰，心知中了圈套，再拼命抵赖已是于事无补，心中只有千悔万悔自己昨夜自作聪明，偷偷截去一段苇管。她头如捣蒜，哀求郭大人能网开一面，并将偷取金佛的前前后后说了个清楚，并供出金佛的藏匿之处。

　　郭县令捧着失而复得的金佛，趾高气扬地去见潘夫人，如同得胜班师回朝的大将军。潘夫人手抓过金佛，惊喜交加之下，泪如泉涌，连声问道："你用了什么高招找回金佛的？"

　　郭县令又将事情的原委叙述一遍，啧啧称赞刘伯温的智谋过人。潘夫人当即决定，晚上设盛宴招待刘伯温，感谢刘伯温帮她寻回了心爱的金佛。

　　刘伯温初到高安便破了奇案，一时间引得众人对他刮目相看。郭光亚也是读书人出身，书读了不少，但他生性有些迂腐呆板，判案时总有些力不从心。刘伯温的到来，使他如虎添翼，郭县令断案办差与往常已有了天壤之别。刘伯温出色的才智和谋略，让郭光亚愈发地倚重他。刘伯温受到重用，心情也是很愉悦的，于是更加努力地办案。

　　刘伯温初来乍到，对高安县知之甚少。他打算去田间地头、街头巷尾寻访寻访，了解老百姓的忧愁疾苦。

　　刘伯温回到自己的房中，乔装改扮成一位行走四方的江湖郎中。一袭青布长衫，肩背布袋，手持一竿竹幡，白色的幡布上写着：妙手回春华陀再世。

　　当他行至一户豪宅的后门时，看见一位白发苍苍的老者，一手搀扶着一个老妇人，另一只手拄着一根木杖，脚下铺着一张草席。老妇人泪流不止，神情恍惚，口中也不知在哭喊着什么，那老者似乎在一旁劝诫，可他的泪水也流个不停，场景很是凄惨。刘伯温不知二位老人遇到什么悲痛的事，便走近询问道："老人家，发生了什么事使得你们这样伤心难受？"

　　二位老者见是一位年轻的江湖郎中前来询问，心中也是没有什么好气，老者说："郎中，我俩都是黄土埋了大半截的人了，没有几天活头啦，我们不看病，有病也不看。在这世道活着还不如死掉好！郎中，你去找旁人揽生意吧！"

　　刘伯温并不恼火老者的话，依旧和颜悦色地说："老人家，您误会我了。我看您二位在此地痛哭流涕，许是遭受什么不幸了，我只是想探问一下缘由，倘若我能帮上一点忙，我很乐意去做，您不妨讲一讲，我为别人看病帮忙从来都不要钱。"

　　老者还是摇摇头，讲道："年轻人，这事你管不了，弄不好还会惹上一身的麻烦，一个外乡人，事不关你，还是不管的为好！"

　　老者执意不肯讲，一旁的老妇人却开了口。

　　"他干了丧尽天良的事，逼得我们家破人亡，凭什么我们还为他遮遮掩掩？说！说说我们遭的冤情！"

　　老妇人身体剧烈地颤抖，神情非常激动地讲述道："我们世代为农，膝下只有一子，年方二十，一家三口靠着祖传的三亩薄地维持生计，日子虽不宽裕，但勉强能够糊口。谁曾想，凭空飞来横祸，地主葛强看上我家的三亩薄地，想要据为己有。几次三番派他的管家去家中，我们不答应，卖了地我们就活不下去呀！三亩地他只出三两银子。他强买不成，恼羞成怒，便派手下人青天白日里把我家地里的庄稼全毁了。我儿子与他们发生争执，被他们抓进府中，已经两天了，今天得信，让我们来收尸，这不，我们把草席带来了。"

老妇人越说越伤心，又一阵泪如雨下。

"那你们为何不告官呢？"

"告官？官府与葛家是穿一条裤子、一个鼻孔出气的，我们的状子根本递不进去。葛家的二儿子在县衙中任刑名师爷，我们第一次把状子递进去毫无消息，第二次再要递，便被差役赶走，第三次又去，差役直接对我们说，干脆死了这条心。我们庄稼人是靠庄稼过活的，没了地没了庄稼，我们活不下去呀，我们老两口唯一的孩子至今活不见人死不见尸。老天爷！你真是瞎了眼，有钱人大鱼大肉吃喝玩乐怎么都行，穷人即使吃糠咽菜也不让活呀！我们咋就这么命苦呢?!"

老妇人呼天抢地，老者的泪水早将衣襟打湿。

听完老妇人这段和着血泪的控诉，刘伯温义愤填膺，一股怒火直撞顶梁，他强压满腔愤怒对老妇人讲："老人家，冤仇总会清算的。我会尽我全力帮你们申冤雪恨，我……"

刘伯温话未完，豪宅的后门"啪"地被打开，两名家丁拖出一人，拖到两位老人跟前，一撒手跟没事人似的回去了，"咣当"一声，后门被紧紧闭上。

两位老人扑在那人身上，连声呼唤。刘伯温仔细观瞧，那人被打得像个血葫芦似的，披头散发，身上的衣服都快成了碎片，一截一截的。刘伯温赶忙俯下身去，用手探视那人的鼻息，又把了把脉，然后说："赶紧给他灌服些热汤药，要不然，命就保不住了。"

众人一阵手忙脚乱，将那人抬上一辆马车飞快地赶奔就近的一家药房。由刘伯温开出方剂煎药与那人服下。灌下几口热滚滚的调黄药汤后，那具昏死的躯体才有了一丝丝活气。刘伯温又替他把了把脉，发现已没什么大碍，才放下心来。又在药房买了一些治跌打损伤的药，对两位老人讲："您儿子脉象已比较稳定了，但还需要精心调养几日才能恢复元气。这样吧，我们先回您家去吧。"

两位老人见这位江湖郎中刚才说得言辞恳切，现在做起来也是毫不含糊，心中存了万分感激，嘴中不住地叨念遇上了活菩萨。

马车载着他们驶向城外，走了不到一个时辰，车子在一间破败的茅草屋前停下，老者的家到了。

刘伯温在路上就预想老者的住所一定很简陋，但实际情况远远超出他的预想。整座屋子用几根木头搭起来，房屋所盖的茅草已少得可怜，倘若下起雨来，那么里边外边该会下得一样大。刘伯温进屋一看，更是让他目瞪口呆，屋里没有床，没有被，只有几堆稻草几件破衣烂裳。一个炉台，一口锅，几个碗，此外便是四壁空空没甚东西了。

三个人七手八脚把老者的儿子从车中抬进屋内，刘伯温付了车钱。

老者点燃稻草，从房外一口大缸内舀些水倒入锅中，一边烧着热水一边与刘伯

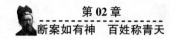
温深谈。

老者一口气讲了许多葛强横行乡里、欺男霸女、为所欲为的恶迹，刘伯温一边听着一边心中谋划如何惩治这个恶霸，渐渐地心中有了主意，叮嘱老者如何去做，便留下一些银两，回转城中。

刘伯温心知自己断不能打草惊蛇，必须悄无声息地掌握葛氏父子的罪证，然后才可替百姓申冤雪恨。

当刘伯温撩起自己房间的门帘，一脚门里一脚门外时，却看到葛铭笑意盈盈地坐在屋中，刘伯温如见鬼魅般心中一惊，暗思量：我插手葛家强占他人田地的消息这么快就到了葛铭的耳中？但他的脸上不动声色，抢先一步问道："葛师爷突至陋室，有何见教？"

葛铭依旧笑意盈盈地站起身来，边施礼边作答："我久慕伯温先生才名，一心要巴结交好，明日桂花楼宴请先生，小弟作东，同僚作陪，不知伯温先生赏光否？"那笑意依旧挂在白皙如纸的脸上。

"礼法太过了，葛师爷只管下个帖子便可，何须亲劳大驾。我一定赴宴！"刘伯温心想：管你是鸿门宴还是别的什么宴，我倒要见识见识你有什么手段。

葛铭含着笑意告辞而去。他留给刘伯温的正面始终带着笑，但一转身，脸上的笑便被一种狠毒的神态所代替，速度快得出奇，简直是一气呵成。

目送葛铭远去，刘伯温心潮翻涌，他很清楚明日宴无好宴，酒无好酒。葛铭确实不是一盏省油的灯，自己不过偶然间接触到这桩案子，他却如临大敌，心中一定有鬼。刚才所持的言语字面上是一层意思，暗里又是一层意思。

他在心中越想越理不出头绪，干脆卜上一卦，问问明日赴宴的凶吉。

占卜的结果却是不祥，卦象表明"水毒，慎行，命有忧"，是个凶兆。

第二日，刘伯温如约赴宴。葛铭对刘伯温的到来，作出一副盛情的样子。众人分宾主落座后，做东的葛铭说道："伯温先生久负盛名，与伯温先生同衙办事真是葛某的荣幸，今日略备酒席，宴请伯温先生。一来是伯温先生初来乍到，为伯温先生接风；二来是伯温先生才学过人，前途不可限量，葛某在这里巴结交好，学些能耐。"

这番热情洋溢的话，刘伯温只是左耳进右耳出，他从前来赴宴到落座，都在提醒自己：处处要谨慎行事，否则会酿成大祸。

刘伯温随后起身，讲了几句应酬话。

刘伯温对于自己卜卦所示的凶象是深信不疑的，他自进到酒楼后，一颗心时时刻刻高悬着，一双眼睛也在不停地观察，察看着葛铭的言行举止，告诫自己不要放过任何蛛丝马迹。但也不时宽慰自己，不必把弦绷得太紧，葛铭纵使心存不良，他又能将自己怎样？

不过，当葛铭吩咐堂倌上酒后，那只放在檀木托盘内的酒壶让刘伯温的心掉入万丈深渊。

那不是一只普通的酒壶！

外表上看去，与豪绅贵客们惯用的那种一模一样，长腰圆肚梁金铜壶，壶身上嵌着银线，构成五彩的图案，左壶身上部还有两条活气十足的蚊龙，成二龙戏珠式。然而，这把壶在壶身靠近壶把上部却有着两个不起眼的圆孔。

这两个不甚起眼的圆孔常与置人非命的勾当相联。此壶名叫"乾坤倒转水火壶"，原因在于壶身内部的机巧，可同时盛两种不同的酒，一种是美酒，另一种则是毒酒。倒酒时，只在你按与不按那两个圆孔，便可将美酒倾入自己杯中，将毒酒倾入仇敌杯中，让仇敌在鬼神不觉中将毒酒饮下。

刘伯温心道：亏得师父闲谈江湖害人伎俩时曾提到此种酒壶，也亏得那时用心听了，要不然……

葛铭春风满面地与每位宾客斟酒，刘伯温的双眼似乎在漫不经心地望着别处，实则对他手上的细微变化丝毫没有放过，葛铭在给刘伯温斟酒时，将大拇指按在了那两个圆孔上。最后，葛铭也给自己斟满了一杯。他正要举杯与同座宾客一饮而光时，刘伯温却满面带笑地拦住了，举起自己的那杯，说道："承蒙各位厚爱，特别是葛师爷的一片热忱，我刘伯温感激不尽，无以相报，本应与大家一醉方休，可惜我不胜酒力，不如以茶代酒，请各位见谅。"

他这一说，众人自然不答应，葛铭急忙讲道："伯温兄好大的架子，分明不屑与我们这样的人同饮，这很扫兴。"

刘伯温装作受激不过，辩称道："莫要误会刘伯温，这样吧，我借东家的这杯水酒，先干为敬！"说时迟，那时快，他手疾如电地将葛铭面前的那杯酒端在手中，一仰脖杯中已是滴酒不剩。

饮罢，将原先放在自己面前的那杯酒端到葛铭身前，目光炯炯地望着他，朗声说道："葛兄，伯温已先干为敬，你怎么还在迟疑呀？"

葛铭千算万算也未算到宴会上竟有这样的变故，刘伯温居然抢先一步将好酒喝下，留下一杯毒酒等自己喝，他一时还拿不准刘伯温是否已洞悉其中的阴谋，所以面上只是那么一迟疑，还是神色不改地将那杯毒酒一饮而下。

葛铭饮下那杯毒酒，待要拿起酒壶再给刘伯温斟上一杯毒酒时，却发现那酒壶已被刘伯温执在手中，笑意盈盈地望着自己，依旧扬声向众人说道："按年龄排序，在座各位都是刘伯温的兄长，刘伯温理所应当为大家斟酒，以示敬重，又不失了礼节。"

说着，先给葛铭倒满一杯，大拇指死死地按住了那两个隐秘小孔，这个细微的动作葛铭看得一清二楚，他的心头猛地一惊，心道：这刘伯温是个妖人，我的妙计怎这么快便被他识破了？

他与刘伯温四目相对，刘伯温那对美目不再是温和的眼神，而是一股凛然不可犯的眼神，葛铭心虚，赶忙将目光移向别处。心中却在叫苦不迭：今日可惨了，自己挖坑自己埋。唉，机关算尽还中了人家的暗算，这一杯杯毒酒喝下肚去，纵使我有解药，日后也够我受的。

葛铭哪能就此罢手，强扮笑脸，对刘伯温讲道："贤弟太见外了，你是我们今天宴会上的贵客，怎能劳累你来斟酒呢！还是让我这做东的来做吧！"

　　说着，便要伸手去夺刘伯温手握的酒壶，刘伯温哪能轻易放手，在旁观者看来，两人动作愈是激烈愈显得诚挚，可又有谁知道两人是在争夺生死的控制权。

　　刘伯温眼见这样下去便会僵在当场，心中忽生一计，装作向葛铭退让的样子，一不留神，将那"乾坤倒转水火壶"跌落在地上，酒水洒溅了一地。

　　葛铭也是个乖巧之人，眼见自己谋害刘伯温的计谋难以得逞，便借坡下驴，以免事体败露得不偿失。又换了一把普通的壶，把酒宴进行完毕。

　　自那次宴会之后，刘伯温与葛铭都对彼此有了新的认识。一段日子里，表面上风平浪静，背地里都在默想"拳经"，期望下一回合能将对方击垮。

　　一个漆黑如墨的夜晚，没有一丝的星光月光，让人感到那样的沉闷、压抑。

　　刘伯温独自一人在房中打坐，静思默想几天来搜集到的葛氏的各种罪证，寻求一条妙计将葛家一干人绳之以法。

　　就在他于千头万绪中冥想时，耳中便被一位不速之客轻微的脚步声所惊醒。刘伯温从师多年，虽没学那盖世武功，但就他学的一些皮毛足以判断出十米开外的动静。他敏锐的听觉已断出那人在敛声屏气、蹑足前进，正向他的房子走近。

　　不用说，一定是葛铭那恶棍在耍什么鬼花样。刘伯温一时顽性大起，便仰面躺下，装作已酣然入梦多时的样子。

　　那人行至窗下，窥视了半天，确定刘伯温已经熟睡，使了个"玉女投梭"，身子很灵巧地从窗中射了进来，落地居然悄无声息，可见轻功已属上乘。

　　那人蹑手蹑足来到刘伯温的床前，双目紧盯着"浑然不觉"的刘伯温，右手高高抡起一把明晃晃的匕首狠狠地刺向刘伯温！

　　就在这千钧一发之际，刘伯温双目突翻，先是龇牙一笑，接着高声地"啊呀"一叫。

　　那歹徒哪里能够想到这熟睡的人会突然醒来，他也"啊呀"大叫一声，匕首从手中跌落也顾不得去捡，便落荒而逃，霎时间，消失得无影无踪。

　　刘伯温翻身而起，盘坐在床上，自得地一笑，回想刚才的情景，真是好笑。倘若自己是那刺客，不吓得半死才怪。用手拾起那把利刃，一看便知是一把切金断玉、削铁如泥的宝物。

　　第二日，葛铭见到刘伯温时神情总是不大自然，目光躲躲闪闪，不敢正视刘伯温却总在偷眼观瞧他。在办差的闲暇，刘伯温给一起办差的大伙儿讲述他昨晚的"奇梦"。

　　"昨夜，我梦见自己独自一人迷失在一片深山老林中，一只吊睛白额大虫突然窜出，吓得我大叫一声……再一看，自己没死，而是躺在床上。原来是一个噩梦。"

　　听众之中有人说这是由于你公事操劳过度才会有噩梦，日后要多休息之类的客套话。

　　葛铭心中想着怎样害刘伯温，表面上却同众人一样，听刘伯温讲述昨夜噩梦，不时还附和两句。

刘伯温又抽空去了一趟城郊，找到那不幸的一家三口。两位老人一见刘伯温，立刻跪倒在地，刘伯温赶紧挽扶。那个年轻的小伙还未痊愈，仍躺在床上养伤，看到刘伯温进到屋中，也要挣扎下床行跪拜之礼，刘伯温拦住，询问了一些基本情况，然后对老人说："老人家，为了给您家报仇雪恨，您需要如此这般……"

老者听完刘伯温所授机宜，连忙说："一切全凭恩公做主。"

第二日，一张状子递到了县令的案头。原告名叫张金桂，就是前文提到的老者，告葛铭父子强占他家祖传的三亩田地，并打伤前去辩理的张鹏，状子后写有"望大老爷明断"字样。

一石激起千层浪。状告葛氏父子一案在小城高安掀起了波澜。

在高安，还有一人为此事最着急上火，左右为难，那便是县令郭光亚。虽然耳闻到葛氏的斑斑劣迹，可自己总感到势单力薄，难以下决断。张家占着理，自己若是错审冤判，岂不是太没有人味了，他左思右想，还是打不定主意，最后去找刘伯温相商。

"哈哈哈，"房内荡起一阵爽笑，"大人不愿与贪官污吏为伍，这样的志向令人钦佩。大人既不想万年遗臭，为何不留千古的美名呢？倘若你做个昏官，不仅为人耻笑，招致骂名，更毁了立世的根基，再要补救，便会迟了。"

"那依你，我怎样才能做个清官？"

"诚然，葛家为高安一霸，权势令人忌惮，但此时不除，姑息迁就，迟早会酿成大祸！"

"我是心有余力不足啊！"

"你堂堂的朝廷命官，向此等恶霸低头，自会陷入泥淖，越陷越深，难以自拔。不如与其一刀两断，留下一世清白。大人，当断不断，反受其乱。"说着话，刘伯温也站起身来，心胸起伏，声腔不禁激昂慷慨起来。

"好，就听先生的。判了他，即便我丢了官又算得了什么！"

"大人，打蛇不死必将遗患无穷。伯温直言一句：除恶务尽。"

刘伯温随后讲出了他的谋算，郭光亚直听得频频点头。

郭光亚从刘伯温房中出来，心中已打定了主意，不由长吁一口气。

翌日，郭光亚升堂判案。两排衙役站立得如凶神恶煞般，让人看了不寒而栗，骤然响起的"震堂吼"更让人心中为之一颤。郭光亚身着官服端坐在大堂之上，不怒自威。大堂之外拥满前来看热闹的老百姓。

郭光亚双目炯炯有神地环视一下大堂内外，然后说了声："带原告！"

"带——原——告！"一旁的执事高声唤喝，早有差役将张老汉带上堂来。

郭光亚让张老汉将讼词状子递上来，又吩咐道："传被告！"

不一会儿，便有一人被带上堂来，立而不跪。

郭光亚打量了他两眼，将手中的惊堂木用力一拍，喝道："嘟！大胆！下站何人？见本官为何不跪？"

那人倒是不惊不慌，大大咧咧地说："我是葛府的二管家葛锋，我家老爷派我上

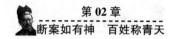

堂答话。"

"嘿嘿。"郭光亚不由冷笑两声，心想：我今天就得杀杀你们葛府的锐气，先拿你开刀！

"左右听着，葛锋藐视本官，立而不跪，给我拖下去重打二十大板！"

那葛锋还未转过神来，便被左右的差役拖到下边，噼里啪啦一顿好打，直打得他哭爹喊娘，皮开肉绽。

郭光亚又抽出一支签子，派班头去将被告葛强拘到堂上。

葛府早有耳目混在看热闹的人群当中，得到这个讯息飞快地送回府中。这是葛铭所始料不及的，他原本以为郭光亚决不会把葛家怎样，这样看来，郭光亚已是决意撕破脸皮了。俗言道："好汉不吃眼前亏。"葛铭与父亲葛强一合计，还是先变被动为主动。葛强在班头未到之前，赶赴县衙。

下边的案子便断得很顺利。判葛家归还张氏田地，付给张家二十两银子作医伤的费用，葛家一切都应下了。这一切都未出刘伯温的预料。此案判决一出，民心振奋，葛家的嚣张气焰遭到重创，刘伯温的声名也远扬。

然而，葛家忍下一时决不会忍下一世。他们将郭光亚与刘伯温恨透了，特别是将刘伯温视为眼中钉，肉中刺。早晚有一天要与刘伯温算这笔总账。不将刘伯温扳倒，他们会永无宁日。

刘伯温自然不是傻子。葛家如此服服帖帖不过是些表面现象，背地里必定孕育着更大的阴谋。一方面，他继续兢兢业业地协助郭光亚办案；另一方面，严密提防着葛家的一举一动。吃人的狼无论再怎样伪装，迟早会露出它的犬牙来。

刘伯温经过一番深思熟虑，搬出了县府大院住进一条僻静小巷的独门独院内。

转眼之间，半年的光阴已经过去。这段日子里，葛家毫无动静。刘伯温却取得了葛氏父子累累罪行的铁证。他却不急于状告，他很清楚未等对葛氏父子进行宣判，他与县令便会被上边革职查办，他又找到县令郭光亚，两人计议一番，定下了打草惊蛇、引蛇出洞的计策。

刘伯温先是在一次大的酒宴上，装作酒后失语，将正在密查葛氏父子的罪行一事泄露出去，又封了县府的账房，派了几个能算的人核对账目。

这一下，葛铭如坐在火盆上，难以安宁，感到一张大网正向自己扑来，再不挣扎，恐怕今生今世难有翻身之日，故此，他决定放手一搏，先派人干掉刘伯温，还以颜色。"

他密令府中豢养的两个武艺高强的杀手，其一便是上次行刺未遂的丁阳松，另一人是高剑飞。两人多年来受葛家的驱使，取仇敌的头颅如囊中取物。唯一失手的一次，便是丁阳松刺杀刘伯温的那次。这一回，一下子派出两名高手葛铭还是不大放心，因而再三叮嘱他俩：只许成功，不许失败；倘若失败，就别回来见他。

刘伯温当然是早有防范，一切计谋都安排在他那间小院里。那户独门独院，从外边看去，很是普通。可实际上，却蕴涵着无数玄妙的机关。五行八卦、奇门遁甲和机关消息，刘伯温的老师在这些方面浸淫了大半辈子，所有真传悉数教给了刘伯温。刘伯温在小院当中要牛刀小试，验证一下老师所授本领的威力。那个小院，早已布下了天罗地网，莫说是两名刺客，就是几十号人也会有来无回。

俗言道，风高放火天，月黑杀人夜。经过几回的盯梢、蹲点，两名刺客自认为已将刘伯温所住小院的地理环境和刘伯温的活动规律摸透了，已到了动手的时机，便挑了个伸手不见五指的黑夜，前去行刺。

黑沉沉的夜并未给刘伯温带来什么异样的感觉。他像往常一样，敞开两扇窗子，点起一盏油灯，在灯下如醉如痴地读着一卷古书。他读得很入神，丝毫没有困倦要睡的意思。

身着玄色夜行衣的两名刺客，来了已经多时了，隐身在院外的大树上，将院内的情况望了个一清二楚。看到刘伯温背对窗子，拥灯读书，迟迟不肯睡，故一直没下手，在树上耐心地守候。

"嗖嗖，天干物燥，小心火烛。门窗紧闭防偷防盗，嘟唧"，巡夜的敲着梆子，高声喝喊着巡夜词。

待到巡夜的走远了，丁阳松与高剑飞一合计，动手吧。

两人轻飘飘地落在小院里，离着刘伯温的背影也就七八丈远，他俩轻手轻脚向那光亮处靠近，绕过一丛桃树，前方又一丛桃树，再往前走，两人就感到离那光亮处还有七八丈远。再走，绕过一处小水池，又是一座假山，再绕过假山又是一丛桃树，再往前走，仍旧是一丛桃树，再走，又遇到一处小水池和一座假山，两人走了半天，离那光亮处仍还有七八丈远。他俩的心中直犯嘀咕，多少次来这里探看，院中只有一丛桃树、一处小水池和一座假山，怎么今天夜里会冒出这么多桃树、水池和假山。特别是，总离着刘伯温有七八丈远，无论如何也走不近。

刘伯温估计这两个蠢货不知进退，干脆让他俩困死算了。于是吹熄了油灯。暗中操动机关，于是乎，丁阳松掉进一座深深的地窖中，高剑飞被倒缚住双腿，他拼命挣扎，却被夹在假山中，动弹不得。

刘伯温知道事不宜迟，火速赶至县衙，将这一情况告知郭光亚，郭光亚派人将那如瓮中之鳖的两刺客绑来，连夜突审。

两名刺客起先还充硬骨头，片语不言。刘伯温则采用"攻心为上"的策略，将两人分隔在两间屋中，先向一人打开突破口。

他明明白白地告诉丁阳松，对于他的行踪他早已掌握得一清二楚，哪月哪天，他踩的点，哪天哪时，他盯的梢，以及他以往替葛铭卖命干下的罪行，一件件，一桩桩，说得丁阳松汗如雨下，心都凉了半截。刘伯温还明白无误地对他讲，即便他俩这次得手，也不会得到葛铭的半分好处，等待他俩的将是灭顶之灾！葛铭准备事成之后，杀人灭口！

这一点，丁阳松断断不会信。他记得今夜临行前，葛铭拍着他的肩膀，满是诚挚地说："等事成之后，我开坛好酒为你俩庆功！"

可这一切，在刘伯温的描述中，却变得狰狞可怕，让他不敢再往下想。

刘伯温见他心存疑虑，便叫差役唤来一人，一位白发苍苍的老妇，她是丁阳松的老母，她从不知晓自己的孩子在外边都干了些什么，只知道丁阳松是个非常懂事孝顺的孩子，待刘伯温将丁阳松的罪行告知她后，她一见到丁阳松，像发了疯似的捶打着自己的儿子，她万万没有想到平日里温顺得如只小猫的儿子竟然为虎作伥，双手沾满了鲜血，为葛铭这样的恶棍卖命，至死还执迷不悟。老人家说："你个孽障，刘大人的话还不信，你赶快给我去，去葛府看看，是不是一切如刘大人所言，你要是眼中还有我这个娘的话，去了赶紧回来协助大人破案除害。你若超过半个时辰还不回来的话，为娘也就不活了，一头撞死在这里！"

这是刘伯温事先说服的，老妇人虽然爱子情深，但却是个深明大义的人。答应帮助刘伯温劝说儿子，临死前做些事来弥补罪过。

就这样，刘伯温为丁阳松解开绑绳，心乱如麻的丁阳松很快消失在茫茫的夜色中。

旁人包括郭光亚都在为刘伯温这一大胆举措捏着一把汗。刘伯温却胸有成竹，在一旁慢条斯理地喝着茶。

工夫不大，丁阳松回来了。他并没有像人猜测的那样一去不复返。他的脸色苍白，双唇发干，丢魂落魄，两眼发直。

他进屋便跪倒在地，不待刘伯温发问，便将葛铭指使他犯的罪行全部交代了。

有了人证，让刘伯温感到很是鼓舞。刘伯温建议，夜长梦多，必须当机立断，将葛氏一干人犯收押在牢。

在府内等待好消息的葛铭怎么也没有想到，自己步步妙算，却敌不过刘伯温的棋高一着，他毫无防备，便成了阶下囚。

第二天，高安县衙便将葛氏人犯的罪行进行审判，给葛氏一干人定了十桩大罪，郭光亚一面上报，一面行使了先斩后奏之权，将以葛强、葛铭为首的罪大恶极的分子送进了鬼门关。

这个消息如同长了翅膀似的，传遍了高安的上上下下，老百姓为此拍手称快，葛氏的亲朋故旧再行营救已于事无补，铁案如山，人死已无可回转。

此案若没有刘伯温的运筹帷幄，决不会干脆利落地将高安的"土皇帝"连窝端掉。刘伯温的美名，经过民间好事者的添油加醋，已成了机算胜孔明、断案盖包公的神人。行省的一些高官对这个刘伯温也不得不刮目相看。

转眼之间，时光已流转到至元五年（1339 年）。

仍任县丞的刘伯温，秉公执法，断案如神，不畏权贵，被老百姓誉为"青天再世"。然而他虽然博得了无上崇高的赞誉，但是，在官场这个泥淖中摸爬滚打，心中早已生了厌烦之心。原先是一介书生，好多事情总是想当然，如今亲身经历，酸甜苦辣、个中滋味，难以言表。

不久，刘伯温便遇上一桩颇为棘手的案子，说是"遇"上不如说是接了人家抛来的烫手山芋。

那桩命案发生在瑞州路新昌州（今江西省宜丰县），新昌州的第一要员图帖木儿对此案进行了初审，裁定死者为自杀，但是死者的家属对这个裁定不服，一口声称死者是被人设计害死的，并要上告。此案在当地闹得沸沸扬扬，原告又准备上京告御状，瑞州路的头头脑脑生怕此案影响自己的仕途，便答应对这桩案子进行二次审理。

此案的背景甚是复杂，盘根错节，犬牙交错，被告那家也是个厉害角色，是那青田县城内有头有脸的人物。另外，此案的初审官图帖木儿专横跋扈、恣意妄为，倘若二审推翻了他的原判，他也决不会善罢甘休的。这方方面面的关系都要顾及，如同在鸡蛋上跳舞，出力反倒不讨好。一时间，瑞州路上下的官员逃避此案如躲瘟疫似的，急得瑞州路的大员如热锅上的蚂蚁。就在此时，不知是谁举荐了高安县丞刘伯温，列举刘伯温上任以来的种种政绩，特别是他不畏权贵、秉公判案，于是，这桩案子便抛到了刘伯温手中。

刘伯温心中自然没有一般官吏的小算盘。尽管这是桩难办理的案子，但他还是接了。

刘伯温将卷宗调来，认真地研读了几天，才初步理出个头绪。

在这桩案中丧命的叫常瑞祥，是个家底殷实的中等人家，为人敦厚老实，就是有些犟脾气，他要是看不顺的事总要说出来。被告的那家是青田县城内首屈一指的大户冯德才，富敌王侯，财大气粗，是个跺一跺脚青田县城都要晃三晃的人物。

这一年的正月二十，常瑞祥被叫到冯府。第二日早上便发现常瑞祥僵死在冯府的客房。县府派仵作去查验尸首，验明系服毒而死，从身上搜出未用完的毒药以及一封常氏所写的遗书。遗书的内容大致是这样的：这一年新昌州的元宵节由地方的富户集资十万两白银，举办花灯会、焰火会，常瑞祥因为人品极佳被公推为管账的，但元宵节后集资剩余了一万余两，其中有三千两不翼而飞，常瑞祥在遗书中自述这三千两被他拿去挥霍，如今事情败露，无颜面对乡亲父老，愧对列祖列宗，唯有一死以谢罪等等。

刘伯温再翻看图帖木儿的审案笔录，上有冯府提供的人证、物证，故图帖木儿当堂裁定此案为死者畏罪自尽，与冯德才毫无干系。而另一方，常家提供的供述却与之大相径庭，说常瑞祥克俭持家，并无贪奢逸淫的恶行，且向来乐善好施，断断没有为了三千两银子而铤而走险的理由，其中还提到那份公款名义上由常瑞祥掌管，实则由冯德才一手把持，常瑞祥常与冯德才意见相左，常瑞祥的死必定是冯德才蓄谋所为。

总之，几方各执一词，案情并不十分明朗，可疑之处很多，刘伯温左思右想，最终决定去新昌州走上一趟。

刘伯温此次新昌州之行，不是寻亲访友，不是观光览胜，是为了完差办案，因而行色匆匆且心事重重。说实话刘伯温既不痴呆，也不缺心少肺，他很清楚上司将这个案子交到自己手中，不能说是包藏祸心但全无一点好意。一来，这个案子自己倘若维持那蒙古权贵的原判，多半要招致骂名，给人留下笑柄；二来，自己推翻原判，无异于惹火上身，图帖木儿定要给他小鞋穿；三来，自己秉公执法，与说关系走门路者不留情面，必将惹恼这拨人而且冯德才一伙也将视自己为仇敌。可惜的是，那些人都小视了我刘伯温，既然百姓尊我一声"刘青天"，我就敢为草民末芥鼓与呼，纵使碎身粉骨又有何惧，留我一世清白，千古长存。

刘伯温在心中盘算的是，常言道："凡事预则立，不预则废。"这次身临新昌州，说不定会遇上怎样的恶风恶水，因而一再告诫自己要谨慎从事，万万不可麻痹大意。

果然不出刘伯温所料，他刚到新昌州府打过招呼回到下榻的旅店，便有不速之客前来拜访他。

这位来访者比刘伯温年长几岁，体态修长，浓眉大眼，白面有须，一袭青衫飘飘而至。他被刘伯温请进来后，拱手作揖，口中说道："不知贵人可否识得我？"

他初进来时，刘伯温只道是个陌生人，经他这样一问，刘伯温双眼端详了一阵，恍然大悟，朗声笑答："原来是你，原来是你！'"

紧接着，一阵畅笑响起。

刘伯温在笑声止住后说道："你我多年不见啦，猛一相见，真以为是个素昧平生的人，仔细辨认，儿时的模样还能找出来，徐道白，自我外出求学后，就再没有你的音信，境况如何？"刘伯温特地叫出对方的名姓，以示自己记起来了。这位徐道白，幼时与刘伯温在同一个村馆开蒙，刘伯温天资聪颖，初入学堂时要比同学都小上几岁，但他与徐道白一起爬树掏鸟，一道逃学瞎跑，一同挨罚受骂，这样的事两人没少干。年少时性情淳朴，诚挚可亲，是人一生当中难忘的记忆，后来年岁增大，刘伯温游学在外，一对儿时形影不离的玩伴渐渐失去了联络。

"咳！说来话长。想当初同学者甚众，出人头地者当首推你一人呀！其他人都是望尘莫及的。我这次突兀来访，不过是抱着一试的态度，发达的人的记性总是不好，没想到这么多年没有来往了，你还是能想起我，真让我感到快慰。"

徐道白心潮澎湃，许多的话脱口而出，如江河入海。刘伯温突然见到幼时的伙伴，童年的趣事涌上心头，心中也是热浪翻滚，饶有兴趣地听徐道白讲述往事和现状，连待客的清茶都忘记奉上一杯，直到徐道白说得口干舌燥，四下找水时，刘伯温才醒悟过来，忙手忙脚地给他沏上一杯，边沏边问道："道白兄，如今在何处高就？"

徐道白刚才红润的脸立时泛起了白色，停了半晌才答道："屡试不中，家道败落，也就心灰意冷了。在一家大户里开了个馆，教几个孺子顽童，糊涂度日。"

他的神色有些凄惨，读书人屡屡名落孙山一旦被人提及境况，常有这样的神情。

刘伯温连忙用话岔开，免得他在这上面想下去，原来同在一起上学，如今身份地位有了天壤之别，人世的沧桑变化真让人始料不及。

"道白兄，我刘伯温不过是个八品的微末小臣，孤身一人来新昌州办案，并无鸣锣开道。你是哪里得来的消息，这样灵通啊！"

"噢，这个……"徐道白顿了一顿，接着说，"我也是道听途说得知的，赫赫有名的'刘青天'要来新昌州断案，早已传遍这里的街头巷尾啦。"

"哦！民间对此案有何风传？"三两句离不开本行。刘伯温在儿时玩伴久别重逢时也不忘打听案情。

"唔。小道消息总是杂七杂八的。众说纷纭我也不大清楚。"

他两人又闲聊几句别的，徐道白似乎想说些什么，可一直强忍着不提，眉宇间不时露出为难之色，这些细微变化哪里能逃脱刘伯温的眼睛，这几年官场的磨炼，刘伯温察言观色的本领虽未达到炉火纯青的地步，但也十分了得。他当下在心中将前前后后一细想，心中便已明了了八九分。

他不动声色地问："不知道白兄在哪家设馆，可是青田的冯德才的府上吗？"

徐道白闻听此问就是一怔，呆了呆，答道："不错，正是他家。"

好厉害的手段。我不过刚到新昌州，他便一清二楚，还派来我幼时的玩伴替他说合。刘伯温在心中暗想，接着又问："是你的东家冯德才派你来找我的？"

"不错。"

"那好，送客！"刘伯温站起身来，端茶送客。

这下可让徐道白着了慌，赶忙说："伯温，伯温。你莫要气恼。我也是'人在屋檐下，不得不低头'呀。我的一家老小全指望我那点银两过活，我若是不答应他，用不了多久，我就会喝西北风，我的一家老小就得活活饿死。起初我不肯来，他威胁我，不但要让我立刻卷铺盖走人，就是我在这瑞州地界都休想再设馆。伯温，我素来知道你的秉性为人，决不会为了几两银子而昧了良心。我本不该来，可我……人穷志短啊！"

徐道白蹲在地上，抱着头呜咽起来。

这是刘伯温所没有预料到的。他没有想到徐道白是如此的窘迫。他不由得在房中踱起来，踱了几个来回后，问道："冯德才派你怎么说？"

"他让我给你送一张一千两银票，说服你在此案中维持原判，日后还有重谢。"

刘伯温把徐道白搀扶起来，斟词酌句地说："道白兄，你我同读圣贤书，明理识义，怎能为那五斗米折腰呢？"

徐道白目光呆滞，神情黯然地讲："少年时，你我同好杜子美的诗，也爱诵李太白的'安能摧眉折腰事权贵，使我不得开心颜'！可说起来容易做起来难啊！我一个大老爷们，身无长技，只靠教书度日，我是顿顿等米下锅。没了这营生，老人呼咦叨叨，妻子捽捽打打，儿女哭哭闹闹，我这六尺男儿的腰杆可怎么挺呀？"

刘伯温走过去，拍了拍他的肩膀，说："道白兄，你有些自缚手脚啦，我就不信，离了他个冯德才，你就养活不了一家老小，莫要死抱着教书这一行，改行肯定开头难些，这样吧，假若你因此事而受拖累，我一定不会坐视不管。道白兄，信我一次，把银票给他冯德才捎回去，告诉他我刘伯温只爱秉公执法，不爱银子！"

徐道白脸色惨白，但见刘伯温主意已定，也就心灰意冷地走了。

徐道白懊丧地走了，刘伯温的心中也是沉甸甸的，他这一夜都没睡好，翻来覆去想这些事。

第二天一早，刘伯温便要去摸一摸情况。他刚迈出旅店大门，就看见几个人直勾勾地望着这里，目光一触到他，那几个人要么装作若无其事的样子，要么装作正在忙着手中的活计。刘伯温心中就是一惊，当下就明白了这几个人是在盯他的梢，他也随即装作忘带东西的样子折回了旅店。

他向店老板借了一身比较破旧的衣裳，从后门悄悄地走了。

走了一段路，他看了看身后，确信没有"尾巴"，这才放心大胆地去找他要找的人。

他第一个要找的人不是常家，更不是冯家，而是那一天为常瑞祥验尸的仵作。

刘伯温在街上逛了大半天，几次与那几个在店门口盯梢的家伙擦肩而过，看着这几个蠢蛋慌里慌张、四处找人的急样，好比几只没了头的苍蝇乱飞，刘伯温心中一阵阵地想笑。

刘伯温在大街上已将那仵作的基本情况打听得差不多。那仵作名叫李全，在县衙干了几十年了，可以称得上是位老仵作了。

约莫在傍晚时分，刘伯温来到李全的家。刘伯温扣动门环，过了一会儿，一位年岁在五十左右、短小精悍的小老头把门打开，此人正是仵作李全。

刘伯温向他亮明了自己的身份，那李全略一迟疑，也就把刘伯温让进屋内，临关门时还不放心地朝门外看了看，这才将门合好。

刘伯温来到屋内，也不客套，单刀直入地询问那日验尸的情形。

李全倒是一五一十地据实回答，刘伯温从他的答话中没有听出什么破绽。

刘伯温心中还是不大稳妥，又问："他死后尸体有甚征貌？"

"回大人，常瑞祥嘴唇青紫，喉咙黑肿，四肢僵硬。"

这一次出访，刘伯温并无太多收获。不过却打听清楚一件事。正月二十，冯德才派人将常瑞祥叫进府中，说查账查出了漏子，有三千两银子被他动了手脚，私吞了。常瑞祥一口咬定这是冯德才贼喊捉贼。常瑞祥被叫去时已是傍晚，冯德才要拉常瑞祥去见官，可是天色已晚但他又不肯放常瑞祥回去，说是怕他回去就携款潜逃，常瑞祥称自己没做亏心事，自然不怕面见官府。谁知到第二日早上，就发现常瑞祥服毒身亡。

刘伯温思来想去，感到此案的疑点甚多，譬如常瑞祥为何要死？他身上的毒药从哪里来的？那份遗书又是谁写的？一桩案子有这样多的疑点为何会草草结案了事？这背后有着什么样的勾当？一个一个都是未解的谜，把刘伯温的脑袋塞得满满当当。

第二日，初审此案的图帖木儿差人把刘伯温找去。刘伯温进到客厅，给这位蒙古权贵施过礼后，那图帖木儿表现得很是傲慢，只是鼻子哼了一哼就表示还礼了。刘伯温见他如此无礼，也不待他发话，径自拣了一张椅子坐下，目光平视前方，也不搭理这位图帖木儿。也许是很少有人对他不毕恭毕敬，他先是一怔，转即就要发作，但被刘伯温那凛然正气所震住。他先是拿腔拿调地问了几句，刘伯温也就不阴不阳地回了他。后来，图帖木儿竟然露骨地要求刘伯温维持他的判决，早日结案。然而他却彻底想错了，刘伯温并非是一块面，可以任凭人随意地捏来捏去。刘伯温毫不客气地回绝了他，并明白无误地告诉他，刘伯温办案只会秉公处理。这话可惹恼了图帖木儿，他阴沉着脸，盯着刘伯温足有半盏茶的工夫，大喝一声："端茶，送客！"

刘伯温知道自己向来做不到见人说人话，见鬼说鬼话，对于飞扬跋扈的图帖木儿，自己断没有低贱到看他脸色行事的分上。从冯德才送千两白银上门到图帖木儿赤裸裸地干预此案，种种迹象表明他们的身上是不干不净的，但是，仅仅靠推想是不能将他们绳之以法的，只有铁证如山，才能叫他们低头认罪。自己已明确地回绝了他们，想必他们在日后会设下重重障碍的。

刘伯温抓紧时间走访了死者的家属，见到的只是家败人亡的惨象，死者常瑞祥的夫人常董氏一身孝装，一提及她丈夫的死，便哭得像个泪人似的。刘伯温左问右问，也未得到些有助于破案的东西。

当他满腹心事地往回走时，脑中正在想着服毒、自杀、冤枉这些事，却被一些人的叫嚷声所惊。

那些人在大声地嚷道："再灌些水！再灌些才可以。"

刘伯温顺着叫嚷声看去，发现一群人围在一棵树下，一只大黄狗被吊在半空，一个人手持木瓢，不停地往狗嘴里灌水，那只可怜狗的腹部已明显鼓胀，但它还未咽下最后一口气，因此帮闲的人在叫嚷着"多灌些水"，水顺着狗的喉咙进到肚中鼓鼓荡荡。民间传说狗是立命，沾土就不易死，常用来杀狗的法子就是把狗吊起来，用水灌死它，再剥皮、烹食。

刘伯温的全部心神突然被惊醒，也驻足看了几眼，就是这几眼给了他灵光，让他记起什么事来，撒腿便向仵作李全家赶去。

他风风火火地赶去只是想求证一件事，这件事若是得以解决，那么其他事便可以迎刃而解。

当李全为刘伯温这位不速之客打开房门时，显得有些不知所措。刘伯温劈头盖脸地问："李全，常瑞祥的尸首到现在会烂成什么样子？"

这个问题让李全有些丈二的和尚摸不着头脑，他想了一会儿，根据自己以往验尸的经验回答刘伯温道："回禀大人，如今天气尚冷，死尸不会烂得很快。"

"那么，倘若人是服毒自杀的，毒液一定会到肚中吧？"

"是的，大人。"

"那好，你收拾一下东西，马上随我去复验常瑞祥的尸首。"

他两人匆匆而行，行到半途时，刘伯温觉察此举过于唐突，很不妥当，于是临时变了主意，对李全道："今日天色已晚，暂不去了。叨扰了你，去家小店，烫两碗酒吃，解解乏。"

李全自无别话，跟在刘伯温身后进了路旁的一家小酒店。几碗热辣辣的水酒进肚，两人身上去了不少寒意。刘伯温虽好杯中之物，却是有节有制，他了解干仵作的这帮人，时常接触血腥腐臭，因而都爱喝上两口压压恶心，所以刘伯温不住地劝酒。起先，李全还有些畏畏缩缩，几杯酒落肚后，枯黄的脸上也有了血色，一双眼睛也活泛起来，舌头更是不听他的使唤，滔滔不绝地讲起他做仵作经历的奇闻怪事。

刘伯温微笑着听他绘声绘色地讲，看到火候差不多时，突然问了一句："这次验尸，冯德才送给你多少？"

"五百两。让我不要多事。但那五百两我是分文未动。"

"哦？不多什么事？"

"大人，我晓得你要套我的话。你是个清官，老百姓们都很景仰你，实情就对你说了吧。常瑞祥是先被闷死后灌下药的！"

一句话如石破天惊！

刘伯温心中的猜想得到了证实，但他还是不放心地问了一句："你凭什么这样讲？"

"凭什么？凭我几十年干验尸这一行的经验。那次，我还未去给常瑞祥验尸，冯德才就派人送来银子，恩威并施，我也是有一家老小的人，不得不答应了他。在验的时候，我趁人不注意时，用银针刺向尸体的肚子，毫无中毒的迹象，再看他面部青紫，似是中毒后的反应，其实是气闷的症候。故此，我敢断定那常瑞祥是先被人闷死，后喂的毒。"

"好！"刘伯温喜不自禁，拍案称好。

"你有胆量在二审开堂时举证吗？"

李全犹豫了一下后又坚定不移地说："我也豁出去了，这帮家伙为所欲为我早就看不下去，既然有你刘青天撑腰，就跟他们拼个你死我活！"

两人又低声说了些细节，便各自走散了。

那么，毒药与遗书自然是假的，可是破绽在哪？

谜一样的难题依旧困扰着刘伯温，刘伯温也在为此大伤脑筋。然而，谜底却自动送上门来。

徐道白惊慌失措地前来找刘伯温。即便是神情慌乱也没忘察看后边是否有盯梢之人，确信无人盯梢后才来到刘伯温的房中。

他还未坐下便迫不及待地说："伯温贤弟，我命休矣！"

凭空里来了这样的一句，让刘伯温不明所以，问道："道白兄，这是从何说起？"

道白长叹一声，将一桩事娓娓道来："怪我们徐家家运多舛。家父病逝后，非但未留下一星半点的家产，反而有如山的债，这些年来我与母亲妻儿熬在苦水中，省吃省用，债务仍未还清。我为何要在冯家开馆，不过是贪图他优厚的酬谢。谁料到，今年正月被他拖进了这桩命案里。常瑞祥的那份遗书是冯德才指使我伪造的。我若不干也就不会活到今天。他拿出一些常瑞祥生前所写的文书，让我模仿，事毕，给了我五百两银子。伯温贤弟，你看我该怎么办呀？"

徐道白的一番陈述，让刘伯温解开了不少疑团，他思虑了一会儿，说道："不把冯德才法办，你会永无宁日。这样吧，你回冯府告个假，说你老娘重病不起要你回家照看几天，不要让冯德才起疑心。明、后日，我争取三堂会审此案。我就不信他冯德才这个害人精还能兴风作浪！"

第二日，轰动新昌上下、官民两方的冯常一案就要三堂会审。巷头小民盼望着这场以卵击石的较量会有着奇迹般的结果，大小官员则冷眼旁观，看蹚浑水的"刘青天"会不会就此浮沉，正如一场人们盼望已久的大戏已经准备就绪，只待开演的锣声

响起。

"三堂会审"的主角自是刘伯温无疑,当大堂升起,刘伯温稳坐当中时,刘伯温先是听过原告的陈述后,便转向被告冯德才,冷冷地问:"冯德才,你可知罪?"冯德才未见有丝毫的慌乱,声色沉稳地回道:"大人在上,小民不知身犯何罪?""常瑞祥因何死在你家?""那日,我将常瑞祥找来核对账目。我早就疑心元宵节的公账有鬼,果不其然,三千两银子不翼而飞,我就此盘问常瑞祥,他却矢口否认,并反咬一口,诬陷我,说银子是饱了我的私囊。我与他讲明日上公堂见分晓,并讲他莫要回去后携款潜逃,他却赌气似的在我家住下,讲好明日一早便去对簿公堂。谁料到,第二日一早,他就服毒自杀啦!大人,倘若常瑞祥讲明原委,我完全可以帮他将账目补齐,谁知他一时想不开,竟寻了短见。"

冯德才描绘得声情并茂,说到自己时,仿佛有着无尽的委屈,讲到常瑞祥的死,又不胜惋惜。

刘伯温略一思忖,知道这家伙是不见棺材不掉泪,若没有如山的铁证摆在他眼前,他是绝不会低头认罪的。

他唤来一名差役,对差役低声交代了几句,那名差役心领神会地出去了。

"一派胡言!常瑞祥为何身揣毒药前去你家,即便他贪污了那三千两公款,告上官府,也不会被处以死罪。"

冯德才倒也沉得住气,回道:"常瑞祥爱惜面子,如今做下丑事,大概自思无颜见人,只有一死了之。"

"遗书确系常瑞祥亲笔所写吗?"

"是的,大人。"

"冯德才,你把本官视作三岁孩童,在大堂上用谎话假话搪塞敷衍,今天我就要用确凿的人证物证让你伏法!"

刘伯温向海牙托请求再次开棺验尸,图帖木儿立刻大声嚷叫:"不许开棺,尸体已停放多日,丝毫无助于破案!"

刘伯温坚决要求,海牙托假装犹豫再三,最终应允。

一口深色棺材被抬至大堂上,这样的事让下边的看客们兴奋不已,又引起一阵骚动。

仵作李全上得堂来,立在棺材旁,只待刘伯温一声令下。

刘伯温冷峻的目光扫视大堂,看得堂下又恢复一片死寂,方开口讲道:"冯德才的供述中,常瑞祥是服毒自杀,那么喉咙间必有毒液,仵作,验!"

李全听到命令,手脚麻利地取出一只光闪闪的银针,两旁的差役撬开了棺盖,一股令人作呕的尸腐味立时弥漫在空中,李全手持银针向死者喉部刺去,待拔出来时,银针前端已呈青黑色,果然是中毒迹象。

"那么,毒药喝进嘴里,不仅仅在喉部,肚中也当有,再验!"

这话让冯德才激灵灵打了个冷战,汗也冒了出来,这可是春寒料峭时节。李全又持支闪亮的银针刺进尸体的肚子,拔出来时却不见青黑,在场的人除几个人外无不哗然，那几人是刘伯温、李全、冯德才三人。

刘伯温瞥了冯德才一眼，问道："冯德才，为什么会这样恐怕无人能比你更清楚了！李全，将那日的隐情一一讲来！""是！"李全跪倒在地，将案发后冯德才如何收买他如何交代他的事一五一十地讲出。冯德才面如死灰！

"传徐道白！"打铁趁热，刘伯温又使出一记杀手锏。徐道白跪倒在堂，又将冯德才如何威逼利诱自己，那份常瑞祥的遗书是如何伪造出来的，以及听到的冯德才要杀人灭口的计划，还呈上冯德才收买他的银票。

这两人的供述、物证如同记记重锤，砸向冯德才，冯德才把希冀的目光投向了图帖木儿，谁料图帖木儿竟装作视而不见。

"啪！"刘伯温用力一拍惊堂木，厉声喝道："大胆刁民，如今人证物证俱在，铁证如山还不如实招供，难不成还要受皮肉之苦？"

冯德才心知自己纵使百般抵赖也是毫无用处，大不了是一死，心中又失望图帖木儿的无动于衷，也就将事情的原委全部讲出。

刘伯温已拟好了判决，让海牙托与图帖木儿过目，一个正中下怀，一个有苦难言。

"兹有新昌州人氏冯德才，恣意妄为，作恶多端，设计害死新昌州人氏常瑞祥，案发后伪造其自杀假象，收买证人，实乃十恶不赦之徒，判三日后开刀问斩！"

"好！"看客们发出一片欢呼，一场好戏有了这样的收尾，着实让他们心满意足。瘫软如泥的冯德才被差役拖出去，怒气冲冲的图帖木儿拂袖离去，暗自窃喜的海牙托踱出堂外，只剩下一个孤零零的刘伯温端坐在大堂上。

他的报章已上送江西行省，着实参了图帖木儿一本，把他在新昌办案所收集到图帖木儿的桩桩罪行一一上报，称图帖木儿实为朝廷的败类、百姓的对头，若不加以处置，既不足平民愤，又将遗患无穷。

然而，他不知道，一份同样弹劾他的文书也摆在行省大臣面前，不过那是来自大都的一位权贵的，责令行省对刘伯温严加申斥，也将刘伯温列了数条罪状。

不过，刘伯温秉公断案的英名远扬，在行省中声誉颇高，行省头脑思忖再三，还是将图帖木儿撤职查办，对刘伯温毫无动作，不置褒贬。

刚正不阿、断案如神的评价，再一次在刘伯温身上得到印证，"青天"的威名叫得更加响亮。浙东百姓对刘伯温的赞誉日胜一日。

第03章
辞官归故里　巧遇得奇书

　　自古有言：木秀于林，风必摧之。

　　为官清廉、秉公执法的刘伯温与视钱如命、贪赃枉法的同僚格格不入。人家信守"一年清知府，十万雪花银"，能贪就贪，能捞就捞，刘伯温不仅视钱财如粪土，而且疾恶如仇。他的谏书、弹劾折子如雪片般纷纷飞向上边，弄得同僚人心惶惶，无异于掘断那许多人的财路，渐渐也就将刘伯温视作眼中钉、肉中刺，如同商议好一般，一见刘伯温到来如避瘟疫般唯恐躲闪不及，无人愿意搭理他。这些，刘伯温已经明显感到，每当他一出现，原本正在高谈阔论的同僚会立时变得噤若寒蝉，一双双冷冰冰的目光注视着刘伯温。刘伯温心如明镜，十分明了这拨人为何冷遇自己，但也无可奈何。劝他们弃恶从善无异于与虎谋皮，倘若让自己与他们同流合污，还不如让自己去死。

　　刘伯温独来独往，本也过得下去，然而那帮人岂能容他。软刀子杀人是不见血的，浙东官场上的官员们惯用软刀子。一时间，有关刘伯温的流言蜚语四起，各种各样的说法将刘伯温描绘成一位十恶不赦的罪人，干了无数众人所不齿的事。诸如勒索钱财、欺男霸女、两面三刀、口蜜腹剑等等，反正谣传是愈传愈邪，最后刘伯温已被说成一位吃人从不吐骨头的妖精。

正所谓"世上没有不透风的墙"。

那些风言风语传进了刘伯温的耳朵，使得刘伯温几日来愁眉不展，一点好心情都没有。心中有散不尽的愁云，便在院中信步而行，终究困在一个四四方方的小天地里，止不住地逛来又逛去。过了晚饭时分，依旧在逛，不知不觉中已是月上枝头，万家灯火。他此时的心境，大概只有先贤屈原遭谗时的心境可以相通。正所谓"众口铄金，积毁销骨"。众多的蜚短流长让刘伯温不得不反思自己入仕以来的言行。想想自己真有些书生意气，原打算将一身的才学好好施展一番，谁知不过是个微末小吏，处处受制，自己再有政绩，只因不肯依附权贵、不肯打点门路便埋没在低层官吏中，难有大的作为。刘伯温愈想愈伤心。

至正元年（1341年），刘伯温因无法忍受官场的黑暗与腐败，在衙门留下一封简短的辞呈，便收拾自己的行装，离开了散发着血腥和铜臭的浙东官场。

刘伯温来时身无长物，走时也是干净利索。他在收拾行装时，于无意之间翻检出那本"无字天书"，睹物思人，想起了娇媚可爱的师妹陪伴自己进京赶考的往事，自己当宝贝似的从京城不嫌沉地背了回来，拿在手中翻来覆去看了看，真有心将它丢在一旁，可自己是个不肯轻易失信的人，便一面苦笑一面将那"宝贝"打点进行装，心中暗骂自个没事找罪受。

正如他悄悄地来，又悄悄地离去，高安的黎民百姓在刘伯温离去很久后，才获知"刘青天"挂官离去，对未能夹道欢送爱民如子、秉公执法的"刘青天"深悔不已。虽然他们明白无法挽留住刘伯温，但是若能送上一把万民伞或敬上一杯绵薄的水酒也好。

无官一身轻的刘伯温归心似箭，路上没有丝毫的耽搁，当他跨进家门时，使得在庭院的母亲和坐在厅堂的父亲着实吃了一惊。

"孩子，你怎么回家也不事先捎信来？"母亲赶忙迎上去。

父亲刘伦这时也从房中走出，见儿子突然归家，不胜惊喜，说："进屋再聊，进屋吧！"

刘伯温被父母拥着走进客厅，母亲张罗仆人端洗脸水、泡茶。待刘伯温洗去旅途风尘，又看着刘伯温喝下一杯花茶，她才问道："温儿，为何无缘无故回家来？"

刘伯温慌忙起身离座，跪倒在地，两眼不敢对视父母殷切探望的目光，口道："孩儿不孝，已擅自递了辞呈，自愿归家为民了。"

父亲刘伦先是一愣，被这突如其来的消息搞得有些莫名其妙，但刘伦是涵养精深的宿儒，对跪倒在地的爱子说："温儿，不必如此，起身说话吧！"

母亲却更惦念儿子是否腹中饥饿，毕竟儿子外出很久，很少能回家看看，儿行千里母担忧，时时刻刻牵挂着他，今天儿子猛然间就回到了身边，真不知该如何疼他才好。她早吩咐下去，摆家宴为儿子洗尘接风。

用过饭，刘伦把儿子叫到书房，准备与刘伯温秉烛长谈。父子俩已有很长一段时间没有谈心了。刘伦学识渊博，明理开通，在刘伯温前从不摆为父者的架子，一贯讲求以理服人。从刘伯温少年起，两人便在一起谈论时事，评点人物，有时各抒己见，常因看法迥异而争得面红耳赤，但刘伦从未以长辈身份粗暴压制。

"父亲，孩儿弃官回家实乃不得已而为之。官场上藏污纳垢，奸邪盛行，孩儿实在不能与之沆瀣一气，故此弃官。望父亲莫要气恼。"

刘伯温的话触动了刘伦的心弦。蒙古人以铁骑横扫天下，入主中原，建立了大元朝。他们对汉人心存歧视和猜忌，将全国人分四等，蒙古最贵，汉人最贱。对汉儒以来以"仁"治天下摒弃不顾，只知烧杀抢掠，严刑酷法，刮取民脂民膏却不管百姓的死活这些他都早有耳闻。

"温儿，为父不会责怪你。合则留，不合则去。你已长大成人，做事有自己的主见。官场如一塘污水，离开也好。国家不施仁政，是难以长治久安的。今天我要给你讲讲咱们刘家的家史。"

"孩儿谨听父训。"刘伯温毕恭毕敬地回道。

此时，窗外下起雨来。南国的雨，总是说下就下，让人猝不及防。好在这清凉之物颇能消除夏日的燥热。

刘伦清了清喉咙，开始述说家史。

"咱们青田这一支刘姓，原籍在沛县。远祖便是斩白蛇起义开汉家王朝的高祖刘邦。到了北宋年间，咱们的六世祖刘延庆官拜镇海军节度使，宣抚都统少保。在靖康二年（1127年），负责东京汴梁的卫戍，与南侵的金兵激战，誓死不降以身殉职。刘延庆之子刘光世也是位武功卓绝的良才，征讨方腊时立下赫赫战功，后来升任兵马总管，直至追随宋高宗南渡，他的后人便迁到青田，也是咱们青田刘姓在此立根的开始。温儿，我讲的这些，你也许或多或少听说过，他们在任上都是忠心报国，死而后已。你在外做官的所作所为，为父时常派人打探，所幸你能克己奉公，没有辱没家风。"

"父亲教训的是。官场上新上任的官员往往像惊蛰后刚苏醒的臭虫，瘪得只剩下两张皮，可用不了多久，就会鼓胀得像个球，里面吸足了百姓的血。这样的官员要离任时，百姓总要千方百计留任，为什么呀？百姓说，好不容易刚喂饱一个，再换新的，又需从头喂起！"

"咱们刘家在官必定忠义清廉，在民也要急公好义。你祖父在世时，曾做出过毁家救难，拯救众乡亲的壮举。温儿，达则兼济天下，穷则独善其身。为父在仕途上并不热衷，也不指望你官运亨通。既然不能安稳为官、做事为民，也无须气恼。我观天下形势在二十年内将有翻天覆地的变化，你要好自为之。"

屋外雨滴敲打地面嘀嘀嗒嗒，屋内老父的话语重心长也似雨滴般敲打在刘伯温的心坎上。

这一漫漫长夜，无心睡眠的刘伯温在床上辗转反侧。

刘伯温辞官，赋闲在家的消息散播出去后，一些友人便登门拜访，一道谈真说法，对酌弈棋，日子倒也过得优哉游哉。

　　不过，时日一长，刘伯温愈发感到郁闷，门庭若市，却总是一帮闲人来找他消磨时光，学问未见长进，酒量却是与以往不可同日而语。刘伯温思索再三，便打点行装，辞别父母，回雁荡山寻他的老师去。

　　刘伯温沿着熟悉的路向山的腹地进发。山色如画，古木参天，加之飞瀑自天而降，更让人心旷神怡，留恋此处仙境不肯离去。秀美的景色常使人忘掉心中的恢恢之气、忘掉山外俗世的争功夺利，宁肯做山中一樵夫，也胜过山外万户侯。有不少高人隐士寻访修炼之所，走遍了名山大川也未停下脚步，然而到了雁荡，便再也不肯往他处寻访。

　　刘伯温一边用双眼饱览这魂牵梦萦的佳地，一边在心中想象着与师父及师妹重逢时他们的神情。他正在石阶上移步如飞，突然，后脑勺被一飞来之物狠狠地砸了一下，他实在没有提防，因而实实在在地受了这一下，直砸得他脑袋起包，眼前乱冒金星。刘伯温一边揉着肿起的后脑勺，一边找寻是何物砸的自己，他在身后发现了一只拳头大小的青桃。刘伯温俯身拾起那只青桃，拿在手中端详。"人间四月芳菲尽，山寺桃花始盛开。"山外的桃子早已熟透，山中的桃子不过是青硬青硬的。刘伯温又向四处扫视，心中纳闷：这深山之处，人迹罕至，是谁拿青桃砸我呢？是青桃自个儿坠落的？不对呀，头顶上方并无桃树。

　　突然，一只白猿从灌木丛里蹿上一棵高大的松树，并冲着刘伯温一龇牙，接着蹿进林深之处。

　　刘伯温恍然大悟，原来是这白猿作怪，大概白猿认为我要入侵它的领地，砸我以示警告。

　　刘伯温苦笑一声，心道：我怎能与一只猿猴计较呢？于是，接着前行。

　　行了不多时，"嘭"一声，后脑勺又挨了狠狠一击，在刚才的肿包旁又新出一个包来。刘伯温一摸那肿包，心想：好嘛，刚一会儿，这后脑勺便是二包并立了。

　　再往脚下观瞧，一只比刚才那只要大上一圈的青桃滚落在一旁。那只白猿又是将枝杈弄得哗哗作响，一晃就不见了。

　　刘伯温看着那矫健的身影，心想：我就是再生出几只手脚来也追不上它呀，得了吧，算我晦气，遇到一只小心眼的白猿，总以为我在与他争夺领地。

　　峰回路转，刘伯温已行至山的腹地，离恩师的修炼之所已是不远。

　　有一条小径通向一面石崖，石崖下有一个几十丈的平台，一棵古松青翠苍老，石崖的另一面是不可测的深渊。这个所在是刘伯温和朱珠都再熟悉不过的了，在无数朝阳初升的清晨中，一个在松下研读书卷，另一个则迎着万道金光英姿飒爽地舞着剑。那在刘伯温的心中是无可比拟的幸福时光，虽然没有片语只言的交流，但在倦了诗书之余望上一眼珠妹，所有的倦怠便立时烟消云散；另一个呢，气息不定，汗流浃背时，看一看松下孜孜不倦的温哥，浑身上下便有一种轻盈的感觉。有时，四目电光火石般的对视，却有着更深的意味。

　　刘伯温眼下不打算故地重游，心如插翅般只想早一刻见到师父及师妹。于是，他不过是在岔道上略微一站，便又继续朝恩师的修炼之所前进。

刚走几步，耳中便听到脑后有一物呼啸而至，待要躲闪，怎奈为时已晚，"啪"一声不偏不斜地砸在刚才那两个肿包的上方，这下可好，刘伯温的后脑勺原是"二包并立"，马上成了"三包鼎立"。这可大大激恼了刘伯温，别看刘伯温是个好性子，可是无缘无故地一而再、再而三地挨青桃子砸，心中也不免火光万丈，心道：这只死猿猴，纵使我追不上你，我也不会与你善罢甘休！

怒气冲冲的刘伯温转过脸来，还未待他寻见那只白猿，一只桃子已迎面而至，刘伯温晃身形去躲闪已是来不及，情急之中，他张开大嘴，一口将那桃子咬在嘴中。

待他定下神去看那只白猿，不由得就是一愣，那只桃子也从口中跌落，只剩那张得大大的一张嘴不曾闭上。

在他眼前哪里有什么白猿，而是一朵笑意吟吟的人面桃花，一双水汪汪的秀目含情脉脉地望着自己，但那脸上的笑立时又消失得无影无踪，冷若冰霜，似有幽怨。

刘伯温看到梦中的情影就这样活生生地立在自己跟前，一时间恍如隔世，身在梦中，口中不知该说些什么。

"呆子！砸不明白的榆木脑袋！"

朱珠张口便没好气，嗔怪刘伯温。

"你个狠心贼！只想着自己在外办差断案、威风八面，对人家不闻不问，抛在脑后！你个负心人！"

朱珠越是数落越是触动心事，眼中饱含泪水，随时都会哭得像枝带雨的梨花。

刘伯温的心头则别有一番滋味。下山时，自己还是翩翩的美少年，一转眼，多年的时光过去，自己已遵从父母命，在家娶妻，已为人夫了，师妹对自己又是如此地一往情深，时至今日依旧痴心不改。山盟虽在，锦书难托，她若得知我奉父母命完婚，心中不知该会怎样想？

"你哑巴啦？走了这么久，连信也不肯写上一封，你是不是把我忘得一干二净了？"

说着，话里已带了哭声，两行热泪噼里啪啦地从胸前滚落。

不知怎地，刘伯温心中升腾起愧疚，上前一步紧紧地把朱珠抱在怀中，朱珠则像小孩子似的哭了起来。刘伯温没有片言只语安慰泪人，只是用手一遍又一遍抚摸她的秀发。

朱珠在刘伯温的怀中抽泣了良久，将刘伯温的衣衫打湿了一大片。她痛痛快快地大哭一场，哭到声嘶力竭也就不哭了。抬起红肿如桃的双眼，注视着刘伯温的脸，说："温哥，今后无论天涯海角，我都要陪伴在你左右，死也不分开！"

说完，眼巴巴地看刘伯温，似乎只要刘伯温点头应允，一切便会成真。

刘伯温不忍心拂了她的意，只得说："好吧！只要师父应允。"

朱珠闻听此言，立刻破涕为笑，尽管痛哭的痕迹还那么清晰明了。忽然想到自己还被温哥抱在怀中，正要从中挣脱时，却听到一个苍老但却洪亮的声音诵道：

"老来曾识渊明，梦中一见参差是。觉来幽恨，停觞不御，欲歌还止。白发西风，折腰五斗，不应堪此。问北窗高卧，东篱自醉，应别有，归来意。"

兄妹二人闻听到这亲切而又熟悉的语音，立时臊了两个大红脸，直红到耳根下。还是刘伯温反应快，听得恩师诵了半阕词，刚起头便知是辛弃疾的一首《水龙吟》，因而等到恩师上阕诵完，麻利飞快地接了下去：

"须信此翁未死，到如今凛然生气。吾侪心事，古今长在，高山流水。富贵他年，直饶未免，也应无味。甚东山何事，当时也道，为苍生起。"

诵罢，赶忙拜倒给恩师施礼。这老者生得体魄伟岸、仙风道骨、发髻高绾，身着阴阳道袍，腰系一根水火丝绦，踏一双麻鞋。此人便是刘伯温与朱珠的授业恩师，自号天玄子。他与刘伯温以往的老师不同，那些老师不过是指点刘伯温的道德文章，都是些对经史子集浸淫多年的宿儒，天玄子却是世间奇才，文武精通，心里对正统儒学颇不以为意，对三韬六略、兵书战策却是烂熟于胸，至于天文地理奇门遁甲更是无不精通，刘伯温跟从他学习的多是这一类。

天玄子能掐会算，刘伯温未到山腰，他便了然于胸，因而他支使朱珠到外边采摘几个仙桃，实际上是安排这两人别后重逢。可心爱的徒儿迟迟不来，天玄子便踱出洞府，不料在这里撞见两人亲密无间的相拥。

天玄子夜观星相，看到主刘伯温的那颗星的光芒阴晦，断知刘伯温遇到了麻烦，大概是仕途受挫。故诵那首《水龙吟》，词句中已含有洞知刘伯温心境的意思。

师徒三人回到天玄子修炼之处，一个天然的洞穴群，里边宽敞阔大，冬暖夏凉。此时正值酷夏时节，踏入洞内，便有一股清凉之气扑面而来，一扫外边世界的燥热。

朱珠与刘伯温立在天玄子两旁。天玄子发话道："阿珠，还不吩咐阿白上茶来？"

"是，师父。"朱珠朝洞外用力地拍了三下巴掌。

阿白？刘伯温的心中顿生疑云，师父这一辈子就我和珠妹两个徒儿，身边没有任何童仆，这阿白是何许人也？

还未等刘伯温向师父问个究竟，那阿白已端了个木托盘，托盘之上摆放着三盏茶。刘伯温眼见阿白，不禁哑然失笑，那阿白非是"旁人"，正是在山中用青桃袭击他的那只白猿！

天玄子见到刘伯温先是迷惑不解后又哑然失笑的神态，便知是由这阿白引起的。在一旁的朱珠快言快语道："师兄一定是在纳闷这阿白的来历。让我来告诉你吧：你下山后不久，师父外出云游归来，在半山腰撞见一只云豹口中叼着一只小白猿，出于仁慈之心，师父出手从云豹口中救下那只小白猿，带回洞中，好生调养了几日，便将它放归山林。孰料这只小白猿去而复返，师父希望它在山中自由自在地活，于是又将它送走。可这只小白猿前脚送走，后脚又跟了回来，居然学着人样子对师父又是磕头又是作揖，那意思要长伴在师父左右。师父见这只小白猿聪明伶俐，颇通人性，也就将它收留在身边，唤作阿白。现如今，阿白照顾师父的饮食起居一点不

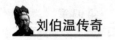

比师哥在时差。当然，阿白现在跟我最要好，对我的吩咐没有不服服帖帖去办的。"

说完这些，朱珠颇有些得意。

阿白毕恭毕敬地将茶奉给天玄子，随后送给刘伯温。刘伯温本是豁达大度之人，对阿白在山道上袭击自己的事毫不计较，冲着阿白微微一笑，端起了那杯茶。最后一杯茶自然是给朱珠的。

天玄子对两位爱徒热情地招呼道："来来，你们两人尝一尝这清明前茶味道如何呀？"

说罢，天玄子率先品了一口，随即脸上呈现极度满足和陶醉的神情。

刘伯温也紧跟着品了一口，但他脸上却流露出一种苦不堪言的表情。趁天玄子不注意，他用眼睛狠狠剜了一下朱珠，只见朱珠用茶盏掩着她那樱桃小嘴，在偷着乐。

刘伯温心知又是这个刁钻古怪的师妹与那白猿串通一气，来给自己苦头吃。

此时的天玄子已在对清明前茶赞不绝口，刘伯温只得在口头上附和，心中却在叫苦："什么清香四溢、沁人心脾，简直就是黄连水！"

师徒二人闲聊了一会儿，天玄子把话引入正题："伯温，不用说，你现在必定是一肚子苦水喽？"

听到师父这样讲，刘伯温倘若在从前，定会一拍大腿，起身离座，向师父好好倾诉一番，然而，今非昔比，刘伯温已不再是昔日的莽撞少年了，经过这几年的磨炼和摔打，刘伯温已沉稳了许多。他不慌不忙地把这几年的经历简明扼要地向老师父作了一番汇报。

天玄子饶有兴趣地听刘伯温的述说，朱珠更是全神贯注地在听，生怕漏掉一个字。

刘伯温从中了进士讲起，将他在高安任县丞的重要事件一一提到，在新昌州复审的冯常一案也介绍了一下，最后讲明自己辞官的缘由，刘伯温是长话短说，将重要的事情都说了。此间他还耍了一个心眼，讲自己奉父母命在老家完了婚，讲这桩事时，刘伯温偷着拿眼角余光观察朱珠的反应，他原以为朱珠会神情大变，甚至会起身离去。可实际情况却出乎他的所料，朱珠像是早就知道似的无动于衷。

听完刘伯温的讲述，天玄子淡淡一笑，看了几眼自己的爱徒，方说："人生的浮沉、江湖的险恶，这都是很自然而然的。你年少气盛，若不经世事的消磨终难成气候。天将降大任于斯人也……那话是至理名言啊！人最难把握的便是'进退得失'四字。只知一味地朝前闯，必将铸成大错，待到醒悟时却是无路可退了。你此次退出官场虽然出于被逼无奈，但未必是件坏事。卷土重来未可知嘛！"

"朝廷的官员居然会是这个样子，我心里好生失望！"

"哪朝哪代的弊病都是积到最后无药可医，仅凭你一人单枪匹马来整治整个朝廷无异于蚍蜉撼大树！"

"恩师，弟子总以为会有办法的。"

"咳！一个从里到外都烂透了的活僵尸，医他何用？温儿，我很了解你的本色，但做事不可仅靠热情呵！你路上定是很劳累了，先回去休息吧！"

"是，谨遵师命。"

刘伯温晓得师父要打坐修行了，便起身告退。

刘伯温刚走到洞外，在身后的朱珠快步超过他，丢下一句话："你跟我来！"

那口吻是不容置疑的。刘伯温只瞥见朱珠阴沉的脸，心知暴风雨即将来临，只得乖乖地跟在后边。

朱珠健步如飞，一个人走在前面，将刘伯温远远地落在身后。

朱珠又折回石崖，在那株古松下站定，目光望着前方的万丈深渊。

刘伯温随后赶到，小心翼翼地站在朱珠身后静等着暴风雨的来临。

朱珠猛地转过身来，冲着刘伯温惨然一笑，淡淡地说："刘伯温呀刘伯温，我原以为你是个敢做敢当顶天立地的汉子，谁承想你也不过是陈世美之流！山盟海誓你早就抛在脑后！可笑的是我还在这里痴痴地等！"

这席话说得刘伯温冒了一头的汗。师妹对自己的一往情深自己是心知肚明的。可他也有他的难处啊，要怎么才能叫珠妹明白呢？

朱珠见刘伯温不搭话，接着数落刘伯温。

"另觅新欢也就算啦。从来都是'只见新人笑，不闻旧人哭'，天下女子也不单单就我朱珠一个，我又何德何能让一个风流倜傥、英俊潇洒的大才子非得跟我这样一个村姑相伴终身呢？我真是蛤蟆想吃天鹅肉——痴心妄想。刘伯温，你做得没有错，你也应当这样做，我也应当这般下场！"

冷嘲热讽夹带着自怨自艾，朱珠越这样说越发显得凄苦，也越发惹人怜爱。

刘伯温将心比心地设想朱珠此时此刻的心境，感到自己纵使有天大的理由也是没理由。

"师哥，你为何那般小气，你大喜之时怎不捎个信来，好让小妹讨杯水酒吃、见识一下嫂子呢！"

尽管朱珠轻描淡写地问，但她根本无法掩饰内心的极度不平静。不过，与以往大不一样的是她没掉一滴泪，也许是早已哭干的缘故，也许是悲到极点不应有泪。

朱珠的一字一句都触到了刘伯温的苦楚。这件事上，他也是被逼无奈的。他父亲刘伦直到四十多岁才得他这个独子，盼望香火有继的苦刘伦是受够了，故此，刘伦打定主意不能让刘伯温再受同样的苦。在这个问题上刘伯温的母亲也持同样的立场，于是便早早为刘伯温订下一门婚事。随着刘伯温年岁的增长，女方家长多次提出让二人完婚的要求。刘伦出于对刘伯温学业的考虑，一拖再拖。待到刘伯温中了进士后，女方家长又一次催逼，刘伦也感到再不完婚于情于理都讲不过。尽管刘伯温对这桩婚事是极不满意的，他一心想娶朱珠为妻，但刘伯温将此中的缘由告知父母后，刘伦夫妇却是不同意。刘伦平时开明，但在这件事上毫不让步。刘伯温又是说服又是哀求，都毫不奏效。他刚有反抗，刘伦夫妇便针锋相对，采取的措施比刘伯温更为坚决，刘伯温的母亲甚至以死逼迫，这可让身为孝子的刘伯温左右为难，终究屈服了。

这些缘由朱珠哪里会知晓。刘伯温如今见到了心上人，更听见心上人如此故作轻松地说，真如万蚁啃心。也让刘伯温回想起在家抗婚的那段苦难时光，想着想着，刘伯温便感到喉头哽咽，一阵比一阵地难受，眼圈也不知怎地就红了，他拼命想要抑制住自己不哭，可终归是徒劳，鼻子一酸，两行泪水夺眶而出。

刘伯温触到了伤心处，即便他是颇有修为的人，也不能自已地痛哭失声。他如此毫无顾忌地大哭特哭，倒让一旁的朱珠不知该如何是好。她感到自己眼前的刘伯温不是什么老成干练的大男人而是率真敦厚的大男孩，他在自己面前毫无顾忌地痛哭，不知道他心中受到了多么大的委屈，不然的话，他绝不该有这样的反常举动。朱珠看在眼里却是痛在心上，看着自己心爱的人哭得这样伤心，自己却爱莫能助。

刘伯温本是少有泪水的人，只哭了一阵子，心中已不像刚才那样难受，泪水也就停了。

朱珠见他的情绪平稳一些，并不再拿冷言冷语责怪他，而是换了一副小心翼翼的口吻说道："温哥，我其实对名分看得很淡。我只是害怕失去你的爱。我很小时就失去父母双亲，一个人在江湖流浪行乞，吃尽了苦头，受尽了欺侮，直到师父领我上山，我才感到人间的温暖和真情。除了师父的慈爱外，对我而言是没有什么比你的爱更重要的，为了它，我情愿牺牲一切。今天你哭了，你哭得好伤心，却让我实实在在地感到你不是薄情寡义之人，你心中依然爱我，跟从前一样，对不对？"

刘伯温知道现在是讲明缘由的时刻，便将自己成婚的前前后后述说一遍，末了，他动情地说："在与你的情感和对父母的孝顺的抉择中，我背弃了你而屈从对父母的孝顺，我不能强求你能理解我的苦衷，无论你怎样骂我、恨我，我都无怨言。但我只求你能明白一点，那就是我对你的那份感情真真实实存在过，并将永远在我心里！"

"哇"的一声，朱珠哭了，并投入他的怀中，紧紧地将他抱住……

古松下，斜阳的余晖里一对人儿紧紧相拥，好似化成石像般，时光对他俩而言，已经死去。

刘伯温常常坐在悬崖边，注视着脚下的云起云灭，不由得慨叹人生如这云海，变幻莫测，自己"平天下""建功名"的愿望也淡泊了许多。辞官之后，心情多少有些不好，但回到雁荡后，寄情山水，又发现自己以往所热衷的倒不如眼前的云海真实。

日子一长，原是朱珠的铁杆同盟——阿白也与刘伯温厮混熟了，与他的亲热程度已超过了旧伙伴朱珠，引得朱珠醋意大发但也无计可施。阿白是个很不错的向导，常领着刘伯温去探幽寻险。刘伯温自以为对这里的一草一木早已了然于胸，哪知被阿白领着东转西转几回后，才晓得他过于自大啦。

阿白好似如数家珍一般，将千年的灵芝、首乌、结碗口大小桃子的桃林、山腰隐蔽的温泉等一一指给他。去了多次之后，阿白的"宝藏"便已献得一干二净再也找不见奇妙之处。这二位时常到各处"宝藏"巡视一番，其乐无穷，然而，有一处"宝藏"却是阿白去得刘伯温去不得，那是一个陡峭如刀锋的悬崖上，一个天然洞穴被茂盛的草木遮掩住，若不是阿白身形敏捷地钻了过去，刘伯温真难以置信那里会有个洞穴。刘伯温虽然跟着天玄子学艺多年，不过，他所学的是兵书韬略、奇门遁甲之类主要靠用脑的本事，至于朱珠学到的"腾云纵"一类的轻功，他是不会的。

阿白每次来到此处时，总是异常地兴奋，嘴里呜里哇啦讲着谁也不明白的"猿语"，那意思是里边有世间罕见的宝贝，非让刘伯温目睹一下不可。可要进入洞穴，对它而言是不费吹灰之力就可以办到，可对刘伯温而言却是难于上青天。那座峭壁好像一柄利剑直刺天穹，直上直下，刘伯温从未听说有谁曾爬上这座峭壁，即便恩师天玄子那么高的轻功也只能望"峰"兴叹。刘伯温记得，恩师天玄子讲他年轻时曾上去过一回，那次是为了苦练"壁虎功"，但并未发现那个阿白所指的洞穴。

因而，刘伯温每次面对阿白的热情相邀，只得做出无可奈何的样子。刘伯温打着手势询问阿白那里边有什么，可惜阿白不会人言，刘伯温也不懂猿语。不过，可以看得出来，阿白每次都在为如何使刘伯温进入洞穴而大伤脑筋。一只猿猴是如此地"执着"，让刘伯温颇感过意不去。然而刘伯温是在另一座山崖上望那座峭壁的，山崖距峭壁有五丈远的距离。阿白纵身一跃，便可从这个山崖跃到那座峭壁上，抓着青藤、小树便可爬进那洞穴。

那洞穴似乎成了阿白的一块"心病"，也让刘伯温大伤脑筋，他曾把朱珠拽来，可朱珠刚一看到就直吐舌头，丢下这样一句话："温哥，你若是想让我死，干脆现在把我扔进山崖里摔死，何必出这样的损招害我！"

说罢，拂袖离去，离开时的眼神分明是在看两个"疯子"。

刘伯温后来也就对洞穴失去了兴趣。

一日，阿白兴高采烈地来到刘伯温的书房，扯动刘伯温的衣衫就往外跑，刘伯温以为发生了什么大事，连手中的书卷都未放下。孰料，阿白又将刘伯温带到那洞穴对面的山崖。

正当刘伯温又是茫然又是无奈地望着阿白时，阿白像变戏法似的从一棵参天古木后取出一捆"绳索"来。那"绳索"是由酒盅粗细的青藤连接成的，大致有十来丈长，"绳索"的一头紧紧拴在那棵古木上。阿白为了显示那"绳索"的坚固可靠，自己抓住另一头，在悬崖下荡来荡去。最后，阿白将那"绳索"拴在身上，纵身上了那座峭壁，爬进了那洞穴。那根"绳索"也被拉得绷直，在天堑上铺了一条"通途"。它即沿那"绳索"爬回到刘伯温身边，对着刘伯温又是龇牙又是吼叫，两只眼珠都瞪红了。

刘伯温的心中直犯嘀咕：阿白的意思是让我冒险去一遭，沿那"绳索"爬过去。我要不去吧，阿白的一番苦心付之东流；我若去吧，这"绳索"两头若是拴得不牢靠，难保不会坠入万丈深渊。

阿白像开路先锋一样，在"绳索"上如履平地，很快就到了那洞口。

刘伯温将碍手碍脚的衣衫整束好，沿那"绳索"慢慢爬去。他可没有阿白那本事，在这根酒盅粗细的青藤上腾挪跳跃。他是一点一点往前挪，并且是全神贯注，不敢有丝毫的分心，倘若真有闪失的话，他将会摔个粉身碎骨。

谁能想象得出，在这空山幽谷，一位文质彬彬的弱书生居然铤而走险，干这样疯狂的事，刘伯温整个人在"绳索"上一边向前挪动一边晃荡着，他的脚下正是一眼

望不到底的深渊。

虽然只有不到十丈远的距离，可是每挪动一寸都是对刘伯温的严峻考验。当刘伯温终于抵达那端时，便一下子瘫坐在洞口，大口大口地喘着粗气，汗水已湿透了前胸后背。阿白显得异常兴奋，也不顾刘伯温还未喘匀气，便拽着他往里走。

洞穴内部的情况大大出乎刘伯温的想象。刘伯温原以为不过是一个很窄小且阴暗潮湿的天然洞穴，实际上里边又宽又大而且非常明亮。不仅如此，这里还有人住的痕迹！有石桌、石椅、石灶还有蓄水的池子，特别是还有一张石床，石床之上还有一个人！不过，只是一具穿着衣服的骷髅，保持着打坐的样子。

刘伯温不由得倒吸一口凉气，心说：真是人外有人，天外有天啊！谁会想到这个人迹难至的峭壁之上居然还有人住过！

刘伯温扫视四壁，只见石壁上刻满了阴阳八卦、地理星相的图形。此时，阿白却从旁边的一个石洞探出头来，发出吱吱的叫声，意思是招呼刘伯温过去。

刘伯温走进那间洞穴，四壁空空如也，只是在正东方向的石壁上有一条凸出的龙头，龙头旁的石壁上有一行龙飞凤舞的草书。好在刘伯温平日里对书法多有研究，仔细辨认后，更让他大惊失色，那行字写的是："刘伯温，三扣龙头可得之！"

刘伯温绝非是唐突孟浪之人，他细心地将凌乱的衣衫整好，还拂去周身上下的尘土，这才跪倒在龙头的正下方，毕恭毕敬地磕了三个响头。

第三个响头刚一磕完，石壁上突出一个暗洞来，有一卷古书摆放在里边。

刘伯温起身，将那卷古书取了出来，拿到光亮处，展卷一瞧，顿时惊喜万分。在那古书的卷首写着四个秦篆字：太公兵法。

单凭这四个字，刘伯温便知晓此书的来历。

说起此书的来历还有一个脍炙人口的故事：

那是在秦朝末年，没落的韩国贵族张良在阳武博浪沙刺杀秦始皇未遂后，四处躲藏秦兵的搜捕与追杀。当他某日行至沂水圯桥头时，遇到了一位其貌不扬的老者。在二人擦身而过时，那老者猛地将脚上的鞋子踢落到桥下，却用一种不容分说的口吻命令张良道："小子，把鞋给我捡起来！"

有着良好家教的张良强压心中的不满遵从了那老者的驱使，到桥下将那只鞋子捡了上来。那老者非但不致谢反而得寸进尺令张良替他将鞋穿上。无端受辱的张良一时间热血沸腾，恨不能立刻将那老者打翻在地，狠揍一顿，不过此时亡命天涯的张良对各种事都能忍气吞声，逆来顺受。他也就顺从地把那只鞋给老者穿上。老者却像受之无愧似的，连一个谢字也未说，就扬长而去，一边走一边仰天长笑。一下子弄得张良神情错愕、哭笑不得，心情也糟糕到了极点，在桥上发了好一阵子呆。不料那怪老者去而复返，对呆若木鸡的张良说了一句："孺子可教矣。"

随后，那怪老者约好张良五日之后的凌晨再到此处见面。

五日后，天刚蒙蒙亮，张良如约前往。当他到达时却未曾想怪老者已守候在那里。还未等张良开口讲话，怪老者劈头盖脸就是一顿训斥，并让张良五日后再来，说罢扬长而去，将孤零零的张良丢在那桥上不管。

　　有过一次教训的张良在五日后可学乖啦，他也不等什么鸡鸣时分才去，干脆未及三更就披星戴月地赶到桥头，在凛凛寒风中守候了半夜。清晨时分，怪老者如约而至，见张良早就在那里守候感到十分高兴，便当即从怀中取出一卷书，赠送给张良，并说："只要你能精通此书，便可成就辅佐帝王平定天下的宏愿，在十年之后的乱世建立丰功伟业！"

　　那卷书就是《太公兵法》，那老者便是绝世高人黄石公。

　　张良后来干出了一番惊天动地的伟业，此卷书功不可没。自张良故去，这卷书的下落也变得不明不白，千百年来，无数人梦寐以求此书，可这卷书就是不见踪迹。

　　如今，这卷人间罕见的兵书战策却被刘伯温捧到了手中。更让人难以解释的是，遗留此卷兵书的人好像洞察一切似的指名点姓要刘伯温接受此书。真是大千世界无奇不有！

　　如获至宝的刘伯温小心翼翼地将《太公兵法》放入怀中，与阿白原路返回。

　　刘伯温又经历了一番惊心动魄的生死考验终于回到了安全的地方，刚想坐下歇一歇，却不知朱珠从什么地方冒了出来，冲着刘伯温劈头盖脸就是一顿训斥："你这个家伙作死呀！那么危险的地方不跟我说一声就去！我已经找你俩找了大半天，哪里也寻不见，最后到这里，我冲着洞口喊破了喉咙，也没人理我，我还以为你俩都掉进深谷摔成肉酱了！我都快绝望了，才看到你们两个出来，我怕你分心，隐身在树后，你刚才在'绳索'上悬悬乎乎随时都可能掉下去，我的心都提到嗓子眼啦！"

　　此时，刘伯温的心情特别好，无论珠妹怎样训斥都不气恼，待到朱珠说得口干舌燥，干脆撅起樱桃小嘴脸上乌云密布时，方对她喜不自禁地说："珠妹，我晓得你牵挂我的安危，但不入虎穴，焉得虎子！我今天冒死进洞，却有着天大的收获！"

　　接下来，刘伯温便将他进洞的前前后后对朱珠讲述一遍。

　　刘伯温的口才可是顶呱呱的，等他说完，朱珠的脸已转阴为晴了，但还是又嗔怪了刘伯温一句："总是你有理！"

　　刘伯温拜见恩师天玄子，又将寻获奇书的经过讲述一遍。天玄子将那卷《太公兵法》捧在手中，翻来覆去地看，爱不释手。老人家对刘伯温说："温儿，这可是你的造化啊！想这本《太公兵法》，众多英雄豪杰穷其一生都未能看到过一眼，你虽冒死探幽却是意外的收获。那行字所刻的'扣'字实际上也在考验你，倘若你自以为是，真的用手去扣龙头的话，真不知会有怎样凶险的结果。依为师来看，龙头必会射出三支利箭，叫你猝不及防，中箭而亡。也不知留下此书的高人是何许人也。温儿，这都是天意，趁你风华正茂，又在这幽静之所，好好研习这部《太公兵法》，日后它必将派上大用场。这样，你也不至于辜负前辈高人栽培你的一番苦心。为师已经老去，视功名伟业如粪土，宁愿不问俗世，做闲云野鹤就心满意足了。"

　　一听恩师提及"功名"二字，刘伯温不禁心浮气躁起来，他回道："弟子已对功名看淡，空负一身本领到头来却要助纣为虐，不如多读些经书礼法，以便传播天下。"

　　天玄子正色说道："温儿，怎能有这样消极厌世的思想。姜太公三十二岁上昆仑山学艺，苦学四十载，七十二岁才奉命下山，直至九十三岁方登台拜相灭商纣、兴周室。你不过初入仕途受了些挫折罢了，便知难而退，这样怎能成气候？即便把国家交由你治理，以你现在的本事就一定能做好吗？休要意乱神迷、不思进取，只有励精图治才可东山再起！去吧！好生研习《太公兵法》，休作别的打算！"

一席话如醍醐灌顶，让刘伯温发昏的脑子清醒了许多。

自此以后，他便潜心研习这部兵书以及其他的本领，一心学习那卧薪尝胆的勾践。时光匆匆而过，春花开了又谢了，秋鸿来了又飞去，转眼之间，三年的时光就这样溜走了。

一日，刘伯温正在自习兵书，忽然，朱珠进来了，身后还跟着一人。刘伯温定睛一瞧，原来是家人刘安。

刘安是特意上山找刘伯温的，还捎来了刘伦的一封亲笔信。信上说江浙行省已准备重新任用他，任命他为儒学副提举并兼任行省考试官，何去何从，望他速作决断。

刘伯温带着家信去与恩师天玄子商议，天玄子看过那封信，就在室内踱来踱去，最终停下来，干脆地说："去吧！红尘俗世待够了再隐居山林也不迟！"

刘伯温又看了一眼立在旁边的朱珠，以一种怯怯的语气问："那……那朱珠呢？"

"噢！"天玄子也回头瞧了一眼朱珠。朱珠已是满脸涨得通红，静等师父的下文。

"你此番下山，难保不会险象环生，江湖也多凶险，让朱珠伴你左右，情急时也好为你消灾免祸。"

这话无异于开了天恩，正中朱刘二人的下怀，二人慌忙不迭地拜谢师父。

二人跟随天玄子多年，感情深厚，真要分别时，一下子难以割舍。老爷子亲自将他俩送下山。在山脚下，天玄子长叹一声，讲道："你们今后要好自为之，不必牵挂我，我身边有阿白相伴也就可以了。常言道：'送君千里，终须一别。'你等上路吧！"

清楚老爷子秉性的朱刘二人，也不再多言语，跪倒向恩师拜了三拜，与家人刘安一道回转了青田老家。

第 04 章
再仕为天下　心灰二辞官

　　刘伯温经过旅途辗转来到杭州，开始了他的二次出仕。朝廷此次授予刘伯温的官职是江浙行省儒学副提举，权位要比那高安县丞强得多，是从五品，职权范围是统辖行省下辖诸路、府、州、县的学校、祭祀、钱粮等事。刘伯温同时兼任行省的考试官，更是把握全省德生升迁荣辱的大权，因为每三年一次的科考、乡试是由行省考试官主持的。若这职位到了一位贪官手中，那是大有油水可捞的。

　　原本清廉的刘伯温自然不会看重这些。他并未像一般人那样在升迁后喜气洋洋，相反却是忧心忡忡。他忧的是杭州官场上朋党林立、互相倾轧，自己又像苏东坡似的"一肚子不合时宜"，恐怕干不成什么正事。

　　不过，忧心终归只是忧心，刘伯温还是力求在夹缝中打开局面。

　　刘伯温对他此次出仕的内幕毫不知情。他在许多人眼中不过是把锋利无比的宝剑。起用他的人是这样考虑的：刘伯温这把不可多得的宝剑与其留给仇家拿他来砍杀自己，不如抢先将他握在手中，即使挥不动，也不能让仇家抢了先机。江浙行省丞相嘛达古嘟正是这样考虑的，嘛达古嘟其实是个汉人，他动用大量的金银财宝，买通丞相马札儿台，拜马札儿台为干爹，遂将姓名改为嘛达古嘟。他出任江浙行省丞相更是飞扬跋扈、不可一世。下级官员视他为猛虎，畏惧有加，上级官员忌惮他的背景，对他恭让三分。

嘛达古嘟虽然在江浙行省可以一手遮天，但在其权势熏天的背后却隐藏着巨大的凶险。那是因为朝廷的高层对权力的争夺也是异常惨烈的，他的靠山马札儿台都难以保证哪天不会成为政敌的阶下囚。嘛达古嘟也感到危机四伏，于是拼命地积蓄力量，一旦有何不测之事发生他就可以大干一场。

最近一段日子，嘛达古嘟过得就不怎么舒心。有位钦差从朝廷下来，表面上是督办江浙的钱粮布帛与征调，实际上却插手行省各方面的政务。这名钦差是蒙古人，叫作铁朵儿，就是不买嘛达古嘟的账。两人相遇时，各自笑得像朵花，一转身，就换上一脸的狰狞。嘛达古嘟的如意算盘是借助天不怕地不怕的刘伯温赶跑铁朵儿。

刘伯温在杭州城内一条僻静的巷子中租下一家独门独院，作为寓居之所。他之所以找这样的处所，图的是少人打扰、清静自在。朱珠却很兴奋，因为有机会做个主妇，虽然有实无名，她仍是心满意足。

刘伯温上任之初，不过是熟悉熟悉上下官员，并未做什么实事。他以谦和的姿态面对每一个人，让他们觉得自己是一个少有锋芒的人，一个随和易处的人，而非传说中的那样张牙舞爪。刘伯温礼节性地将方方面面的人物一一拜会到，不仅是不卑不亢，更是不动声色，但他的心中却在思量如何烧好"三把火"。

他与提举胡长青商谈过。那是个满脸酒色之气的中年男子。刘伯温与他聊了没有多久，便找到一副绝妙的对子为他画像：墙上芦苇，头重脚轻根底浅；山间竹笋，嘴尖皮厚腹中空。

这等不学无术的饭桶居然会是江浙全省生员的顶头上司，真算得上绝妙的讽刺。

刘伯温是这样问的："提举大人，不知当下有何事要做？请您明示属下。"

"哦，这些事无须你我操心，叫下边人看着办理就行了。伯温先生，久闻你的才名，哪日举办个诗酒会呀？"

"我想江浙人才济济，却无一座像样的书院，不如将此事抓一抓吧？"

"一办书院就要大兴土木，就要大笔开销，又是一堆麻烦事，让人一想就头疼。伯温先生你可爱听戏？"

刘伯温的鼻子差点气歪了，胡长青简直不可理喻！刘伯温强压心中的怒火，问了一句："提举大人，您不反对办书院吧？"

"唔，不反对。你爱听李亚仙还是《描金凤》？"

胡长青也不待刘伯温答话，自顾自地天南海北乱扯一气，刘伯温又好气又好笑，可面子上又不能表现出来，只得忍着。

终于，胡长青讲了一句："端茶！"

刘伯温早盼着这一刻的到来，赶忙起身告辞出来。

跨出门口时，他抬头仰望苍天，先是喟然长叹，尔后对自己讲：只有靠自己啦！

西子湖西侧，在古木参天、千峰竞秀的灵、竺山间，坐落着一千年古刹。那便是赫赫有名的灵隐寺。说起灵隐寺的来历，是在东晋成和六年由印度云游到中国的僧人慧理创建的。"灵隐"二字寓意"仙灵所隐"。香火繁盛时，曾有九楼、十八阁、七十二殿堂，僧徒更是达到三千人之巨。

前些年，刘伯温游历到杭州时，曾不止一次来到灵隐寺。今日，他携朱珠来到灵隐寺，并非为了故地重游、观光览胜，而是有着一个重要的约会。刘伯温渴望会面能够早些到来，因而行色匆匆。

穿过绿荫婆娑的小径，刘伯温与朱珠来到了冷泉旁。九曲十八弯的小桥横架在碧色的泉水之上，一座精巧别致的亭子坐落在水中央。

刘伯温急于要见的客人早已守候在冷泉亭。那人背对着刘伯温，倚栏远望。刘伯温一时顽性大起，示意朱珠要悄无声息地过去，当两人蹑手蹑脚来到那人背后，刘伯温用手轻轻一拍那人的右肩头，随即蹲下身去，那人被惊得猛然回头，却只见一妙龄女子，脸上的神情不禁愕然，此时刘伯温方起身，一阵爽声大笑，那人立时明白是刘伯温的恶作剧，也不禁哈哈大笑起来。

"伯温兄，好久不见，你还是如此爱开玩笑！"

"潜溪老弟，倚栏远望，可是有满腹的愁思不成？"

"哦，我正在思考这冷泉亭的对联，联云：'泉自几时冷起，峰从何处飞来？'我想不若改作'泉自有时冷起，峰从无处飞来'。"

刘伯温才思敏捷，只在脑中转念一想，便朗声对那人讲："潜溪老弟，我以为改作'泉自冷时冷起，峰从飞处飞来'。不知你意如何？"

"妙！妙啊！若天下才分八斗，伯温兄当独占七斗呀！"那人抚掌称赞。

在一旁悄无声息的朱珠，突然插话道："泉自禹时冷起，峰从项处飞来。"

"哦？'禹'当指'大禹'，那'项'为何意？"

朱珠答道："力拔山兮的项羽呗，若不是他，怎么会有飞来峰呢？"

"真乃妙语！珠妹竟有这等才思，折煞我等书呆子！潜溪老弟，这是我的师妹——朱珠。"

刘伯温替二人介绍。

"珠妹，这就是我常跟你提起的宋濂，又号潜溪，江南第一才子哟！"

朱珠赶忙施礼，口称："小女子朱珠，喜好拳脚，粗识文墨，日后要多请教潜溪先生啦！"

宋濂是个老实人，脸上不禁一红，回道："贤妹客气，我哪里敢称什么'江南第一才子'，真正的才子是你的师兄。"

"好啦，咱们两个也就不要互相吹捧啦！倒让珠妹看笑话。潜溪老弟，你不在你的书院，为何跑到杭州来，是不是耐不住书院的清苦，贪恋此处的繁华呀？"

"莫要打趣我！我先问问老兄为何光临杭州呀！"

"我不愿老死家中，一事无成，因而一有机会，便急急忙忙地蹿出来。"

"你呀！还是那股子'闻鸡起舞'的劲儿，上一次的经历还未能让你知难而退？"

"书生意气！你是怎么回事？"

"书院的房子被暴雨冲垮了，书院没有财力修复，而且面临着钱尽粮绝的窘境，当地的商贾大户紧紧捂着钱袋，不肯资助一毫，我只得来这繁华的所在'化化缘'，以便能将书院维持下去！"

听宋濂讲到这里，刘伯温不由得满口叹息，对他讲："现如今我虽身为江浙行省的儒学副提举，可实际的境况与你不相上下，也正在为钱的事发愁！"

"哦？你吃官差俸禄，还会怕穷死？"

"贤弟有所不知，我们的提举大人是个饭桶，他答应我可以开办书院却不肯掏一分钱，我只得想办法募集钱款。"

"有意思！两个穷书生都在处心积虑地弄钱，目的不过是为了养活书院。伯温老兄，你可有何锦囊妙计？"

刘伯温故作玄虚，示意宋濂附耳过来，接着对他密语一番。

宋濂听罢，恍然大悟，口中啧啧称赞："伯温兄神智赛诸葛，真让愚弟佩服得五体投地。你这妙计一出，如一阵春风吹散了我心头的满天乌云。来！来！我等今日就在这里饮酒赏景，快活一日吧！"

"要得！要得！"刘伯温一边大声赞同一边指派朱珠去安排酒席。

工夫不甚大，朱珠便采办酒食满载而归，有东坡焖肉、叫化鸡、西湖醋鱼、油焖春笋、药茶汤等，另外还有一坛陈年的状元红。

两人的仕途均不如意。宋濂只参加了一次乡试，落第后再也没心思去求仕途上的飞黄腾达，而是一心一意地做学问；刘伯温，从初次出仕到愤然辞官，如今二次出仕，前途也是凶险未卜。不仅刘伯温是"一肚子不合时宜"，宋濂也是满满"一肚子不合时宜"。这下可好了，既有良辰美景又有佳肴美酒，两个不得志的人，可以借此机会大饮特饮，消解心中的块垒。

男人的酒总是越喝越多、越喝越愁。曹孟德说："何以解忧，唯有杜康。"于是乎，又有无数的黄汤下肚。

刘伯温喝得豪兴大发，一手举杯，一面吟诵当朝词人元好问的《临江仙·自洛阳往孟津道中作》：

今古北邙山下路，黄尘老尽英雄。
人生长恨水长东。
幽怀谁共语？远目送归鸿。

盖世功名将底用？从前错怨天公。
浩歌一曲酒千钟。男儿行处是，未要论穷通！

　　宋濂合着刘伯温吟诵的拍子，用筷子击打着盘沿，不亦乐乎。

　　也许是刘伯温诵词时的悲壮苍凉感染了宋濂，宋濂也心潮澎湃，吟了一首稼轩的词《贺新郎》：

甚矣吾衰矣！恨平生。交游零落，只今馀几？
白发空垂三千丈，一笑人间万事。问何物、能令公喜？
我见青山多妩媚，料青山见我应如是。
情与貌，略相似。

一尊搔首东窗里。想渊明《停云》诗就，此时风味。
江左沉酣求名者，岂识浊醪妙理？回首叫、云飞风起。
不恨古人吾不见，恨古人不见吾狂耳！
知我者，二三子。

　　两人从晌午时分一直喝到日落星沉，兴尽方大醉而归。

　　这一日，嘛达古嘟召见胡长青与刘伯温。

　　浑浑噩噩的胡长青呆头呆脑地问："大人，不知此番召见属下，有何指示？"

　　嘛达古嘟并不急于答话，而是端起茶杯，用茶盖拂去上边的浮沫，浅浅地饮了一口，但他的余光一直瞄在沉默不语的刘伯温身上。

　　"刘副提举，你所提要办书院的策论我已看过了，写得很好！于情于理都让我感到在杭州开办书院的重要性。书院的选址、规模、样式也写得一清二楚，可我有些事还不甚明了，你可否估算这项工程的费用？"

　　其实，他一召见刘伯温，刘伯温便断出他召见自己的目的所在。果不其然，嘛达古嘟对开办书院的核心问题提出了质疑。

　　刘伯温从容不迫地回道："禀大人，我估算的费用在二百万两白银左右。"

　　"哦？平心而论，建造一所规模宏大的书院费银二百万两也不为多。可是，你上任伊始，对行省的财政状况不大了解，行省的财政一向很是吃紧，莫说是拿出二百万两银子来，就是拿出二十万两来也难于上青天。刘副提举，不知你打算怎么办？"

　　刘伯温微微一笑，将皮球又踢了回去，问："诚如大人所言，刘某初来乍到，万万没有想到行省财政处在困境之中，不知大人如何统筹安排？"

　　嘛达古嘟又低头饮了一口茶，悠悠地回答说："'巧妇难为无米之炊'，我又不是无所不能的观世音菩萨，只得奏明朝廷，求得朝廷投巨款后再行修建。"

　　"大人，开办书院造福八方，功德可垂千古，切不可一拖再拖。刘伯温倒有一笨招可不动用行省的钱粮，便能将书院建造完毕。但有两个条件须大人应允后，我方能办到。"

　　"哦？刘副提举果有妙计？"

"属下虽然不才，把握还是有的，恳请大人先行答应条件才可。"

"两个条件？不妨讲来听听。"

"一、妙计的内容无法奉告，走漏了消息便难以筹到；二、钱款筹齐后，仅由我来掌管，无须旁人插手。不知大人肯否应允？"

嘛达古嘟着实在心中盘算一番，算来算去对自己都不会有何不利，然而心中总有些不够安稳，自己眼前的刘伯温是没什么背景和来头的，他这样满有把握地讲，到头来会不会仍是一场空呢？

带着疑虑，嘛达古嘟回道："你的两个条件，我可以应允，不过……"语锋一顿，望了一眼刘伯温才说道，"不过，我也是有条件的。"

"哦，不知大人的条件是？"

"公事公办，万万不能儿戏。筹齐钱款当有个时限，若是逾期未能完成的话，定要受到惩处才行。"

"大人，下官愿以顶上乌纱为担保，限期十五日内筹齐二百万两白银，如若逾期完不成，甘愿削官为民！由胡大人当见证人，丞相大人你看可否？"

"好！好！"嘛达古嘟不禁手捻胡须，心中不禁有些爱惜眼前这个虎虎有生气的年轻人。

"刘副提举，你可先行告退了。我要留胡大人谈些事。"

"丞相大人，下官就此告退了。"

刘伯温从江浙行省左丞相府出来，并不急于回他的小院，而是奔向六和塔，他约了宋濂在那里相见。

六和塔坐落在钱塘江畔的月轮山上。初建时，是开宝三年的吴越国王钱椒为了镇住汹涌不羁的钱塘江潮而筑，塔高五十多丈，共分为九级。后屡遭兵灾，几次重建，但都难以恢复原来的规模。

刘伯温要登的六和塔是南宋绍兴年间重建的，比当初矮了许多，仅有二十余丈。从外看来，是一座十三层的塔，可它的内部仅有七层。刘伯温沿着塔内螺旋形阶梯拾级而上，檐角悬挂的铁铃被风吹拂，叮咚作响。

刘伯温走得不徐不急，时不时停下来，观览塔外的风光。待到他上了塔顶，宋濂已在那里等候多时了。

宋濂正在欣赏塔壁上的石刻，用的是黄庭坚临《兰亭集序》的体例，所刻的内容是：

日生沧海横流外，人立青冥最上层。
潮落远沙群下雁，树欹高壁独巢鹰。

他闻听背后有声响，一回头见是刘伯温来了，便说："伯温兄，来看看这处壁刻。字遒劲而不失圆润，诗意也很贴切。"

刘伯温仔细端详了一番，很是赞同宋濂的看法。刘伯温凭窗远眺，壮美绚丽的山河景色尽收眼底。桑园水田，纵横交错，互为点缀，世上恐怕没人能画出这般秀丽又自然和谐的山水写意来。钱塘江如一条白练紧绕在大地上，水渺渺、浪滔滔，东流至海，一去不返。这怎能不让文人骚客感怀伤时呢？

刘宋二人也不言语，都呆望着窗外的美景，看着看着也都生出几分悦然来。

过了良久，宋濂吟了半句诗："人世几回伤往事。"

"山形依旧枕寒流！"刘伯温脆生生地接出下句，两人四目相视不禁发出会心的爽笑。

"贤弟，苦禅大师可否联络好？"

"伯温兄，苦禅大师开始称自己早已抛却红尘，不问俗事，经我苦苦哀求，才答应破一例。你那边怎么样啦？"

"卜鲁八蓝满的门槛真难进，仗着自己是帝师座下的大弟子，开始见我时猖狂无礼。他不晓得我的底细，我将恩师天玄子的名号一报，他立刻像换了一个人似的，对我毕恭毕敬起来。我将开佛法会的事一讲，他毫不迟疑就应了下来。定于三日后在西子湖畔开佛法宣讲会，历时三日。"

"那个卜鲁什么的为何一听你师父的名号，就会有那么大的变化？"

"先师讲过，早年他在西域仗剑游历时，曾搭救过卜鲁八蓝满一家，那时卜鲁八蓝满还是个小孩子。但是，这个卜鲁八蓝满倒是懂得知恩图报，在他成为帝师的大弟子后，不知怎么就找到了我师父，想要答谢我师父，因而我一提师父的名号，他便变得毕恭毕敬起来，对我所提的要求慨然应允。"

"伯温兄，一个是藏传佛教的宗师，一个是当朝国教的红人，两个人拢在一起登台讲法，恐怕会起纷争吧？"

"万佛同宗嘛！他们两个来谈法辩禅，各有各的号召力，卜鲁八蓝满宣讲的是藏传佛教，那么在杭的蒙古官员及家眷必然会赶去听讲，苦禅大师在东南佛教界可是首屈一指的高人，杭州的商贾大户对他一向都很信服，这样的话我们所要筹齐的钱款也就不难办到啦，眼下需要做的便是要大造声势，让更多的人知道佛法宣讲会的召开。"

"伯温兄所言极是。"

"贤弟，我可以调动提举司的属员去做这件事。对了，迎接圣物那件事办得怎么样啦？"

"哦，估计问题不大，以苦禅大师的面子，少林寺应当答应。估计那批佛教圣物正在来杭州的路途上，今明两天就该到了。"

"好吧，圣物的事就由你负责好啦，我们就此别过吧！"

"好的。"

两人从六和塔顶分了手，按各自的分工分头忙碌去了。

第二日，临近中午时分，刘伯温刚从官署里出来，一个军中小校模样打扮的人迎上。

"大人，敢问您是刘伯温刘副提举吗？"

"对呀，你找我有事吗？"

"是一个姓宋的读书人让我给您带个口信。"

"哦，"刘伯温上下打量一番眼前的这个人，"此处不是讲话之所，你跟我来。"

两人拐进了一家僻静的小酒店。

"我是铁朵儿手下的一名小校。今天上午，我们奉他的指令在城北二十里处，捉了十名和尚和一名读书人，还劫了一批木匣。那名读书人先是由我看押的，他悄悄地告诉我他叫宋濂，那些木匣装的是佛教圣物，他再三哀求我给您捎个信。我久闻宋濂的大名，对他的为人也很钦佩，因而我偷偷地从钦差府溜了出来，给您捎信。宋先生说让您快想办法，将那批圣物营救出去，事关佛教荣辱的大事，一再叮嘱要您千方百计保住那批圣物，保证佛法宣讲会的如期召开，至于他个人的安危倒也无须太多牵挂。"

那青年小校一口气讲了这么许多，渴得他抓起一碗茶水一饮而尽。

这个突如其来的消息让刘伯温大为吃惊。

"那些和尚及宋濂现在何处？"

"还被关在钦差府的后院。刘大人，您可要火速拿出对策来！那铁朵儿心黑手狠，刘大人若是动作慢一些，那些少林和尚及宋先生恐怕就会性命不保！"

刘伯温的脑子何尝不是这样想，他的性情原本有些急躁，此时却在突来的变故前沉下心来，前前后后思虑一番。刘伯温取出十两白银放在那青年小校的面前。

"义士，不要误会我的意思。这几两银子算不了什么，你且拿去，喝杯茶水，吃点饭菜，恕我不能相陪。"

"大人，您终究还是小瞧人。我来报信绝不是贪图钱财！这银子，我不能收！"

"这样吧，我身上只有这么多，你拿去这十两纹银，伺机为我宋贤弟及少林众僧买些吃食物品可好？我现在就去营救他们，再会！"

刘伯温知道，眼下能搭救少林众僧及宋濂的只有一人，那就是卜鲁八蓝满啦。

刘伯温火急火燎地赶到卜鲁八蓝满下榻的地方，通禀进去，卜鲁八蓝满一丝急慢也没有，亲自到大门口迎接刘伯温。

刘伯温也顾不上与他客套，开门见山地将所求之事和盘讲出。卜鲁八蓝满这个藏族汉子心肠真不错，听完刘伯温的讲述后，当即表示，这件事他一定要管。

卜鲁八蓝满先是唤来一个心腹，想要派他前去要人和物。

刘伯温一听就着了急，阻拦道："法师，你这样做非但救不了人，反而会让他们死得更快！你想，你若大张旗鼓地前往钦差府要人，他自然害怕事情败露，必会百般抵赖，在与你交涉时拖延时间，并暗中将人处理掉、物品转移掉，到时候，你就什么也要不出来了！"

卜鲁八蓝满一听，觉得蛮有道理。

"伯温先生，依你看该怎么办呢？"

"只有强夺啦！"

"强夺？如何强夺？"

"你与你的亲随立刻赶奔钦差府，到了后，你躲藏在一旁，派你的亲随将铁朵儿骗出，谎称你在家宴请他。待到铁朵儿一离府，你就直闯铁府，让他们猝不及防。铁府的下人若是拦阻，你就告诉他们是铁朵儿约你到后花园吃酒的。到了后花园，你便命令手下将少林众僧和宋濂救出，找出那批圣物。不过，这样一来，你就与铁朵儿撕破脸皮了！"

卜鲁八蓝满认真考虑了刘伯温的建议，感到这个建议十分大胆，颇有些不顾一切要将少林众僧及宋濂救出的意味。

"伯温兄，难道智取不行吗？"

"智取？铁朵儿生性狡诈多疑，心黑手狠，不知他从何处得来的消息，也不清楚他这样做的目的何在。但我想一定是有人幕后指使，那批圣物包括佛祖释迦牟尼的舍利子、他用过的紫金钵、《金刚经》卷子等等，价值难以估量。因而，我们必须以迅雷不及掩耳之势，抢回圣物，解救被押的众人。只许一次成功，否则后果不堪设想。"

"好吧！一切按先生的意思行事！"卜鲁八蓝满及刘伯温一干人很快赶到钦差铁朵儿的府邸。按着事先预定好的计谋行事。卜的一个亲随进铁府去骗铁朵儿。铁朵儿虽然对这突至的宴席心存疑虑，但顾虑到卜鲁八蓝满的权势，便跟着卜的亲随匆匆地去了。

待他们走远了，卜鲁八蓝满便出现在铁府门前，气势汹汹地问门人铁朵儿在哪，门人回答说去卜府了。

卜鲁八蓝满故作愤怒，口中大声责骂铁朵儿，说他约好自己在后花园会面，却在自己来的时候，跑得无影无踪。说着，领着一干随从大摇大摆地往里间找铁朵儿，府中的人哪里敢拦，只好由他们闯进去。

来到后花园，卜鲁八蓝满的人哪里是做客，简直是在抄铁朵儿的家，将铁府翻了个底朝天，找到了少林众僧和宋濂还有那批圣物，卜鲁八蓝满见达到目的了，也恐夜长梦多，便带领一干人等扬长而去。

铁府的家人知道这位爷不好惹，即便铁朵儿在场也难保能拦住他，所以管家只是派人去寻找铁朵儿，好禀告府中发生的变故。

待铁朵儿明白过来自己中了卜鲁八蓝满的"调虎离山"之计时，宋濂与少林众僧护着圣物已到了灵隐寺，卜鲁八蓝满则已安闲地在家中品着茶。铁朵儿气得暴跳如雷，恨不能带领人马踏平卜府，夺回那帮秃和尚还有那批宝物，但他毕竟不是少不更事的孩子，骂过管家摔过茶碗大发了一通脾气后，他的头脑也就冷静下来了。

所谓"来者不善，善者不来"，卜鲁八蓝满能够这样耍弄他，能够大模大样地从他府中抢走人和物，一定是有所恃才会这样肆无忌惮，也许他手中握有自己的把柄，如今正眼巴巴地望着自己自动上门哩。铁朵儿想：我与他当面锣、对面鼓地大闹一番，未必会有我的好果子吃。我与他不过是人家提在手中的木偶，任由人指挥着向东向西。

最终，铁朵儿打定了主意，写了一封密信加急送往大都。信中详细记述了少林众僧及圣物的得而复失，并添油加醋地将卜鲁八蓝满的行为描述一番。

干完这些之后，铁朵儿竟像没发生这回事似的。铁府毫无举措，让卜府甚感惊讶，但也清楚他是投鼠忌器，不敢轻举妄动。然而凡事总是"先下手为强，后下手遭殃"，卜鲁八蓝满也当即修书一封给自己的师父，报告了事情发生的经过，提醒师父要防着铁朵儿这一派的势力。

在灵隐寺，宋濂将事情发生的详情一一告知刘伯温。他讲："……获悉少林众僧日夜兼程，护送佛教圣物赶赴杭州，昨日夜里已到了，我预计今天上午便可抵达杭州，因而一人前去城门外远迎。孰料，在距城二十里一个僻静的山谷里冲出了几十骑蒙古铁骑，不由分说，将我们一干人捆绑了，塞进三辆马车里。后来我被关押在铁府的后花园，幸亏那位好心的小校，要不然……咳！"宋濂毕竟是一介书生，著书立说、治经讲学可能轻车熟路，而官场上的明争暗夺，特别是在争斗中夹杂着血腥的杀戮，这些对他而言是十分陌生的。不过，他绝非一个怯懦的人，他坚毅的额头和细薄的双唇显示着他有极好的韧性，百折不弯。

"贤弟，此次少林寺佛教圣物南下杭州的消息为何会走漏出去？铁朵儿又是如何得知消息的？"

"我也好生奇怪。我们将要举行佛法宣讲会的消息也不过刚刚宣布，他们却下手这样快。真让人匪夷所思。"

"这样一来，也就惹恼了铁朵儿，他必对咱们恨之入骨，日后少不了要玩阴谋诡计。咱们可要小心行事。"

"伯温兄说得是。你我不过是想做件造福江浙父老的益事，旁人可未必这样看你我，定以为你我有何不可告人的私欲在其中。唉！真正的人心不古呀！"

"哼！'以小人之心度君子之腹'。贤弟也不必过虑，如今，卜鲁八蓝满倒是一堵挡风的墙，谅铁朵儿也不敢轻举妄动！"

两人又商议一番佛法会的具体事宜，要分手时，刘伯温恐怕宋濂会身遭不测，便把他强行拉到自己的小院内暂住几日，那里虽没有千军万马护卫，但有一个武艺超群的朱珠也就足矣了。

世间的事就是这般奇怪。大元朝倚仗无坚不摧的蒙古铁骑横扫南北，拓展了广漠无垠的疆域。多年的征战伴随着多年的杀戮，无数生灵惨遭涂炭。开国后，崇尚武力的蒙古人更是挥动手中的利刃，将那些敢于反抗的人送上了西天。就是这样的王朝，偏偏对藏传佛教崇尚到了无以复加的地步，一面对佛教顶礼膜拜，宣扬佛教能够普度众生、救人水火，一面又大开杀戒，普天之下成为人间地狱。多么巨大的反讽！也许"放下屠刀，立地成佛"这句话是颇含深意的：越是挥动屠刀的人，成佛也就越快。

西子湖畔的佛法宣讲会如期召开，盛况空前，达官显贵，豪商巨贾，云集响应，可能是捐出的钱财越多，自己的罪也就消减得越多，这么一批有钱人"慷慨"解囊，刘宋所需的钱款不仅很快捐齐，到最后还多出了二百万两来。

嘛达古嘟在会场目睹了佛法宣讲会的盛况，特别是巨款的很快筹齐给他的印象异常深刻，他心中更加赏识刘伯温，他在考虑如何将这样的能人拉拢过来，好为己所用。

几日后，嘛达古嘟在府中设宴，要为刘伯温和宋濂庆功。以他的身份，很少出现在别人的宴席上，他亲自在府中设宴招待别人更是开天辟地第一回，对江浙行省别的官员而言这不啻是一项殊荣。然而，他却错看了刘伯温和宋濂。他以为他的一张请柬足以让这两人受宠若惊，但他却忘了这两人身上都有"布衣傲王侯"的骨气。

待到嘛达古嘟坐在府内客厅焦躁不安地等待刘宋二人的到来时，他的脑中才开始有些醒悟。时间一分一秒地过去，围坐在酒桌的陪客们开始交头接耳，议论纷纷。嘛达古嘟意识到自己今日要栽面子，但他不甘心，派家人再请，等来的却是刘伯温的一纸便笺，上面写着："昔汉骠骑将军霍去病以'匈奴未灭，何以家为？'励志，今刘伯温宁愿得罪大人也要效仿古人——书院未立，言何庆功？"

这好似一记闷棍，狠狠地砸到了嘛达古嘟的脑袋上，不过毕竟是久在场面上混的人物，他打落门牙和血吞！随即，他宣布开宴，对刘宋二人未能到席，他信口胡诌了一个原由。

不久，宋濂带着所需的钱款，由刘伯温着人护送走了。

刘伯温一方面殚精竭虑地周旋官场上的明争暗斗，一方面督建栖霞书院。

这一日，刘伯温因为心情郁闷才来到街上走走的。他从衙门回来后，脸色铁青，一言不发。朱珠晓得他一定遇上了什么事，但看他的脸色十分难看，知道此时问他也问不出什么来，也就什么也不问。

刘伯温先是到书斋，抽出一卷书来，强迫自己静下心去读，可惜是一场徒劳。末了，他对朱珠说到外边散散心去。两人穿大街走小巷地信步而行，刘伯温依旧沉默不语，朱珠也只是默默地如影相随。

走来走去，两人走到了城外的护城河旁。柳树成行，垂下千万条丝绦，绿草如茵，中间开着许多不知名的小花。清亮的河水缓缓而去，一股水汽与湿润的泥土散发出的芬芳汇合在一处，钻进二人的心脾，让人不由得感到一阵阵的舒畅与惬意。

刘伯温与朱珠漫步在河边，一个心事重重，另一个因此而感到困惑。

刘伯温立在一块断碑上，极目远望，声调低沉地对朱珠讲："珠妹，我知道你此时一定非常想知道我今日闷闷不乐的原因，我也想对你说，可我的心里很是烦乱、狂躁。现在，我的心里好受了许多，我把事情的来龙去脉跟你讲一讲吧！"

朱珠闪动她那善解人意的双眸，表示她愿意倾听。

"我有一个幼年同窗，名叫孔则方，屡举不中，便到大都一重臣门下做了亲随，我们已经失去音信很久了。今日，我在衙门里却意外地遇到他，他是奉了东家的指令前来江浙行省办事的。"

刘伯温略一停顿，折下一根柳条，将柳叶摘下来，撒向水中，尔后，接着前言继续讲："我跟他聊了许多。他讲述了许多大都秘闻让我大为惊讶，也让我感到痛心疾首，感到无所适从。他讲当今的天子顺帝是个彻头彻尾的淫棍，一群帝师的徒子徒孙聚拢在他身旁，有的甚至住进宫中，名义上是讲佛理禅，实际上却是在帮顺帝演练房中秘术。好端端的皇宫内院已成了一个肮脏龌龊的大淫窟。顺帝乐此不疲，已连着数月不理朝政了，他只关心往他的后宫添加风姿绰约的美女。他居然下令所有的宫女在白天不准……"

话说到此处，刘伯温突然意识到自己的听众是位女子，顺帝干的那些勾当怎好意思照实说出口，他原本想说"不准着一丝，顺帝兴致上来不拘何时何地，就令身旁的宫女与他演练那所谓的'大欢喜'……"

慌乱中他改口，"……不准……啊……那个……总之是荒淫透顶，比商纣王有过之而无不及。"

"孔则方还说，顺帝身旁的这些人，一方面投顺帝所好，一方面在外飞扬跋扈，聚拢钱财，鱼肉百姓。奸佞之徒已经完全把持了朝纲，大元朝的基业已经摇摇欲坠了，天子却花天酒地依旧，大臣们也只顾着争名夺利，如今，天下已经反兵四起了——"

随着最后一个"了"字，刘伯温将心中的一口闷气吐了出来。他的目光停在那些被丢到水中的柳叶上。折完了那根柳条，他又折下了一根，继续将摘下的叶子撒向水中。朱珠在极力揣摩师哥此时的心态，毕竟对从政没有多大的兴趣，她实在难以想象师哥对大元朝的纲常不振及日趋灭亡为何这般挂记在心中，要是师哥能这样挂念自己那该有多好呀。

刘伯温接着往下讲述："孔则方的讲述，有些事我曾耳闻过，但大多数都是我初次听到的。我曾夜观星象，虽然帝星早已初具败象，但气数未尽，我以为或有转兴之机，倘若大都局势果如孔则方所说的那样，我这样的还不是瞎子点灯——白费蜡！我对大元朝忠肝义胆，可大元朝对我呢？罢了罢了……"

"温哥，你打算怎么办呢？"

"先扳倒那个铁朵儿，他罪行累累，死有余辜，我准备上章参奏。"

"他们能听你的吗？"朱珠不无担心地问道。

刘伯温低头沉吟了一会儿，又抬起头来冲朱珠苦涩地笑了笑，随手将柳枝扔进水里，意味深长地说："那就不关我的事啦！"

"那我们去做什么呀？"

"不理我的奏章，自然没必要继续留在这肮脏龌龊的官场啦，我决意学学东汉的严子陵，归隐富春山，做个逍遥自在的春山行人，松花酿酒，春水煎茶，闲钓江鱼，静观山云，悠哉，快哉，可好？"

"不好!"朱珠很干脆地回答,这很出乎刘伯温的意料,他很是诧异地问:"为何不好?"

"嗯……你又是酿酒煎茶,又是钓鱼观云,一点也没我的事,哼!你只顾自己悠哉,快哉,却把我抛在脑后!"

刘伯温听明白了,师妹是在责怪自己没有考虑到她,因而赶忙说:"莫要错怪我呀!有我的地方怎能没有你呢?你可以种些菊花,养些鸡子,庭前舞剑,月下吹箫,如何?"

朱珠不过是使个小性子,听到刘伯温如此美妙的描述,当然感到开心了,于是说道:"我这个小女子,也没什么奢求,只求能伴你左右就行了,你为官也好,为民也罢,我都会伴随着你,永不分离!"

那个时候,天色已在不知不觉中昏暗下来,一轮淡黄的圆月也已悄悄地爬上柳梢头,这里罕有人至,只余草虫低吟浅唱及两个热烈燃烧的躯体所迸发的声响……

大元朝的败象初露已不是一二年的事情了。刘伯温早就在关注着,心中也企盼着元顺帝能锐意进取,兴利除弊,亲贤远佞,重整乾坤,孰料,这妥欢帖睦尔(顺帝)果然是商纣王、周幽王一类的货色。早在未立他之前,就有太史上奏说立他(妥欢帖睦尔)为帝天下必将大乱,这人祸难以避免,也算是大元朝的命数注定该亡。天灾自顺帝登基后就从没间断过,在元统元年(1333 年),大都附近连降暴雨,由此导致的灾民高达四十余万。元统二年,物产丰庶的江浙地区又有近六十万灾民。到了至元三年(1337 年),江浙地区又遭水灾,灾民不下四十万。

反元义军的大旗,在刘伯温幼年时,就已在中原大地树立起来,他们号称"弥勒佛当有天下",朝廷派兵前去征剿,结果是越剿越多。耗了国库诸多的钱粮不算,还因为征剿不力,导致朝廷高层官员各自为政,如一盘散沙。

更可悲的是,竟然有伯颜等人为平息民变提出当杀绝汉人当中张、王、刘、李、赵五姓的策论,并颁布禁令行于天下,严禁汉人执兵器,即便是寸铁也是不允许的。对于这样的禁令,刘伯温真替制订者感到悲哀,执掌大权的重臣竟是如此的白痴。由于自己人微言轻,诸多平息民变、缓和矛盾的良策别说得以采用,就是传递给当权者都是不可能的。

如今,刘伯温的主意已经打定,一旦朝廷不准他的奏章,他就挂官而去,因而,在写好那份弹劾铁朵儿奏章的同时也写好了他的辞呈,只待最终的消息下来。

没过多久,铁朵儿便知晓了刘伯温上章列举了他数十条罪状,请求朝廷严加查办的事。他的反应不过是嘿嘿地冷笑了几声,将一盏茶一饮而尽,"噗"地吐出几片茶叶,狠狠地说:"蚍蜉撼大树,可笑不自量!"

随后,他派自己的亲信赶赴大都,将那份奏章通过关系暗自压在了御史台。同时,他还调动关系网向江浙行省施加压力,责令行省出面摆平此事。

不久,便有说客登门造访,原本门可罗雀的小巷一时间门庭若市。刘伯温在与那些人的言语周旋当中,毫不费力地证实了自己的那份奏章被扣押在了御史台。对

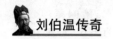

于那些说客，刘伯温总让他们乘兴而来，悻悻而去。

待这帮聒嘴聒舌的家伙都走净了，刘伯温便与朱珠一道开始收拾行装。

第二日，当一纸辞呈送达行省衙门时，刘朱二人已悄然离开了官衙。

两入仕途，又两次罢官而去，仕途的艰辛、人心的险恶，特别是贤士无路的困境，在刘伯温的心中留下了深深的印迹。

第 05 章

石人一只眼　天下群雄起

刘伯温携朱珠在西子湖畔买了一处院落，从此隐居下来。

远离了官场的纷争，也远离了世俗的叨扰，刘伯温放浪山水，寄寓诗文，过着逍遥自在的生活。朱珠呢，虽然没有正室的名分，但能和心上人双飞双栖，也很心满意足。

与刘伯温过着闲淡恬适的生活相反，天下却处在一种动荡不安的局势中。

至正四年(1344年)，奔腾肆虐的黄河接连三次决口。正月，黄河先是在曹州决口，好多州县村落成了河泽之国，朝廷赶忙征调了两万多民工去堵塞决口，恢复河堤。就在曹州被水患折腾得焦头烂额之时，黄河又在对梁决口，一发不可收拾，朝廷又是征民夫、又是调物资，穷于应付。然而到了这一年的五月，天降大雨连日不绝，致使滔滔河水漫过河堤，向四处漫延，并冲毁了白茅堤、金堤和曹州、济州、克州等多处的河堤，灾民无数，处处告急，救援乞赈的奏章如雪片般飞向朝廷。

中书左丞相别儿怯不花及中书右丞相阿鲁图、郑王脱脱、太师马和儿台等大臣眼见局势一天比一天恶化，再不有所举动，必将酿成民变，元朝的基业也就难保了，因而强逼着久不理朝的妥欢帖睦尔召集众臣，研究对付水患的方针策略。

诗书侍御史市宝启奏说："黄河水患古已有之，千百年来作乱不止。想那滔滔河水从青藏高地奔腾而下，水势极为湍急迅猛，挟带滚滚泥沙。河南地界土质十分松软，加上又是一马平川的平原，黄河水道迁徙无常，如脱缰的野马。历来治理沙患均以疏浚为主，这是从大禹年间传下的法子。然而近二百年来战乱不断，黄河疏于治理，积患至今，方一发不可收拾。"

元顺帝还没有完全醒过神来，很是慵懒地问："布爱卿，治河有何妙招呀？"

布玄不徐不急地回奏道："皇上，治河务必方法得当，若处置正确，则会事半而功倍，延迟水患的到来；若是方法不当，则必将事倍而功半，水患不请自至。今河水三次决口，河堤已是千疮百孔，单单哪里决堤就去修补哪里已远远不能解决问题。"

此言一出，当即有人出来极力反对。顺帝仔细端详，原来是中书平章陈控，陈控反驳布玄，道："如今河水已将中原大地变成一片汪洋，灾民、水患已火烧眉毛，现在还不是从长计议之时，应当着手加固堤防，堵塞决口。"

工部尚书贾鲁启奏说："黄河如今已形成一北一南两条河道，北边的新道为新河道，乃黄河水下泄受阻时夺路形成的，南边的河道为黄河故道。臣以为当今治河有两个法子可行。一是加固加高北边这条河道，以防止其横向溃流；二是采取疏导和堵塞并举，将河水逐步迁回到故道上去，综合来看前一法子费工费料费时要少些，后一法子要多出数倍。"

朝堂上顿时形成了两种意见，一种支持布玄从长计议，彻底治河；一种则认为此时当"头痛医头，脚痛医脚"方是上策。元顺帝被左说右说没了主见。

脱脱也上奏道："皇上，臣以为治水患应从长远计议，否则今年修，明年修，年年都要修，还不如根治一次，虽不敢说一劳永逸，但终究可保几十年不出一次大的水患。"

工部尚书成遵启奏说："皇上，修河的工程浩大，而近年来国库吃紧，恐怕一时难以支付出巨大的花销，且工匠民夫的人数有限，不如依陈控所奏，先将紧要处堵住再从长计议。"

这元顺帝妥欢帖睦尔是个守财奴，大笔的银子花在他的吃喝享乐上，他从不吝啬，若是花到正途上，好比剜掉他的心头肉，他思量再三，便打定了主意。

"众位爱卿，就先将黄河决堤之处堵塞住，待到国库充盈时再彻底治理吧。"

马札儿台、郑鲁图等人还要极力劝说顺帝，顺帝却一拂袖子退了朝。

当布玄下朝步出大殿后，仰头望了望阴沉的天空，低头叹了口气说："明年还得闹水灾。"

果然如布玄所言，在至正五年（1345年）七月，黄河河水又在济阴处决口。

后来，不得不依照贾鲁的建议对黄河进行大的治理，由工部尚书贾鲁兼任河防史，总揽治河大权。至于贾鲁治河时挖出石人，那已是后话。在此之前，反元的义旗处处飘扬，这些武装力量各自为战，称号也各不相同。有头裹红巾的被称作红巾军，也有将弥勒佛奉作精神领袖，他们四处宣扬弥勒佛降临人世，天下大乱，元朝将灭。还有宣称明王出世，以此号召大众，积聚抗元力量。

那时，人心惶惶，社会动荡不安，诸多民谣广为流传，许多人听了民谣之后，内心更加惶恐。

其中有一首民谣是这样的：天高皇帝远，民少相公少，一日三遍打，不反待如何！

又有："天雨线，民起怨，中原地，事必变。"

这些民谣如火把一样，点燃了受苦人心中反抗的怒火，那早已积聚在心中多年的怨恨和复仇的愿望一下子释放出来，于是有了一家老小通通参加起义军，一个个前赴后继，与大元朝前来镇压的官军展开殊死的搏斗！

韩山童、刘福通从颍州秘密潜至黄陵冈，与他俩一同到来的还有数百名骨干及几千名教众。韩刘两人秘密商议多次，指挥手下做了诸多准备，只待时机成熟，便可揭竿而起了。

不料百密终有一疏。就在起义的前夜，由于叛徒告密，韩山童被官府捕去，关押在大牢中，生死未卜。一时间整个组织处于群龙无首的状态，可急煞了二头领刘福通。刘福通将心一横，号令全部人马集合到黄陵冈治河工地上，他站在一处高地上，振臂高呼，慷慨陈词，发表了一番惊心动魄的演说："受苦受难的弟兄们！如今顺帝荒淫无度，穷凶极恶，昏庸无道，民心丧尽，实乃四海之内穷苦人不共戴天的仇敌！弟兄们，我们终日操劳，完粮纳租，还要出苦力，到头来却养活不了自己，逼得我们卖田卖家、卖儿卖女，他们却坐享其成，不劳而获！兄弟们，我们不能再忍了，明王已降人世，明谕'莫道石人一只眼，挑动黄河天下反'，今有明镜可鉴。"刘福通说着从怀中掏出一面铜镜，高擎在手，接着高声宣讲，"各位父老乡亲若是不信，可亲自掘地以验明王之语！"

刘福通的话音刚落，便有一伙人奋力挖掘他所指示的地方，不一会儿，便从地下掘出一个石人来，这石人果真只有一只眼！

这样一来，群情激愤，高声呼喝着："反了！反了！反了！"

"推翻大元朝，打到大都去！"

刘福通顺理成章地成了领袖，统帅着成千上万的农民起义军，攻城略地，一时锋向所指，无可匹敌！

退隐江湖、寓居杭州的刘伯温并非不问世事，恰恰相反，他密切地关注着天下的动乱，所谓"秀才不出门，便知天下事"用在刘伯温身上恰如其分。刘伯温在田间博览群书，吟诗抚琴；到了晚上，则夜观天象、占卜未来。

至正八年(1348年)十月，台州黄岩人方国珍聚众造反，在海上独霸一方。

方国珍初举造反的大旗，就有许多人赶来投奔，在不长的时日里就有数千人站到了旗下。

正当众多权臣为处理方国珍事宜争得面红耳赤时，方国珍却走了让人意想不到的一步棋。

方国珍思虑再三，感到自己虽然屡败官军大获全胜，然而毕竟势单力孤，再这样顽抗下去，难保不遭受覆顶之灾，不如求朝廷将自己招安，封上个一官半职。倘若能够成功的话，既能保存实力，又可再相机而动，择势而发。

朝廷为此召开庭议，决定招安方国珍部。

方国珍部接受朝廷的招安后，方氏兄弟也摇身一变，由作乱头领变为朝廷命官，相关的消息渐渐传遍了江浙大地，百姓对此议论纷纷、看法不一。

刘伯温闻听到这样的消息后，沉思良久，尔后对朱珠讲了这样一个故事："从前楚国的太子有好生之德，酷爱饲养各种动物。一次，他的手下抓到了一只乌鸦，楚太子便将乌鸦养了起来。他知道传说中的凤凰是吃梧桐树的果实，于是他也用梧桐树的果实来喂食那只乌鸦，希冀乌鸦吃了梧桐树的果实后也能发出凤凰般超凡脱俗的叫声。此时，有个好心人对楚太子直言：'乌鸦终究是乌鸦，断不会因为吃了与凤凰一样的食物后，就发出与凤凰一样的叫声。'楚太子一意孤行，依旧用梧桐树的果实来喂养乌鸦，乌鸦呢，非但没发出凤凰般的叫声，反而伺机跑了。"

朱珠眨了眨她美丽动人的大眼睛，说："我明白了。"

刘伯温追问道："你明白什么啦？"

"师哥讲这个故事是别有寓意的。那个方国珍就是乌鸦，楚太子嘛就是妥欢帖睦尔。"

"孺子可教，孺子可教。"刘伯温装出一副很是欣慰的样子。

"去你的，又来讨便宜。"朱珠脸涨得桃红，嗔怒道。

"方国珍呀，用不了多久，他便会起兵造反的。"刘伯温很是自信地说。

刘福通率领那支红巾军，先是攻打下朱皋，刘福通指挥手下将朱皋的粮仓打开，赈济灾民，这项措施顺应民心，当下有几十万人参加到刘福通的队伍中来。

队伍的不断壮大使得起义军底气十足，作战时气势如虹、锐不可当，杀得官军望风而逃，相继攻克罗山、汝宁、光州等地。

这支红巾军足以让朝廷感到头痛不已，朝廷千方百计要扑灭这支红巾军的红焰时，在新州又冒出了一支红巾军来。

这支红巾军的头领是徐寿辉、彭莹玉。徐寿辉这个人原是个贩布的，早年推着小车走街串巷兜售布匹，后来与彭和尚彭莹玉相识。彭和尚当年举师不成，便隐姓埋名，等待时机，以便东山再起。

彭莹玉在四处流亡时遇见了徐寿辉，见此人身材魁梧，鼻直口方，十分的健谈，有一股领袖气派。于是，彭莹玉便向徐寿辉宣扬弥勒教教义，鼓动徐寿辉伺机造反。

徐寿辉早就胸怀野心，他听一个相面的讲他本是皇帝的命，如今彭莹玉的一番鼓动，让徐寿辉又重新做起皇帝梦来。于是，他与彭莹玉一道四处联络，招集部属，暗蓄兵器粮钱待机而动。

至正十一年（1351 年）五月，刘福通率先揭竿而起，元朝政府抽调各路人马前去镇压，徐、彭两人感到举大旗反元的时机已成熟。

是年八月，徐、彭率部在新州起义，与刘福通一样高举红巾军的大旗。

寓居杭州的刘伯温通过多日来对星象的观察，已预感到杭州不久将陷于兵灾。湖北、江西等地的难民陆续地出现在杭州街头，给这个号称"人间天堂"的圣地平添了几分"人间地狱"的景象，真是滑稽。

战火东移，迟早有一天会烧到杭州城。俗语讲："人无远虑，必有近忧。"刘伯温心中在盘算：应当早下决断，莫要待到大军兵临城下，上天入地皆无路时再作谋划。

就在刘伯温在书斋中来回踱步，思虑着何去何从时，书斋的门突然被推开了，朱珠如一阵风似的进了门。

"温哥，今天我上街买菜，见到难民比昨日多了许多，一个个衣衫褴褛，面黄肌瘦，真的好可怜。他们聚集在街头，无处可去，我从他们那里还学会一首民谣。"

"哦。"刘伯温的神色很是凝重，这么多的黎民百姓落难街头，疲于奔命，他的心中也很不是滋味，可他又能做些什么呢？前几日，他已号召杭州城内的绅耆们捐钱捐粮，开设粥厂赈济灾民，他能做到的也只有这些了。

"那民谣怎么说？"

"是这样。"朱珠先是仰头想了想，继而仿着难民的腔调，唱了一遍，词文是这样的："堂堂大元，奸佞当权，开河变钞祸根源，惹红巾千万。官法滥，刑法重，黎民怨。人吃人，钞买钞，何曾见？贼做官，官做贼，混贤愚，哀哉可怜！"

词中的激愤之情一下子击中了刘伯温的心。他想：这也许是哪个落难的读书人在逃难之余有感而发。我若也成为这逃难大军中的一员，不知该会是何模样？

"我们该怎么办呀？"朱珠素知刘伯温是个大孝子，战火既然能烧到杭州，那么不久也会烧到青田，家中老小的安危必将牵动刘伯温的心。战乱之时，什么不测之事都有可能发生。一向以韬略过人而自夸的刘伯温焉有在这紧要关头毫无举措的道理？

"看来我们只有动身回青田一趟啦，也许我们未到青田，青田已被红巾军占领，但总比在此地静观势变要强许多。"

朱珠听完这话，也就不再说什么，而是着手收拾行装。

就在动身的前夜，宋濂突然来到府中，他是过府来告别的。

宋濂被刘伯温迎进书斋，宋濂开门见山地说："伯温兄，如今局势大坏，杭州城不可久留，愚弟特来辞行。"

"是呀，山雨欲来风满楼。不知潜溪老弟准备去何方？"

"如今刀兵四起，天下已难寻一块太平之地清静之所，我准备去富春山，或许那里会远离战乱。"

"哦？莫不是要学那严光严子陵，到风光秀丽之处隐居下来？"

"朝廷无能，百姓遭殃。读书人在战乱时最是无用。"宋濂见到朱珠进进出出地收拾东西，便问，"怎么，伯温先生也要离杭？"

"实不相瞒，杭州城危在旦夕，我趁此时道路尚未被封锁，先回家探望一下，安顿安顿家中的老小，要不然的话，我的心是无论如何也放不下。"

"应该，应该。"

"潜溪老弟打算何时动身呀？"

"行囊我已收拾好了，就放在门外的马车上，与你告完别，我就上路了。"

"老弟，如今是乱世，道路上很不太平，趁火打劫之人多如牛毛，你可要注意安全，多保重身体。"

"谢谢。好吧，我们就此别过吧，你也要保重自己，咱们后会有期！"刘伯温上前一步，一只手拍着宋濂的肩头，另一只手与宋濂的手紧紧握在一起，四目相对而视，也没再多说什么。

翌日，刘伯温与朱珠伴装成逃难之人，踏上了返家的路途。

路途上的行人很多，道路时常被阻塞住。人的想法就是奇怪，明明杭州城危在旦夕，偏有人以为是安全之所，全然不顾大批从杭州涌出的难民，执意要赶赴杭州。刘伯温转念一想，也就明白了，说不定那些人与自己一样，正要回家去。

在人流中挤了好久，道路终于变得好走一些。朱珠不由得暗暗佩服师哥的神机妙算。原来离开杭州时，朱珠提议雇一辆马车，刘伯温却摇了摇头说："现在不要雇，雇了也白搭。走一阵再雇吧！"果然，路上的马车实在太多了，一辆接着一辆，哪一辆也走不动，远没有人的两条腿走得快。

待走到人流的末尾时，刘伯温的妙算又得到了验证，在杭州时，因为需要马车的人实在太多了，马车的佣金暴涨，高出平常好几倍来，刘伯温劝阻朱珠不去雇马车时，还对朱珠讲："到时候，我们能花比平日贱几倍的价钱雇到一辆好马车。"朱珠听了这话，觉得师哥是在痴心妄想，然而在距杭州城七十里处，马车由求之不得转为甩手货，众多急于进城的人，在此纷纷弃车步行，车主根本拉不到回去的客人，不拉又有些不甘心，因而干脆贱价以求能拉到生意。

刘朱二人挑了一辆最干净、舒适的马车，花了不到原来三分之一的佣金。

马车载着刘朱二人在颠簸的道路上行驶，朱珠因多日的劳累，居然睡着了，睡得很甜美，发出轻轻的鼾声。刘伯温的心却已飞到青田的家中。

离家多年了，父母也日渐衰老，自己却未能很好地在跟前尽孝，心里就感到一阵阵的愧疚。一会儿，刘伯温又想到今年自己已然四十有一啦，回想这四十一年走过的路，真是人世恍惚如梦啊。他又看看酣然入梦的朱珠，早已不是当年情窦初开的少女，跟着他奔东奔西，为了他忙前忙后，付出了那么多，自己却连一个名分都不能给她……

当马车停到刘家大院时，刘伯温才发现有一个要命的问题他却忽视了，那便是怎样向家人介绍朱珠。

然而已没有时间容他仔细斟酌，赶忙招呼朱珠下车与他一同进去。门人一见大少爷回来了，早已飞身进去禀报，刘伯温尚未走到跨院，父亲在母亲的搀扶下已走了出来。

刘伯温向父母施过礼后，便将朱珠拉上前，对父母讲："这是我师妹朱珠，这些年我的起居生活全由她照顾。"

非常含糊的一句话，老父老母也没有细细追问。

众人来到厅堂之上，刘伯温简略地将近来的经历告知父母，老父刘伦问道："温儿，兵荒马乱地跑回家中，有甚大事？"

"父亲，风传红巾军残暴凶狠，杀戮无辜，所过之处，血流成河，孩儿实在牵挂家中安危，因而特地赶奔回来。另外，杭州城乃兵家必争之地，我观天象得知杭州城将不久被红巾军所破，好好的人间天堂变为是非之地，因而也就回来了。"

"哦。"刘伦手捻胡须，打量着儿子，随后说，"也好。各地揭竿而起，大兴刀兵，多半是官逼民反，许多人不过是想混口饭吃，领头作乱的多怀不轨之心，凭借苦命人尸骨如山、血流成海来达到非分之想。"

"正因如此，世道变幻莫测，时局也愈加扑朔迷离。"

"温儿，家中的安危你就不必分心了，我正打算迁回武阳村去。那里民风淳厚，又地处偏僻，不用畏惧各种队伍的侵扰。温儿，你可要放开眼量，立定脚跟，谨慎处事呀！"

"是，孩儿记取了。"

刘伯温的母亲在旁边一直未吭声，此时开口说话："温儿，到后边看看你娘子和孩子吧，朱姑娘在这里陪我们聊聊。"

刘伯温只得遵母命去了后边。

他的原配夫人正在房中做着针线活，两个孩子在院中玩耍。丈夫突然回来，她焉有不知之理，特别是与丈夫一同回来的还有个女人，她做针线活不过是借此掩饰心中的忐忑与慌乱。她自信没有什么对不住刘伯温的，怎奈刘伯温的心中早有旁人，因而与她的关系十分冷淡。俗言道"嫁鸡随鸡，嫁狗随狗"，丈夫对她没甚爱意，她也只有认命了。平日里操持家务、侍奉公婆，特别是两个天真活泼的孩子，便是她生活的全部了。

刘伯温先在院中与两个孩子亲昵了一会儿，随后才走进房中，找了张椅子坐下。

他夫人也未抬头，依旧做着手中的针线活，只低声问了声："回来了？"

"嗯。"

"路途上累吧？"

"嗯。"

屋内的空气很是沉闷，她想专心致志做活却接连几次扎了手，他想马上回到厅堂去，看看母亲如何对待朱珠，可就是站不起身来。刘伯温打量着房中的摆设，如此陌生，他好像置身在一个陌生人的房中。

在死一般的寂静中挨过好久。刘伯温下决心站起身来，对那个远远坐在床上依旧做针线活的她说了句："我去前边看看。"

说罢，一挑门帘头也不回地走了。

剩下房中的人呢，手中的活儿也不做了，气恼地扔到墙角，将身子伏在被上，呜呜地哭开了。

刘伯温回到前厅，看见父母依旧在座位上，而朱珠刚才坐的那个位子上，却是空的。

刘伯温的头嗡的一下子变大了。他声音颤抖地问他的母亲："朱珠呢，她去哪

里啦?"

"哦,她说去探访一个老朋友,就走了。我们拦也没拦住。我问她要不要跟你打个招呼再走,她说不必了。"

老太太的回答滴水不漏。刘伯温的心中很清楚:朱珠压根儿就没有什么老朋友在这里!一定是母亲对她说了些什么。

刘伯温想要询问刚才谈话的内容,但看到老太太脸上毫无表情,知道问了也是枉然。于是说:"我出去走走,顺便探访探访老朋友!"

其实,这不过是个托词而已。他来到街上不停地找,疯狂地找,可在茫茫人海中找寻一个人谈何容易。

直到天黑,一无所获的刘伯温满怀沮丧懊恼的心情回到家中,面对精美丰盛的晚宴,他毫无胃口。

夜间,刘伯温和衣而眠,一点睡意都没有,满脑子想的全是有关朱珠的事,她为何不辞而别,她会去哪里,她现在怎么样……

他试图占上一卦,算算朱珠现在会在哪里,但注意力始终难以集中。他隐隐约约地感到朱珠与自己的缘分已经完了,也许今生今世都难以再见到她了。

第二日一早,刘伯温又借故上街了,他将青田县城的每一个角落都找遍了,然而,直至夕阳落山,依旧没有寻见朱珠的踪迹。

也许她早就离开了青田。他在心中这样想。

第三日,父母正式将居所迁回老家武阳村,刘伯温只得陪父母妻儿一道回了武阳村。将家中一切都安顿好后,刘伯温与家人辞行,只身一人混迹到北去的人流中,他要独返杭州城。

前不久刚刚走过一遍的路是那样地熟悉与陌生,熟悉是由于山水景致还是原来的大致模样,陌生是因为没有了朱珠的相伴。

在闲暇之余,刘伯温用尽平生所学来探测朱珠的行踪,然而,一切结果都是杳无音信,就好似这个世上从来就没有过朱珠这个人似的。

朱珠为何不辞而别成了刘伯温心中的一个不解之谜。刘伯温突然发现自己早已习惯了有朱珠陪伴左右的日子,如今没有了朱珠,一个白天好似一年,一个晚上好似一万年。

"寻寻觅觅,冷冷清清,凄凄惨惨戚戚",这十四字的意味刘伯温现在的感悟最深。

刘伯温的心中还残存着一线希望,那便是朱珠只身一人回到了杭州的蜗居,因而刘伯温急切地要返回杭州,也许当他推开空门冲进院中时,朱珠正笑意盈盈地望着他……

第 06 章
守台州告捷　难忍相思苦

正如刘伯温前期所预料的那样，红巾军在大将项普略的指挥下，先攻克了徽州、饶州等地，接着攻下了显岭关，兵锋直指杭州城。红巾军轻而易举攻占了杭州城。

顺帝妥欢帖睦尔颁布旨意，派江浙平章教化率原班人马前往江南增援。

江浙平章教化在主将董抟霄的极力坚持下，率部一往无前，经过苦战将杭州城夺了回来。

刘伯温踏进杭州城时正值董抟霄与敌浴血奋战后刚刚将此城收回。刘伯温在进城时看到了意气风发的董抟霄，鲜血染红征袍的董抟霄又率领手下去收复别的失地。刘伯温对这样的忠良由衷地钦佩。朝廷若是多些像泰不华、董抟霄这样的贤才良将，天下也不至于乱成这个样子。

眼下最让刘伯温感到揪心的不是朝政，不是平寇，而是找到爱人朱珠。

当刘伯温回到西子湖畔的蜗居，迫不及待地推开宅门来到院中时，并没有出现他想象中的那一幕，他又依次将每个房间搜寻了一遍，根本没有朱珠的身影！

当刘伯温失魂落魄地回到卧室、跌坐在床榻上时却发现枕边有一缕青丝，青丝

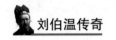

下压着几张信笺，纸上的笔迹是刘伯温所熟悉的，那是朱珠所写的！

刘伯温展开信笺，细细地读了一遍，信上这样写道：

夫君：

请容我第一次也是最后一次这样称呼你，虽然我并不是你那三书六证、明媒正娶的夫人，甚至我连一个妾的名分都没有，可这些我都不在乎，因为你在我心中是唯一的也是永远的夫君。俗世的礼教丝毫不能为你我这份情增光多少，也丝毫不能使之减色多少。

我相信我在你心中的地位要远远胜过你的夫人。我将我的心我的身全都交付给你，我无悔无怨。虽然我并不想离你而去，更不想违背当初你我的约定，但"月有阴晴圆缺，人有悲欢离合"，我还是狠心地离你而去，不要错怪伯母，我之所以要离你而去是我自己的主张。

当你回到咱们的蜗居时，你也许会发现这封信和那缕头发，信读完后你就烧了吧，那缕头发留个纪念吧，不要牵挂我了，也许我会浪迹天涯，也许我会遁入深山，我能照顾好自己。

你可要保重自己的身体，晚上熬夜不要太晚了……

信没有写完，笔迹有些潦草，看样子是匆匆忙忙间写成的。纸上有好几处字迹模糊、水痕斑斑之处，想必朱珠一边写此信一边不时有泪珠滚落，打湿了字迹。

读罢信，刘伯温的心头发酸，眼窝湿润，将那缕青丝拿起，放到鼻下，闻到那般熟悉而又久违了的发香。就这样，刘伯温慢慢躺倒在床榻上，嗅着那发香，和衣而眠，昏昏地睡去了。

当刘伯温刚回到平静的书斋生活，心中仍怀想着朱珠的时候，江浙行省征召刘伯温又一次出山，任元帅府都事。原本对出仕任官早已心灰意冷，但这次任元帅府都事，主要是想倚重刘伯温的文韬武略来对付方国珍部，想到方国珍多年来作乱沿海，想想好友泰不华惨死在方国珍的兵卒枪下，刘伯温决定与方国珍斗一斗法，看方国珍还能横行到几时。

任元帅府都事的刘伯温上任伊始就密切关注方国珍部的一举一动。台州是方国珍举兵起事的地方，也是方国珍的老家，刘伯温判断，方国珍一旦要骚扰大陆，台州城首当其冲。刘伯温仔细研究了方国珍部前来进犯的对策，随后他奉令到永嘉，指导各个沿海县城如何抵抗、防御。

刘伯温广泛发动台州军民，上下一心，精诚团结，共保台州城免遭敌手。

方国信率部前来攻打台州城，方国珍亲自督战。原本方国珍打算让方国信独立完成，后来得到消息，刘伯温出任元帅府都事，专门来参与镇压自己的军务，方国珍的心中就感到老是憋闷，更有些不放心方国信，于是，他亲自来到台州前线督战。

刘伯温深知像方国珍这样的队伍作战总是脱不了流寇习气，喜欢搞突袭，一旦受挫便会快速撤离。刘伯温特地赶到台州，去指导作战，针对方国珍作战的特点，他心中已是有了一套行之有效的对策。

可等刘伯温到了台州前线却颇感失望，因为他看到台州守城的将士们士气低落、委靡不振，在千户府召开紧急军事会议时，众人对击退方寇、守住台州都不抱什么希望。刘伯温心中也很清楚这便是招安的恶果。所谓"前事不忘，后事之师"，最鲜活的例子莫过于不久前战死的泰不华。至正十一年方国珍反叛朝廷，回到海上作乱，身为绍兴总管的泰不华主张坚决抵抗，朝廷一意孤行，派大司农将方国珍部招安，泰不华募集壮士准备在岸上袭杀方国珍，事情未遂，结果呢，泰不华由绍兴总管降职为台州路达鲁花赤，方国珍兄弟却又是升官又是授予实缺。想想都让人寒心不已。

如今，方国珍又率部攻打台州，死命抵抗的未必有什么好结果，人家方国珍说不定什么时候又被朝廷招安，加官晋爵。大家的小算盘都拨得很精，谁也不想干那出力不讨好的傻事。

刘伯温也没有什么高招，只好凭借其三寸不烂之舌，动之以情，晓之以理，竭力将大小官员说服。台州方面的诸官员虽认为刘伯温的话很有道理，但许多人依旧首鼠两端，刘伯温只得通过江浙行省元帅府给台州方面施加压力，高压之下，那些人只得听从刘伯温的部署，拼死抗敌了。

刘伯温发布的第一条命令便是将台州城的城池加高加固，城上多备滚木、礌石、弓箭、石灰等物，这些守城的法子虽然古已有之，但并未过时，实战的效果不可小视。第二步，刘伯温要在台州城外布下埋伏。有人听到刘伯温这样讲，脸上露出不屑的神情，说："光天化日之下做什么埋伏，会让敌人知道得一清二楚。"刘伯温则说："你们尽管去多召集人手，到时我自有安排。"那一日上午，起先是艳阳高照，逐渐被一层浓云所笼罩，渐渐地从四面八方升出浓浓的白雾，两步之外难以辨识方向。刘伯温指挥劳力按照九宫八卦的阵势挖了许多深坑和壕沟，坑底布满削好的竹签，有的则埋上硫磺等物，个中的机妙大概只有刘伯温本人才能说清，待深坑和壕沟都布置好后，表面铺上一层薄板，再撒上浮土，与未挖坑前没有什么两样。第三步是刘伯温的秘密武器，他从行省借来了一十八尊红衣大炮，将这些红衣大炮布置在城楼之上，准备给进犯的方国珍部以沉重的打击。

刘伯温部署完这三大步后，还对其他一些可能出现的情况制订出应变之策。譬如他草拟了一份安民告示，文章的开头痛斥方寇祸害东南，作恶多端，指出方寇是百姓安居乐业的大敌，号召台州军民团结一致，同心同德，共保家园。文中还公布了战时的非常纪律，特别是背叛朝廷向方寇通风报信者，杀无赦。

这篇语言犀利的布告在大街小巷广为张贴，鼓舞了军民的斗志，安定了民心，让许多准备携老挈妇、背井离乡的百姓改变决定，留下来共抗顽敌。

台州城这边已是严阵以待，方国珍那里却是浑然不觉。尤其是方国信那小子，还在做他的春秋大梦。虽然还未攻下台州城，他却已然做起将金钥儿搂在怀中饮酒赏月，然后再到红罗帐里几度春宵的美梦来。对于如何攻打台州，他全然没有放在心上。

他的想法非常简单，只要大兵压境，台州的官兵必会望风而逃。纵使这些官军负隅顽抗也支撑不了多久，可以说攻下台州城好比翻手掌那样容易。

方国珍呢，虽然已知晓刘伯温亲临台州城协助守卫，可自己这些年来与官军交手，胜多负少，区区一个刘伯温，好比苍蝇的翅膀——扇不起多少风浪。

八月，方国珍、方国信率船队统兵五万前来攻打台州。

这一日阴云密布，海面上送来的强风将战旗吹得猎猎作响。方国信端坐在坐骑上，看看身后这几万大军肃穆无声，只待他一声令下，便会将不远处的台州城踏平，心中油然而生一股英雄气吞万里的豪迈之情，他将手中令旗一挥，号令道："众儿郎，给我攻！"刘伯温站在城楼上，亲眼看到成千上万的方国珍的兵卒从四面八方涌向台州城，就像农历八月十五的钱塘江大潮。朝廷真是养虎遗患，当年几百人聚众造反，避乱海上，如今却发展壮大到如此规模，再不加以铲除，日后该怎么办才好。

刘伯温身边一个年轻官兵的脸上露出惊惧的神情，他从没有见过这样的阵势。刘伯温赶忙号令守城的官兵不必惊慌，因为冲在最前边的那些兵卒离死神越来越近了。

刘伯温先前在城下设下的机关埋伏给那些方国珍的士兵带来的不仅仅是死亡，更多的是恐慌，因为他们根本不知道该向前迈哪一只脚，也许迈左脚会安然无恙，迈右脚就会掉进深坑而一命呜呼。

掉进坑中而丧命的人越来越多，致使进攻的士卒们停下来不敢再向前动一步。

进攻受挫的消息传到后边观战的方国信那里，那小子光想着早些得到金钥儿，根本不顾士卒的死活，他有些气急败坏地命令手下："给我强攻！哪怕用尸体将那些坑填满，也要将台州攻下来！"

"先攻上城者重重有赏，后退一步者格杀勿论！"

在长官的威逼下，许多可怜的生灵充当了铺路石，当一批批士卒踩着别人的尸身冲到城下时，身后已是血流成河。

刘伯温喝令城上守卫的官军对远一些的贼兵放箭，近一些的就放滚木、礌石，台州城下顷刻之间成了人间的阿鼻地狱，其惨状非笔墨所能形容。

方国信倚仗自己的人多，组织一批又一批的士卒冲上去。城上的官军拼尽全力奋勇杀敌，虽然杀倒了不少，可是冲上来的更多，越来越多的贼兵攻到了城墙根下，他们有的抬巨木撞城门，有的架长梯想要冲上城来。

刘伯温命令道："倒油、干柴、草垛，点火！"

一桶桶油倒在城墙根贼兵的身上，硫磺、干柴、草垛等易燃之物随即被抛下，当点燃的火把扔下去，城下顿成一片火海。全身着火的贼兵发出惨痛的悲号，有的被烈焰烧成了焦炭，有的则被烧得奄奄一息。

敌人的攻势又缓和下来，这时，刘伯温令人推来红衣大炮，对准贼兵人多聚集之处，猛烈轰击，将敌人炸得血肉横飞，哭爹喊娘，敌人暂时消退下去，城上的守军得到喘息的机会，城中的百姓有送来军用物资的，有将伤员撤换下去的，有的干脆拿起武器，成为守护城池的一员。

台州城竟然久攻不下，而且伤亡是如此巨大，这让方国信急得红了眼，正当他准备再次组织人马进行攻城时，方国珍派特使赶来，令他放弃攻城，火速撤离。

　　台州军民取得守城大捷，官军的脸上喜气洋洋，百姓们敲锣打鼓，杀牛宰羊，犒赏三军，刘伯温则长吁了一口气。

　　这一役，刘伯温将所学的一些战术战策运用到实战，意义对刘伯温而言十分重大，并不仅仅是取得了胜利。

　　带领台州军民击退方国珍的刘伯温并未因此得到重任，他就像一个救火队员，火被扑灭了他也就到一边歇息去了。

　　刘伯温不停地上奏章，陈述杀贼平寇之策，可每每如泥牛入海，杳无音信。

　　刘伯温在整理包裹时，不小心将一物翻落在地，顺势将他的脚面砸得很疼，刘伯温拾起一瞧，却是那本"无字天书"。

　　这本"无字天书"还是至顺四年（1333 年）朱珠陪他进京赶考时在地摊上买来的。那摊主神情古怪，说这本"书"有意料不到的神妙，激起了爱买奇书的刘伯温的兴趣，一时头脑发热，便花了七两纹银将它买下。当时朱珠还讥笑他做了"冤大头"，刚买回的几年，他携这本"无字天书"四处请人鉴别，就连他的恩师天玄子也不识此物，后来也就心灰意冷，丢到了一边。

　　如今又见这本"无字天书"，不由他不想起进京赶考的那段岁月，那时身边有着朱珠相陪，照顾得无微不至，古代梁鸿孟光的举案齐眉与司马相如和卓文君的当垆卖酒也比不上他与朱珠的幸福时光，感怀伤情让刘伯温想起了唐代李商隐的一首诗来，他情不自禁地在嘴边吟诵：

　　锦瑟无端五十弦，一弦一柱思华年。
　　庄生晓梦迷蝴蝶，望帝春心托杜鹃。
　　沧海月明珠有泪，蓝田日暖玉生烟。
　　此情可待成追忆，只是当时已惘然。

　　吟罢，猛然抬头，却发现窗外的世界已是黑沉沉一片，更让他这个孤坐在一室的男人感到无限的凄凉与茫然。

　　外边的秋风冲进屋中，让他的心头更是感到阵阵悲凉。刘伯温的心一下子紧缩，他想象着朱珠此时的境况，而且偏偏往坏处想，怎么也控制不住自己。他想起朱珠说过"离开他绝不独活"，也许朱珠一时想不开，干了傻事，早已不在了人世，自己还在这里痴痴等待着她有一天能够回来……想到此，泪水已夺眶而出，脑际更是闪出令人断肠的一首《江城子》来，是宋代苏东坡悼念亡妻所作的，词云：

　　十年生死两茫茫，不思量，自难忘。千里孤坟，无处话凄凉。纵使相逢应不识，尘满面，鬓如霜。
　　夜来幽梦忽还乡，小轩窗，正梳妆。相顾无言，惟有泪千行。料得年年肠断处，明月夜，短松冈。

人家苏轼写这首词是追悼亡妻王弗，刘伯温却将不明去向的朱珠联想成亡灵，他是越想越伤心，泪水也止不住地流，全都滴到那本"无字天书"上，正在这时，窗外凄清的月光投照进来，恰巧照在那本"无字天书"上。

刘伯温在隐隐约约间感到手中灼热，低头发现那本"无字天书"通体发红，就像放在炉中煅烧多时的铁块，但并不烫人。那红越来越亮最终转成青色，如同刚刚磨成的铜镜。更奇的是，开始有字在表面显现，白亮白亮的字，先是五个汉隶体，刘伯温辨认出是"天地神人镜"。那五字一闪而过，接下来便是一行行隽秀的楷书，介绍了"天地神人镜"的来历、用途、用法。

据上面闪现的文字介绍，此镜乃唐初"风尘三侠"中的李靖与红拂女隐居在西昆山时采制的，此镜吸收了天地日月之精华，李靖与红拂女又倾注了大量的人气，使得此镜可以探寻心中所想之事，预知未来。

看到此处时，刘伯温心中大喜，以为一会儿便可得知朱珠的下落，然而，待他匆匆读过了用法，心马上凉了半截，用法强调此镜只能在每年阴历七月二十七日的晚上，先用天、地、人水中任何一种(天水指天上的雨水，地水指地下的井水，人水便是人的眼泪)将镜面涂湿，再拿到月光下照射便可心想事成，如果没有月光，徒有三水中的一种是不行的，反之亦不行。刚显到这里，突然红光一闪，什么都没有了，"无字天书"又恢复到了原来的模样。

刘伯温朝窗外一瞧，可恨的乌云将月光挡住了。刘伯温掐指一算，今夜正是阴历七月二十七的晚上，自己因思念朱珠过度，落下泪珠，歪打误撞开启了这本天书，可恨那扰人好事的乌云遮住了月亮，天书也就看不成了。

刘伯温有些不死心，干脆手捧"无字天书"站在庭院当中，目光痴痴地望着夜空，指望明月能穿过乌云，重现光明。

第 07 章
一肩挑重任　忠心却遭贬

腊月二十九的早上，刘伯温洗漱已毕，站在庭院当中，抬头仰望阴云沉沉的天空，看了好一阵，自言自语道："快要下雪了！"

零星的鞭炮声时断时续地在耳旁响起，虽然除夕夜还没有过，但性急的孩童早就等不及了。

刘伯温怎么也没有想到自己会到了"茕茕孑立，形影相吊"的地步，孤身男人的生活真是清苦，他发现自己变得越来越慵懒，过年也让他觉得寡然无味。

这样的天气，这样的心情，去书斋读一两本书打发时光是断断做不到的。

就这样在家中郁闷下去？刘伯温心有不甘。他突然想起有一件雅事可做，那便是踏雪寻梅，虽然眼下还不曾飘落一片雪花，但这铅色的阴云预示不久将大雪纷飞。

刘伯温心中打定主意，便吩咐仆人备马套车，然后乘车奔西湖而去。

与刘伯温的预料不差毫厘，马车刚刚行至半路，鹅毛大雪铺天盖地袭来，给山清水秀的"人间天堂"披上厚厚的冬装。

久居杭州的人都清楚，赏梅胜地莫过于孤山北麓的放鹤亭。刘伯温也曾携朱珠

到放鹤亭游玩过。

今日故地重游，睹物思人，又勾起了那段时光的回忆。

记得朱珠曾好奇地问："温哥，此处干吗叫放鹤亭？"

"噢，北宋年间有位隐士名叫林和靖，颇有文才，早年曾游历江淮，后来寓居在杭州，就结庐在此，相传他以后二十年没有踏进城镇一步，并且终身不娶。林和靖这个人生前以种梅养鹤自娱。'梅妻鹤子'的传说指的就是他。后来他死了，便葬在孤山，传说他养的那只鹤在他的墓前悲鸣而死。在本朝有个杭州人，叫作陈子安的，为纪念这段轶事，便修建了这座放鹤亭。林和靖生前有首《咏梅》诗，写得格调清新，超凡脱俗，我来念给你听，好不好？"

"好呀，好呀，师哥你快念吧！"

刘伯温记得当时自己整了整衣衫，清了清嗓子，为朱珠背诵了一遍《山园小梅》：

众芳摇落独暄妍，占尽风情向小园。
疏影横斜水清浅，暗香浮动月黄昏。
霜禽欲下先偷眼，粉蝶如知合断魂。
幸有微吟可相狎，不须檀板共金尊。

"老爷，孤山放鹤亭到了。"家人的一声禀报打断了刘伯温对往事的回想。

他下车来，靴子在积雪上留下一行足迹，并发出咯吱、咯吱的响声。迎面吹来一阵寒风，让他不禁打个冷战。天寒地冻时节，人总会要饮上几杯祛寒，他转过头来吩咐：

"刘安，去酒楼要几个菜，再来上一坛二十年的花雕酒。"

刘安遵照他的指令去采买了，刘伯温则自己缓步向梅林走去。

不知是什么缘故，附庸风雅的财主们和吟风弄月的骚客们都没有前来赏梅，偌大一片梅林空空荡荡的，只有刘伯温一人。

刘伯温在雪地上留下长长的一行脚印，但肆虐的风雪很快将其遮盖上，原本十分醒目的印迹也变得模糊不清了。

放鹤亭左右山坡上长满了形态各异、品色不一的梅树，寒梅果然在雪中怒放，清香四溢，从刘伯温的鼻孔钻入，直至心脾。

刘伯温在梅林中漫步，一株一株地看，有的是"绿萼"，有的是"红粉"，有的是"一品香"，有的是"醉红妆"。这些品种，刘伯温少年时也曾在自家的院中栽过，寒冬时节也绽放，却远不如此处的梅花香。

身处在"香雪海"的刘伯温依然不能全身心地投入到这股绝色中，他的心头积聚了太多的无奈、惆怅、愤懑……

家人刘安置备酒菜回来，就在放鹤亭的石桌上摆放，刘安采买的珍馐美味都是名扬天下的西湖菜，有清蒸鳜鱼、叫化童鸡、南肉春笋、龙井虾仁、生爆鳝片等。

刘伯温亲手将那坛花雕酒的泥封去掉，一股醇烈的酒香扑鼻而来。他便开始自斟自酌起来，一杯酒下肚，便感到周身上下的寒意去了大半。又一杯酒下肚，便觉着有融融的暖意在体内游走。

酒入愁肠化作相思泪。刘伯温在放鹤亭借酒消愁，多年来仕途的坎坷、红颜知己的杳无音信、宵小之辈的得意狂妄……都在心中此起彼伏。

刘伯温的酒量原本不大，但自朱珠不在身旁后，他是每餐必饮，时常喝得酩酊大醉，酒量也与先前不可同日而语。人家饮酒浇愁多半是醉后将烦心事抛在脑后，而刘伯温却是越喝越清醒。一坛花雕酒见了底，刘伯温还是毫无醉意。

这第二坛酒快要尽时，刘伯温隐隐约约听到身后不远的梅林中有人喧哗，仔细一听，那人是在高声诵读一首词，词的内容刘伯温也很熟悉，是姜白石的《暗香》，是世间少有的咏梅佳作。刘伯温心道：也不知是哪个墨客骚人来了雅兴，踏雪寻梅，不过咏诵的这首词倒是很贴切眼前情境。

那人抑扬顿挫地诵词，声音绵绵不绝传入听力本来就过人的刘伯温耳中，其实不听那人背诵，刘伯温也清清楚楚知道那词的每一个字，于是，他在心中默念起来：

旧时月色，算几番照我，梅边吹笛？唤起玉人，不管清寒与攀摘。何逊而今渐老，都忘却、春风词笔。但怪得、竹外疏花，香冷入瑶席。

江国，正寂寂。叹寄与路遥，夜雪初积。翠尊易泣，红萼无言耿相忆。长记曾携手处，千树压、西湖寒碧。又片片吹尽也，几时见得？

那人却好不识趣，一边诵读这首词，一边朝刘伯温的方位走来，刘伯温心道：什么人这般猖狂，扰我清静。待他要回头看个究竟时，那人却一声招呼也没有打，大大咧咧地坐在刘伯温的对面。

心情很不好的刘伯温正要发作，却看清了那人的面目，立时转怒为喜，并高兴地叫出那人的名姓来："潜溪老弟，怎么会是你？"

来者非是旁人，正是宋濂。

宋濂开怀一乐，说道："怎么，孤山放鹤亭只许你刘伯温来而不许旁人来吗？"

"哪里，你不在书院著书立说，怎么冰天雪地跑到杭州来？"

"我又不是'二十年不踏入城镇一步'的林和靖，在书斋待久了，便两眼昏花、事事烦心，因而下山来散散心。这片梅林的景色无与伦比令人叹服。"

"刚才我还想是哪个墨客骚人在吟诵，想不到原来是潜溪老弟你呀！"

"闻着扑鼻而来的梅香，踩着初下的莹莹白雪，感受踏雪寻梅的美趣，我的诗兴当然大发。怎奈才疏学浅，林和靖老先生的'暗香浮动月黄昏'一句高高在上，作诗的念头也就打消了，以免留人耻笑。"

宋濂接过刘安递上的杯筷，也不客气，自己倒了一杯，一饮而光，又夹了口菜吃，这才接着说："我的脑中突然涌上姜白石的词句，因而一路吟诵下来，不想临近放鹤亭，却看到一人的背影与我的好友刘伯温是那样的相像，没想到真是你。巧遇呀，巧遇呀！"宋濂还故作感慨。

刘伯温知道宋濂说的不是实情，而是在故意打趣，于是揭穿他说："行了，宋濂老弟，就不要在我面前编故事了，一定是你的书院有了麻烦，你迫不得已才下山寻我，到我的寓所寻我不着，听家人说我在这里，因而就找来了，我说的是也不是？"

"还是伯温兄心智过人，也了解我宋濂的为人，实际情况与你的猜测丝毫不差。"

"那么，书院出了什么事啦？"对宋濂突然下山的原因，刘伯温很想知道。

听到刘伯温询问此事，宋濂把刚端起的酒杯又放下，长叹一口气，说："说实话，我是逃难出来的。"

"逃难？你那里遭红巾军的袭击啦？不可能呀，那里并非军事要塞。有土匪啊？那里除山水秀丽外，并无金银财宝啊？"刘伯温一连串的推测都从宋濂的摇头中得到回答。

"是有人要硬逼着我出山。"

"刘福通还是方国珍？"

"方国珍。他说他身边缺乏谋士，我是最合适的人选，他先是派人来到我的书院送来一封他的亲笔信，许我以种种好处，要我在他手下做一名军师。我起先是婉言谢绝了，可没过多久他便派人要绑架我到他那里，亏得我多了个心眼，在书院脚下派人放风。这样，闻讯后我便从书院逃了出来。"

"哦，原来是这样。方国珍这个害人精，在东南兴风作浪这么久，朝廷拿他没有丝毫的办法。那你现在打算怎么办？"

"先避避风头再说，让我给他做军师，真是痴心妄想。伯温兄，你最近的日子如何？"

刘伯温满脸苦笑地摇摇头，与宋濂上次分手后发生了那么多的事，一桩桩，一件件，真不知该从何说起。

然而，面对宋濂这样可以推心置腹的挚友，心中的垒块不吐不快。于是，刘伯温断断续续把那些往事向宋濂讲述了一遍。对于朱珠走后他心中的苦闷却是忽略不提，只是说朱珠突然不见了踪影。

两人在放鹤亭一直喝到天黑，一共喝了七坛花雕酒，刘伯温带着深深的醉意与浓浓的愁绪和宋濂一道回府去了。

春节过后，江浙官场上已在谣传方国珍不久将再次接受招安。

面对这种谣传，刘伯温很敏锐地意识到谣传即将变为现实，他再次上折痛陈招安之弊，可奏折与前几封的命运一样，石沉大海。

方国珍的势力依旧盘踞在沿海一带。现如今他改变了战术，不再用大批兵马去攻占沿海的某个城镇，而是化整为零，派出小股部队在沿海一带进行烧杀抢掠。通常是夜半时分登陆，在一番烧杀抢掠之后，再快速地撤离。这让官军很是头痛，不知该将兵力部署在哪里才好，而身受其害的百姓却是怨声载道。

刘伯温经过缜密的侦查，找到了方国珍部登陆骚扰的大致规律。此时，刘伯温已任浙江省元帅府都事，于是他到元帅府献计献策，可他人微言轻，当官的对他的意见置之不理。刘伯温决定动用他与章溢组建的民军，让方国珍吃些苦头。

他将民军的一千人马布置在一个距长江入海口七百多里的海滨小村——彭村。

据刘伯温判断，方国珍部不久将来这里进行骚扰。刘伯温通过夜观天象，也看到彭村这个方位将有兵刃之灾。他将一千人马分成三路在村的南北两翼部署，村中留下了六百人。

对于刘伯温这样部署，章溢心存疑虑，他问刘伯温："伯温老弟，方寇可以袭击的地方很多，你把兵力都投放在彭村，是何道理？你有多么大的把握可以断定，方寇会攻击彭村呢？"

"章溢兄，我决不打无把握之仗。彭村虽然不是大的城镇，但村内家底殷实的富户有很多，这符合敌军袭击的首要条件，因为他们进行掳夺的目标就是钱粮；第二个是彭村此地的地理位置对他们有利，咱们在来的路上也看到了，丘陵此起彼伏，道路崎岖，官军无法火速赶来；第三个是这里是前半夜涨潮，快拂晓时落潮，便于敌军的登陆和撤退。章溢兄，附近条件适宜的城镇都被他们抢过了，你说，彭村不会是他们将要攻击的目标吗？"

章溢一听，的确说得头头是道，心中不由得为之折服。章溢也就不再问些什么，而是一门心思地去村中巡视，看还有什么不妥之处。

方国珍的小股人马一般是五百到七百人，乘一两艘大船在近海处停泊，划小艇登陆，这些人手持利刃，半夜三更摸进村中，敲门砸户，烧杀掠夺，满载而回。老百姓们手无寸铁，哪里抵挡得住这群如狼似虎的强人。

这一天夜里，明月藏入乌云中，海面上漆黑一片。刘伯温在村中一所农家小院里，在油灯下读《三国志》，看得津津有味。

设在海滩的观察哨骑马飞驰而来，来到门外，飞身下马，向刘伯温禀报："大人，有两艘战舰向这边海面驶来，船上高悬方国珍的旗号。"

"好，"刘伯温兴奋地把书一合，"不怕他来，就怕他不来，今夜叫他们有来无回。传我的命令，叫大家做好战斗准备。"

刘伯温又将在床上小憩的章溢推醒，睡眼惺忪的章溢听说敌兵来了，立刻精神抖擞起来。刘伯温与章溢商量："章溢兄，村外埋伏在两翼的队伍就靠你指挥了，在敌兵乘小艇登陆全部进入村中之前，不要让他们察觉出有埋伏，待他们在村中与我指挥的民军交上手后，你迅速带领人马合围。为了断绝敌人的退路，你选派二十几个人将那些小艇全部烧掉。"

章溢连忙点头，神情极为坚毅。

敌兵共约六百来人，陆续乘小艇在海滩登陆，向彭村进发。他们觉得这次"抢肥羊"与以往没有什么不同，只消一会儿工夫，银子、布匹、女人、牛羊就会全有了。因为抢掠回去的东西除大部分上缴外，每人还能分得一点，更重要的，趁火打劫中暗藏下来的金银细软还能据为己有，因而人人踊跃参加"抢肥羊"，不肯错过这个发财的好机会。

敌兵们奋勇争先地跑进村子，砸开一户人家的大门，发现里边空空如也，别说值钱的东西，就连一点有用的东西都没有，砸开第二户人家，还是一无所获，第三

户、第四户……

贼兵们你看看我，我看看你，不知这是怎么回事。

刘伯温令人放了一枚"二踢脚"，叮当两声巨响让贼兵纷纷引目观瞧。还未等他们看出什么来有许多人便中箭倒地身亡。原来这是命令民军放箭的暗号。

一阵箭雨过后，贼兵已伤亡十之二三。在伸手不见五指的夜里，贼兵们手持灯笼火把，给藏在暗地的民军指明了目标。民军自制的土炮随即在人群中开了花，其威力虽比不上官军的红衣大炮，可也炸得贼兵血肉横飞，惨叫之声不绝于耳。

敌军的小头目一看形势不妙，想要带领手下溜之大吉，不料退路早被章溢指挥的民军截断。海滩边的小艇都已燃起熊熊烈火。

贼兵们已成笼中之鸟，瓮中之鳖，纵使插翅也难逃。刘伯温一声令下，潜伏在四处的民军勇猛地冲向贼兵，杀得贼兵哭爹喊娘。有的贼兵还负隅顽抗，有的干脆扔掉兵刀，跪地求饶，不到一个时辰，这六百多贼兵全都命丧黄泉。民军大获全胜。

消息传到方国珍那里，正在喝酒的方国珍气得将酒杯一摔，在舱内倒背双手，踱来踱去就像一只关在笼中的狼。踱了若干圈后，颓废地坐到椅上，良久说不出一句话来，因为他清楚：又栽到刘伯温手中了。可他找不出什么法子能除掉刘伯温，他只能指望左答纳失里能给他带来好消息。

刘伯温将民军在沿海击杀方国珍部六百余人的捷报上奏给朝廷。朝廷对此却是装聋作哑，自当没有这回事，叫刘伯温、章溢好不失望。

这一日，当他行至"宝兰堂"药铺门口时，恰好有一辆马车在药铺前停下，一个小丫鬟从车上搀扶出一位小姐来。刘伯温也就是无意地一瞥，却被惊呆了。那不是朱珠吗？

"朱珠！"他脱口而出，不料那位小姐对这喊声不理不睬，径自进了药铺。

刘伯温满腹狐疑，也许是自己看花了眼，也许是朱珠故意不理自己。他提醒自己，这可是大庭广众，莫要放浪行事，让人误以为是拈花惹草的浪荡公子。

刘伯温装作也是买药的，也进了"宝兰堂"的店铺，药铺的小伙计立刻迎了上来，殷勤地问他："这位客人，您是看病还是抓药啊？"

刘伯温的心思全在看那位小姐的容貌，对小伙计的问话漫不经心地说："我呀……我……你让我再想想。"

小伙计一听，心中直觉得好笑，这位客人真奇怪，看病抓药没想清楚就来了。

刘伯温已看清了那位小姐的长相，不是朱珠还能是谁？

他上前一步，语调有些激动地说："珠妹，你怎么不理我？快跟我回家去吧，我找你找了好久。"

那位小姐见一位陌生男子这样跟自己说话，被吓得花容失色，一旁的小丫头可是位厉害角色，立马站到刘伯温与那位小姐当中，毫不客气地说："嘿，你是哪里来的野小子，这般无礼！我家小姐压根儿就不认识你，你不是癞蛤蟆想吃天鹅肉吧？光天化日的，你好大的胆子，你若敢无礼纠缠，立刻拉你去见官府，告你调戏民女，让你挨上重重的二十大板！"

　　说完，拿起药铺称好的药便拉着那位小姐往外走，口中还说："小姐，这八成是个疯子，要不然就是个无赖，咱们别理他！"

　　当众被小丫鬟抢白了一顿，刘伯温的脸上好不尴尬，然而看那位小姐的神情真的像是不认识自己的样子。

　　那位小伙计心中可乐开了花，这位哪里是来看病抓药的，分明是来看人家姑娘的，叫人家的小丫鬟说了个无地自容。

　　"这位客人，您可否想好了是看病还是抓药啊？"小伙计倒来了劲。

　　"给我来一斤黄连，我败败火！"刘伯温也是满肚子没好气。

　　小伙计依照刘伯温的要求，将药柜中所有的黄连全倒上，一共才有九两。小伙计心中还在想：这位心中的火可够大的，别人买黄连都是一钱一钱地买，他倒好，张口就来一斤。"这位客人，真对不住您，我们店统共只有这九两黄连，都卖给你啦，您请多包涵！"

　　刘伯温提着这九两黄连出了"宝兰堂"的大门。他可并没有死心，他之所以刚才没有马上跟出去，是看出那个小丫鬟实在不好惹，自己倘若也跟着她们往外走，小丫鬟非得拉他去见官不可。

　　刘伯温拦住一辆空马车，对车夫一指，悄悄跟在那辆车的后边。

　　马车穿过几条大街，停在临街的一处宅院门口，刘伯温从车帘的缝隙当中向外偷瞧，大门两侧镶嵌了两条石板，石板上刻了一副对联，很是别致，让刘伯温过目难忘，联云："雅量涵高远，清言见古今。"

　　刘伯温将地址在心中记牢了，便乘马车回了自己的宅院。

　　恰在此时，朝廷招安方国珍的旨意下达到行省，责令江浙行省左丞帕里帖木儿与南台侍御史左答纳失里前去招降，任命方国珍为徽州路治中，方国球为广德路治中，方国信为信州路治中。

　　刘伯温闻听这个消息后，如五雷轰顶，气得直哆嗦，看着同僚们无动于衷的表情，觉得人人顽钝醒醍，个个面目可憎，他一挥手将自己书案上的东西都拨到地上，吓得众人将惊诧的目光都投在他身上。刘伯温却视他们为无物，眼中闪着愤怒的火光，恶狠狠地说了一句，也不知他在对谁说："方国珍，我拼得一身剐，也不会让你要风得风，要雨得雨！"

　　奏折写完后，刘伯温将手中的笔向地下一摔，面容惨淡地说："这怕是我最后一次写折子！"

　　折子递上去之后，刘伯温满心满目一片清亮，蹲在元帅府文书房前的石榴树下看蚂蚁，路过的人无不对他侧目，他却浑然不觉，自顾自看得饶有兴趣。

　　一连几天，刘伯温都在石榴树下看蚂蚁。

　　这事传到宋濂耳中，宋濂淡然一笑："别以为他心中清清闲闲，其实他心乱如麻，只是在等待最后的结果。"

　　最终的结果终于下来了。朝廷驳回了刘伯温的奏章，并训斥他有伤朝廷好生之仁，并妄作威福，遣往绍兴羁管。

　　刘伯温气呼呼地将官服从身上扒下来，扔到地上，换好便装，大步流星地走出了衙门……

　　刘伯温休养了几日，便动身去了绍兴。

　　只是离开这座宅院时，有些恋恋不舍地看了一会儿，自嘲地一笑，幽幽地说："多情应笑我，早生华发。"

第 08 章
绍兴遇佳人　　山谷有幽情

　　刘伯温由杭州迁至绍兴已两月有余。因为是被朝廷下令羁管在绍兴，所以刘伯温在抵达绍兴的第二日就拜会了绍兴知府燕三思。燕三思写得一手好柳体，精通汉学，与刘伯温也有过几次文字之交。他为了显示对刘伯温的钦佩和宽慰，特意在府中设下酒宴，为刘伯温接风洗尘。

　　刘伯温那时的心绪还未完全好转，原不肯坐席，被燕三思死死地挽留住了，这才勉强入席。

　　席间说话，燕三思端起一杯酒来，清亮的双目注视着刘伯温，说道："伯温先生，方国珍乃狡黠不法之徒，素无忠信，惯会使阴谋伎俩。伯温先生大概也有所耳闻，伯温先生此番遭厄，就是方国珍拿银子上上下下打点所致。多行不义必自毙，我断方国珍不得善终。说句实心话，伯温先生能来绍兴，对您而言是'祸'，对我而言却是'福'。一来可以向伯温先生讨教学问，方针策略；二来可以诗歌酬唱。来，我先饮下这杯酒！"

　　说罢，一仰脖将杯中酒一饮而光。他的一席话说得刘伯温心中暖融融的。

如今人心不古，世风日下，昨日与你称兄道弟的，今日就可能对你落井下石，想不到燕三思竟是这般古道热肠。他举起一杯酒，说道："知府大人，你的一片美意在下心领了。不过，我在公事里已忙忙碌碌好一阵子，难得清闲下来。不料天降佳机，发配我到绍兴这个山清水秀的地方来，又有大人这般的热心，伯温想在此好好游玩一下，暂不理会那些公务，不在其位，不谋其政，还望大人莫要问伯温公事，伯温先行谢过了。"

燕三思张了张口没说出话来，旋即换上一副笑脸说："伯温先生，你我虽不是金兰之好，但我燕三思敬重先生的为人，不妨向先生交个实底。方国珍前日已派人来到我府上，送来五万两白银，我也收下了。"说到此处就停住了，两眼直视刘伯温。

刘伯温心中着实吃了一惊，眼前的燕三思说他已收下那五万两，看来我刘伯温今日有性命之虞。

刘伯温心中虽然泛起种种念头，但只是一闪而过，以他现在的修为，就是泰山崩于眼前也不为所动，因而，刘伯温双目也盯着燕三思，脸上没有显现丝毫的慌乱。

"大人，有话只管明言，何必这般吞吞吐吐的？"

燕三思倏地将目光投向远处，夹了口菜扔进嘴里，细嚼慢咽后，方说："伯温先生，我知道你心中一下子涌上好多念头，我不是在故意吊你胃口，开诚布公地说，这个酒席上倘若有第三个人在场，刀架在我脖子上我也不会说刚才那些话。方国珍出重金要我干什么，我不讲先生心中也明了。至于我收下那五万两白银，先生莫要将我看扁，至于有什么用处，我现在不说，但绝不会有一厘一毫用到我个人身上。伯温先生，你可信得过我的话吗？"

"大人以赤诚相见，伯温怎能以小人之心相度呢？"

"伯温先生，我有一要求请先生务必答应。"

"请讲，伯温洗耳恭听。"

"方国珍使小人伎俩，妄图杀害先生。我燕三思偏不让他如愿，因而先生的安全事宜至关重要，我恳请先生听从我的安排，住所我已为先生选好了，僻静、安全。"

"大人，伯温以何德何能承受大人如此厚爱，怕伯温纵使他日肝脑涂地也难报大人的恩情。常言道'死生有命，富贵在天'，我的些许小事，大人就不必过虑了。"

"伯温先生，你有所不知，你的密友同知副元帅石抹宜孙大人已严令下官负责保护你在绍兴的安全，若有差池，石抹元帅的重托我怎好交代？另外，都元帅余阙也写来书信，他在信中说，倘若先生有闪失，便是我项上人头不保之时。"

燕三思的一番肺腑之言，在刘伯温心中掀起了波澜，自己还能说些什么呢！

燕三思见刘伯温点头默许了自己的请求，喜上眉梢，忙唤过家人冲他低声吩咐几句，家人领命出去了。

燕三思这才转过头来，冲刘伯温开口言道："伯温先生，我……"

"莫要称我'先生'了。我想与你八拜结交，结为金兰之好，不知你意下如何？"

"好呀！"燕三思正求之不得，便与刘伯温叙了年岁，燕三思比刘伯温大五岁，刘伯温尊他为"兄台"，燕三思便称刘伯温为"贤弟"。刘伯温提议道："兄台，你我今日结为金兰之好，莫要行那繁文俗礼，只消兄弟对拜饮下三杯酒便可，兄台认为如何？"

"好，就依贤弟。"两人便在屋中行过了简单的结交礼仪。

这时，家人走进来冲燕三思小声嘀咕了几句，燕三思微微点头，那家人便退了出去。

"贤弟，你身边的仆人太过单薄，只有刘安一人随你来绍兴，这怎么行呢？我特意拨了几个干练的丫鬟婆子去服侍你，她们已去你的新宅院收拾布置去了。你待会儿去那所宅院瞧瞧，需要什么只管说话。"

"唔，多谢兄台。"

就在这时，有一名年轻女子进到房中，让刘伯温的眼目为之一亮。

那女子眉分两道春山，眼注一汪秋水，一头乌黑亮丽的长发用素帕束起。她的身材端正骨肉均称，一口粉花雪白的细齿让无数佳人自愧弗如，纵使美女云集的皇宫内院也寻不出几个这等出色的人来。

刘伯温如坠云雾，不知这位风姿绰约的女子与自己有何干系。

燕三思哈哈一笑，朗声道："贤弟，她便是我为你寻找来的保镖，也是我的亲侄女，名叫燕飞霞。飞霞，还不快与你刘叔叔见礼。"

那燕飞霞冲刘伯温飘飘万福，开口便如莺声燕语般："叔叔大人在上，侄女这厢有礼了。"

刘伯温心中好生纳闷，送我个娇娘，名义是她保护我，可她这番弱柳扶风的样子，大概还要我保护她吧。

燕三思看出刘伯温心中所虑，便朝侄女一使眼色，燕飞霞心领神会，开口言道："侄女自幼跟随师父空灵道长在武当山学艺一共一十二载，虽然是些微末小技，倒不妨为两位叔叔演示一二，以助酒兴。"

燕飞霞倒满一杯茶水，将那杯茶水放到自己的手心之上，暗自运功，那杯中水竟不安分起来，从杯中腾空而起，化作一道水帘横在燕三思与刘伯温之间。燕飞霞运掌如风，左掌一挥那道水帘便被吸进她的手掌中，没有半滴洒落到地上；待她再摊开手，那些水已化作一个鸡蛋大小的冰球。燕飞霞右掌一拍这个冰球，冰球倏地飞向墙壁，它并未在墙上碰个粉身碎骨而是深深地砸进了墙体。燕飞霞还要倒第二杯茶水，却被燕三思拦住："我的宝贝侄女，莫要再练了，叔叔最值钱的就是这处房子，你若弄得千疮百孔，那可就要了叔叔的老命。"

燕飞霞很听话，又运功将那个冰球吸了出来，放回到茶杯时又在刹那间变回到刚才茶水的样子，除了墙上多了个洞外，一切与刚才无异。

刘伯温心中暗自称奇，这燕飞霞的内功要比朱珠深厚得多，不可轻视了这个女子。

自此，刘伯温又回到了闲云野鹤般的生活，终日游山玩水，赋诗饮酒，快活自在，连神仙都要逊上三分。然而，一到了晚上他又像换了个人似的，点灯夜读成了他雷打不动的规矩。下人们都想不明白，老爷为何在白日那样放荡不羁，在夜间又

这般清静自守。

燕飞霞的芳龄一十八岁，倘若刘伯温被家人称作"老古怪"的话，燕飞霞则毫无疑问成为"小古怪"。她保护刘伯温的安全并不是时时形影相随，而是行动神秘，在神不知鬼不觉中尽她的职。她有时一句话也不讲，有时讲起来却是滔滔不绝。特别是每个晚上，她总要飞身上房在房顶上坐上一两个时辰。

刘伯温在绍兴的日子表面上看去波澜不惊，刘伯温也乐得做个逍遥自在的隐士，然而，他心中的忧愁却比在官场时更深了。

刘伯温有了清闲，常在夜深人静之时独坐观心，往往感到以前的痴心妄想如烟消云散般散去而真知灼见时时显露，常由其中得到莫大的机趣。然而真知灼见的若隐若现与妄心痴想的无路可走，又在他的心中掀起波澜。

他在时局变化里参禅悟道，印证自我。他每夜观星象，已见到象征元顺朝命数的帝王之星星光惨淡，幽隐之势已成定局，而数颗新星，星光清亮，难分伯仲，预兆天下群雄逐鹿之势。再现自己那颗命相之星，星光内敛，闪烁不定，可见吉凶难料。

这次羁管，让他心灰意冷，已决心从此退隐江湖，谁亡谁兴谁浮谁沉都与他刘伯温没什么干系，他只想做个天南地北随遇而安的江湖隐士。还有另一桩事时时让他想起却总也放不下——那便是朱珠的下落。

他与朱珠虽无夫妻名分却有夫妻之实，朱珠在时自己很少向她倾诉衷肠，如今四海茫茫难觅踪迹时，却有一肚子情话无处诉说。他心中一直在盼望阴历七月二十七日的到来，也好通过那神镜获知朱珠的下落。自己掐指一算已是阴历七月初三了，再过二十多天，再过二十多天，他在心中劝慰自己，人生百年不过是弹指一挥间，更何况仅仅二十多天。

到了七月初七的晚上，刘伯温的心中便已焦躁不安，他蓦然想起今夜是牛郎织女鹊桥相会之时，心中顿生无限慨叹，自己独自一人掂了一壶酒、一盘果蔬来到院中。

一轮冷月高悬庭中，向茫茫大地洒下一片清辉。阵阵秋风吹来，让人感到不胜凄凉。

刘伯温坐在石凳上，遥望星河，找寻着牛郎织女二星，心中想起孩童时听母亲讲牛郎织女的故事，牛郎织女的悲欢离合让他流下同情的泪水，至于那个可恶的王母娘娘却让他恨得咬牙切齿，那都是很久以前的事了，如今想起不由得莞尔一笑，率真活泼的童年时光是一去不复返了。

渺渺银河中他看不见那条由乌鸦、天鹊、龙凤之类搭起的鹊桥，他在想象着牛郎织女快步飞奔上鹊桥，两个人紧紧地抱作一团，互诉衷肠……

他呷了一口酒，热辣辣的，他是强咽进肚中的，肚中很快像有团火在燃烧。他还想牛郎织女隔着银河相思的愁苦之情，一首幼时背得滚熟的古诗涌上心头，情不自禁地吟诵起来：

迢迢牵牛星，皎皎河汉女。

纤纤擢素手，札札弄机杼。

终日不成章，泣涕零如雨。

河汉……河汉……

背到"河汉"这句时，却发现自己已想不起下边是什么，正要叹自己有些老时，却有人清脆地接出了下几句："'河汉清且浅，相去复几许。盈盈一水间，脉脉不得语。'我背得可对吗，叔叔？"

刘伯温循声望去，却见燕飞霞一身素白坐在那屋脊之上，嘴角似乎还挂着顽皮的笑容。

刘伯温这才想起这小妮子有这个嗜好，夜夜坐在高处，就那么一个人枯坐，因而召唤道："唔，原来是飞霞呀，差点惊得我魂灵出窍，下来吧，咱们一起看夜景。"

不料，燕飞霞却摇了摇头。

"叔叔，还是有劳您老人家上屋顶吧。"

"叔叔老了，腿脚筋骨都不中用了，没有你那身轻如燕的身手，你还是下来吧。"

"不，在屋顶上看要离月亮近一些，叔叔嫌上房劳累，飞霞可以代劳。"说罢，燕飞霞如白衣仙子飘飘落下，脚尖只在地上轻轻一点，同时一只手已牢牢抓住刘伯温的肩头，将刘伯温提到了房顶上。小妮子做事这般怪异，刘伯温今夜才有了真正的领教。

"叔叔，你一人独坐院中赏夜景，是不是睡不着呢？"

刘伯温就势找了一处较为干净的地方盘膝而坐，反过来问燕飞霞："飞霞，你在这里做什么呢？是在想心事吗？"

"叔叔先讲。"

"唔，我在想心事。"

"我也在想心事。"

"你有什么心事呀？"刘伯温知道像这么大的少女心思是最难琢磨的，自燕飞霞来到他身边后，他早就留意到美娇娃心事重重，可他一直没有问，今夜不知因为什么，他突然想要问个清楚。

"我的——我的心事不大好说。"俏丽的脸早已飞上两片桃红，"叔叔，你在想人吧？"

"对，我在想一个人。"

"一个什么样的人呢？"

刘伯温沉吟了片刻，也不知该不该向眼前这个美娇娃倾露自己的情事，最后才说：

"是一个女人。"

燕飞霞一直认为她这位叔叔满肚子城府，从不肯将自己的心事讲给别人，自己不过是好奇地问问，并不指望他回答什么，不料刘伯温直截了当地回答了。

她歪着头，用手托腮想了一会儿说："她是你的亲人吧？"

"说亲人不是亲人，说不是亲人却胜似亲人。"刘伯温也许是因这问题在心中憋得太久，从来无人问起，今夜燕飞霞问起，正好可以一吐为快。刘伯温没有准确的字眼回答问题，一边在想着朱珠。"那她一定长得很美，我想。"燕飞霞自下了断语，却用两只会讲话的大眼望着刘伯温，以求印证。

"是的，她很美。"

"那她长什么样子啊？"这边有无穷无尽的疑问。

朱珠的样子，熟悉而又陌生，刘伯温不知该怎样描述朱珠，只得说："有一天我会让你亲眼看到。"

"那她为什么不在你身边呀？"大有刨根问底的架势。

"我也不知道她去了哪里，我一直在找她。她是个孤儿，无父无母，也没有家，天地茫茫人潮人海，我也不知她在哪里。"

"哇"的一声，燕飞霞开始号啕大哭，事先没有任何征兆，这让刘伯温惊诧不已，连忙问："飞霞，你这是怎么啦，好好的你怎么就哭了起来？"

平日里这个还算文静的女孩此时哭得像一枝梨花春带雨，朱珠也曾这么哭过，眼见燕飞霞这么无所忌惮地哭，必定是有什么伤心事，刘伯温的心头也顿感酸楚。

好在燕飞霞的泪水没有像滔滔江水绵绵不绝，哭了一阵子便止住了。当她用手帕擦干脸上的最后一滴泪，抬起头看到刘伯温脸上流露出无措、怜爱、惊诧等糅合在一起的复杂表情，却咯咯地笑起来。

"飞霞，你怎么突然哭了，又突然笑了？"

听到问话，燕飞霞的眼眶分明又红了，但她把头抬起，注视那茫茫银河。

"我也是个孤儿，燕三思叔叔并不是我的亲叔叔，是他从小收养了我，后来又送我去学艺，他待我比亲侄女还亲，因而常对外人说我是他的亲侄女。我刚才听你说起所想念的女子是个孤儿时，我也就想起了我的身世，人家都有爹娘，可我怎么就没有呢？"

"那你怎么又笑啦？"

"你刚才的表情很古怪呀！"

"噢。是你师父教你识字读书的吧？"

"是呀。师父有好多藏书，却不让我看，但我趁他不注意，都偷偷地翻了一遍，像你刚才在院中背的那首就是《古诗十九首》中的一首，恰巧我记得。"

至正十三年(1353年)七夕的晚上，这一老一少坐在屋脊之上，各自打开记忆的闸门，述说如梦如烟的往事，就像一对相知相伴了多年的老友似的。

天刚亮刘伯温就吩咐下人去准备出游的应用之物，自己却呆坐在书房，他火急火燎地要出去游玩，那是由于昨晚一夜无眠，心中十分焦躁不安。昨晚便是阴历七月二十七，刘伯温苦盼了整整一年的那一天，他怎样地憧憬，怎样地忐忑不安自不必多言。好不容易盼到夜幕降临，明月升空，刘伯温刚要施法，不知哪里来的恶云将月亮层层遮藏起来，让刘伯温满心的希望化作了泡影，刘伯温心中的那份难过，简直无法用言语形容，他在失落与烦躁中坐了一夜。他决意携燕飞霞同游鉴湖，好在湖光山色中忘却烦恼。

当刘伯温与燕飞霞共乘一辆马车缓缓行进在江南的石板路上时，因为天色还很早，车子发出吱吱呀呀的响声，格外地清晰。马车驶出了绍兴的偏门，沿着修筑在河岸上的街市继续前行。

猛然间，有凄厉的救命声响起，声音好像从南北通衢旁的树林里传出。燕飞霞性急，只对刘伯温说了声："我先去看看！"

语音未落，她已施展"八步赶蝉"的轻功将刘伯温远远地落在后边，刘伯温只得加快步伐，去追赶她。

待到刘伯温上气不接下气赶到小树林时，只看到林中的空场上横歪竖斜躺着五具尸体，燕飞霞的脚下还踩着一名大汉，另一旁是两名女子，吓得瑟瑟发抖，不远处还有一辆马车和四匹马。

"怎么回事？"刘伯温问。

"我也不太清楚，我赶到的时候，地上已横着两具尸体，有四个手持刀剑的大汉正要杀那两个女子，我只得出手，结果了三个，留下了这一个活口。"

燕飞霞狠狠地踹了那名大汉一脚，喝问："说！为何要在光天化日之下行凶杀人？"

那名大汉强忍痛疼，对燕飞霞的话不理不睬。燕飞霞明白，不给他点苦头吃，他是不会开口的。

"我知道你心中纳闷，我这样的文弱女子怎么这么厉害，转眼间就杀了你三名同伴，明白告诉你，我最讨厌别人把我的话当耳旁风，你可要想清楚，再不老老实实回答我，我就从你的尾巴骨开始，一节一节都给你踩断。"她一边这样说，一边用脚尖用力踩那大汉的尾椎骨。这可要了那大汉的命，疼痛难忍，知道这位貌美如花的小妮子说到做到，因而赶忙说："侠女饶命，我是钦差铁朵儿府中的，大人差遣我们四个务必将一户人家斩尽杀绝，也许是消息走漏，昨晚我们前去抄家灭门时，只有一对老夫妇在，不见了他们的女儿，因而我们哥四个就追杀过来，在这里追上来正要取那个小姐的人头回去交差时，侠女您就出现了。这就是事情的经过。"

"那对老夫妇是谁，你们把他们怎么样了？"

"我们也不知道他们是谁，是什么缘故得罪了我家主人，我们把他们给杀了。"

最后一字刚出口，燕飞霞便一脚将他踢上天，再落地时已成为一具死尸。

那位小姐听说爹娘已遭人毒手，顿时昏厥过去，不省人事。刘伯温一看在这荒郊野外这样下去也不是办法，就对那位丫鬟说："在下刘伯温，那位小姐乃绍兴知府燕三思的侄女，你家小姐想必是急火攻心，料无大碍，我们一道回绍兴城中，将详情禀明官府，由官府来公断吧。"

那丫鬟正不知该如何是好，听刘伯温讲完，忙和燕飞霞一起将小姐抬上马车，刘伯温亲自驾马车，按原路返回了绍兴城。

来到知府府衙，将事情大致经过对知府燕三思讲述一遍。燕三思先将那落难的丫鬟并小姐接进府中调养，后派官差去城外收尸。自己则把刘伯温带到了书房，找个理由将侄女燕飞霞支开。

"贤弟，这桩案子很棘手，倘若公事公办的话，很可能成为一桩无头悬案，飞霞也是一时性起，把很好的人证给杀了。追查到铁朵儿那里，他完全能够死不认账。贤弟，依你之见，此事该如何处理？"

"兄台，铁朵儿的为人我很清楚，是个心狠手辣、无恶不作的家伙。当初在杭州，我曾跟他打过交道，依我之见，先派人去杭州了解一下情况，回头再商议，案件就不要由捕快办理了。"

刘伯温从燕三思的书房出来，去后院看那位小姐的情况怎么样了，走到后院门口时，便看到燕飞霞在院中踱来踱去。

"飞霞啊，那位小姐怎么样了？"

"哦，伯温叔叔来了，和仁堂的王大夫刚走，他说病人只是过度惊吓以致昏迷，服两剂汤药就会好转过来，另外病人还需多休息，不宜再受惊吓。现在正睡着呢，跟她一起来的丫鬟在屋里侍候着。""噢，我进去看看。"刘伯温一挑帘子，进到屋中，那位丫鬟刚要说些什么，被刘伯温示意制止住，刘伯温抬眼向床上那位小姐看去，那不是他朝思暮想的珠妹吗？他有些难以相信自己的眼睛。又仔细看了看那张脸，没错，就是珠妹呀，他在心中提醒自己：要镇定，要冷静，这才没有飞奔到床前，去唤醒那个在梦乡中的人。

他想起来了，那日在杭州街头偶遇的那位长得与朱珠一模一样的女子，对，旁边的这位丫鬟也有些眼熟，就是这位伶牙俐齿的丫鬟骂得自己狗血淋头，气得自己买回九两黄连。

刘伯温又匆匆地看了一眼，便从屋中退了出来。

世界竟然是如此小，世上竟然有这般长相酷似的人。真是造化弄人啊！真"朱珠"消失在茫茫人海，不期在自己羁管绍兴时，却碰上一位假"朱珠"。真是世界之大，无奇不有，其中的情由，留待日后再慢慢了解吧。

随后，他与飞霞回到自己的宅院。

从此以后，刘伯温每天都要抽出一段时间过来探望这位"朱珠"，这位"朱珠"在精心调养下，神智已经清醒过来，但还沉浸在骤失双亲的痛苦中，意志消沉，郁郁寡欢。

另外，去杭州探听消息的人已回到绍兴。据他讲，那户惨遭灭门之灾的人家姓秦，是个书香门第，秦家夫妇二人待人谦和有礼、乐善好施，膝下只有一个女儿，唤作秦凤梧。不知是何缘故与铁朵儿结怨，出事的当晚秦家夫妇俱遭杀戮，家院也被一把火烧为平地。秦家夫妇大概事先得到了消息，遂命管家及丫鬟护送小姐南逃绍兴。

刘伯温与燕三思听罢，决定此事暂且搁置起来，向铁朵儿讨还血债的事日后再寻机会。

那位秦小姐除爹娘外举目无亲，爹娘惨遭毒手，让她痛不欲生，几次要寻短见，幸亏仆人照顾严密才未成功。后在许多人的劝说开导下，心情也就逐渐好转起来，决意要为死去的爹娘报仇雪恨，不拿铁朵儿的项上人头祭灵誓不为人。秦小姐的丫鬟叫春桃，主仆二人在燕府休养了一段日子，秦小姐也能下床了。

这日，刘伯温又去探望，刚踏进房中，秦小姐与春桃便跪在他的面前，秦小姐哽咽地说：“刘先生，您和燕小姐是我和春桃的救命恩人，我俩纵是做牛做马也难以报答二位的恩情。现如今，我主仆二人在这个世上举目无亲，我二人愿服侍在您和燕小姐身边，端茶倒水，浆洗打扫，再苦再累也心甘，您就收留下我们吧，求求您！”

春桃也在一旁苦苦哀求。

这倒叫刘伯温为了难，自己孑然一人，妻儿老小不在身旁，身边已有个妙龄少女燕飞霞，生怕旁人说三道四，再收下这两位女子，旁人不知该会说些什么，可见两人哭得凄凄惨惨，心肠怎么也硬不起来，况且，他也实在想不出为这主仆二人安排个什么样的去处，于是开口道：“你们俩起来吧，我也是郁郁不得志之人，身上也有解不清的纠葛，大概不是大福大贵之人，你俩愿跟着我，我就收下了，我只是一个人，没有什么家务事，你俩不要以丫鬟的身份跟着我，你们和飞霞都是我的侄女。好啦，好啦，不要哭了。”

就这样，秦凤梧和春桃搬进了刘伯温的宅院，燕飞霞也很高兴有了两个年龄相仿的女伴。

至正十三年（1353年）十二月初，气温骤降，往年暖冬的踪迹全无，取而代之的是酷似北国千里冰封、万里雪飘的寒冬，大地时常被茫茫大雪所覆盖，除了迎雪怒放的蜡梅外，再也找不到一处生机，萧条、冰冷笼罩着会稽城。

燕飞霞、秦凤梧、春桃极力阻止刘伯温外出，燕飞霞特别注意到，有一些不三不四的人经常在宅院附近闲逛，像是有所企图，身负保护刘伯温重任的燕飞霞，不能不有所警觉。刘伯温在听了燕飞霞所说的担忧后，便正正式式地占卜了一卦。

卦辞预兆，不久便有小厄降至，不宜外出。当严守门户，以防不测。刘伯温按照卦意谨慎行事，不再去“独钓寒江雪”了。

这日，早晨起来便见到乌云密布，气温比昨日还要冷上几分。不多时，半空中便飘飘荡荡落下雪花来。刘伯温连忙唤来秦小姐等人，倚窗赏雪。

起先，一片，两片，如同鹅毛般大小漫卷在空中，渐渐地，一片、两片化作千团、万团，就像夏日暴雨打落到地上。不一会儿，地上便积起了厚厚的一层。凛冽的寒风席卷着团团飞舞的雪片在人间肆虐，冲向任何一个不肯低头的对象。

然而，风雪的淫威没有持续得太久，鹅毛般飞旋的雪花寻不见了，换作如尘如沙的雪末儿。

几个人怔怔地望了半天，秦凤梧问道：“恩公，李太白诗云‘燕山雪花大如席，片片吹落轩辕台’，燕山雪真比江南雪大那么多吗？”

“哦，那是青莲居士的幻想。”

“瑞雪兆丰年。老爷，明年江南又是一个丰收年。”

"但愿吧，如今江南大地刀兵四起，庄户人背井离乡，地恐怕早已荒芜了。"刘伯温叹了一口粗气。

徐寿辉手下的一支人马，由副将王善统帅已攻下罗源，正在向福州挺进。徐寿辉也指挥数万大军屯在新水，只待来年春暖花开时，大举进攻苏杭。刘伯温零零散散地听到有关战事的消息，心中不免为官军担忧，更为那些四处逃难的百姓发愁。

又一个除夕佳节到了，饱受离乱兵灾之苦的百姓，还是要努力寻求出一丝喜庆的气氛。

腊月二十九的下午，刘伯温舒服地在躺椅上一边烤火一边读书。突然，书房的门被春桃撞开，他刚要开口责怪春桃怎么这般莽撞，春桃却语无伦次地说："老爷，大、大事不好了，小姐和燕姑娘……咳，我也说不清，您快去看看吧，要是迟去一步，就会出人命！"

刘伯温立时从躺椅中站起，问："她俩在什么地方？"

"就在后花园！"

刘伯温迈开流星大步，直奔后花园而去，他的一只脚刚踏进后花园，便被眼中所见的情景惊呆了。

燕飞霞手持三尺龙泉宝剑，剑尖直指秦凤梧的咽喉，燕飞霞对秦凤梧怒目而视，秦凤梧却是一副大义凛然、毫不畏惧的样子。两人就这样僵立着。

刘伯温高声断喝一声："飞霞，快将剑放下！"

燕飞霞转过脸来，看到往日和颜悦色的叔叔冲自己怒目而视，心中先怯了三分，只得愤愤地将宝剑收归鞘中。

"这究竟是怎么一回事？中午时还见你俩亲亲热热，情如姐妹，怎么一会儿工夫就反目成仇啦？"

两个人似哑巴一样，谁也不开口说话。

"你俩都到我书房来！"说罢，刘伯温率先迈步回书房。

燕飞霞与秦凤梧紧随其后。进到刘伯温的书房后，依旧一言不发。

"飞霞，你先说，为什么用剑尖对着自己的姐妹？"

燕飞霞心中的怒火还很大，恶狠狠地盯着秦凤梧，仿佛那是与她不共戴天的仇人，她的双唇哆哆嗦嗦半天，还是讲不出一句话来。

"凤梧，究竟发生了什么事，让你俩伤了和气？"

这个秦凤梧小姐抱定主意：打死我也不说。听到刘伯温的问话毫无反应。

这让刘伯温胸中的怒火直撞顶梁门，他恨不能用棍子撬开两人的嘴巴。

但他还是强忍住了，他很久以前便知道自己有暴躁的毛病，因而这么久以来，他一直注意克服。

看看燕飞霞，瞧瞧秦凤梧，两人的神态迥异，一个是怒气冲天，另一个则是平静如水，这泰然处之的神情更让刘伯温想起朱珠来。刘伯温给俩人相了半天面才呵呵一笑，道："我刘伯温判狱断案上千件，也算得上见多识广，可像你二人的'哑案'，我还是头一次遇上。既然两位什么都不肯讲，我也不搞刑讯逼供。你们各自回房去吧。"

两人听完刘伯温的话，起身就要走，却又被刘伯温叫住："有几句话我可要说在前边，你们哪个胆敢做蠢事的话，就永远别来见我！"刘伯温端起茶杯，揭开盖，浅浅地品了一口，又说，"好了，你们可以走了。"

两人谁也不理谁，各自回房去了。

刘伯温很是纳闷，两人平日里好得跟一个人似的，会为了什么闹得剑拔弩张呢？刘伯温询问春桃，春桃说她帮刘安置办年货，对两位小姐的事一无所知，要不是刘安差她去后花园拿东西，她都看不到那一幕。

这一年没有腊月三十，腊月二十九也就充作除夕，家家户户张灯结彩，准备热热闹闹过个春节。刘府内的气氛却显得十分压抑，年夜饭也吃得索然无味。

吃罢饭，秦小姐回房中看书，燕小姐又上屋顶看风景，下人们不知这两位小姐是怎么了，谁也不敢大声喘气。

刘伯温喟然长叹，心道：这个年又要过得好没意思，这样枯坐守岁真是无聊至极，不如我抚琴一曲，遣散心怀。

他将春桃唤来，焚香捧琴，刘伯温从琴囊中取出琴来，调弦转轸，先抚了一曲《高山流水》，清奇幽雅、悲壮绵长的琴声飞出了书房，让人心神随之飘荡。刘伯温抚起一首《渔舟唱晚》来，不料刚起了个头便听到有洞箫之声相和，仔细辨听，知道是燕飞霞从屋脊上吹奏相伴，琴声与箫声融为一体，将夕阳西下，渔夫在舟上信嘴而歌的意境勾染得淋漓畅快，毫无生涩之感。一曲《渔舟唱晚》不由使人思发千古，感怀人世。

两人虽是初次同操一曲，却宛若多年的搭档。

一曲将终之时，却有一腔短笛骤然响起，欢快、激越，似是《山中访友》，但腔调转化很快，突然变得哀婉、凄凉，有如《无枝可依》，洞箫试着合奏。

那短笛的腔调又是一变，化作一曲《百鸟朝凤》。

刘伯温不失时机地抚琴跟奏，燕飞霞的洞箫也加入进来，刘伯温辨那短笛的出处，料想是秦小姐所为，相处了这么多时日，只听过燕飞霞吹洞箫，却不曾闻听秦凤梧吹过短笛，此时听来，顿感其功底深厚。《百鸟朝凤》吹奏完毕，洞箫吹起一曲《诉衷情》来。短笛也不甘示弱，奏起《蝶恋花》来。刘伯温是何等聪明之人，从二女所奏曲子便推知二女今日为何反目。白乐天云："文章合为时而著，歌诗合为事而作。"曲为心声，两女皆是发了情思，所恋之人便是自己了。自己一向将她俩视作侄女，从未动过什么非分之想。刘伯温趁二女"斗法"的间隙，奏起了一曲《鹊桥仙》。

这曲子是据秦少游《鹊桥仙·七夕》所编而成，原词为：纤云弄巧，飞星传恨，银汉迢迢暗度。金风玉露一相逢，便胜却人间无数。柔情似水，佳期如梦，忍顾鹊桥归路！两情若是久长时，又岂在朝朝暮暮！刘伯温特意将它编为琴曲，以示对朱珠永不忘怀，铭刻在心，要一直盼下去。秦、燕二女都明了此曲的深意，待刘伯温抚起此曲，洞箫、短笛都哑了声。

燕飞霞、秦凤梧来到府中也不是一天两天了，对刘伯温的那段情事早就有所了解，知道刘伯温对朱珠一往情深，抚此曲即是遥寄相思。

过了良久，短笛先是吹起一曲《将相和》，曲中之意便是要与燕飞霞和好如初，洞箫声马上鸣响，与短笛配合得天衣无缝。

刘伯温长吁了一口气，两女相争之风波渐歇，他拂拨抹勾，来上一曲欢快、奔放的《乐洋洋》，二女也跟奏。

弹奏到半截之时，夜空里响起震耳欲聋的烟花爆竹声，家家户户用燃放爆竹来恭贺新春。

刘伯温遂不再抚琴，亲自来到院中，带头燃起鞭炮，不一会儿，燕、秦二女俱站在他的身后，彼此的脸上已不再有仇敌般的神情，而是和好如初。

火树银花将黑漆漆的夜照亮，整个绍兴城好似沸腾起来了。

刘伯温立在院当中，喃喃自语："又是一年来到！"

燕飞霞、秦凤梧、春桃、刘安等人呼啦地给刘伯温跪下了，口中喊："恭祝老爷新春吉祥，万事如意！"

刘伯温欣然微笑，招呼大家起来，从怀中取出早就封好的纸包，一人一个，并冲大家拜了三拜："新春吉祥，各位跟着我受苦了！"

这一夜，许多人都不肯睡去，那是为了守岁，刘伯温无眠却是另有心事……

第09章
初见朱元璋　静观待其变

至正十四年(1354年)惊蛰刚过，水瘦山寒万木凋零的严冬便逃得不知去向。和煦的东风吹绿了江南的山山水水。在冰封雪冻时节神气十足的梅兰也悄然隐去，要等过漫漫的春、夏、秋三季才能再次迎来生命中的绽放。海棠玉兰桃杏梨李迎春等花木争奇斗艳，各竞风骚，湖滨的柳树已垂下千万条丝绦，高据在枝头的莺鸟卖弄着歌喉，去年的旧燕却忙碌着修补破损的巢穴。

一年之计在于春。万木复苏所萌发的勃勃生机也深深感染了刘伯温，他从墙上取下悬挂了许久的"青虹"剑，仔细地拭去剑鞘上积聚的灰尘。一按弹簧，拔出"青虹"剑，一道寒光直逼刘伯温的双目。

刘伯温缓步来到庭院当中，捏了个剑诀气运丹田，意守门户，一招一式地舞起恩师所授的"天罡"剑法。虽然没有凌厉凶狠的把势，但却难以寻出一丝一毫的破绽来。此剑法变化多端，挥洒自如。

刘伯温一套"天罡"剑法舞毕，收招，将剑还入剑鞘，身子骨感到有说不出的畅快。刘伯温将一口丹田气吐了出来，耳中便听到有人拍手叫好，紧接着便有银铃般

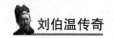

的声音响起，那是燕飞霞的声音，刘伯温对此太熟悉不过了。她借用了杜工部的两句诗文来夸赞刘伯温剑舞得好，摇头晃脑地吟诵道："今有神人刘伯温，一舞剑器动四方。观者如山色沮丧，天地为之久低昂。霍……"

"霍"字刚出口，便另外有人脆生生地接了下去。

"霍如羿射九日落，矫如群帝骖龙翔。来如雷霆收震怒，罢如江海凝清光。"

那后一个自然是秦凤梧了，两人随即爆发出朗朗大笑。

刘伯温也不禁淡然微笑，故作嗔怪道："你们两个鬼丫头！将'诗圣'杜子美好端端的一首《观公孙大娘弟子舞剑器行》生吞活剥，拿来笑我。"

两个丫头听后，笑得更加欢快了，燕飞霞装出一本正经的样子说："伯温叔叔，观天下剑法，论杀气与招式，您的剑法固然离第一等还差那么一点点，可若论严密与美观的话，您的剑法要高过第一等那么一点点，因而侄女的称赞也不为过了。"

"巧言滑舌！少来给我戴高帽子。"刘伯温故意勃然作怒，对他知根知底的燕飞霞冲他一吐舌头，扮了个鬼脸。

"燕姐姐，今日天气这么好，大家兴致这样高，不如你也舞上一路剑法，怎么样？"

不料，燕飞霞却摇了摇头，说："不好，我师父教训：剑不走空，不到万不得已之时不准动剑，一旦动剑的话，必要用人的鲜血祭剑，要么是对手的，要么就是自己的，我不敢违背师命。"

听到燕飞霞说得这样恐怖，秦凤梧很知趣地不再强求，心中却解开一个疑团，去年腊月二十九，自己无意中将心事透露给燕飞霞，不料燕飞霞与自己一般心思，她当场拔出宝剑直指自己的咽喉，要不是刘伯温及时赶到，恐怕自己小命休矣。后来自己见到她小臂处用布裹起，说是不小心划破了，想必那回她是用自己的血祭了剑，秦凤梧想到这里，不由得一阵阵后怕。

刘伯温并未察觉秦凤梧神色有异，而是兴致颇高地说："如今，春回大地，古人讲究郊游踏青，我们不妨去东湖一游。"

到底是年轻人生性好动贪玩，燕、秦两人听罢兴奋地跳起来。

东湖距绍兴城的路途并不遥远，马车行了不多时，便已来到东湖湖畔，几个人下得车来舒展筋骨，满眼饱看东湖的山水，口鼻贪婪地吞吸带着泥土水汽芬香的空气。他们随即寻了一只小舟，要到碧青的湖水中畅游。

清凌凌的湖水涟漪荡漾，一条绵延数里的石崖作为东湖厚实的屏障，石崖与水巧妙和谐地结合在一起，不知是东湖围绕着石崖，还是石崖怀抱着东湖。总之让人看了赏心悦目。

艄公不徐不疾地摇着橹，热心地向刘伯温等人介绍："东湖呀，美就美在这道石崖与湖水融为一体，东湖最值得一游的去处便是仙桃洞。几位客官耐心一些，老汉这就把船摇过去。"

舟在青碧色的湖面上游了一阵子，众人便可遥遥望见一道兀立的石崖。一个状如桃子的洞口赫然醒目，艄公指点着："那个洞口便是仙桃洞了，你们瞧，那洞口多像只桃子，洞口里边也有水，小船可以驶进去。"

待船驶得更近一些，刘伯温看清那墨色的山崖原来是盖满了藤萝，藤萝从石缝里爬出来，枝枝蔓蔓争相攀附，缠绕而上，编织了一身绿色的春装。

仙桃洞洞口两旁的石崖上还镌刻着一副对子，笔体道劲苍老，对联是"洞五百尺不见底，桃三千年一开花"。

艄公将船驶进仙桃洞，里边幽暗深邃，一眼望不到头，一股凉气扑面而来，几个人的眼睛好像不够用似的，上上下下地看个不停，口中啧啧称奇。

艄公长年累月地见，早就不以为意了，见几个人脸上流露出惊诧的神情，便说："各位客官，这仙桃洞虽然世上罕见，但东边有个小洞，更有看头哩。"春桃追问艄公有何奇特，艄公只顾摇橹，笑而不答，慢慢地将船驶出了桃花洞，奔东边那个小洞而去。

洞口着实狭小，仅能容一只小舟进出的样子。舟上的刘伯温等人眼见洞口实在狭小，不由担心小舟能否进去，艄公也不敢大意，将船头对准洞口，小心翼翼地将船驶入，过得十分勉强，稍有不慎便难以进去。

几个人方才在外边观这个石洞，感到里边必定狭窄低矮，决不能与宽敞明亮的仙桃洞相比。孰知待船完全进得洞去方知是自己想当然了，几个人顿觉豁然开朗，万万料不到狭小的石洞里边竟是别有洞天，仿佛置身在桃花源里。

刘伯温等人乘舟在东湖的湖光山色中徜徉，流连忘返，直至金乌坠地，玉兔东升，方兴尽而归。

不料，马车行到半途时，一阵疾风吹得车体簌簌有声，刘伯温赶忙将头探出车外观瞧，只见外边的世界已是风云变色，夕阳西下时天空还是万里没有一丝云彩，此时却像挂上黑色的幔帐。原本是夜色降临，世界黑暗一片，越聚越多的黑云让人见不到星辰，也见不到月亮，备感沉闷压抑。

突然天空那黑色的幔帐裂开一条缝，蓝森森地一晃，闪光过去并未听到轰隆隆的雷声，天空还是黑黝黝一片。过一会儿，长空又是一闪，依旧没有雷声。

风吹得更疾了，飞沙走石，道旁一人合围的槐树被吹得摇摇晃晃，马车更是被吹得寸步难行。这风打着啸声掠过山川万物，碗口粗细的树木被吹得连根拔起，马车中的人都透过车厢上的窗子看到狂风肆虐，一个个不由得毛骨悚然。

刘伯温熟知天象，经验老到，他忙令车夫将马车赶到一个空旷的场所，用布将马的眼睛蒙上。他已隐隐约约地感到，这风、这云来得不是太邪气，而是太罡了。

一道闪电像一条浑身带血的赤练蛇从黑黑的幕帐后蹿了出来，随后雷声像汹涌澎湃的海涛似的不断滚滚而来，震天撼地，让人听了心惊肉跳。

从大地和天穹传来奇异的响声，似吟似啸。响声虽不尖厉，却是异常地雄浑强劲，刘伯温感到脚下的大地在颤动，马鬃直竖起来！黑黑的幕帐后边似乎隐藏着一个庞然大物。

刘伯温的心头也是抑制不住地狂跳，他仰面凝视天穹，浓云太厚了，那庞然大物是什么他不得而知。头上的浓云也在悄然发生着变化，似有赤橙黄绿青蓝紫七彩气体形成，那似吟似啸的怪声由远及近，听得更加真切了。

就在刘伯温彷徨疑惑间，一道金光裂破长空，刘伯温好像看到形如怪蟒之物在翻腾扫动，只是短短的一瞬，天穹又恢复如初。滂沱大雨扯天扯地垂落，一道道连成一股股，好似从半空直接倒下来，地上的水四流，蓝汪汪的闪电又在飞快地划破帐似的浓云，连绵不绝的雷就跟踪而至。

刘伯温呆呆地立在倾盆大雨中，他丝毫没有察觉自己已然是一只"落汤鸡"，他的心智全都用在琢磨那一瞬间呈现的异象，天呈异象莫非是在昭示着什么？自己好像在哪本书上见过这样的记载，可一时间却想不起来了。

车上的燕飞霞等人极力呼喊刘伯温，叫他快些回车上来。

如梦方醒的刘伯温这才将满肚子心事搁在一边，带着满身的泥水回到车上。

雨下了起来，狂风也就渐渐平息了，刘伯温令车夫冒雨赶路。

回到家中，换了身干爽衣服的刘伯温在书房里踱来踱去，还在冥思苦想。

他的目光时而投向窗外铺天盖地的大雨，时而落在屋内任意一个角落。

忽然，他的眼睛看到桌上的"九龙戏水砚"，那雕琢得活灵活现的九龙与天空一闪而过的怪蟒……一个念头便如电光火石般在刘伯温脑中一闪：飞龙在天！一本记载稗官野史的杂书上曾记载，宋太祖赵匡胤发动"陈桥兵变"时，豫中一带天象异常，骤降暴雨，在电闪雷鸣中，有人曾观察到有一条龙在雷后翻腾作势。看来今日之异象是应了"飞龙在天"，再联想到年初所占的那一"乾"卦，莫非是真龙出世？刘伯温不敢妄下断言，只是心中存下了大大的疑虑。

刘伯温耐不住暑气逼人的夏日，便在会稽的山阴苍翠浓茂之处搭了几间草庐，在那里避暑休养。山中观星象较在城中更为清晰醒目。一连数夜的观察，愈发让他对那日天呈异象的猜想产生疑虑。星空中并无新的帝星冉冉升起，代表妥欢帖睦尔的那颗帝星虽然依旧晦暗，但丝毫看不出有坠落的迹象。倒是北玄武附近有颗将星不久将有血光之灾。另外刘伯温还注意到中南有颗新的将星，光亮夺目，脱颖而出，似乎在以前从未引起他的关注。

他暗自推断其在地上的相应位置，似乎是在濠州郭子兴的营中。刘伯温又仔细观测了郭子兴的那颗星，老实说，跟以往的断定没有多么大的出入，总而言之，是颗没有多少红运且命数浅薄的将星。也许是郭子兴营中另有他人，刘伯温嘱咐燕三思府中的师爷多打探一下濠州郭子兴营中有何变化。

过了数日，真打探出一人来。那人便是濠州部营内的娇客，帐下的红人，名叫朱元璋，字国瑞。

朱元璋原名朱重八，其父朱五四祖籍沛县，后迁徙到江东句容朱家仓，因生计所迫又徙到汝州，最后来到安徽凤阳太平乡孤庄村。

据说朱重八生于天历戊辰（1328年）之九月九日，那一夜红火冲天，众乡亲都呼喊："朱家着火了。"赶奔到朱家时，却发现根本没有火光，朱重八就在此时降临人世。朱重八幼时身体虚弱，多灾多病，朱五四打算将其送入皇觉寺出家。

后来在甲申年（1344年）时，凤阳瘟疫流行，朱重八的父母兄妹俱死于那场瘟疫。

朱重八成了无家可依的孤儿，那一年他十七岁，便进到皇觉寺里做了一名小和尚，受尽打骂虐待，却不敢有丝毫的怨言，更不敢逃去，只为在皇觉寺混口饭吃，逃到外边多半要饿死。

孰料，没过几个月，皇觉寺内粮食缺乏，朱重八率先被打发出寺。无处投奔的朱重八颠沛流离在合肥、光州、息州、汝州、颍州一带（河南、安徽等地）过着饥一顿、饱一顿的日子，也算他命大福大造化大，在外流浪三年，居然活得一条性命。朱重八又辗转重返皇觉寺。

那时刘福通聚众在汝、颍起义，声势浩大威震四方，朝廷众将个个忌惮三分。榜样的力量是无穷的，定远人郭子兴紧随刘福通，在濠州揭竿而起，占据了濠州。朝廷委派撒里不花前去征讨，撒里不花却是个色厉内荏的家伙，惧怕与郭子兴交战，便在距濠州不远处驻扎下来终日骚扰村庄，抓些无辜百姓充作俘虏的红巾军，向朝廷邀功请赏。连皇觉寺也未能幸免于难，皇觉寺的僧众便作鸟兽散，孤苦无依的朱重八又面临何去何从的问题。

朱重八来到寺内的伽蓝殿，卜卦询问出路，他恭恭敬敬地在伽蓝神像前磕了三个响头，然后以心事相询：

"神啊，我打算外出避祸逃难，吉否？"随后抛得一签，却是"不吉"。

"神啊，我回归故里，与人帮衬做个短工，吉否？"又是"不吉"。

"神啊，让我浑水摸鱼，到红巾军营中混上个一官半职，吉否？"还是"不吉"。

朱重八心中可有了怒火，冲着伽蓝的神像说道："我去逃命吧，不行；回家乡混口饭吃，不行；到两军阵前闯荡一下，不行；你该不是叫我做皇帝吧？"

这次，又抽了个签，心灰意冷的朱重八刚抽出来后看都不想看就要扔回去，可转念一想还是看了，不料却是个"吉"签。朱重八手握这个"吉"签，着实动了一番心思：伽蓝佛爷不会是在拿我寻开心吧？管它呢，王侯将相，宁有种乎？可我单枪匹马一个人凭什么就能做上皇帝呢？

朱重八思来想去，决定还是先投奔濠州的郭子兴，因为那里有他的幼时玩伴汤和，如今已是一位九夫长啦。

当朱重八满怀希望来到郭子兴的军营前，守营的兵士却不晓得他是满腔赤诚之心，见他虽然人高马大，但样貌丑陋，还是个光头，怎么看怎么像个奸细，便不容朱重八辩解，将他五花大绑起来。恰在此时，郭子兴巡营至此，见兵士绑了人，便上前询问，朱重八讲明自己的来意，郭子兴召来汤和与之对质，果然朱重八说得没有半点虚假。郭子兴便让亲兵领朱重八去入了花名册，领了号坎、兵器。

至此，至正十二年（1352 年），年已二十四的朱重八在郭子兴的营中做了一名大头兵，开始了他的戎马生涯。

朱重八是奔着当皇帝而来，事事用功，处处留心，很快被提升为九夫长，后又做了郭子兴的亲随经常出入在郭府。

朱重八傻人有傻福，虽然容貌上让常人看了不赏心悦目，可偏偏有人喜爱上了他，那人便是郭子兴的养女马姑娘。马姑娘虽然长得没甚姿色，特别是有一双大得出奇的脚，但配出身低微、相貌寒碜的朱元璋还是绰绰有余的。况且马姑娘的身份特殊，虽说是郭子兴的养女，却与亲生女儿别无二致，谁若能娶马姑娘为妻，便可不费吹灰之力得到郭子兴的器重和信任，在濠州城内也就能呼风唤雨了。

郭子兴见朱重八的样子虽不英俊，但气度非凡，才干远在营中众将之上，他日必将飞黄腾达，因而心中早就有意将养女许配于他。朱重八在帅府里进进出出，自然引起了马姑娘的关注，愈发觉得朱重八可爱，马姑娘芳心萌动，郭子兴极力撮合，朱重八求之不得，于是，朱重八便顺理成章地成了郭子兴府上的娇客。郭子兴觉得朱重八这个名字太土，便替朱重八改名为元璋，字国瑞。

朱重八在二十五岁这一年，成了新郎官，又更名为朱元璋。

但凡有权力的地方就有倾轧。朱元璋在濠州城内部的明争暗斗中力保郭子兴，却发现郭子兴才疏志浅，难成大事，彭早住、赵均用、孙德崖等人气量狭小，鼠目寸光，不足与之同谋，便返回凤阳，名义上仍受郭子兴的控制，实际上自立门户。

到至正十四年(1354年)，朱元璋的这支人马已小有声望。

刘伯温经多方打听，所得到有关朱元璋的情况就是这么多，刘伯温从头到尾将朱元璋剖析一遍，传闻中朱元璋出生时天降祥瑞及伽蓝殿卜卦，刘伯温以为都是荒诞不经的，徐寿辉、陈友谅之流哪个不宣扬自己上承天命，下启民运，是正牌正宗的真龙天子呢？

眼下的时局便如东汉末年黄巾大起义，群雄逐鹿，弱肉强食，连年征战，最后成了魏蜀吴三足鼎立的局面。那时无人能预料到哪家将一统天下，谁又将成为真龙天子，孰料魏蜀吴三家争夺数载，大结局却是三家归晋，想那些痴心梦想做皇帝的人，真是可发人一笑。隋末，霍让、李密占据瓦岗，一十八家反王，人人对皇帝宝座垂涎三尺，到头来却是李渊父子捷足先登，开创唐朝。

刘伯温以史为鉴，印证眼下的时局变幻，谁最终将傲视群雄，荣登九五之尊，一时还难以断言，谁能担保大元朝不会峰回路转，光复中兴呢？

刘伯温想自己此时不妨学学诸葛孔明，隐居茅庐，静观天下之变。

这天是大年初二，城隍庙前搭起了戏台，要在这里连唱三天三夜，班子是红遍大江南北的"野菜花"班，最火的几出戏有《唐明皇秋夜梧桐雨》《秋胡戏妻》《倩女离魂》《窦娥冤》。当然，一个戏班子想要红火起来绝非靠能演的戏多，它还得要到什么山上唱什么样的戏，例如到王公权贵府里过堂会，则要演一些多福多寿，大团圆结局的戏，《窦娥冤》是断断不能演的；在城镇文人聚集处则要演《唐明皇秋夜梧桐雨》类；在乡村，《窦娥冤》是最受欢迎的。不过，乡下的光棍汉子们更乐意听一些带"荤腥"的戏，如《云房十试吕洞宾》《如意郎君传》。

最能让班子红起来的法子便是出一两个"名角"，俊俏的扮相、出神入化的嗓子、引人入胜的功力。各戏班的班主都力捧一两个戏子，一旦戏子成了"名角"，大红大紫起来，班主也就可以大把大把地收钱了。

"野菜花"班的班主姓黄，是个见钱眼开唯利是图的家伙，他手下两个"名角"，一个叫黄秋娥，擅演《窦娥冤》《秋胡戏妻》，另一个叫尉春燕，《唐明皇秋夜梧桐雨》

《倩女离魂》是她的拿手好戏。黄秋娥一眼看上去好似十六七的少女般清秀可爱，实则年已过三十，尉春燕是正值妙龄的女子，浑身雅态，通体上下一股幽香，两条又弯又细的黛眉，一双眼睛胜似两汪秋水，唇似樱桃，台上的扮相足以迷煞人，卸了妆的她简直要迷死人。

刘伯温等人到时，戏台外已是人山人海，黑压压一片人头，三教九流，什么样的人都有，不少卖小吃的商贩如黄鱼似的在人群中钻来钻去，招徕生意。真是好个热闹的所在，让人忘却兵荒马乱，多少感受到一丝太平气象。

台上锣鼓喧响、丝竹声声，扮好妆的各种角色在台上演绎着戏情。

只见台上一群番使装束的人拥着一个身着汉装、神情凄凉的绝代佳人，这佳人便是由尉春燕扮的旦角——王昭君，只见她轻移莲步上前唱白，云：

妾身王昭君，自从选入宫中，被毛延寿将美人图点破，进入冷宫。甫能得蒙恩幸，又被他献与番王形像。今拥兵来索，待不去，又怕江山有失，没奈何将妾身出塞和番。这一去，胡地风霜，怎生消受也！自古道：红颜胜人多薄命，莫怨春风当自嗟。

一群文武官员及宫内侍从烘托着汉元帝上台来，也神情黯然地道白：今日灞桥饯送明妃，却早来到也。

紧接着无限惋惜地唱：锦貂裘生改尽汉宫妆，我则索看昭君图画模样。旧恩金勒短，新恨玉鞭长。本是对金殿鸳鸯，分飞翼，怎承望！

旦云：您文武百官，计议怎生退了番兵，免明妃和番者。

戏台下的观众屏声敛气，静听尉春燕下边这段唱腔。

尉春燕的声一冲出喉咙，便响彻云霄，好似天外之音，让人不能不叹服。

尉春燕那一段唱词是：

宰相每商量，大国使还朝多赐赏。早是俺夫妻悒怏，小家儿出外也摇装。尚兀自渭城衰柳助凄凉，共那灞桥流水添惆怅。偏您不断肠，想娘娘那一天愁都撮在琵琶上。

刘伯温晓得一个长年生活在深山老林的人哪里见过这杂剧。

刘伯温自从没有公事可以忙碌时，涉猎了各类书籍，对元人诸多杂剧颇有心得，看戏全然不像外行人看热闹，而是剖析入里看其门道。

突然几十个彪形大汉冲上台，架起正在唱戏的尉春燕就走，琴师、鼓师齐齐停住手中的家伙，目瞪口呆地看着台上的变故，台下的观众则像炸了的油锅似的一阵骚乱，黄班主慌乱不迭地从后台跑上前，冲一位领头的又是作揖又是说好话，那领头的朝黄班主怀里塞了一张名单，黄班主仔细看上边的字，立时像个傻子一样立在台上，那领头的将黄班主推到一边去，挟持着尉春燕扬长而去，好端端的一台戏硬

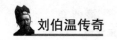

是搅黄了。

燕飞霞侠肝义胆，眼中揉不得半粒沙子，路见不平、拔刀相助的事从不肯错过，她立刻自告奋勇地说："叔叔，光天化日就敢抢人，太嚣张蛮横了，待我跟踪而去，瞧瞧是什么人干的勾当。"

刘伯温本不想多事，但见燕飞霞那副仁侠好义的样子颇似朱珠，便道："飞霞，速去速回，查明情况就速回此处找我们，断不可莽撞行事！"

燕飞霞像得了令似的一溜烟不见了踪迹。

将近一个半时辰的样子，燕飞霞"咣当"一声推开书房的门，肩上扛着一个鼓鼓囊囊的布袋。

"飞霞，怎么去了这么久，有什么变故吗？"刘伯温关切地问。

燕飞霞摘去面纱，又解开布袋口，冲里边拍了一拍，说："安全了，你出来吧！"

从里边爬出一人来，正是日间被掳去的尉春燕，她云鬓散乱，花容惨淡，看到刘伯温便磕头如捣蒜，嘴中连声说着："谢谢大老爷搭救之恩，谢谢大老爷！小女子愿做牛做马报答。"

"好啦、飞霞、凤梧带她到你们房中，给她换身衣裳，弄些吃的吧！"尉春燕冲着刘伯温又是一番千恩万谢，才随燕、秦二人离去。

刘伯温可是一番心潮澎湃，心中掀起的波澜久久不能平静。今日凑着机巧因缘，鬼使神差搭救了一个尉春燕，可天下不知有多少像尉春燕这样的人需要救助，自己这点微薄之力，又能救得了几人？翌日，天放大白，刘伯温唤来刘安，询问叫他寻访房屋一事，刘安回报还无甚消息，刘伯温便叮嘱他今日一定要费心寻觅一处，刘安唯唯应是，出去办理。

及至正午，刘安回禀刘伯温道："老爷，在城南角找到一处宅院。"

"好，就按宅院主人所出的价格将其买下。"

这时，秦凤梧、燕飞霞、尉春燕及春桃一齐来书房拜见刘伯温，刘安转身去办理购房事宜。刘伯温便将几人叫至跟前，说："春燕一事必会掀起一场风波，为趋利避害防患于未然，你们几个将随身所需物品整理好，悄悄离去，我会对下人讲，近日要闭关打坐排除一切干扰，家仆悉数遣散，我要演一出'空城计'。"

众女子虽有不解，但知刘伯温做事玄妙，不便细问，便遵从刘伯温安排，随刘安去了新宅院里住下。

刘安回到府中后，刘伯温便要他将其余仆人悉数遣散，尔后，来到房中写了一条告示贴于房门之上，告示云：刘伯温近日忽感气血羸弱，遂决意闭门昼寝打坐修炼，一切人等当规避，断不可喧哗骚扰，否则后果难料。——遂将房门外锁，自己盘膝而坐，闭目养神好似老僧入定。刘伯温料想得丝毫不差，消息灵通的燕三思心怀鬼胎而来，偌大的宅院已是空空荡荡，不见人的踪迹。他寻至书房门外，读了此则告示，不敢造次，可心中疑虑重重，便用手指沾些唾沫，在窗纸上捅破一个小洞，偷眼观瞧，看到达摩面壁式的刘伯温，只得快快而去。但他并未全然相信，一连三日，派自己的亲信来偷窥，可回回见刘伯温都是那个老样子，这才将心放回肚中。燕三思并不是什么正人君子、热肠古道，而是一个极善钻营、用心险恶的家伙，但他极善于伪装，装得比真正的君子还要君子，比真正的正人还要正人。

当初他未对刘伯温冷眼相待、落井下石，反而热情招待、关怀备至，是为了日后着想。他对一个游方相士的话深信不疑，那相士是他偶然结识的，相谈甚为投机，那相士说："天下文士的领袖未过于宋濂，其人必成一代宗师；天下文士的魁首当推刘伯温，其才不在姜尚、孔明之下，日后必将飞黄腾达。"

相士还旁征博引，历数众多事例，言之凿凿，让燕三思深信不疑。他一心想要攀附上刘伯温，可苦于没有机缘。刘伯温被朝廷羁管在他治下的绍兴，给了他千载难逢的绝佳良机，又是送去一处宅院，又是将养侄女安插到刘伯温身旁，此时着意培养，只待日后能得到丰硕回报。

可最近让他信念动摇的根源在于方国珍向他发起了猛烈的"银弹攻势"。常言道"有钱能使鬼推磨"，燕三思见了白花花的银子哪能不动心呢？方国珍的要求很简单，叫他相机弄死刘伯温。

一个万全之策已在他心中渐渐生成。

那便是先应下方国珍，但不急于动手，继续索要财物，刘伯温不会轻易杀掉，而是让他暂时从这个世界上"消失"，将他囚禁在府中的密室里，把他变成人不人、鬼不鬼的，成为手中的一张王牌。眼下还不能实施的最大困难便在于府中的密室还未修建完毕，要到春暖花开时才能建完，他只得耐着性子等待。

有时，燕三思为自己的聪明绝顶感到洋洋得意，智谋赛诸葛的刘伯温竟被自己玩弄于股掌之间。

他的得意之处恰恰是他的可悲之处，他可以小视任何一人，但绝不可以小视刘伯温，刘伯温早已不是初出茅庐的少年，洞察人的心机的功力日益深厚。刘伯温故意装出一副浑然不觉的样子，实际上已洞察一切。

局势已到了图穷匕见的时节，刘伯温此时再不先发制人，必将为人所制。三日之后，刘伯温便从书房神秘地失踪了。燕三思获知这个消息后，懊恼不已，他绝不相信刘伯温会得道升仙，也不大相信刘伯温就有胆量逃离绍兴，不受朝廷的羁管，他一定还在绍兴城内！然而绍兴城房舍无数，一间一间地搜索未免兴师动众且难见成效。

就在燕三思大伤脑筋时，刘伯温已安然回到了新买的大宅院，只因人去院空多时，宅院已显露一些衰败气象。

春节期间，变故迭起，特别是燕三思撕去温情脉脉的面纱，露出张牙舞爪的本来面目，让刘伯温想起来就感到恶心，像他这种人迟早是"机关算尽，反误了卿卿性命"的结局。刘伯温料定他一时半会儿也难以找上门来，索性不再去理睬他。

燕飞霞耳闻目睹了她这个"亲叔叔"干的种种丑事，燕三思在她心中的形象彻底被打翻，她的心事更重了。然而跟随刘伯温生活了这么长时日，刘伯温的为人、品性深深折服了她，她思前想后，决定还是与衣冠禽兽的"亲叔叔"分道扬镳、一刀两断，就当从没有这个"亲叔叔"似的。

虽然是位居江湖的落魄书生，刘伯温依旧关注庙堂之上的大事要事。

春节前后，即至正十五年（1355年）二月，红巾军头领刘福通从砀山夹河将韩林儿迎到亳州拥护他为皇帝，又叫作小明王，都城就建在亳州，国号便定为宋，改元龙凤。另外立韩山童之妻、韩林儿之母杨氏为皇太后，杜遵道、盛文郁拜为丞相，刘福通、罗文素的官职则为平章，知枢密院事则为刘六。

因亳州没有现成的皇宫内院，刘福通便下令拆毁太清官，用太清官的木材建造宫殿。

另外，杜遵道没有参透刘福通这一系列举动的用意，上任伊始便大肆发号施令，目空一切。

刘福通眼中可容不得沙子，随便找了个借口便将杜遵道杀死，自立为丞相。刘伯温早就看出来了，刘福通有意向曹操学习，"挟天子以令诸侯"，小明王韩林儿虽然难率众望，可他毕竟是韩山童之子，不失为一张很好的招牌。名义上韩林儿是皇上，可实际上大权都由刘福通独揽，韩林儿不过是个任人摆布的傀儡罢了。

在韩林儿称帝之前，早有几家起义军头领荣登大宝。至正十一年（1351年）的十月，徐寿辉攻占新水称帝，建国号为天完，改年号为治平。

至正十四年（1354年），张士诚占据高邮，号称诚王，国号立为大同，改元天佑。

这几家反王都野心勃勃，早已不满足占据一块地盘、手下有拨人马的现状，他们是群雄逐鹿中的主角，谁将最终功成名就、荣登九五之尊，现在下定论还不是时候。

刘伯温则心无旁骛地考虑起二女的终身大事来。

自己与她俩虽说是非亲非故，自己姓刘，一个姓燕，一个姓秦，原本不是一家人，可是造化弄人，机缘巧合，这二女的婚事非自己操持不行。而且一定要寻两个般配的人儿，否则对不住她两人死去的爹娘。可以现在自己这身份、处境，要大张旗鼓地在绍兴城内宣扬是不可能的，把此事交与媒婆更是要不得的。

刘伯温便开始在自己熟识的人当中寻觅，王冕至今尚无妻妾更不要论子嗣了，柯上人、竹川上人、灯和尚俱是以身献佛的人，他们有没有儿子是不大好问的，宋潜溪倒是有儿子，可惜才两三岁，岁数相去甚远，刘伯温将自己身边的人都想遍了，仍未寻到一个合适的人选。

"哎，有了！"刘伯温兴奋地站起身来，自己想张三想李四，怎么就不想想自己。自己膝下已有两子，长子刘琏次子刘璟，老大已二十二岁，可惜已完了婚，老二刚好二十一岁，因前几年一直闹病，所以婚事迟迟未定，不如撮合刘璟与秦凤梧吧。

刘伯温当下心意已决，便在书案上铺了张信笺，笔走龙蛇，写了一封家信，在信中将叫刘璟到身边的大意讲了讲。家信写罢，叫过刘安，说道："老家人，您再辛苦一趟吧，回趟青田老家把璟儿接到这里来。"

　　刘安办事一贯稳妥、周密。刘伯温很放心地将送信接人的事交与刘安办理。

　　刘伯温是这样打算的，自己虽然身为家长却不能包办婚姻，不如让这两个孩子一起多接触接触，倘若真有缘分的话，也就不用自己极力撮合，可能会瓜熟蒂落，水到渠成。

　　刘伯温越想越觉得有趣，自己到老了，居然还要当回媒人，为儿子说媒，真是……刘伯温不由得笑出声来。

第 10 章
飞霞叙隐情　真龙有壮志

　　暮冬刚过，初春未立，天气让人感到虽然还是那么冷，可是有了一些暖意。

　　经过一个纷扰杂乱的春节，刘伯温对诸多事情的热情都减退了不少，终日待在书房里捧着一卷书，看个不休，又恢复到他年少时寒窗苦读的境界。

　　那所大宅院里统共只有他及秦、燕、尉三位小姐，还有春桃，虽然她们的花样年华有着遮盖不住的活力，但那个略显破败的宅子里还是有一股沉闷之气。

　　刘伯温大多数时间都在书房读书，很少跟姑娘们在一起，但细心的他发现，燕飞霞一段时间来神神秘秘的，常常在外边疯跑，也不知她在忙碌着什么。

　　又过了几日，燕飞霞倒是老实了，终日在房中呆坐，晚上却要到房顶上吹她的洞箫，曲调哀婉忧伤，给这处"鬼宅"更是添了几分"鬼"气。

　　这日大家在一起用罢早饭，姑娘们要回房时，刘伯温把燕飞霞叫住："飞霞呀，你跟我来书房一趟，我有话要问你。"

　　二人来到书房，刘伯温坐到他那把宽大舒适的椅子上，很惬意地将身子向后一靠，和颜悦色地问："飞霞，近来可有什么心事？"

"没，没有呀。"飞霞心口不一地回答。

"哈哈哈。"刘伯温笑得很灿烂，因为飞霞的神态分明像一个偷吃了糖果又不敢承认的孩子。

"你是信不过我这个做叔叔的喽?""不是，我……"飞霞晓得自己的掩饰不过是徒劳。"有什么难言之事，直说!"

燕飞霞整理整理脑中乱作一团的思绪，开始将事情的原委讲述出来："那日为救尉春燕，让我见识了'亲叔叔'燕三思的卑劣、无耻，我真是枉活了二十几岁，这样一个阴险、毒辣的家伙居然将我抚养成人、送我拜师学艺，学艺归来又极力地将我荐到你的身旁。难怪每次我回燕府时，他总是要问长问短，特别热忱地打探有关你的动向，那时我还以为他在真心实意地关心你，也就毫无防范地如实告诉他，现在看来，我是他有意安插到你身边的'细作'。我真傻，不知不觉中为他做了许多事。那次你对我讲了他在官场上干的种种勾当，听来令人发指，于是便与他决裂了。可是，前一阵子我疑心我父母的死与他有关系，就私下向府中的老仆人们打听，从我的一个养娘口中，我终于揭开这掩盖了二十几年的黑幕。当年我父亲与他是金兰之好，他时常到我家走动，对我母亲的美艳垂涎三尺，一直存有非分之想。一日趁我父亲不在家，他到我母亲房中，进行调戏，被我父亲撞见，将他痛揍一顿，要与他割袍断义。或许是他苦苦告饶，装出一副追悔莫及的样子，我父母心软也就将他饶过。不料，这个狠如蛇蝎的家伙，向朝廷诬告我父亲'私藏兵刃，聚集人马，囤积粮草，蓄谋造反'，我父亲被抓进大狱里，在狱中不明不白地死去。我父亲出殡后，他不断过府骚扰我母亲，有一日竟趁府中仆人稀少之时，对我母亲进行威逼利诱，后来我母亲不知怎的便同意了，成了他的妻子。这些事都被我养娘瞧在眼里，那时我还不满一岁，后来，燕三思便成了我叔父，博得了重情重义的名声……"

这些话像是在燕飞霞心中憋了很久，今日如决堤的洪水汹涌而出，说到悲愤心酸之处，泪水潸然而下，说到燕三思的歹毒之处，复仇的火焰从她的双眼中喷射而出。

"我要替父亲手刃了这狗贼，用他的血祭在父亲的灵前!"

刘伯温晓得燕三思决非善类，干下的伤天害理之事一定不少，没想到燕飞霞与他之间竟有着这样的血海深仇，有这样的纠葛。

燕飞霞毕竟还是个涉世不深的孩子，这样那样的关系在她的心头纠缠不清，让她都理顺了实在有些难为她。

"一个让我叫了二十几年'婶婶'的人，居然是我的亲生母亲，我的'叔叔'、她的丈夫竟然是我的杀父仇人。我……我该怎么办呀?"

这件事不仅仅是让她感到束手无策，就是足智多谋的刘伯温一时也想不出什么主意来。刘伯温心中暗道：我怎么给你出主意，杀了燕三思给你父亲报仇，你母亲那里就不好说了，不管她当初因为什么原因跟了燕三思，反正这二十几年她时时生活在杀害自己丈夫的凶手身旁，报仇的机会有的是，她却迟迟未下手，其中定有缘故，飞霞父亲遇害的真相也从未告之飞霞，真是令人费解。

"我想不明白。"燕飞霞的表情十分难懂，不知她是喜、是悲、是怒、是怨，"为什么我的亲娘不肯将这些告诉我？为什么要让我认贼作父这么多年？一直以来，在我心中'叔叔'是我最亲的人……为什么呀？上天，你干吗要这样捉弄我呢？"

燕飞霞的泪水大概早已哭干，双眼射出令人生畏的寒光。

"飞霞，你先喝口茶水，咱们平心静气地商量此事。"刘伯温力所能及的也就这些，他先将燕飞霞的情绪平抑下来，心中思量了半日，方说："常人生活在市井间，同侠客在江湖上行走是差不多的。侠客呢，几经搏杀，难免不留下一身的伤疤，常人呢，时常碰头跌跤，同样会伤痕累累。拿你来说，揭开自己身世的伤疤，没想到伤疤后面是更深、更大的伤疤。"

说完这番话，刘伯温也自觉奇怪，自己为何要这样比喻说事，因而又说："释迦牟尼主张万事随缘，孔圣人主张凡事要按本分去做，你若以为杀父之仇必报的话，就只管放手去做，你若笃信'天作孽，犹可为，自作孽，不可留'的话，就让燕三思自作恶事自受报应吧。"

"我明白了！"听刘伯温说到这里，燕飞霞细眉高挑，怒目圆睁，一闪身便不见了身影，刘伯温追出房门连唤数声，也没有听到回应。

一连过了三日，燕飞霞都没有回来。

刘伯温心急如焚，在家中如坐针毡，最后他决意亲自去燕府周围探听一下消息。外边情况不明，贸然出去的话风险难测。刘伯温又拿出跟朱珠所学的易容术来，将满腮虬须剃去，从羊毛袄上剪下几绺羊毛，一番乔装改扮后，由一位英姿尚在的中年人变作一个暮气十足的老头儿，他悄悄地从后门溜到街上。

他的心中预感城中已出了大事，街上到处是手握刀剑的士卒在路口盘查过往百姓，刘伯温不明所以，便悄声问一个包子铺的掌柜，且故意将声音学作老头的声："哎……这位掌柜，小老儿有事不明向你讨教，这满街的士兵是怎么一回事？"

包子铺的掌柜一面熟练地往蒸笼里摆放生包子，一边回话道："哟，老先生，这事你都不晓得呀？昨夜里知府大人燕三思的——"那掌柜用手向自己的脖中一比划，然后接着说，"脑袋就挂到了燕府的大门上，昨夜里城中可就炸了锅，官府已将全城戒严，说是要缉拿凶手，更邪门的是，燕知府的夫人在当夜也悬梁自尽了，世道不太平呀，你瞧……咳。"

包子铺的掌柜倒是极为善谈，刘伯温这么一问呀，他的话像决堤的江水滔滔不绝。刘伯温暗想：既然情况已经打探清楚，就无须去燕府看什么热闹啦，便向那掌柜道了声谢，自己转身往回走，那掌柜一人还在絮絮叨叨说个不停。

刘伯温回到宅院，看到燕飞霞已安安稳稳地坐在书房，表情依旧十分难懂，说不清是喜、是悲、是怒、是怨。

刘伯温进得书房四目相对看了一阵子，目光便都又投向别处，两人什么话也没讲。这件事就这样过去了。

三月的绍兴已是春意撩人，可用陆放翁的"桃花轻薄柳花狂，蛱蝶翩翩燕子忙"来形容。

在家中蜗居了一段时光的刘伯温，战事时局的消息已几乎隔绝，燕三思一命归西，刘伯温便又恢复了公开活动，不时去城中的朋友家造访一番，或是召集三两好友来家中小酌，这样有不少消息便传入他的耳朵。

一日，他邀请了徐成中、吴博泉、董朝宗三人来家中小酌，席间又谈起了战局。

徐成中呷了一口酒，说："伯温先生，近来官军屡战屡败，不堪一击，大元朝莫非真的要完了？"

"此话怎讲，官军何时又战败了？"刘伯温颇为不解。

"伯温先生，沔阳、襄阳前线战事吃紧，官军被杀得大败，此事你竟然不知？"

"确实不知，请详细道来。"

"今年正月，徐寿辉令其手下虎将倪文俊率军攻打沔阳，沔阳守军不战而溃。"

"朝廷呢，有何调遣？"

"朝廷自然不会坐视不管，威顺王管撒普化令其子报思奴会同元帅阿思蓝一道，水陆并进去攻打倪文俊，两军相遇在汉，官军的战船聚集在江面上而且疏于防范，倪文俊抓住战机使用火攻计，将上百条官军战船化为灰烬，官军一败涂地，报思奴也身首异处。"

众人不由得都打起唉声来，刘伯温更是眉头紧锁，他急切地问："那么襄阳呢？"

"元帅阿思蓝根本就是个草包，沔阳败退，不知去向。襄阳守军也不济事，守了不到两天也就被攻破。"

这几位都是仕途坎坷之人，被朝廷弃用在一旁，空有满身文武艺却无处可寻报国之门。

老家人刘安引着刘伯温的二公子刘璟从老家青田武阳村风尘仆仆赶到了绍兴。

刘伯温将刘璟细细地打量，刘璟幼年的模样依稀记得，转眼之间已出落得一表人材，玉树临风，颇似当年的自己，心中顿生几分喜爱之情，又平添几分惆怅。喜爱的是孩子已长大成人，惆怅却是因为自己正在悄然老去。刘伯温对镜打量自己，皱纹早已爬上了额头，镌刻着岁月的沧桑，白发也跻身于乌丝中，记录了往日的风霜。唉，江山总是一代新人换旧人，人生易老是千百年来颠扑不破的真理。

这日，刘伯温在家中摆下盛宴，一则酬谢刘安的奔波劳碌，二则将爱子介绍给府中的几位佳丽。刘璟不愧为名门大家之后，举手投足、言谈笑语中显露出几分儒雅、几许风流来，成了席宴上众人眼中的焦点。秦凤梧被刘伯温介绍给刘璟时，脸上一红，低头说道："奴家比二公子虚长几岁，暂为公子的姐姐吧。"刘璟偷眼打量秦小姐：只见这位小姐体量合适，不肥不瘦，而且眼含秋水，唇似涂朱，光艳夺目。秦小姐也在偷眼观瞧刘璟：这位公子长得眉清目秀，文质彬彬，四目不期而遇，在电光火石的一瞬间，两人都将目光逃向了别处。

在座的尉春燕、燕飞霞、春桃等人见秦凤梧率先认了个弟弟，也不甘落后，几个人相互叙了年岁，结果是尉春燕为首，燕飞霞其次，秦凤梧老三，春桃也要比刘璟大上两个月，刘璟只得认了好几位姐姐。

刘安与刘伯温俱是知趣之人，用了不多时的酒菜，便先行离席了，免得长辈在场，年轻人难以放开。

年轻人总是好玩爱闹的，刘璟与她们初次接触，却俨然像熟识多年的老友。

时光匆匆，转眼之间便到了暮春时节，平平淡淡的山阴古城。

如今的朱元璋已不是当年四处乞讨的小叫花，也不是红巾军队伍中毫不起眼的大头兵了，他已是郭子兴的左膀右臂，更是濠州这支红巾军队伍实际上的顶梁柱。好多人都在私下里议论：一旦元帅郭子兴驾鹤西游后，元帅之位非朱元璋莫属。

燕雀焉知鸿鹄之志！朱元璋的志向并未停留在做个割据一方的诸侯上，他还有更大的野心，他的帐下已聚集了徐达、汤和、吴良、吴侦、华云、耿再成、郭英等二十四位能征善战的猛将。至正十四年（1354年），朱元璋在南平定远这事上小试身手，引得郭子兴对他青眼相向，更为器重。

事情的原委是这样的：定远张家堡的民众自发组织起来，足有几千之众，盘踞在驴牌寨不依附于任何一股势力，自成一家。濠州郭子兴、颖州刘福通，还有元朝廷都想将这支队伍拉拢过来。驴牌寨的人马起初不愿苟合于任何一方，后因粮草难以为继，不得不考虑究竟要倒向哪一方的问题，他们有意归顺濠州郭子兴一方，但决心还没有下，正在犹豫不决。郭子兴非常敏锐地意识到：这是收编驴牌寨队伍的绝佳机会。然而派遣何人前去完成这个艰巨的任务，郭子兴的心中一片茫然。

当郭子兴将这个问题摆到帐中众将面前时，许多人面面相觑，无人敢挺身而出，领命前往。朱元璋审时度势，感到自己应当抓住这一机会以便向众人证明他朱元璋绝非是靠裙带关系在军中立身的。于是，朱元璋挺身而出，向郭子兴请命，一时间，众人惊诧的目光全投向这位容貌丑陋的帅府娇客。

郭子兴有些惊喜又有些担心，女婿能迎难而上让他惊喜，然而驴牌寨的情况复杂多变，稍有不慎便要葬送性命，他又不禁为朱元璋提起心来，他问道："你若前往打算率领多少兵马？"

"元璋只带结义兄弟徐达等二十四人前往便可招抚定远驴牌寨。"

郭子兴手持须髯，思忖再三，同意了朱元璋的意见。

在前往定远的路上，朱元璋便已想好智取驴牌寨的计谋。在外人眼中，倘若想要驴牌寨的人乖乖就范，办法无非只有一个：先礼后兵，没有大批的人马作为后盾，贸然前去劝降无异于自取灭亡。驴牌寨的人马并非只是由一群乌合之众组成，里边渗透着各股势力，有倾向郭子兴的，也有拥戴刘福通的，另外还混有官府的内线，犹如犬牙交错，可称得上你中有我，我中有你。

关于这些，朱元璋不是没有考虑，可他清醒地看到——在这个非常时期，传统的"先礼后兵"的法子非但于事无补，反而会将事情弄得一团糟。

朱元璋一行二十四人刚刚接近驴牌寨，便有哨兵厉声喝问："什么人？为何事而来？"

朱元璋扭头对众兄弟说："大家一同上前会让寨里的人多心，人多无益，徐达兄弟与我一同进寨便可。你们在此守候，静待佳音吧！"说罢，与徐达纵马上前，高声回话道："哨卡上的弟兄们辛苦了！我们是郭子兴元帅的手下，有要事与你家头领相商，有劳你进去通禀一声。"

哨兵将信将疑地把朱、徐二人又上上下下打量一番，方说道："且在此处等候消息！"

大约一炷香的工夫，报信的哨兵回来了，冲着朱、徐二人道："我家大王有请二位！"

驴牌寨的大门"哗啦"一下被打开，朱、徐二人端坐在马上，昂首挺胸毫无惧色地随着引路的哨兵向山寨的深处进发。外边留下的二十余位好汉不禁在心中为朱、徐这一去捏了一把汗。

外边的汤和、华云等人感到时间过得异常的慢，每个人的心都在忐忑不安中受着煎熬，急脾气的华云很快就沉不住气了，一个劲儿地问汤和："哥哥，他们在里边怎么待了这么久，不会出事吧？"

一开始，汤和还对华云讲："别急嘛，这事不像你喝酒嚼萝卜那样干脆，等一下就会有结果。"

汤和的话并未让华云静下心来，华云依旧不停地问，好像汤和知道答案似的："哥哥，他们会不会已被驴牌寨的人收拾了？怎么这么久还不出来？"

"乌鸦嘴！你要再胡说八道，我剜了你的舌头做下酒菜！"好脾气的汤和也发火了，脸色铁青，唬得华云不再问他什么了。就在这群好汉心急如焚地等了足足一个半时辰之后，突然看到驴牌寨的山门洞开，徐达满面春风地从里边出来，这群好汉呼啦一下子围了上去，七嘴八舌地向徐达打探里边的情况。

"众位贤弟，副元帅召唤你们随我一同进去，驴牌寨的人马已归顺咱们濠州红巾军啦！"

这句话使得众人悬着的心又落到了实处。华云等人后来才知晓了朱元璋与驴牌寨的头领会谈的详情，无不对朱元璋的口才和胆略佩服得五体投地。

不费一兵一卒便将数千之众收归到濠州红巾军的大旗下，这在郭子兴的阵营里引起了轰动。众将对朱元璋不由得刮目相看，郭子兴也更加器重朱元璋。

不久，定远人李善长前来拜见。朱元璋与他一经交谈，便觉察出此人言谈不俗、见解深刻，战法谋略上很有一套，朱元璋心中非常喜爱，便将李善长留在自己的幕府之中，出任掌书记。

李善长在朱元璋的营中待了一段时日，便向朱元璋尖锐地指出：营中虽然良将云集，但谋士少得可怜，此时若不未雨绸缪，日后是要吃大亏的。闻听此言，朱元璋立时变得愁眉不展，将求助的眼神投向李善长，李善长献上一计：由他装扮游走江湖的相面先生，到各地去寻访俊才贤士，劝说他们来营中效力。

朱元璋在心中好好斟酌了一番，虽然眼下营中也很需要李善长，可是为了长远打算，只好应允了李善长的请求。

李善长没让朱元璋失望，他每出去一趟便有几个有真才实学的人拿着李善长所写的引荐前来拜谒，朱元璋将他们任用在营中重要的职位上，这支队伍的面貌也在悄悄起着变化，以往是以作战凶狠而著称，善于打硬仗，而今却是打得更加巧妙，善于出奇制胜，以谋略克敌。李善长外出一段时日后总要回来休整几日，顺便向朱

元璋汇报一下各地的见闻——那些都是极其重要的情报。

李善长此次是前往浙东寻访，一连走了一个多月还不见回来，营中许多要务需要向他讨教主意，可李善长迟迟不归，这让朱元璋感到焦躁和郁闷。虽然有几个人拿着李善长的引荐来到营中，可他们都不清楚李善长到什么地方去了，朱元璋觉得心中十分怅然，甚至感到心中没有着落。

在一个下雨的黄昏，朱元璋独自一人坐在帅帐里，帐内的光线昏暗，烛灯并未燃起，朱元璋就那么呆坐着，似乎在想着心事。

"元帅，为何一人在此枯坐？"突然响起的问话声将朱元璋从辽远的神思中惊回，他循声向帐门口一看，只见久违了的李善长手撑油纸伞满面微笑地站在那里。朱元璋十分惊喜，赶忙说："善长，你一去这么久，真是让我牵挂。来，来，快进帐说话！"

李善长收起油纸伞来到了帐中，坐在靠近朱元璋的一把椅子上，向朱元璋讲述起此次招贤纳士途中的见闻观感。

与此同时，朱元璋燃起了烛灯，帐内一片光明。朱元璋听得全神贯注，不时还将李善长所讲的一些要点记录下来。

朱元璋听罢李善长讲完在绍兴的经历，心中起了疑窦：青田人刘伯温被羁管在绍兴，据人讲那可是一位有雄才大略的贤士，善长为何只字不提呢？

"善长，在外头日晒雨淋、风餐露宿，一定吃了不少苦，真是辛苦你啦！"

"元帅，这是属下应尽之职，谈不上什么辛苦不辛苦。"

朱元璋若有所思地望着帐外，像是突然间想起什么似的问道："善长，你去绍兴地面可曾寻访到刘伯温的下落？"

李善长心中便是一震，但他的回答却是不假思索："元帅，您不提我下边也要谈谈有关刘伯温的情况。"李善长先是一顿，用眼角的余光看到朱元璋一副急待下文的样子，便口中连打唉声，"元帅，人我是见到了，可他——咳！"

李善长一声长叹后便没了下文，这可将朱元璋的心一下子吊了起来，不清楚这声长叹因何而发，不由得追问："善长，你快讲！他怎么了？"

"英雄难过美人关呀！我见到他时，他正被三四个貌若天仙的年轻女子簇拥着，我想方设法才获得与他面谈的机会，怎奈刘伯温斗志消沉甘愿过着恬淡宁适的日子，不愿为我们所用，过快乐逍遥赛神仙的生活才是他向往的。"

"他真的一点都不为你所动吗？"朱元璋眼光犀利地盯着李善长。李善长镇定自若地答道："从他的言谈神态来看，似乎对参加红巾军持十分鄙夷的态度，与他的谈话没有多久，便被他礼送出来了。"

"哦。"朱元璋轻轻哦了一声，随后对李善长道，"善长，多日的路途跋涉，身子必是困乏不堪了，快回帐歇息去吧！""元帅，有许多军务要做，我还是处理完积压的军务再歇息也不迟。"

"不，军务明日再议，你一定要好好休息一下才行。"朱元璋的语气透着十分的关切也透着十分的不容置疑。

李善长遵命而去，帐中只剩朱元璋一人，空荡荡的。

　　燥热沉闷的盛夏终于过去了，接踵而来的金秋时光却是稍纵即逝，转眼之间便已到了深秋，萧索凄寒之感笼罩在人们心头。刘伯温被羁管在绍兴已是两年有余了，在绍兴对秋之凄厉的感触是旁人难以体会的。他时常去登山临水，看那层峦叠嶂的群山，看那清澈见底的溪流，或是飘然而坠的红叶，悲鸣远去的孤雁，品尝着其中"物谢岁微"的滋味，心中更生出来无限的感慨。

第 11 章
风雨共济难　飞霞为情死

　　至正十六年(1356年)的春天迈着毫不迟疑的步伐到来了，到处都有熏风吹拂，吹得人们周身上下有一股说不出的舒坦。暖阳高挂在当空，一扫它在寒冬时节的惨淡。刘伯温将书房的窗子全部打开，好让惠风和暖阳驱走盘踞在房内已很久了的阴冷。他在房子里伸了个舒服的懒腰，大口吸着清新湿润的空气，空气中满载着春的气息，沁人心脾，给刘伯温懒散的筋骨注入了活力，体内的热血竟然有了要沸腾的冲动。

　　一年之计在于春，这个朴实无华的道理对刘伯温而言是再熟悉也不过了，他曾满怀憧憬地在许多春天里播下希望的种子，然而他在金色的秋季却收获了太多的无奈和失望。究其原因，刘伯温感到自己已经尽力而为了，倘若把希望落空的原因都归结在时运的身上，自己也认为不怎么令人信服。反正，"成者王侯败者寇"，仕途上的太多失意让刘伯温难以找到一种"胜者为王"的感觉，心中总有些酸溜溜的感觉。刘伯温回首自己四十多年的心路历程，也曾得意过，也曾失落过，也曾激动过，也曾无奈过，总的来说，他对实现自己抱负的信念并未在根本上动摇，一时的彷徨无计、一时的妄自菲薄，并不能完全消除心中要干一番轰轰烈烈的事业、要扭转乾坤叱咤风云的豪情。

刘伯温预感至正十六年的春季会是一个不平凡的春季，他会在这个春季开个好头，他渴望能有所作为。

没过多长时间，刘伯温的预感便被验证了。他被朝廷任命为江浙行省都事。

刘伯温又一次被朝廷起复任用的原因非常简单：浙东匪乱久剿之下，非但未能减少反而愈演愈烈，大有一发不可收拾之势，这使得早已被匪乱折腾得焦头烂额的朝廷感到雪上加霜。倘若再这样下去，整个江浙被朝廷控制的地盘便只剩下杭州等几个较大的城镇，余下的便都是匪徒的天下了。

在朝廷已处在"有病乱投医"的形势下，行院判石抹宜孙向朝廷建议：起用现今被羁管在绍兴的刘伯温，由刘伯温协助自己剿匪。平素对刘伯温怨仇颇深的几个要员们，在形势的逼迫下，不再对刘伯温的又一次出任横加阻挠了，他们不约而同地支持了石抹宜孙的建议。对刘伯温的委任书也以超乎寻常的速度送至刘伯温的手中。

喜讯传至刘府，刘伯温一脸的平静，就好像他获知这个消息已经很久了。老家人刘安却为主人的又一次复出感到欢欣鼓舞，他兴冲冲地来到销售土产杂货的店铺，掏自己的腰包买下几挂一万头浏阳鞭炮，高挂在府门两侧，让噼里啪啦的炮声响了许久，清脆而又绵绵不断的鞭炮声惊醒了府前的半条街，引来了无数看热闹的人围观，以为这家要办喜事。

红黄相间的鞭炮碎屑铺落在院门口，有着不薄的一层，刘安快慰地笑了，高兴得像个孩子，他身后是秦凤梧等一干年轻人。刘安像是在对这伙年轻人说，又像是自言自语："赶一赶这晦气，轰跑它！"

院门口放鞭炮时，刘伯温静坐在书房里，心中盘算着一些事情。当晚，刘伯温便在书房召开了一次"家庭会议"，刘璟、秦凤梧、燕飞霞、春桃、尉春燕、刘安都围坐在书房，刘伯温坐在正中一把椅子上，他柔和的目光从每个人的脸上扫过，方悠悠地说："看来我刘伯温今生没有安逸的福气，几十年来东奔西走，总也不能在一个地方彻底地安顿下来。少时便游学在外，二十三岁那年便上大都赶考，后又在老家待了三载，第一次出仕去了高安县、又到杭州任了职……总之是个奔波劳碌的命！此次出山，虽说是先去杭州，可那边战事吃紧，无异于身临前线，安全之事让我大伤脑筋。当然，我个人不足为虑，主要是你们：刘璟、刘安，一个是我的儿子，一个是我刘家的老家人，随我吃苦受累倒没有什么，飞霞、春燕、春桃、凤梧你们几个再跟着我吃苦受累就不应当了。"说得有些口干舌燥，刘伯温喝了口茶水润润喉咙。

"老爷，您这是不要我们啦？我们都是无家可归、无处投奔的呀！"性急的春桃以为刘伯温要弃她们而去，心中不由恐慌起来，因而急切地问。

"春桃，你莫要慌嘛！听我把话说完。原本与你们四个是素昧平生的，只因为某种机缘巧合，大家聚到了一起，快快乐乐地生活了二年多，不是亲人胜似亲人。我不光把你们视作我的亲侄女，还将你们视作我的朋友，因而我在上任之前必要将你们的去处安顿好，这不光是对我自己是个交代，也是对你们九泉之下的父母双亲一

个交代。"

刘伯温的语调和缓而又低沉，多少有那么一些伤感。他的话在每个人的心头激起了波浪，特别是秦凤梧、春桃、尉春燕这几个受过他救命之恩的女子，想起慈祥如父、亲切如友的人日后不能再与她们生活在一起，心中泛起了阵阵酸楚，想要说些什么，不料喉头早已哽咽。燕飞霞则更有一番滋味在心头，自从杀"叔"复仇后她就特别的失落，她感到这个世上的亲人只有刘伯温了，她的眼圈早就红了，泪水在眼眶里打着转却强忍着没有流下来，她紧咬双唇努力使自己的语调显得自然道："我是个命苦的女子，从小便在家中感不到一丝的真情一丝的温暖，只有在这里，我才尝到了家的滋味。说实话，要是离开了这个家，我便只剩下去尼姑庵出家这一条路了。刘叔叔要去前线，那里凶险莫测，我想我这身功夫是可以派上用场的，我定要随叔叔奔赴前线，尽心保护叔叔的安危，即使拼得满腔热血也毫不顾惜！"

这话不像是从一位女子口中说出，倒像是位汉子发出的铁骨铮言，刘伯温沉思了片刻，感到要是回绝了她的这片好意，燕飞霞当场羞愤难以抑止，拔剑自刎也说不定，只好说："飞霞啊，战线上的事变幻莫测，在万军当中纵使有天大的本领也难保不丧命，你愿护卫我的安全，我先谢谢你了。"刘伯温顿了顿，又道，"其实，我打心中不愿离开大家，可这也是没办法的事，这不同于太平时节，我带领你们大家去前线的话，是非常愚蠢的，稍有不慎便会铸成终身之憾。我的考虑是：刘安和飞霞与我一同上任，刘璟回青田老家去，凤梧、春桃看来是要在一起的，还有春燕，你们三个的安排有些让我伤脑筋。"

"老爷，我跟小姐的命都是您救的，我们愿意服侍在你的身边，端茶送水，老爷，您身边留下了飞霞姐姐，再把我们留下吧！"春桃的话中已带了几分哭腔。

"断然不可，断然不可。"刘伯温连连摇头道，"飞霞有着一身的武艺，危急凶险时她可以护卫自己，你们两个弱女子，手无缚鸡之力，到那么危险的地方去，是不明智的。"

在一旁沉默了许久的刘璟心中在打着自己的算盘，他与凤梧小姐的感情已非同一般，心里十分不愿与凤梧小姐分开，父亲的意见也是正确的，虽然自己也想跟父亲去浙东前线见识一下世面，可父亲宁愿自己一辈子老死在书斋里也不愿让自己踏上仕途。另外，他还看到尉春燕的眼里泪光盈盈，她定在为自己的出路发愁。刘璟灵机一动，开口讲道："父亲，您看这样办行不行？刘安大叔和飞霞姐姐一同伴你去浙东前线，我与凤梧姐姐、春桃及春燕一起回青田老家，那里地处偏僻，纵有大的战乱也一时难以涉及那里。父亲，您意下如何？"

刘伯温转念一想，这倒不失为一个办法，便问："凤梧你们三个可愿去青田武阳村吗？那里可是个穷乡僻壤，比不上这里，少不了要吃些苦头。"

秦凤梧、春桃、尉春燕三人相对而视，尔后三人都从椅上起身，跪在地上，给刘伯温叩了三个响头。

秦凤梧领头说道："我们三个弱女子不知哪世修来的福分，能得您这般照料，我们纵使粉身碎骨也无法报答您的恩情！"

刘伯温的眼圈也有些红了，他赶忙起身将三人搀起，嘴中说着："好孩子们，莫要见外，我的家就是你们的家！"

刘伯温在刘安、燕飞霞的陪护下起程赶赴杭州，美如天堂的杭州几经兵火与洗掠，风采已不复当年，处处留下了劫后余生的痕迹，让刘伯温等人看后触目惊心，倍感沧桑。

当三人风尘仆仆地走在杭州城中大道上时，怎么也未想到行院判石抹宜孙的议事厅内却在展开一番唇枪舌剑，言辞中充满了火药味。争吵的起因是：杭州城外一百里处新近冒出了一支人马，他们既不是红巾军的队伍，也不是方国珍的手下，这支人马处处与官军为敌，不是袭击州街府县，便是截获官军的粮草，朝廷派万户达达颜花里前去征讨，不料，五千多官军被打得落花流水，达达颜花里也在乱军之中丧了命。朝廷又责令行院判石抹宜孙将这支人马消灭掉，可石抹宜孙手中只有区区一千兵马，为此，石抹宜孙召开议事会，他手下的两员将领李成达与木里铁先是互相推诿，不肯领兵出征，因二人之间早有积怨，便起了口角，互相指责起来。李成达年近五十，在军中混了多年，是个十足的"兵油子"，他对木里铁自恃自身高贵、目空一切的倨傲态度十分不满，对蒙古将领在有好处时便奋勇争先、有危险时便畏缩不前的行径更是多有怨言。他冷笑着，眯着眼对仰头向天的木里铁道："木将军，蒙古铁骑所向披靡、一往无前，蒙古将领更是人中之杰，怎么这些英豪之气在你的身上却看不见一丝一毫呢？"

"你们汉人就知道贪图安逸，拉帮结派，生事造谣，我不出征是不肯用蒙古将士的血去护卫汉人中的鼠辈脓包，让他们在安乐窝里寻欢作乐。"木里铁虽是蒙古人，但汉化教育已让他在言语上足以做到不让李成达占一丝一毫的便宜，坐在虎皮帅椅上的石抹宜孙面无表情地看着手下争得面红耳赤，颇有些"坐山观虎斗"的味道。

受了讥讽的李成达不甘示弱，反唇相讥道："脓包不脓包，不是上嘴唇一碰下嘴唇便定了下来，战场上才见真招呢！有些人在阵下英气勃发，到了阵上说不定会被吓得屁滚尿流呢！"

"你！你说谁？"木里铁到底年轻气盛，架不住李成达含沙射影的讥笑，脸色涨得像个紫茄子似的，一步就跳到了李成达的近前，大有一触即发的架势。

坐在虎皮帅椅上的石抹宜孙不能再沉默下去了，他拍案而起，双目圆睁，怒发冲冠，指着李成达与木里铁道："混账东西！尽会耍些嘴皮上的功夫，派你们哪个出征哪个都能讲出千万条不能出征的理由！真要有本事的话，我给你们派兵马粮草，你们俩谁是英雄谁就领军出征！不敢去的话，就给我站在队伍里老老实实别吭声。"

真正的老虎发起威来，让李成达和木里铁从脚底板泛起了一股凉气，各自掂量掂量，便灰头土脸地退回到队伍里去了。

石抹宜孙领兵打仗多年，一向以儒将著称，很少向人发火怒吼，这些年来他愈发感到力不从心，且不说自己日渐衰老，就说自己的部下鱼龙混杂，愈发像一盘散沙，可他有什么办法呢？真正的良将选拔不上来，倒是有人不断给他塞进了一个又一个的酒囊饭袋，这帮人自恃后台硬，在军营中任意妄为，搅得军营乌烟瘴气，简直不像一支可以打仗的军队。

发完火的石抹宜孙像只泄了气的皮球，一下子跌坐在那只虎皮帅椅上，他心里明白——这次议事会又白开了。

突然，一名亲兵风风火火地走进厅堂，高声禀报："大帅，门外来了三个人，其中一个自称为青田刘伯温，他想要拜见您。"

石抹宜孙先是怔了怔，然后猛地从座上立起，冲着下边的将官一挥手，道："散会散会！"

话音未落，石抹宜孙本人已快步出了议事大厅，那名亲兵紧随其后，脚步都有些赶不上石抹宜孙。石抹宜孙一边急走一边问："那位刘先生现在何处，还在门口吗？"

"大人，小的怎能那样不懂事，这位刘先生不是您早就吩咐过了的吗？来了之后一定要先请进书房，然后再告知您，您这急匆匆地去大门口为哪桩呀？您的书房可是在后边呀！"

经亲兵这一提醒，石抹宜孙不禁哑然失笑，自己被那两个家伙气糊涂了，他立即转向后边，朝着书房而去。

刘伯温等被石府的亲兵引进书房后，捧着一盏滚热的茶，打量着书房。这间书房不同于一般读书人的书房。书房的正墙上挂了一张一百八十斤的铁股鹿筋弓，三支雕翎箭也悬挂在一旁，书房的靠窗一侧摆了一张宽大的书桌，笔墨纸砚整齐地陈列在书桌上，后面便是满满三大橱的书了。书橱门把手上还有一把带鞘的龙泉宝剑。余下的空地则放了几把椅子和两张茶几，以供来客休息会谈。刘伯温从墙上那张大弓上便可感到书斋主人英武勃发的雄浑之气。

此时，书斋的帘子被挑起，石抹宜孙快步进了书房，与他一同进屋的还有他那爽朗的笑声，刘伯温一回头，看到时常思念的友人此时就站在了眼前，当下有些激动，连忙道："石抹公，你一向可好啊？你可让小弟想煞啦！"

"哈哈哈，伯温兄弟，'海内存知己，天涯若比邻'，你我之间鸿雁传书，诗歌唱和，虽不能朝夕相处，倒也解了不少思念之苦。如今你我凑得机缘得以并肩作战，这一天我也盼了好久啊，以贤弟的才智谋略，压在我心头的这块大石头便可放下啦！"

"哦，石抹公这样说的话，是不是最近遇上麻烦啦？只要是愚弟力所能及之事，弟万死不辞！"

"坐，快坐，来我这里莫要拘了礼数。"石抹宜孙热情地招呼刘伯温几个人坐下，尔后向刘伯温讲述起剿匪的愁事。

"提起这桩事，我的头便要大上几圈，巧合的是，那伙匪徒的首领的诨号便是'孙大头'。他手下的人马究竟有多少，谁也讲不清，前一次官军前去围剿，五千多官军被打得溃不成军，最近上司下了命令，责成我将此股匪徒剿灭干净。可是，贤弟，不瞒你说，如今我这个行院判与一个'光杆元帅'没多大区别，可供我调遣的人马只有区区的一千，其中还有不少的老弱病残，你想想看，满营众将又找不出一个敢带兵打仗的，即便有一个敢去，以这般不整的军容去迎战悍匪，这不是以卵击石吗？"

刘伯温想了想说："石抹公，现在敌情不明，盲目出击无异于送死，另外，兵力相差悬殊也不宜出击。"

"那伙悍匪狡黠无比，我派出的探马非但未能探得情报，反而一个个丧了性命。唉！我已处在两难境地，上面不断催我出兵，可我此时出兵必败无疑！"一提起这个烦心事，石抹宜孙立时变得愁眉不展起来。

"朝廷还不至于那么蠢笨吧？单单指望你手下这一千人马去剿匪？"

"原本还有一万二千人马归我调遣，可那些人马都驻扎在处州方面，目的是提防方国珍的人马。"

"你预计可从那里抽调多少人马来？"

石抹宜孙闭上双眼好好想了一下，才回答道："大概只能抽调回来三千人马。"

"石抹公，愚弟以为当下第一要务是将敌情侦察清楚，待敌情明了之后，石抹公方好再做部署。这样吧，侦察敌情之事只管交给我好了，两天之内，保管让您满意。"尽管刘伯温说时一副成竹在胸的样子，可石抹宜孙的脑袋却摇得像个拨浪鼓。

"贤弟呀，这太危险，断断不可派你前往，倘若你有个闪失的话，我会恨死自己的！"

"石抹公，你尽可放心，我没有金刚钻是不会揽这瓷器活的。"

两人聊了许久，至此，刘伯温彻底结束了两年多的被羁管的生涯，又一次踏上了凶险万分的仕途。他将自己的下榻之处安排在石抹宜孙府上，这也是在主人的盛情要求下，难以推辞这片心意。

当夜，用过晚饭的刘伯温便收拾行装，准备化装一番后去探取情报。他原本不想将这事大包大揽过来，可为知己解困救急，也只好铤而走险了。

不料，燕飞霞却拦住了他，此时的燕飞霞女扮男装，好似一个眉清目秀的白面书生，她说："伯温叔叔，杀鸡焉用宰牛刀，侦查孙大头的有关情报，交由我办好了。"

"你？飞霞，我知道你有满身的武艺，可这不是取人家的项上人头那样简单，我们需要了解这伙匪徒的兵力、将领以及他们的老巢等等相关情报，非同小可呀！"

"伯温叔叔，您虽没明说，可我知道您是在怀疑我会不会搞情报。伯温叔叔，您就信我这一次，飞霞不会让您失望的！"燕飞霞的声音虽然不高，但态度十分坚决，她的秀目里满是自信的神情。

刘伯温完全清楚燕飞霞此举的意图，她是不肯让自己涉险，更是愿为自己分担忧愁，最终刘伯温痛下决心，让她放手一试，他叮嘱了许多要特别留心的细节，心领神会的燕飞霞在这个夜晚就动身出发了。

刘伯温目送燕飞霞骑着一匹脚力上乘的大宛名驹消失在苍茫的夜色中，此后，刘伯温的心便一直悬着，心中满是不安与等待。他在燕飞霞走后的第二天下午，心里便感到有些害怕，他不敢断定自己昨晚的决定是否是一个错误，如果真是一个错

误的话，他必将抱恨终生。

他的人在自己的屋中，心却悬在燕飞霞的身上，他动用自己上佳的耳功去监听门外的动静，他渴望能够听到那匹大宛名驹所发出的强劲的蹄声，但他总也听不到。

他心中感到有些空荡荡的，便从那堆从绍兴带来的藏书里随便抽取了一本，好借此让自己的心感到安稳一些。他刚展开那卷书，便见到一张折叠成四方块的纸从书里飘落下来，拾起打开一瞧，原来是自己居绍兴时信手涂鸦的一段小故事，名为"火烧群蚁"。他索性放下手中那卷书，将这个小故事一字一句地读了起来：

南山之隈有大木，群蚁萃焉。穿其中而积土其外，于是木朽而蚁日蕃，则分处其南北之柯，蚁之坦瘝如也。一日，野火至。其处南者走而北，处北者走而南，不能走者渐而迁于火所未至，已而俱爇无遗者。

读完这个小故事，刘伯温也记起这是《郁离子》那本小书的"玄豹"篇的第三章。想想那被野火逼迫得四处乱窜的蚂蚁，与当今被起义军搞得焦头烂额的朝廷是多么相像，自己离被野火焚灭的日子大概也不远了，刘伯温胸中顿生恼恨，将手中的这张纸用力一攒，远远地丢到一旁去了。此时，耳中听到了那一直在盼望听到的蹄声，刘伯温不禁起身出了屋子，快步来到门口，当他看到燕飞霞确是活生生且毫发无损地回来时，一颗心终于可以不再那般悬着。飒爽英姿的燕飞霞已驰马来到门口，看到刘伯温后，脸上露出得意的笑。

刘伯温像是迎接凯旋的将军似的把燕飞霞迎回了屋，这倒让燕飞霞颇感不好意思。刘伯温亲自奉上了一盏茶，"受宠若惊"的燕飞霞嘴中想要说些什么，却被刘伯温的话止住："飞霞，先别讲话，快喝口茶润润嗓子，等气喘匀了再讲也不迟！"看到燕飞霞秀美的脸蒙上一层尘灰，明亮清澈的双眸中充满血丝，刘伯温顿生怜惜之情。

燕飞霞一仰脖便将茶水一饮而尽，她也顾不上气息未匀便迫不及待地向刘伯温汇报起来："我已查明了，'孙大头'原名孙平正，本是个读书人，遭受了几次科举挫折后便回到了家乡，发誓不再踏进考场一步。孙平正家在罗牛山下，他这伙人马的巢穴便设在罗牛山中，人马有一万左右。"燕飞霞简明说了几点，因为确实口渴了暂作停歇，当她喝第二杯茶时，刘伯温问道："这支人马有怎样的编制？罗牛山的地貌如何？可否探清那里的机关埋伏？那里……"刘伯温向燕飞霞提了一连串的问题，燕飞霞知无不言，言无不尽，尽可能地将那里的情况讲得更详尽一些。

这样的问话大约持续了近一个时辰，刘伯温感到心中有谱了，便不再提什么问题了，而是由衷地夸赞道："飞霞，想不到你是探取情报的奇才。这一次肯定出生入死了好几回吧？说实话，派你出去后我就有些后悔，生怕你有个三长两短。"

听了刘伯温的夸赞，燕飞霞反倒有些不好意思了，她面带羞涩地说："孙大头那里戒备十分森严，在距罗牛山下三十里的地方就有流动哨，越靠近罗牛山戒备就越严密，让我费了好大的周折才进到山中。他们议事重地'白虎堂'外站岗的哨兵与流动的巡逻卫兵更让我头疼，我伏在一棵树上等了好半天，才寻到机会潜伏在'白虎堂'的屋顶上。"说到此处时，燕飞霞好像回忆起那时的情景，突然扑哧一笑，笑得刘伯温莫名其妙，问她："飞霞，你因何突然发笑?"

"孙平正的脑袋可真大，难怪人家叫他为孙大头。"

"飞霞，你这一趟辛苦了，现在一定饥渴劳累了，用完餐后好好休息一下吧，我去找石抹公商议一下军情。"

燕飞霞听从刘伯温的安排，转身离去，刘伯温从她的神态动作上竟然看到朱珠的影子，他差一点惊叫出声，那个矫健灵巧的身影出了房间，刘伯温心中暗想：她要是朱珠该有多好!

刘伯温正要起身去找石抹宜孙，石抹宜孙却不请而来，一挑帘子进了屋，人还未坐下就问道："怎么样啊，燕姑娘可否回来了?"

"唔，人已经回来了，带回不少有价值的情报，我已让她下去休息了。"刘伯温回道。

"石抹公，'孙大头'并非泛泛之辈，我想他兵书战策一定读了不少，他以罗牛山为中心在方圆三十里的地方构建了一张大网，他将手中的一万余兵马合理分布在这张大网上，一旦有敌来犯，这张大网可以任意伸缩，即能变成一只口袋，单等敌人贸然深入，便将袋口一扎取个'瓮中捉鳖'；倘若是强敌来犯，实力悬殊的话，他可将大网一收，固守在罗牛山上，凭借天险工事，打持久战。"刘伯温一边向石抹宜孙介绍着，一边用笔在纸上画了一幅示意图，随后将图递到石抹宜孙的手上。

听罢刘伯温的介绍，石抹宜孙变得神色凝重起来，双眉紧皱，全神贯注地盯着那张图，在苦苦思考着。

天色已晚，屋内的光线渐渐暗淡下来，侍卫曾进来要点灯烛，被石抹宜孙示意阻止了。石抹宜孙不再看手中的那张纸，而是将目光投向刘伯温，在昏暗之中，石抹宜孙的双眼炯炯放光。刘伯温背窗而坐，脸庞只能看清大概轮廓。他脸上是何神态，石抹宜孙是不清楚的。最终，还是石抹宜孙开口道："这真是颗难拔的钉子，伯温兄弟，你可有妙计剿灭这伙人马?"

"石抹公，罗牛山看似固若金汤，其实不然，它也有漏洞!"

"哦? 伯温兄弟说的可是罗牛山的后山? 从那里攀岩而上，杀孙大头个出其不意，能否行得通?"

"不，那恰恰会中了孙大头的圈套，那里表面上没有兵士把守，是突袭的绝佳地点，然而实际上那里地势险峻，悬崖峭壁让猿愁鬼怕，可以这么说，那里的天险胜过千军万马!"

这话使得石抹宜孙大感不解，不设防的地方却不能作为突破口，哪里能作为突破口呢? 他静待刘伯温的下文。

"我的设想是：从我们现有的人马中选出二千五百名精干士兵，在罗牛山的左翼驻扎下来，先是按兵不动，让他们摸不透我军的底细，尔后，我们做出一副要长期对峙的架势来，逼迫他们必须有所作为。"

"哎呀，要是孙大头摸清我们只有区区的二千五百人后，倾其全力将我们围攻起来的话，我们的人马岂不要全军覆没?"石抹宜孙不无担心地说。

"敌进我退嘛! 以卵击石自然是不可取的。我们人数上处于劣势，可我们这支队伍是由你一手调教训练出来的，能征惯战，比起孙大头的人马来，他们固然人数上占优，可兵贵精不贵多，以往的大大小小战事都可印证这一点。我们这是用以少胜多、以小搏大的法子，这也是没有法子的法子。"刘伯温将自己经过深思熟虑的想法和盘托出。

"你的意思是我军并不主动去触他那张大网而是诱其离开老巢，在东奔西跑中寻找战机，给敌人以痛击?"

"是这个意思。一口吃不成个胖子，在敌我兵力悬殊的情况下，指望着大军压境合围的老法子是自寻死路。况且，我军的兵力可以有较大的变化，倘若孙大头率部追击我军的话，我们可以选择向处州方向移动，那时驻防在处州的人马便可作为一只隐蔽的拳头，给孙大头以出其不意的打击。"

石抹宜孙听罢刘伯温的这番话，仿佛在夜里寻见了一盏明灯，他亲自取过火镰纸媒，点明了房内的烛灯。跳动的火苗使得他的脸忽明忽暗，但是可以看得出，他现在已是一脸的轻松。

杭州城外的校兵场上，各色旗帜迎风猎猎招展。将帅们盔明甲亮立在高台之上，高台下刀枪如林，兵士们一个个站得笔直，让人看后不得不暗赞石抹宜孙带兵有方。

刘伯温也特意身披锐甲，身材高大的他在那戎装映衬下英姿焕发，不知底细的人定要将他误认为一位有万敌难挡之勇的马上将军。刘伯温心中很清楚，要去冲锋陷阵的不是他，而是台下这二千五百虎贲之士。

古老而又血腥的祭旗仪式寄寓了人们对旗开得胜、马到成功的良好愿望，让人感慨的是这良好愿望的实现注定要以血腥的杀戮开始又要以血腥的杀戮结束。

轰! 轰! 轰! 三声炮响之后，这班人马便开拨了。石抹宜孙亲自挂帅，刘伯温作为他的智囊也随军出征，燕飞霞则女扮男装成一名侍卫不离刘伯温的左右。石抹宜孙所统帅的这二千五百士兵是几经挑选的，足能以一当十，随军出征的偏将副将们全都是骁勇之辈，那些光说不练、贪生怕死之徒是一个也没有带。

刘伯温与石抹宜孙并马走在一起，他们边走边聊，刘伯温看上去并没有什么顾虑，不似石抹宜孙有着深深的隐忧，他问: "石抹公，这场恶仗也许要持续一段时日，速战速决是不可能的，我们的粮草供应不会有问题吧?"

"唔，这一点足可放心，运粮官是我手下一个最得力的人，他办事细致周密，任劳任怨，粮草供应上不会出乱子。"石抹宜孙说这些话时十分自信，可这自信转眼即逝，他想问刘伯温此次出征有多大的胜算，可他话到了嘴边又咽了回去，疑人不用、用人不疑是他多年来所信守的一个信条，他石抹宜孙身经百战，什么风浪没有见识过，他有孤注一掷的胆量。

"石抹公，你的心中有隐忧，我的心中也有隐忧，不过，你我所忧之事并不同。"刘伯温像是看透了石抹宜孙似的，口气十分坚定，让石抹宜孙顿感惊奇，惊奇过后甚至生出一些恐怖来。

"怎么，伯温贤弟对我的心思了如指掌？不妨讲讲看。"

刘伯温满面含笑地望着石抹宜孙，缓缓说道："石抹公的隐忧便是眼下尚未剿平的孙大头部，不是伯温狂妄，对孙大头之患的荡平我有十足的把握。我所忧虑的是，浙东沿海猖獗多时的方国珍部，方部实为朝廷的心腹之患，若说红巾军为洪水的话，那方国珍便为猛兽。"

这话既给石抹宜孙吃下了一剂定心丸，又勾起了他心中更大的忧愁。

石抹宜孙与刘伯温将人马驻扎在罗牛山的左翼，就在官军的帐篷尚未搭好时，这个消息便已传到了"白虎堂"。

孙大头正在召开军事会议，许多头领闻听这个消息后不以为意，有个名叫杜宪光的头领起身请战。

"大哥，又一支活得不耐烦的人马送上门来，奶奶的，我这几日手心直痒痒，让我带领一支人马下山，将这群狗官军杀个稀巴烂。"

被杜宪光称作大哥的，正是罗牛山这支人马的总头领——孙平正，绰号"孙大头"。他的眉目还算清秀，只是脑袋要比常人大许多，特别是额头，比南极仙翁的额头竟不逊色，要是谁在夜间突然见到这么一个脑袋，不吓个半死才怪。

"老七，坐下，坐下，你慌个啥，就你这不问清楚就风风火火地冲杀上去，倒更像是活得不耐烦的。还不赶快坐下，嗯？""孙大头"的语调低沉，却是不怒自威，咋咋呼呼的老七杜宪光很听话地坐了下去。

孙大头想了一想，吩咐道："老六，多派几个机灵的到山下好好走一趟，问清楚这支官军的来历、有多少人马、由谁统帅等等情况，尔后回来报我，咱们再作商议。"

"老六"领命下去执行去了。

两日过去了，官军的阵营不见有任何动静，罗牛山那里也不见有任何动静，好像是官军正常移防到了这里。然而这只是表面上的平静，一场恶战即将上演，老百姓们早就举家避祸逃难。在这乱世当中，老百姓已被锻炼出来，很短的时间内，便可逃得一干二净，因而官军驻扎的附近区域，已罕见人烟。

有关官军的情况也很快被孙大头获知了。当探子向孙大头报告"官军的人马好像不多，只有两千多人时"，"白虎堂"内的一些头领开始了小声嘀咕，孙大头只向他们投去一眼，"白虎堂"便顿时变得鸦雀无声。

"谁是官军的元帅呀？"

"回大王，是行院判石抹宜孙。"

"哦，是那个老东西，还有没有别的情况？"

"回大王，那石抹宜孙带来了一个谋士，唤作刘伯温，风传此人懂法术，善谋略，是个厉害的角色。"

"是吗？此刘伯温可是那个屡贬屡起的刘伯温吗？"

"不错，正是那个刘伯温。"

孙大头心中就是一紧，刘伯温的赫赫大名他早就听说过，不料，现今有了与刘

伯温一试高下的机会。

"大哥，官军这点人马，不足为惧，石抹宜孙那老儿的死期到了，请大哥派我率领一支人马把这伙官军打发了事。"请战的是行三的孟春强。

"老三，石抹那老贼可是'来者不善，善者不来'，更何况他军中又有个足智多谋的刘伯温，不可莽撞。"孙大头的脑瓜并没有发热，而是很冷静。

"球！我只知猪瘟鸡瘟，从未听说过有什么刘伯温，不就是多个下酒菜吗？"老三听后很不以为意。

"老三，你这是不清楚刘伯温的底细，他领军打仗很有一套，我们必须小心谨慎方可，俗话讲'小心驶得万年船'，咱们哥几个辛辛苦苦创出的基业，不能随意就毁喽！"

"好吧，一切都听大哥吩咐。"老三重新坐下。

"我的意思是，今夜派一支人马前去偷营劫寨，能够将其全歼最好不过，若不能，将他们赶跑也好，大家认为怎样？"

"大哥，让我去，我都憋了好久啦！"老七第一个站了起来。

"大哥，我去就行，包管将他们一窝端。"老四也满有把握地说。

"好了，好了，去打仗又不是去娶媳妇，你们这样踊跃，让我派谁去呢？这样吧，就老七与老四一道同去，不过，老七你在行动指挥上要听从你四哥的安排。我给你俩一千五百兵，今晚三更时分动手。"

"大哥，您就等着听好消息吧！"老四信心十足，豪情万丈。

"好，我在家中为兄弟们摆上庆功酒，老四、老七，我可要叮嘱你们：千万不可大意，把该准备的都准备好。倘若苗头不对的话，我派老三老五他俩去接应你们。"

"好的，我知道了，你们只管放心睡觉就可以了。"

老四和老七走出了"白虎堂"，哥俩心中都在盘算怎样才能在夜袭中大干上一场，把脸露足了。

孙大头又对人马进行了一番周密细致的部署，感到确实没有什么漏洞之后，才伸了个懒腰，宣布散会。

就在议事的人们三三两两走出"白虎堂"时，谁也没有注意到两只洁白的鸽子拍翅而起飞向远方。

不多时，两只鸽子便飞到了石抹宜孙的中军大帐外，早有军士在那里等候，他们麻利地从鸽子脚下解下两个纸条，并将纸条飞快地送至石抹宜孙的手里，纸条上的内容完全一样。字体娟秀，一看便知出自同一个人手底，定是个女人，字条上写着：今夜三更，一千五百人前来劫营。

石抹宜孙看罢，将纸条递给了一旁的刘伯温。

刘伯温读过，脸上不禁露出一丝喜色，对石抹宜孙说："这下要给孙大头吃些苦头啦，我们来部署一下吧。"

"这个情报太有价值了，我手下人训练出来的信鸽，你身边的女飞侠，缺一个都难以完成这个重任。我们把女飞侠召回吗？"

"不，要让她成为插在孙大头心窝上的一把尖刀，我写个字条让鸽子捎回去。"

刘伯温在纸条上写道：注意隐蔽、再接再厉。

官军们在刘伯温的指派下开始行动起来，在兵营里设下了埋伏，单等着劫营的敌军前来送死。

陷阱、机关设置好后，又加以巧妙的伪装让人根本看不出来破绽。石抹宜孙带出来的兵卒果然训练有素，这让刘伯温不由得叹服这位兄长的才干。

当夜色完全降临后，军营里燃起了火把灯烛，表面上看去，这是个与前两夜没甚区别的军营，可实际上，这座军营空空如也，只留下了少数几个兵士当作诱饵，不至于让敌军起疑心。

官军都埋伏在军营的两侧，兵士们枕戈而卧，保养精神，只待三更时分的到来。

已到三更时分，罗牛山的人马准时下山前来劫寨，这些人不打火把、不敢高声咳嗽、蹑足前行，自以为神鬼不知，定能把官军打个措手不及，殊不知他们在一步一步向死神逼近。

老七望着灯火通明的官军营寨，不由得心花怒放，自从官军来到罗牛山脚下，他就好似胸口上压了一块大石头，压得有些喘不过气来，大哥孙平正胆子有些太小了，如临大敌似的，不就是个石抹宜孙外加个刘伯温嘛，他就心中不服这口气，今夜要痛痛快快地干上一场，最好能把石抹宜孙和刘伯温的脑袋削下来。

他跟身旁的老四一交换眼神，尔后将手中的鬼头刀向前一挥，高声喝道："弟兄们，给我冲啊！"

一千五百人马手持利刃叫喊着冲向官军的营盘，他们每个人都血脉偾张，体内一种狂热和冒险的精神驱动他们。然而，奇怪的事发生了，偌大的营盘中并没有官兵，连官兵的影子都找不见。

老七与老四先是四目相对，一种坠入万丈深渊的感觉笼罩了全身。

"糟糕！我们中计了，快撤，快撤！"猛然间醒过神的两人大声招呼自己的手下赶快撤离这个危机四伏的地方。

可惜为时已晚。石抹宜孙与刘伯温指挥官军从两侧包抄，截住了罗牛山这支人马的退路。罗牛山的人马原本是一伙乌合之众聚集而成，这突如其来的变化让他们立刻乱了阵脚，哪里顾得上抵抗，纷纷夺路而逃，以逸待劳的官军合围起来像铜墙铁壁，罗牛山的人马纵使插翅也难逃。只有军营内无人阻挡，好多人以为那里有机可乘，便向军营深处逃去。

早就设好的埋伏让这些人没跑几步便一命归西了。

老七和老四还妄图组织人马，来个垂死挣扎，可早就乱作一团的那些人还有谁听他们的？

不多时，一千五百的人马便被全歼了。

罗牛山上的人早将情况报告了"孙大头"，惊诧万分的"孙大头"慌忙组织人马下山救援，待他们赶到时，战场上已是一片狼藉，横七竖八的尸体让人惨不忍睹，血流成河，冲鼻的血腥气味让人掩鼻难闻。而官军的踪影却寻不到一丝一毫。

孙平正目睹自己的人马遭受如此惨重的打击，犹如当头挨了一闷棍，特别是义结金兰的兄弟老七和老四的尸首抬到他面前时，他顿感天旋地转，自己几乎就要跌倒在地。

"石抹宜孙、刘伯温，我与尔等势不两立，扒尔皮、吃尔肉、喝尔血，方解我心头之恨!"

老七的一双大眼圆睁着，至死也没有闭上，孙平正单膝跪地，用手替他合上了双眼。

"复仇"两字像熊熊的火焰一般炙烧着孙平正的心，只有"以牙还牙，以血洗血"才能让惨死的兄弟含笑九泉。

在刘伯温的辅佐下，官军们速战速决，打了一场漂亮干净的歼灭战，首战告捷让石抹宜孙久悬的心踏实了许多。

随军的诸多将领在胜利的鼓舞下斗志昂扬士气高涨，纷纷要求乘胜追击，一举捣毁"孙大头"的老巢。不料，刘伯温坚持迅速结束战斗，留下一座空空的营寨和狼藉的战场。许多将领不由得在心中发起了牢骚。

"伯温贤弟，兵书云'一鼓作气，再而衰，三而竭'，我军何不直捣黄龙呢?"石抹宜孙隐约中感到他们这样撤离，是与一个绝佳的战机失之交臂，因而向刘伯温问询。

队伍正在急行军，激战后的士兵们并未感到困倦反而有种意犹未尽的感觉，虽然不清楚要行军到什么地方去，但脚下的步伐始终没有慢下来。

刘伯温与石抹宜孙并驾而行，闻听石抹宜孙的问话后，刘伯温并不急于回答，他的目光投向天空、投向远处。

此时的东方已是半白，满天的星斗已多半隐去，残月还挂在天际，在渐渐亮起来的天穹上显得十分孤寂。刘伯温在马上长叹一声，缓缓地回答："石抹公，此役给敌人以迎头痛击，恼怒至极的'孙大头'绝不会善罢甘休，必将进行凶狠的反扑，我军只有避其锋芒、挫其锐气方是良策。您看，天也不是一下子就亮起来的。"

听完刘伯温的话，石抹宜孙在马上沉思不语，自己虽然久经沙场，可胜利的喜悦仍旧让自己有些昏了头脑，远不及刘伯温对胜利的冷静与沉着。

急于复仇的"孙大头"并未彻底地昏了头，他依旧保持着其谨小慎微的一贯作风，劫寨一役虽然损失惨重，但其实力尚存，他像一只狡诈多疑的老狐狸，想要猎取猎物又不愿冒太大的风险，他在小心翼翼地寻找机会。

刘伯温原本设想：报仇心切的孙部能尾随而来，这样便可牵着敌人的鼻子走，可"孙大头"并未上钩。经与石抹宜孙商议后，官军便在距罗牛山五十里处一个名叫张村的地方停住了行军的脚步。

石抹宜孙开始重新审视战局，"孙大头"好比一只九头怪兽，反劫寨那一役不过是斩掉九头中的一头，剩余的八头依旧是官军的心腹大患，孙部因为要复仇会变得更加疯狂，战前预想将孙部吸引到处州的计划很可能实现不了。就这样按兵不动下去，绝非长远之计。

几天来，信鸽传回的情报表明："孙大头"并未有下山寻仇的打算。

石抹宜孙带着他的满肚子想法找到刘伯温，打算商量下一步该怎么办。

他大步走进刘伯温的军帐，开门见山地说："伯温贤弟，这个'孙大头'还是蛮有主意的，他要以静制动，不肯下山来追击我们，指望着我们送上门去呀！"

"我想那'孙大头'的心中定然懊悔不已，后悔那一夜没有全力出击。没逮住咱们这只兔子，反叫兔子蹬了一脚！"刘伯温手握一支笔，在宣纸上勾勾画画，口中漫不经心地对石抹宜孙谈着话。

"这几日虽然风平浪静，很快会掀起一场狂澜。老弟啊，我们需早做准备才是。"石抹宜孙这几日来食不知味，眼见刘伯温有些心不在焉，心生诧异，又不便明说。

刘伯温停下笔来，冲着石抹宜孙一笑，脸上的神情很是诡谲。

"伯温贤弟，莫非你已成竹在胸？神情为何这般怪异？"

"石抹公，飞霞在今晨飞回的字条上称'敌已探知我部驻扎在张村，请高度提防敌军来袭'。此处距敌寨不过五十里，敌军用不了一个时辰便可赶到这里，因而我军目前的处境危急，必须转移。"

"可是，"石抹宜孙略一沉吟，道，"我们走了，敌伤不到我部，我亦灭不了敌呀！"

"你想，敌军气势汹汹来与我军决一死战，奔袭而来却寻不见我军的踪影，其锐气必受挫，这对我军歼灭之十分有利。我军在此处按兵不动，不就是为了调虎离山吗？"

"对呀！"石抹宜孙兴奋地一击掌，脑海中的思路已豁然开朗，道："虎落平阳就好收拾它了，断没有放虎归山的道理，我们可以派一支精干的人马在此守候敌军的到来，敌军抵达后，并不与敌交手，而是装出一副望风而逃的样子，你想，那'孙大头'报仇心切，必将穷追不舍，这样我军便可牵着敌人的鼻子走。"

"这支精干的队伍无须太多人马，有三四百人足矣，但要有'飞毛腿'的本领，可多拨给他们些马匹、旗帜，好造声势迷惑敌军。"刘伯温补充着。

"余部便可趁罗牛山防务空虚，绕道突袭，直捣'白虎堂'！"

说到此处，石抹宜孙用力地一拍书案，站起身来，与刘伯温四目相对，两人因为谋略上的不谋而合会心地笑了。

下边的战事正按照石刘二人的预想一步一步实现。

向来以"智多星"自诩的"孙大头"连吃败绩：先是丢了老巢罗牛山，在他率部反攻罗牛山时，在以往自己苦心构建的防线下吃尽苦头，手下人已成惊弓之鸟，开小差的人越来越多，石刘又成功地组织了一次夜袭，孙部的主力经此役后荡然无存。

眼见着大势已去的"孙大头"，在一个风高夜黑的晚上，携金银细软悄然离去，从此不知去向。

至此，罗牛山的匪乱被彻底荡平，石刘班师而回。

石抹宜孙在给朝廷写的表功奏折上，将刘伯温的功劳大书特书，希冀朝廷能委以重任。美中不足的是：燕飞霞冒万死之险为获胜立下的赫赫功劳，只因她是个女儿身，一切功劳都隐去不提。

　　然而，朝廷回复的批文上对刘伯温没有任何的褒赏，只是给了石抹宜孙部一笔少得可怜的赏银，而这赏银也只是挂在账面上，并没有实发下来。

　　尽管刘伯温对朝廷的不公正待遇多有怨言，可他依旧尽心尽力地协助石抹宜孙平寇平乱、南征北战。石抹宜孙的部队也渐渐打出了威名，无论是红巾军，还是方国珍的部队，都不愿与之交手。

　　几个月过去，戎马倥偬的生活让刘伯温忘记了一件重要的事，那便是在阴历七月二十七的晚上用"神镜"来寻找朱珠的下落，等到刘伯温记起时，日子已然到了阴历八月，没几天便是阴历八月十五了，中华民族的传统节日中秋节。

　　懊悔不已的刘伯温疑心这是上苍的安排，一年来的企盼落空，只好重新企盼，又是漫长的一年。

　　中秋节这一天，军营中过节的气氛非常浓，石抹宜孙体恤士卒，令人杀牛宰羊，买来美酒，好让这些随他出生入死的兄弟们在中秋节的晚上尽情吃喝，尽情欢娱，以冲淡对亲人对家乡的浓浓思念之情。

　　刘伯温婉言谢绝了石抹宜孙的热情邀请，没有出席为高级将官们所摆的酒宴，而是独自一人步出辕门，朝营外的一座山丘上走去。

　　时值金秋，夜晚秋风习习，吹得人浑身清爽。

　　山丘上的小路两旁，各种草木依旧持续着最后的繁茂，因为过不了多久便要落叶尽下了。草虫在低吟，特别是蟋蟀的鸣叫，更能让人想起童年、想起亲人、想起故乡。

　　一轮皓月挂在当空，比什么时候都亮，比什么时候都圆，也比什么时候都亲切。身在军营的军人、重利轻别离的商人、背井离乡的游子，都指望着明月千里寄相思。

　　月光像水银一样泻下来，整个世界因此变得明亮、温暖。

　　刘伯温的脚步虽不轻盈也不沉重。虽然是漫无目的地在走，却是毫不迟疑地前行。山丘的顶部很快就走到了，是一块不甚平整的地方，视野还算开阔，刘伯温感觉走得有些乏累，向四下找寻一番，找到一块较为平坦的石头，用嘴吹了吹浮尘，撩衣坐下。

　　刘伯温一边解着乏一边环顾四周，除了离天上的明月近些外，这里便乏善可陈了。他用手随意地揪下一根狗尾巴草，然后折成一段一段的，又抬头向空中的明月凝视了半天，好像从月亮上就可以看到自己所想要见到的人的身影。不一会儿，他便感到有些百无聊赖。于是，他从腰间解下一根长笛。

　　先是试着吹了几个音，找一找声调，接着，便吹起凄凉哀婉的曲子来。

　　他吹得非常投入，不一会儿，在这山丘顶上便只剩明月和笛声了，他已融入这笛声中去。

　　第一支曲子便是《苏武牧羊曲》，笛声悠扬且富于表现力，如泣如诉地展现了苏武在冰天雪地坚持操守的动人故事。

　　这一曲吹罢，连刘伯温自己都感到有些太过凄凉，于是，他换上一曲欢快活泼的《彩云追月》。

刘伯温今日能吹奏出动听的曲子来全要归功于父亲幼时对他的培养，刘伯温至今脑中仍清楚地记着，父亲在耕读闲暇总要摆弄乐器，不仅精通古琴、古筝，还会吹箫吹笛，幼小的刘伯温对笛子产生了浓厚的兴趣，父亲便教会了刘伯温，后来，父亲兴致上来后，还会与刘伯温合吹几曲。

笛声飘荡在山谷，刘伯温也飘回了旧日的时光。

吹完这一曲，刘伯温停下来歇了口气，不假思索地吹出一曲《雨霖铃》来，笛声像一位爱讲故事的老者坐在市井间，向街坊们讲了一个令人肠断心碎的故事：在淫雨霏霏的蜀道上，一支狼狈的人马艰难前行，所有人都沉默无语，只听得马銮铃叮当作响……

突然，笛声戛然而止，刘伯温仰望长空叹了口气，缓缓道："飞霞，还不赶快现身？"

有一个身影从灌木丛中立起，动作颇为迟疑，但最终还是走了出来，果然是燕飞霞，只见她走到刘伯温的近前，垂手而立，低头不语。

"飞霞，因何要跟踪我来这里？"

"我……我……我……"燕飞霞一连说了三个"我"字也没讲出所以然来。刘伯温从石头上站起身来，看上去神情颇为不快，似乎是嫌燕飞霞搅扰了他一个人独处的清静时光。

"我……我一个人闷得慌，所以……"刘伯温的反应让燕飞霞感到内疚，同时她也有些委屈。

刘伯温怔了怔，马上意识到自己的失态，太专注自己的情感而忽视了燕飞霞的感受。一个孤苦伶仃的女孩子，自己是她世上唯一可以亲近的人，倘若自己在这佳节时刻不给她关怀与温暖，她还能向谁去获取关怀与温暖呢？

因而刘伯温想挽回一下，问道："飞霞，石抹公的酒宴你怎么没参加呀？"

"我去了，一看你不在我就出来了。"

刘伯温一时语塞，不知该说些什么才好。

燕飞霞仰起头来看着天空的明月，突然间像是想起什么似的，幽幽地说："以前过八月十五时，我总喜欢一个人跑到房顶上，呆呆地望着月亮，想象着我的父亲长什么模样，还一个人冲着月亮自言自语，说一些假话。我的生母也是'婶婶'总要四处找我，我在房顶上听到她的呼唤声也不应答，每次都要让她着急，可是现在……再没人为我着急了！你知道吗？上一个中秋节我冲着明月许下一个心愿。"

刘伯温被这个女孩子的内心告白闹糊涂了，他摇了摇头。

"为了那个心愿我等了整整一年，好几次我都想要放弃了，可我实在舍不得放弃，现在是时候了，也许是永远的解脱，也许是……"下边所说的几个字的声音微弱，刘伯温没有听清她说了什么。

"飞霞，你有什么愿望啊，为何不早点说出来？或许我可以帮你。"这几句话倒是发自肺腑的，刘伯温静待燕飞霞说出她忍了一年才说出的心愿。

"我在说出我的愿望之前，还想问您一个问题，您的回答一定要发自内心的，您能答应吗?"刘伯温感到她问得好奇怪,可是思虑再三,还是点了点头答应了。可燕飞霞似乎还不放心,进一步要求:"您能起誓确保您所讲的都是真心话吗?这个要求并不高,只要您如实回答我问的问题,我便讲出我的心愿,这也算以真心换真心吧?"语气非常的诚恳。

"好吧,我起誓我将如实回答。"刘伯温此时已是彻底糊涂了,他猜不透燕飞霞的葫芦里卖的什么药。正所谓"愚者千虑,必有一得;智者千虑,必有一失",刘伯温一辈子以智谋胜人,此时却犯了个大错误。

燕飞霞轻移莲步,来到刘伯温近前,两只聪慧的大眼睛盯着刘伯温,语气十分平静地说出她的问题,虽然只有短短的几个字,却是一个石破天惊的大问题:"你能娶我吗?"

即便预先给刘伯温一年的时间,他也绝不会猜到燕飞霞此时此刻会问这个问题。刘伯温立刻变得心乱如麻,刹那间他也明白了一些事情,可这个问题实在不好回答。因为他在心中就从未考虑过这个问题,他马上低垂双目——他不敢与那双凤目对视。他在心中反复权衡,足足过去一炷香的工夫,他才鼓足了勇气说:"不会的,我心里只有一个人。"他以为这个诚实的回答会刺痛一颗炽热的心,她会掩面痛哭,抑或不辞而别,孰料,燕飞霞手腕一翻,用力向她自己的胸膛挥去,刘伯温的双眼被一道寒光猛地一晃,待他定睛观瞧时,发现一柄匕首深深地扎入燕飞霞的胸膛,鲜血很快浸湿了她的衣裳。

"飞霞,你这是干吗?!"回过神来的刘伯温怒吼着,他想将燕飞霞赶紧弄回军营去,而那娇柔可爱的身子已经站立不稳了,刘伯温赶忙将她揽在自己怀中,那张刚才还很美丽动人的脸此时的表情是痛苦万状的,而且惨淡如纸,在银色月光下更加苍白。

"飞霞,飞霞,我这就送你下山,用些药就会好的。"刘伯温大声说。

"不必了……"她非常艰难地吐出三个字,停歇了一下又说,"匕首上我已喂了'鹤顶红',无药可医……我要走……走了,原谅我吧……我……"

"你的心愿呢?好端端的……干吗非要……"刘伯温感到燕飞霞挺不了多久了,剧毒"鹤顶红"真被她抹在了匕首上。

"我已说了我……我的心……心愿……"燕飞霞每讲一个字都很吃力,简直是从唇齿间挤出来似的,"可惜……可惜……我……没……福气,只怪……我……"

这句话末了,燕飞霞便在刘伯温的怀中永远地闭上了眼睛,她的手依旧死死地按着那柄匕首,她的嘴角好像还挂着微笑。这也许便是她所言的"永久的解脱"吧!

在极短的时间内便发生如此大的变故,一个活蹦乱跳的生命在转瞬之间便成了一具永远都不会再动的尸体,生命之花的凋零,前后不过半炷香的工夫。

"飞霞!飞霞!飞霞!"刘伯温一声高过一声深情地呼唤着,以为那双闭上的秀目还会再睁开,那张俏丽的脸还会露出迷人的笑容来,可一切都是徒劳,只剩下活的人和死的尸及那挂在空中的圆月。悔恨难当的刘伯温泪如泉涌,他已渐渐感到体温在燕飞霞的尸身上慢慢失去,身子也变得僵硬起来,鲜血不再渗出而是渐渐凝结。

只因自己的一句实话便葬送了一个花样年华的少女，一种深深的难以名状的负罪感涌上刘伯温的心头。悔恨是毫无用处的，这个中秋之夜让刘伯温感悟到了生的大欢喜与死的大欢喜。也许她在心中憋闷得太苦，活的时候无法与她所深爱的人相亲相爱，只有死后才能拥有她在他心中的位置，也许是一句不给她任何希望的话让她彻底放弃了对生命的渴望，只有死去才可获得内心的平静，同时给她所深爱的人带去内心的最大不平静。刘伯温紧紧抱住燕飞霞的尸身，想给她带去一丝温暖，可她愈来愈僵冷的尸身宣告了刘伯温的徒劳。

刘伯温一直抱着她的尸身坐到天明，他已完全像个傻子一样，还是在石抹宜孙派来搜寻他的士兵的帮助下，将燕飞霞的尸身运回了军营。

处理完燕飞霞的后事，刘伯温一下子变得老了，斑斑白发、深深的皱纹使刘伯温看上去像一个老头。

燕飞霞的灵柩被运回杭州，安葬在报国寺里，因为刘伯温记得燕飞霞曾说过"她爱听报国寺的暮鼓晨钟"。

一块石碑，一堆黄土便成了一座新的坟茔，刘伯温常去坟茔旁坐坐，一坐便是一天，伴着坟茔里的燕飞霞聆听报国寺里的暮鼓晨钟。他还爱冲着坟茔讲话。

从此，刘伯温便害怕过中秋节，特别害怕看到又亮又圆的月亮挂在当中，像水银一样的月光倾泻下来，他还将心爱的竹笛烧了，因为据他回想，正是自己的笛声告知了他在什么地方，燕飞霞正是寻着笛声找到了自己。

燕飞霞的死更让刘伯温变得茫然、困惑。他痛心地发现，自己心中不光只有一个朱珠，燕飞霞一直躲在朱珠的背后，只不过自己从未清醒地意识到。

在很长一段日子里，刘伯温情绪低落，无论做什么事都提不起精神来。老友石抹宜孙看在眼里急在心中。对于燕飞霞的死因，石抹宜孙从未妄加揣测，也从未向刘伯温问起，他相信刘伯温的人品。他绞尽脑汁地设法让刘伯温从阴影中走出来，可他所做的一切都是徒劳。

"屋漏偏逢连夜雨"，处州方面在此时偏偏起了战火。方国珍率船队从海上来，对沿海进行了一番洗劫后，又率部进犯处州，朝廷令行院判石抹宜孙守处州。石抹宜孙请求将刘伯温调往处州前线，这个请求被驳回了。

石抹宜孙晓得这是方国珍的"靠山们"干的好事，可又无力扭转，只好恋恋不舍地与刘伯温在杭州分别。临别之时，两人约好以书信来往商议军事。

自石抹宜孙走后，刘伯温便彻头彻尾成了一个闲人，每日到衙门里应个卯便可四处闲逛了，上司从不委派他去做什么事，他也愿意落个清闲，他深知这都是在方国珍的操纵下进行的。

在他的身旁除了老家人刘安外，再也没有别的人了，一种前所未有的孤独包围着他。

第 12 章
挂冠归闲野　有情人相聚

　　身处"人间天堂"的刘伯温并未多享受到人间福地的美妙，因为张士诚的人马已经兵临城下，官军本想坚守杭州，无奈底气不足，杭州一度失守，刘伯温只得随行省的大小官员们一道转移。

　　刘伯温在这段时光中情绪可以算上一生中的最低潮，常常在一瞬间变得狂躁甚至是狂怒，有时会将书案上的笔墨纸砚等物统统扫到地上，有时遇到相识的人连招呼都不打一个，径自走了，让人惊得目瞪口呆。后来以至同事见到他时都会自觉地退避三舍，他走过去后，许多人冲着他的背影指指点点、议论纷纷，甚至开始谣传他已经疯了。

　　旁人对他的非议和谣传，刘伯温的反应非常冷淡，他依旧我行我素。

　　在这一年的年底，刘伯温接到了石抹宜孙的信，请他火速赶赴处州前线，调动的事宜日后再作处理。从信上的语气看，石抹宜孙一定遇上了棘手难办的事。刘伯温未加过多考虑，只身一人前往处州。

　　老将石抹宜孙在沙场征战了多年，血雨腥风的事经历了不少，从未感到过害怕，然而这一次，一种前所未有的畏惧感笼罩在他的心头，他感到彷徨无依，急需一个人来替他出谋划策，他想到的第一个人选便是刘伯温。

刘伯温没有让他失望，星夜赶来，抵达军营后未作休息便直接来到他的大帐，那已是夜近二更，石抹宜孙的大帐里依旧烛火通明，石抹宜孙听见脚步声后便从帐里走了出来，一见是刘伯温，竟然一时语塞，什么也没说出来。刘伯温翻身下马，石抹宜孙立前一步，伸出双手握紧了刘伯温的手。

"石抹公，究竟出了什么事？"

石抹宜孙未开口，而是示意刘伯温进帐再说，迷惑不解的刘伯温随他进了大帐。

就着摇摆不定的烛光，刘伯温发现几个月未见面，老友已变得更为苍老。

石抹宜孙突然压低了嗓音，神情诡谲地说："伯温老弟，我的亲信、我的手下正在酝酿着一个大阴谋。"

一句话足以让刘伯温感到震惊万分，也足以诠释石抹宜孙这一系列反常的举措。刘伯温用他炯炯有神的双眸一动不动地盯着石抹宜孙，用坚定的目光给老友以鼓舞，鼓舞他将事情的原委一一讲出。

石抹宜孙从怀中掏出一张小纸条，一边递给刘伯温一边低声说："两天前，我一觉醒来之后，在枕边发现的，不知是什么人所为。"

刘伯温接过那张纸条，凑近光亮一看，纸条上有一行歪歪扭扭的小字：

"石抹宜孙，死期将至仍浑然不觉，令人可发一笑，查一查你的亲信，你便不会睡得这样香甜。

知情人启"

刘伯温将纸条送还石抹宜孙，石抹宜孙顺手放在烛火上烧掉了。

"石抹公，你一定暗中查了，结果对你非常不利，是不是？"不愧是石抹宜孙的知己，刘伯温虽未看到石抹宜孙在收到"警报"后所采取的措施，但他可以满有把握地断言石抹宜孙都做了些什么。

"是的。"石抹宜孙长长地吁出一口气，"是的"两字很艰难地从他的口中挤出。

"方国珍的惯用伎俩，我的十个亲信当中，被收买的就有七个！"

说到此处时，石抹宜孙已经现出愤怒了，谁能料想到这些昨日还与自己生死与共的兄弟，今日竟然要背叛自己！特别是这几天，召开例行会议时那七张最为熟悉的脸所装出的恭顺和忠诚，让石抹宜孙看后直感到恶心，他真想当场揭穿他们，将他们骂个狗血喷头，但他还是忍住了，因为还没有到时候。

如何粉碎这场悄然而至的叛乱才是当务之急。七名亲信所控制的兵力占到总数的十分之六，就是在剩下的人马当中他也不敢保证有多少人会站在自己一边。最让他感到费解的是：这些人为何迟迟不下手？

"贤弟，我这军营里要出一场大乱了。我真想不明白，我一手调教出的手下，怎会背叛我？我石抹宜孙对得住他们呀！伯温，真不若叫那些畜生一刀剁下我的头，让我到了黄泉下做个屈死的鬼，我也就不用想了。"

"石抹公，你是怎样断定那些人与方国珍有勾结？"

"我在他们的军帐里见到过方国珍的亲笔信，还有许多金银财宝。"

刘伯温感到有些扑朔迷离，又问："方国珍那边有什么动静？"

"前几日攻势很猛，不知什么原因这几日都按兵不动了。"

"那七人现在有什么异常活动没有？"

"有，有三四个人常常聚到副将曹国安的帐中，鬼鬼祟祟的。"

"石抹公，你为何不当机立断将那七人抓起来拷问一番呢？"

"他们虽是我的下属，可是跟随我多年了，感情深厚，我待他们如手足，我……"石抹宜孙说到这里时，心中生出无限的伤感，"唉！我宁愿死在他们的刀下，也不愿对他们几个大开杀戒。"

"我要在这里劝你一句，'慈不掌兵'嘛，现在已到了紧要关头，你再对叛逆之徒怀有妇人之仁，祸患将无穷啊！不是鱼死，便是网破。石抹公，我要再奉劝你一句'当断不断，反受其乱'啊！"刘伯温的语调猛然间提高了，一副情绪激昂的样子。

"那我把他们几个先抓起来？"听了刘伯温的话，石抹宜孙也觉得言之有理。

"抓！先抓起来！对于这些叛逆分子，杀一儆百！"刘伯温的态度十分鲜明。刘伯温此次显出的决断是从未有过的，石抹宜孙感到非常的糊涂。

"石抹公，咱们来商议一个稳妥的计策，以免打草惊蛇，走漏了风声，那样麻烦可就大了。"刘伯温上前一步，来到书案旁，石抹宜孙也跟了过来。刘伯温将嘴附到石抹宜孙的耳旁，帐中纵使有第三人在，也难以听见刘伯温所说的悄悄话的内容。

只见石抹宜孙的表情起了丰富的变化，起先是迷惑，继而是震惊，后来在他阴沉了好多天的脸上居然露出了微笑。

"高宝生！罗殿中！"石抹宜孙高声唤来两名亲兵队长。

高宝生、罗殿中两人急匆匆地赶来，不晓得元帅有何吩咐，以往总是他俩在门口当值，可这几日石抹宜孙脾气暴躁，把他俩赶到三丈外，整个元帅大帐外没有一名亲兵护卫。

"你二人附耳过来！"石抹宜孙把两名亲兵队长招至近前，授以机宜。两人听后，心领神会，向帐外走去，高宝生、罗殿中两人并行出了帐门，突然一个沿着帐子向左跑，另一个沿着帐子向右跑，接下来便听到有人"唉呀"一声，随后，高、罗二人扭着一个人来到大帐前边，并将那人推到帐里，石抹宜孙借着烛光看清了那人的面目，不由得怒从心头起，他厉声质问道："王刚，想不到你竟是个卑鄙无耻的小人，背着我干出这般勾当！还不如实说来？"

那人"扑通"一声跪倒在地，浑身战栗，面如死灰，将头往地上拼命地磕着，口中不停地喊："元帅饶命！元帅饶命！"

一旁的罗殿中狠狠地踢了王刚两脚，喝道："让你讲述实情，没让你告命求饶，还不快讲？"

"一个月前，有人偷偷找到我，塞给我一包银子，有三百多两，他说是受方国珍的委托，要我帮个小忙，当时我一听是方国珍的人，就死活没答应，那人也就走了。我以为事情就这样完结了，也就隐瞒下来没给任何人说。谁知那人在十天前又找到了我，要我在您的枕旁放一张纸条，在曹副将等人的房中放一些信件和装有金银的包袱，这些事要做得神鬼不知，特别是那些信件和包袱要悄悄地放进去，还要在你查过之后悄悄取出。那人答应事成之后给我三千两白银，先预付一千两，其余的二千两要等我亲眼看到曹副将等七人的人头落地后才付给我。我一时糊涂，以为那三千两银子到手后就可以远走高飞，安安稳稳地过好日子，就按他所说的去办。今夜，我躲在大帐外偷听，不料被高、罗二人擒住。"这王刚本是石抹宜孙亲兵卫队中颇受宠信的一个，向来办事干练，今夜在眼见大功即将告成之时却突然被抓获，也就一狠心将事情的经过原原本本讲了出来。讲完那一大段话后，他便不再慌乱，晓得自己除了死之外没有别的下场，也就不再求饶，只是指望着石抹宜孙能给自己一刀，以死来洗刷自己的可鄙行为。

石抹宜孙一字不漏地听完王刚的叙说，脑海中的疑团如同被一阵疾风吹散似的，豁然开朗，刘伯温刚才对他的耳语现都被一一验证，他低头看了眼王刚，想痛斥他几句又打住了，而是吩咐高、罗二人道："把这个狗奴才先押下去，明日拿他开刀祭旗以儆效尤。"

当帐内只剩他与刘伯温时，石抹宜孙不禁感慨万千，他拉着刘伯温的手，说道："伯温贤弟，要不是你为我巧解疑团的话，我恐怕要干一些傻事喽，我会亲手杀掉我的忠诚下属，真是太可怕啦！"

"石抹公，你这是'智子疑邻'，智子疑心邻居偷了他的斧头后，第二日见邻居的举止神态，怎么看怎么像个偷斧头的贼，直到第三日他在自家田里寻到了斧头后，才消除了对邻居的误解，再看邻居时，怎么看也不像一个偷斧头的贼，哈哈哈！"刘伯温爽朗地笑出声来，石抹宜孙也不好意思地笑了。

"伯温老弟，你是怎么发现破绽的？"

"一开始我也难以判明情况，不敢断定那些将领会不会内外勾结，后来我听你说你在那几个人那里找到了物证及赃物时，我就感到这有违常理，试想，干这种勾当的人焉有不把物证及赃物妥善安放的道理？特别是信件，恐怕在看过之后就烧掉了，那金钱财宝更不会让你轻易看到，这是其一；倘若你的手下真被收买，那么你的项上人头根本不会留到今日，铤而走险的人都笃信夜长梦多，决意要做的事往往会干净利索地做完，这是其二；我来到你的帐中，惊异地发现帐内外并无卫兵侍从，但我却清晰地听到第三个人的鼻息声，我推测有人在暗处偷听，我仔细打量过了，那人不可能藏在帐内，显然是躲在帐外，这是其三。所以我才用耳语密告你帐外有人偷听。石抹公，前线战事胶着，你脑中的弦绷得太紧，所以才给敌人以可乘之机呀！"

刘伯温的分析透彻入里，让石抹宜孙为他的睿智所折服，石抹宜孙满怀愧意地说："伯温贤弟，我将你急急召来，是做了最坏的打算：倘若你未到之前，我已死于叛军之手，那么则由你来为我收尸。不瞒你说，我连遗书都已写好，倘若你到之后，叛军尚未动手，我便要仰仗你的才智化险为安啦！若是你我时运不济的话，你就是我临死之前拉来垫背的。贤弟，不会责怪愚兄吧？"

"兄弟同心，其利断金，你我本是莫逆之交，紧要关头若不设法告知我，我还要责怪你呢！除了你送我的那笼信鸽外我连一点家当都没有带来，现在已是一个彻头彻尾的穷光蛋喽。"

"行省那边我自会派人去疏通，我就不信区区一个方国珍，手眼能通到天上去，连调一个都事到身边都办不到，我就不信这个邪！"石抹宜孙此次也是发了狠，要与兄弟刘伯温并肩作战，给方国珍些颜色看看。

就这样，刘伯温先在石抹宜孙的军营里安顿了下来。

石抹宜孙、刘伯温等人在召开议事会。

刘伯温率先发言道："诸位，方国珍祸害东南已不是一年半载了，现与我军成两牛相犄之势，俗语讲'两军相遇勇者胜'，不是我军击垮他，就是他将我军击垮，这绝非危言耸听，因为方寇在海陆均占有优势，今日召集诸位来此处，就是要集思广益，制订破贼的良策。"

李直——石抹宜孙的爱将之一，在刘伯温之后开口发言："方寇用兵狡诈，惯用以少胜多和海陆夹击的战术。从敌我现有兵力来看，方寇在人数上要大大超过我军，我以为若想破敌必出奇招方能制胜，那么奇招是什么呢？我以为先要示弱于敌，诱敌深入，围而歼之。"

另一将领听后立即反驳："方国珍是出了名的'老狐狸'，单单示弱于敌，他是决不会轻易上当的。"

又有人说道："如今时值冬季，敌人急于获胜之后回老巢过年，我军应以防守为主，应当先固定守势，再寻胜利的时机。"

其间还有人提到用炮攻、用火攻等等计谋。这些都被刘伯温和石抹宜孙听在耳中，记在心里。

刘伯温突然灵机一动，想出了一个绝妙好招，他略一思忖，便和盘托出，他先用眼扫视了一遭在场的每个人，然后说："刚才有人提议要出奇制胜，这一点我认为大家不该有什么异议。另外有人提到用火攻，这倒让我想起杨家将曾使过的一个高招，那便是——火牛阵。我们可以依葫芦画瓢，让方国珍也尝一尝火牛阵的滋味，诸位觉得怎么样啊？"

此话一出，便如一石激起千重浪，众将领展开了热烈的议论，对火牛阵的每一个细微之处都没有放过，石抹宜孙也在自己多年的经验中寻出一些可供参考之处。

最终，石抹宜孙决计采用火牛阵。

很快，就有一群吃青草的"士兵"来到石抹宜孙的军营里，足足有三百头黄牛。这些黄牛可来之不易，南方多为水牛，水牛性情温和，难以担负起冲锋陷阵的重任，因而这群黄牛有好多是从江北运来的。

石抹宜孙还雇了数十位铁匠连夜打造出六百把"牛角尖刀"，此外还有一些桐油。这些"士兵"的训练可着实让刘伯温他们费了力气。

当火牛阵可以派上战场时，石抹宜孙便发兵来到方国珍的营寨前讨敌骂阵，方国珍部很快列队应战，但让方部官兵感到奇怪的是，石抹宜孙没有派将领冲锋陷阵，而是只有石部前方的士兵迅速有序地撤向两旁，在他们的身后出现一条丈高左右的布墙。方部的官兵不知对方要耍什么花招，就那么眼睁睁地看着。

只见石部人马中一名将领将手中的旗子一挥，过了片刻，那面布墙猛地倒下，从墙后冲出了角绑尖刀、浑身着火的怪物，这群怪物不顾一切地冲向方国珍的队伍。

"快放箭！放箭！"当官的拼命喊着，可没等士兵们拉开弓，这群怪物已冲进了方部的队伍，哭爹喊娘的声音随即响起，有的人在死之前终于看清了这些怪物原来是浑身着火、角绑尖刀的黄牛，有的人还未看清便一命归西了。

三百头火牛确如一支奇兵，搅得方国珍的部队人仰马翻，官兵们纷纷逃散，只恨爹娘少生两条腿，害怕被四个蹄的"疯子"赶上。有这三百头火牛做开路先锋，石部官军一路追杀下去，砍得敌人血肉横飞。

此役让方国珍损失惨重，部队溃不成军，败绩传到方国珍处，方国珍气得暴跳如雷，破口大骂道："娘希匹！区区三百头角绑尖刀、浑身着火的黄牛就把我的数万大军冲了个七零八落，你们都是干什么吃的，竟吃了这样的败仗？居然还有脸来见我，哼！"

那群将官一个个噤若寒蝉，低头不语，他们心里都明白，方国珍此时正在气头之上，谁要申辩的话无异于找死。方国珍的雷霆震怒还没有发完，他喘着粗气，来回转着圈，接着吼道："你们要都死在阵前，我也没话可讲了，我定会给你们厚葬，给你们立碑！可你们都一个个安然无恙地跑了回来，我的大军呢？"

方国珍又骂了一会儿，骂得精疲力竭后，瘫坐在椅子里，喘着粗气，过了好半天，他才平息了怒气，冲着那群手下有气无力地说："都下去吧！"

不久，江浙行省左丞达汉铁木尔将石抹宜孙升到行枢密院判官，将其扶正。在石抹宜孙的努力下，刘伯温由元帅府都事改调行枢密院经历，与石抹宜孙一道驻防处州。刘伯温上任后，又被授予行省郎中一职。

刘伯温巧施火牛阵，让方国珍部吃了一个大亏，方国珍原本就与刘伯温不共戴天，如今旧仇加新恨，更使得方国珍痛感：欲去掉石抹宜孙这块心病，必先干掉刘伯温。

刘伯温在任行枢密院经历，与行院判石抹宜孙守处州后，又逢章溢、叶琛、胡深等人前来投靠，意欲大干一场。

他跟章溢他们几个在帐篷里一连熬了几个昼夜，制订出一套连环计来，目标直指方国珍。这套连环计包括守株待兔、树上开花、上房抽梯等计策。

叶琛兴奋地说："只要方国珍的人马不上天入地，他就得中咱们算计，这套计是一环紧扣一环，躲了初一躲不了十五。"

刘伯温揉揉发涩的双眼，起身活动活动筋骨，颇为自信地冲大伙说："此时的方国珍就像一只戒备心极强的野狼，每迈一步都是十分的小心翼翼，咱们像一只躲在暗处的猎犬，猛地蹿出，给它来一下子，不求咬死它，只让它的胆子变大起来，也就是激怒它，让它跟在咱们的尾巴后边跑，跑到它不想追了再给它来一下子。"

胡深讲："方国珍手下的谋士云集，会不会识破咱们的计策？"

"咱们的计策真真假假、假假真真，总是让他不中这个计便中那个计。他的谋士中虽不乏能人，可方国珍此人生性多疑，谋士的话他往往听不进心里去。"

刘伯温与方国珍打了多年的交道，太了解这位对手了。

战前的准备在有条不紊地进行，只待一切准备就绪后，给方国珍一个"惊喜"。

自古就云：兵不厌诈。刘伯温等制订出的这套连环计，妙就妙在它把这个"诈"字用得恰到好处。

不久，战局便开始了，是以气势汹汹的方部前来攻击为开端。早有准备的刘伯温将石抹宜孙所辖的全部人马分成三个纵队，石抹宜孙领一个纵队，自己与叶琛领一队，余下的一队由章、胡二人率领。

三个纵队在崇山峻岭之间与方国珍的大军玩起了"捉迷藏"，忽东忽西，忽左忽右，忽前忽后，忽南忽北。方国珍对石抹宜孙部这种行踪飘忽不定的行为感到十分头痛，自己好似持一柄锋利无比的长剑刺了过去，万万没有想到，却刺在了空气里。

更让方国珍感到恼火的是：从搜集到的情报来看，石抹宜孙的人马就在附近不远处，最近的一次居然仅隔了一道山梁，两边都可清晰地听到对方行军时的动静，方国珍领人马翻过山梁去追时，那支人马又神秘地消失了踪影。

方国珍已经开始尝到一些苦头了，不是粮草被劫便是人马被袭，倘若这些尚可容忍的话，那么刘伯温派人混入方国珍的队伍，成功地策划了两千人马起义投诚，背叛了他，这是方国珍最不能忍受的。

他决计不在山林里跟着石部乱跑，他来到了一处地势比较开阔的地带，四面均是山包，山包上灌木丛生，枝叶繁茂，有谋士建议将营宿在山包上，方国珍断然否定了，他说："把营宿在山包上是蠢之又蠢，倘若刘伯温要施以火攻的话，岂不是要全军覆灭吗？"

方国珍坚持将营寨扎在山谷平地上，并将营寨周围的树木草丛一律砍去，以防刘伯温使火攻。

哪料到，半夜三更时分，突然鼓声阵阵、炮声隆隆，方部许多士卒从睡梦中惊醒，军营顿时乱作一团，许多挂在高竿上的灯笼纷纷坠落，整个营地黯淡下来，只是帐篷间的几个火堆还发出一些亮光来，营地之外的地方统统笼罩在一片浓浓的夜色中，夜里的凉风吹来，更让人感到阴森可怖。

猝醒的士卒们顾不上穿衣而是先将刀枪拿在手中，不断响起的惨叫声和喊杀声，让这些士卒的心跳得越来越厉害，不知道是待在帐篷中更安全一些还是冲出去会有条生路。

从四周的山包上不断有射来的箭，也不断有人中箭而亡，谁也不清楚在四周的山包上究竟埋伏了多少人马。

方国珍早就被这突袭惊醒了，他问询左右怎么回事，除了有人讲是"突袭"外，再也不知别的情况。方国珍有心在此与敌决一死战，又恐被人围歼在这个地方。方国珍在仓促之间来不及多加考虑，率领手下人马向东南方向突围而去。

方国珍在左右的护卫下，纵马狂奔，他觉得自己像一只不停旋转的陀螺，被别人的鞭子一直抽着，想停也停不下来。他们这支夺路而逃的人马，丢下了许多，有兵刃、有财物、有衣裳等等，只有狼狈不堪与他们如影相随。

方国珍杀开了一条路，领着那些败兵剩勇们逃到了海船上。

搞夜袭的是刘伯温、叶琛那一队，白天设伏击的是石抹宜孙那一支，最后给方国珍以痛击的是章溢、胡深那一支。三支人马的战果都十分的辉煌。

俗语讲："一朝被蛇咬，十年怕井绳。"方国珍的心中从多年前便对刘伯温起了恐惧，逢刘必败已成了他战绩中的一条规律。此次卷土而来，铩羽而归。最让他恼怒的并不是这次损兵折将的惨重，兵没了将没了还可以接着招兵买马，然而回回败在刘伯温的手上，这口气他是实在难以下咽。

"君子报仇，十年不晚"这句老话大概只能安慰那些处于穷厄境地的人们，而他——方国珍，手下雄兵数万，战将过千，战舰九百艘，可以说是一位叱咤风云的英雄，居然屡次败给一个微末小吏，真令他感到颜面扫地。

方国珍从刘伯温使用连环计得到启发，决定从各个方面向刘伯温发起反击，一定要让刘伯温知道知道他的厉害。

自刘伯温与石抹宜孙共守处州以来，大大小小的战事就没有间断过，大大小小的胜利也就没间断过。

这次连环计使得巧使得妙，以四两拨千斤之妙，让兵多将广的方国珍部吃尽败绩。经略使李国风将石抹宜孙、刘伯温等人的赫赫战功上报了朝廷，按照惯例，朝廷应当授一定的官职以示嘉奖，也好借此鼓舞官军的士气和激昂官军的斗志。

然而，朝廷的批文下来后却叫许多人看不懂了。其文如下：……处州经院判石抹宜孙部精诚团结，奋勇剿寇，战绩卓著。据此授其部叶琛、胡深、章溢千户之职，经院判石抹宜孙领双倍年俸。其院经历刘伯温授总管府判，日后多参谋民计民生，赈灾赈荒等事宜，但不必再参与军事……

天下居然会有这样的"嘉奖"——真是千古奇闻！看上去是褒奖刘伯温而升了他的官职，可又明文禁止刘伯温参与军事，这已不单单是给刘伯温以打击，简直是要了刘伯温的命！

章溢他们三个闻听这个消息后，都怒不可遏，他们一齐聚集到刘伯温的帐篷里。

章溢在年轻时脾气最为火爆，这些年来随着年岁的增长一直很会克制，但刘伯温受朝廷如此不公正待遇，让他心头怒火实在难平，他一进帐篷便破口大骂起来："奶奶的！朝廷那帮吃人饭不拉人屎的昏官，那群只认金银不辨贤良的狗官，那伙贪生怕死的懦夫，竟然干出这等丑事来！他们上负江山社稷，下愧黎民百姓！朝廷到底是姓元还是姓方？这个不值一钱的千户，爷爷我不要了！"

叶琛也怒睁双目，脸红脖子粗地说："对！他授的千户职有何稀罕？我回家种地看孩子也不再给他们卖命了。"

胡深倒是哈哈一笑，一边拍手一边说："大千世界啊真是无奇不有。倘若刘大哥被明升暗降，这也好让人想明白——小人作祟，刻意压制，可这简直就是把鹰的翅膀捆起来，把马的四蹄钉在地上，叫它们毫无作为！哈哈，真妙啊，这不单单是将刘大哥'架空'，这简直就是把刘大哥'打入冷宫'，比羁管在绍兴还要恶毒！"

刘伯温手中还握着那纸官文，神情很是麻木。他猜中了开头，在请功奏折上报时他就料想到了自己会遭"暗算"，可他猜不中竟然会有这样的结局。

茫然和失落像涨潮时的惊涛骇浪一般拍打着他的心。他不晓得自己这么多年含辛茹苦是为了什么，他不清楚自己这么多年痴心不改是为了什么，一次又一次地被任用，一次又一次地被戏弄和被污辱，刘伯温觉得自己的仕途已到了尽头，日后自己要是再为大元朝出一份力的话都无异于自取其辱。

"当断不断，反受其乱"，这被他常常挂在嘴边劝解他人的话，今天自己将不得不面对，何去何从是个不得不面对的问题，自己面临着一次抉择，一次艰难的抉择。

叶琛看到刘伯温的反应十分冷淡，那么长久时间的沉默，便进一步宽慰道："伯温兄长，局势是如此的明朗，他不仁休怪咱们不义，我们一致决定要与你共进退。你要决意归去的话，我们也辞职不干！"

刘伯温听后，先将手中那纸公文慢慢揉作一团，然后将章、叶、胡三人都看过了，这才开口言道："各位兄弟，此事当从长计议。说实话，有这样的结果我感到非常的意外。朝廷的官员非痴非傻，为何要这般做？毫无疑问是方国珍搞的鬼！有钱真是神通啊，朝廷的政令居然也会跟着钱走！我去意已决，这只破船已没什么值得我留恋的。但各位兄弟不能走，且不论对朝廷如何，你们大家要替石抹公想一下，他这里正值用人之际，你们出于义愤而愤然罢官，这无异于过河拆桥嘛！好兄弟，你们倘若敬重兄长的话，请再在军营里为石抹公分担一些忧愁吧。"

石抹宜孙从帐外进来了，脸色涨得紫黑紫黑的，显然他听到了刘伯温刚说的话，只见石抹宜孙往椅子上一坐，喘着粗气，他猛地将自己的官帽取下，指着头对大家说："年少时我便从军，戎马倥偬这么多年，熬得头发都白了，万万没有想到朝廷是这样对待我的，伯温贤弟二十三岁便中了进士，在宦海几经浮沉，矢志不移地为朝廷尽心尽力，朝廷又是怎样待他的？士可杀不可辱！我也不干了！"

"什么叫出力不讨好？这就是。"胡深的声调依旧不高。

"忠而被谗，信而见疑，朝廷这样做早已弄得人心尽失。为何会连年征战？为何匪寇会越剿越多？居高位者从未用脑子好好想过，还是这般倒行逆施，这样下去不会有什么好果子的！"

叶琛已出离愤怒了，兄长刘伯温今日的遭遇便是自己明天的故事，他觉得这一腔怒火简直无处发泄。

"诸位，诸位，听我一言。"刘伯温提高了嗓音，将众人的注意力都吸引到自己的身上，大家都不再说话了，静听他的下文。

"温寒窗苦读数载，侥幸得以中进士，本无心在功名上有何作为，荣华富贵、高官厚禄对我毫无吸引力，只因生逢乱世，国事艰辛，我……学成文武艺，货卖帝王家嘛，不过是平常读书人的想法，我不过是想在朝廷里谋个位置，借这个位置做一些对得起良心的事。朝廷的柱石是什么？文臣吗？武将吗？都不是，是什么？是百姓、是民心！试想一下，米粮布帛从何而来？不是那些终日劳作的百姓还能是谁？他们若能过上饥一顿饱一顿的日子也断不会揭竿而起！官逼民反，若没有官逼在前，哪里会有民反？……他们的日子实在太苦了，我只想尽我所能帮帮他们，没有战乱的日子总要好过一些，可我干了这么多年的缉匪剿乱，却未曾想到官匪一家亲！罢了，罢了，这样的官做它何益，这样的朝廷保它何用？我意已决，今生不再为朝廷卖命！"

一席话说得斩钉截铁，在场的人均能感受到刘伯温已是下了决心的。

他的话锋陡变，将话题又扯到章溢、叶琛、胡深等人的身上，刘伯温目光中透出诚挚的深情，语气也婉转："这里在场的有我的兄长，也有我的兄弟，我与大家可以说是相识多年了。大家刚才出于义愤，出于情义，声称要与我共进退，各位的心意我理解，可各位断不可与我一样挂冠而去呀！"

"怎么不可？"章溢迷惑不解地问。

"我可以断言，这份'嘉奖'的意思应源自方国珍，他是罪魁，是祸首，他不但与我个人有深仇大恨，还与处州方面军有着不共戴天的仇恨！诸位试想一下，这里少了一个我并不影响什么，很快就会恢复到我未来这里之前的样子，倘若诸位也一走了之，处州方面军便会轰然间垮掉，这会让方国珍收到千军万马都换不来的'胜利'，这会让那些与方国珍殊死搏斗数载的官兵们寒透了心。石抹公，你经营多年的队伍就忍心这样垮掉吗？章溢诸公，你们投军不是为了干一番事业吗？"

刘伯温说到激愤处，语调变得高亢，一连串的质问让石抹宜孙等人无言答辩，可每个人都觉着烦躁，觉着心惊肉跳，觉着难以咽下这口气。石抹宜孙找了个位子坐下了，章溢则在帐里走来走去，叶琛则狠狠一脚将那已被刘伯温揉作一团的公文踢到角落里，胡深心有不甘地问："就这样算了？让方国珍这样任意摆布，不与他计较？"

"我跟他的账没完，迟早会有个结果的。"刘伯温说这话时，异常平静，虽喜怒未形于色但一股杀气若隐若现。

"诸位，我决意回青田老家去，望诸位莫要意气用事，我会在老家听候诸位高奏凯歌的消息。青山不改，绿水长流，咱们后会有期，我只有一身浩然气，两袖清廉风，因而我干干净净地来，干干净净地走。"

"伯温，你我情同手足，若是这样草草别过，于心何忍？此去一别，又不知何年何月才能再相逢！"石抹宜孙不无伤感地说。

"伯温兄台，我还藏有一坛好酒，你难道连一个临别痛饮的机会都不给吗？"与刘伯温堪称酒友的叶琛不愿错过任何一场应该喝的酒，更不愿让这举世无二的酒友走。

章、胡二人的脸色异样的悲戚，目光中满是怅然若失。

刘伯温心中也是不忍就这样匆匆离去，可他嘴中说出的话却是另一番滋味："天下没有不散的筵席！我晓得大家的心中都不好受，但离别即是重逢的开始，挥手一别如同流云消散掉，会让我的心中更好受些。诸位，后会有期！"说完，大步流星出了帐篷，向远方走去，四人默默地跟在他的身后。

走到营房辕门时，刘伯温转过身来，朝石抹宜孙等人微微一拱手，脸上露出灿烂的笑，朗声道："我辈均是须眉男子，伟岸丈夫，哪来的这般儿女情长？诸位留步吧。"石抹宜孙上前一步，手执刘伯温的双手，用力地握了几下，嘴唇动了动，似乎要说些什么可没有说出口。

其实，刘伯温的笑容是强装出来的，他与众人一一又道了别后，毅然踏上了远行的路。他高大颀长的身躯慢慢化作一个模糊的灰点，最终消失在众人的视野里，再也看不见了。

其间，刘伯温几次回头去看，石抹宜孙等人还立在辕门处为他送行。只不过，起先还可看清几张神色凝重的脸，越往后便只见几个僵立的人，最后，除了身后长长的路和莽莽的原野外，就什么也看不清了。

武阳村是个偏僻的山村，很少有外人来到村中。然而这几年浙东战乱不止，不少逃避祸乱的人来到这里投亲靠友，僻静的小山村也变得热闹起来。

刘伯温的母亲信佛吃斋，父亲则更是有颗菩萨般的心，时常拿出些钱粮来，赈济那些贫饿交加的人们，是远近闻名的大善人。

这一日，村口来了一老一少两个人。老者已奄奄一息了，躺在一张破席子上只等着咽下最后一口气，他的身旁是位衣衫褴褛的少女，蓬头垢面，神情凄惨，她长跪在那张破席子旁向人乞讨。

武阳村人见其可怜，便总有人给这难中的父女俩送些热的饭食茶汤，那老者并没有在破席子上挨过多久，便两腿一蹬一命归西了。那少女旋即用小石子在地上摆了四个大字：卖身葬父。

村民虽然有心帮她，可大多数的日子过得十分艰辛，只好作罢。有个好心人将此事告知给刘伦，刘伦二话不说立即来到那女子近前，问道："姑娘，你是哪里人氏？"旁边便有人给那女子介绍："这是我们武阳村的刘大善人，菩萨心肠啊。"

"沧阳县人。"声音很细小。

"怎么来到这里？"

"我与父亲逃难至此。不料父亲身染重病，抛下我而去。"

"这样办好不好？我出钱买口棺材将你父葬了。"

那女子听后，狠命地将头在地上磕，口中连呼："多谢老爷！"

刘伦不以为意地摇手而笑道："不必，不必如此……积德行善乃是老夫处世的一贯准则，老夫愿为亡人略尽微薄之力，你先起来吧！"

那女子抬起泪眼，站起身，下意识地抚了抚破烂的衣襟，敛了敛腮际的乱发，语气坚定地道："好心肠的大老爷，您的大恩大德小女子无以回报，就让奴婢做牛做马，到宅上做点粗活吧！"

刘伦略一沉吟，为难起来，自己府上说实话并不缺少人手，但是……如果自己将这女子拒于千里之外，她孤身如浮萍，天下之大哪里是她栖身之地？刘伦一时动了恻隐之心，怜悯地瞥了那贫女一眼。女子心细，一下子便明白了刘伦的心事，她突然扑倒在地，不住地磕头求道："大老爷，大恩人，发发善心……好事做到底吧……不然，我一个弱女子怎么活啊！呜呜，大老爷……"

刘伦眉头一皱，连忙扶起泪水如雨的女子，道："好吧，你随我回家吧！"

女子还未来得及谢，旁边看热闹的村民就齐声赞起来："刘大善人，菩萨心肠哪！"

刘伦对于这些溢美之词毫不在意，径直携女子奔刘府而去。

"姑娘，老夫还不知道你的名字呢……"

"老爷，小女子贱字殷萍儿，说出来倒污了老爷的耳朵。"

"那就叫你萍儿罢……"'

殷萍儿下意识地捻了捻裙带的角，经过略略梳洗，她换了一件月白布裙，乌发松松绾作一个流云会，虽然不着珠花，不饰脂粉，却自带一分娇俏伶俐，让人忍不住多看她几眼。刘伦冲她满意地点点头，便唤过一个资格老的养娘，吩咐她安排殷萍儿的衣食活计，并千叮万嘱要她早晚间照顾这个可怜的女子。

刘伦见到夫人后，将事情的原委一五一十地讲述一遍，夫人点头称赞。

老父还在滔滔不绝地讲，老母也听得津津有味，时不时地洒几滴同情之泪。刘伯温听得无趣，便扭身往外走，正碰上进来给老人家请安的殷萍儿。刘伯温并未在意她，殷萍儿的眼睛里却映满了刘伯温的样貌，她把粉颈一垂，似乎不胜娇羞。

殷萍儿尽管苍白虚弱，但她毕竟是个年轻人，到了刘府没几天便恢复了青春活力，脸庞渐渐透出诱人的光晕来，是那浅浅的粉色，让人忍不住将目光驻留在她身上。她就像一只美丽的蝶，经过了艰难困苦的蜕变之后，早已蜕去了毛毛虫的羞涩，让人双眸为之一亮。她手脚勤快，又很热心，府中上下没有人不喜欢她的。

她总是在找机会接近刘伯温，多次从别人手里夺过茶盏汤盅，给刘伯温送到书房去。刘伯温觉得殷萍儿眼神儿里有种奇奇怪怪的东西，但究竟是什么，他说不清楚。这一辈子，他与各种各样的女子打的交道太多，纠纠缠缠，让他的心无比疲倦，现在他一切不想去管，任殷萍儿献殷勤吧，他是无论如何不会动心的。

殷萍儿毫不灰心，终于在一个雨夜，她又轻车熟路地摸到了刘伯温书房的窗前。细雨滴在浓郁的树枝叶间，沙沙地响，殷萍儿努力地听着，但听来总是觉得自己心跳加快，她大大地喘口气，捋捋额前被雨打湿的发丝，大着胆子将耳朵贴在窗棂上。

起初，鸦雀无声。

殷萍儿心里一动，她仍不死心，又侧耳倾听，终于她听到一声沉重的叹息，是刘伯温！他为什么叹气？心里有什么解不开的结？在这个静谧哀愁的夜里，他正思念着谁？他究竟为什么叹息？他的眉头一定是紧蹙着，眼睛里的神色一定很受伤……

殷萍儿又大喘一口气，突然听见刘伯温自言自语道："珠妹，珠妹……你在哪里，你藏在什么地方？"

殷萍儿心中大惊：谁是珠妹？为什么他对她念念不忘，她是刘伯温的什么人？

殷萍儿思绪乱了，头一歪，一下子触到了窗子上，殷萍儿惊得魂飞魄散，她下意识地往后退了几步，几乎要拔腿跑掉，然而此时此刻正沉浸于无限相思之中的刘伯温哪里顾得上注意窗外的动静？

殷萍儿骇出一身汗来，她让惊魂未定的心略略平静一些，强忍着继续在窗外偷听，直到身上感到冰冷难耐，这才发觉雨已不知不觉浸透了她的衣衫。殷萍儿双手抱肩，手掌下瘦伶伶的肩头不住地抖。她说不清自己是被冻的，抑或是受冷落所致。来刘府日子不短了，为什么偏偏刘伯温对她视而不见，没把她看在眼里呢？这是多么可怕的事啊！殷萍儿的身子抖得更厉害了。

她本来的打算是挺好，想趁这个静谧阴晦的雨夜悄悄接近刘伯温，可是事不遂人愿，她临场怯阵了，她恨自己的懦弱。她本以为自己怎么也可算上个小家碧玉，身段姿色都占中上之列，刘伯温不会对她无动于衷，更何况如今他孤身一人，难道不需要个女人解解忧愤，可是殷萍儿如今与刘伯温近在咫尺，却连一点儿勇气都提不起来了！她真恨她自己！

她又心有不甘……

"谁？谁在外面！"

刘伯温突然扬声厉喝道。

殷萍儿噤若寒蝉，赶忙借着浓重的夜色与淅沥的小雨遁走。刘伯温移步出了书房，手中擎着一把剑，向四周找寻了一圈，终于回房去了。第二天破晓，略微有些薄雾，刘伯温心里有事，所以便起了个大早，专门跑到书房外西窗下仔细察看。

只见湿润的泥土中几个清晰而凌乱的脚印依稀可辨，小小的，窄窄的，一望便知是个女人的。刘伯温眉头一皱，他又向脚印望去，脚印不深，可见此人是个年轻女子。这些脚印一直向前延伸，绕过滴水廊，直奔向西面小跨院——那是府里下人住的地方，刘伯温心里一动，自言自语道："谁在监视我？"

立即有一种不祥的预感笼罩心头，他对着那些脚印沉思良久，终究想不出个头绪来，也只好快快作罢，转身回书房去。

殷萍儿落荒而逃，仿佛有双眼睛盯着她后背似的。她一口气奔回自己的小屋后，闩上门好半天不敢动弹。天亮了，她不得不出门见人，忙她的活计，然而她却心不在焉，失手打碎了厅堂上的茶盏，惹得众人一顿白眼。

挨到晌午，养娘吩咐她采买花粉胭脂，她才逃也似的出了门，心里略轻松了些。街上车水马龙，熙熙攘攘，殷萍儿穿梭于其中，精心挑选着合心意的花粉摊子，不一会儿便把不快抛于脑后。

突然有个苍老而阴冷的声音响起——

"姑娘不看看老婆子的胭脂吗？一等一的货色。"

这个声音仿佛在哪里听过！

殷萍儿转过身子，径直映入眼帘的是一张皱纹密布、老气横秋的面庞，一双浑浊的老眼中放射着狡黠的光芒，令人不寒而栗。

这不是宋婆子吗？她怎么来了？

殷萍儿心里犯嘀咕，心头一冷，下意识地向四周看了看，才近身上前，与宋婆子面对面地站住。

"怎么？小贱人，进了刘府就不认识自己人了？"

宋婆子斜着眼，撇着瓢一样的嘴巴冷嘲道。

"宋……妈妈……"

殷萍儿的脸纸一样白，她哑着嗓子悄声叫道。

"认识妈妈我就好！"

宋婆子得意扬扬地一摆手，又向前凑了凑，压低声音道："夫人让你办的事怎样了？"

"这……一直没有良机！"

"八成是你这浪蹄子舍不得下手吧？！"

"妈妈，我……怎么敢？实在是……府里人多眼杂，太……"

"够了，别在这儿跟我强辩！夫人可交代了，到时候复不了命，让你求生不得，求死不能！"

"妈妈，手下开恩哪，我……"殷萍儿泪如雨下。

"贱人，就知道哭！你要想办成事还不简单？单凭你这副脸蛋，还怕别人不上钩？哼，还用老娘教你？"

说着话，宋婆子伸手从破衣袖里摸出一个粉色纸包，眼睛四处打量一番，确定无人注意她们后才吩咐道："这个拿去，包保他们一个也活不了！小贱人，俗话说'最毒妇人心'，你得拿出狠劲来，否则——哼，想想你那病得要死的娘吧！"

娘，我苦命的娘！

殷萍儿在心底哀叹一声，闭着眼抖着手接过纸包，小心地放在胸口衣服的夹层中。她无法可想，无路可退，她想她只得拼上一把了。

宋婆子在背后阴险地笑着，殷萍儿觉得那是阎罗鬼魅狞笑，她逃也似的回到刘府。因为忘记买几种脂粉，挨了一顿数落埋怨，但她却根本充耳不闻。

回房的途中碰上了张九，他是刘府的第一勺，虽然年纪只有三十出头，可那手煎炒烹炸的功夫却远近闻名。自打殷萍儿来到刘府的第一天起，张九便苍蝇见了血似的盯上了她，对她垂涎三尺，不放过任何一个接近她的机会。今天碰上了，张九当然还想乘机揩把油，他双手将微微发福的腰部一叉，将殷萍儿的去路阻住，嬉皮笑脸道："哟，萍儿，上哪儿去啊？"

殷萍儿说不出有多恶心，但她愣了半晌，终于不动声色地道："上街里买花粉。"

"哦？辛苦了，怎么不为自己买一朵花戴，那样更招人爱，嘻嘻……"张九厚颜无耻地笑着。

殷萍儿矜持地立着，任张九轻薄，也不搭话。张九以为殷萍儿心动，便上前去冲萍儿腰眼里捏一把，淫笑不已。殷萍儿心头又羞又愤，但她并未发作，佯装不知，一扭身闪过去，进了垂花门。

张九先是一愣，而后意味深长地笑了。

当天夜里，张九便乘着月光摸到殷萍儿的小屋里去。门虚掩着，张九喜得心花怒放，连声粗声唤着殷萍儿，推门进去，便有一个温润如玉的身子迎上来。

张九如坠春风中。

张九与殷萍儿经常偷偷地野合，有时在萍儿的卧房，有时在张九的屋里，甚至有时在灶间。殷萍儿的风流性子，把张九迷得神魂颠倒，简直有些忘乎所以。

转眼到了刘伦寿诞之日。

刘伦平日积德行善，深得村人好评，因此举村为刘老爷子祝寿，来往贺拜的人流络绎不绝，真是热闹非凡。

刘伦身着团金花寿星袍，头戴软巾，端坐在大厅之中接受众人拜谒，乐得合不拢嘴。寿诞大宴就在庭院中排摆开来，众宾客推杯换盏，喝得不亦乐乎。

众人华灯初上方散。

人逢喜事精神爽，刘伦也不例外，众宾客去后，他仍觉不尽兴，命人传话重摆宴席，他刘府上下要同喜同庆。

刘伯温望着老父，心头一阵喜一阵悲，说不清的滋味搅在一起，令他直想掉眼泪，甭管怎么说，今日是父亲的大寿之日，无论如何他们父子也要痛饮一回。想到这里，他站起来，恭恭敬敬地敬了父亲一杯酒。

父子二人相视一笑，各自饮干。

席间，刘伯温起身如厕，走到后院，忽然觉得面前黑影一闪，旋即消失不见。刘伯温心头一动，立即忆起雨夜的窃听者和窗下娇小的脚印来。他的心里第一个闪出的念头便是——朱珠，一定是她，她回来了！

"珠妹！"

刘伯温大叫一声。

无人回应。

她不会回来的！

刘伯温的心头沉甸甸地一痛，旋尔苦笑起来，自我解嘲一番。如厕后返回酒宴，只是心情闷闷不乐起来。

刘伯温忽然觉得头昏眼花，胸口一阵阵地泛着恶心，他不知是怎么回事，才要问个究竟，却见酒席上众人依次躺倒，仿佛死去似的，刘伯温心中大叫一声"不好！"可是为时已晚，他一个晕眩便昏死过去。

周围死一样静。

刘府霎时变成一座阴森可怖的地府。

俄而，厅上忽然响起了轻微的脚步声。起初，这人蹑手蹑脚，走得很小心，但当她确定众人已昏迷不醒的时候，胆子便放大了，开始在人群中往来游走，察看情况。

终于，她立在大厅当中，冷冷地笑了，笑容依旧美丽动人。她就是殷萍儿。她转头瞅瞅张九——他那副猥琐的样子令她恶心，终于奔过去，狠狠地踏了张九好几脚，方才解气。

好半天，殷萍儿呆坐着。如今，刘府上下众人全被她下毒迷昏，三日之后死去，无须她再动手。她又看看刘伯温——他那伟岸的样貌让她扼腕而叹，要不是为了娘亲，她不会忍心下手的！

她抖抖衣襟，生怕沾上什么东西似的，转身往门口走去。这里已不用留恋，所有的人都在等着三日之后的死亡。

"怎么，放倒这么多人就这么一声不响地走了？"

一个女子的声音石破天惊般地在大厅中响起，骇得殷萍儿浑身哆嗦，冷汗直淌。她不敢回头，她怕抵在她背后的是一把锋利的匕首或者剑，但她还是转过身子，直映入眼帘的是一个硕大无比的"寿"字描金屏风，并没有人在。谁在说话？殷萍儿头皮发麻，她疯狂地用眼睛搜寻，她要知道是谁在说话，她怕是鬼或神，她怕自己遭恶报。

然而，大厅上依然是她孤身一人。

是自己过分紧张而产生的错觉？！

她惊恐万状地后退，双手直摇。

"想走，没那么容易！"又一声怒喝。

殷萍儿简直要崩溃了！

"谁在那里？"殷萍儿歇斯底里地大叫。

"我！"随着这声喊，只见大厅顶上悬挂着的一只八宝灯笼一转，露出灯后贴伏的人来，那人飘飘然从半空跃下，一点声响都没发出。她身形苗条伶俐，通身披玄衣，头上包一块红色巾帕，一张清水脸儿剔透晶莹，眼角眉梢带着几分凛然正气。

来人正是刘伯温朝思暮想的朱珠。

说来话长，朱珠自负气而走之后，心里其实一直对刘伯温割舍不下，几次三番想回到他身边，可是不愿妥协的倔脾气总是在最紧要的关头跳出来，硬生生地扯住她，让她动弹不得。日子一长，连她自己都觉得这样孩子气的负气又可笑又可悲，哪里比得上依偎在刘伯温身边安全、踏实？

然而她就是这样一个宁折不弯的倔犟女子。但是放不下的情丝总逼迫着她暗地里跟踪刘伯温，她和他赌气，却不愿别人伤他，她对刘伯温的深情不仅不曾稍减，反而日久弥深。

这天是刘伯温老父的大寿之日，朱珠记得很清楚，她想借着人多眼杂的当儿偷偷看上刘伯温几眼。刘伯温出去如厕，她一直跟随左右，话到唇边却又生生地咽回去，不知为什么。刘伯温那痛苦万端的呼喊，刀子一样扎进她的心里，她用长长的指甲狠狠地掐进手腕，或许唯有如此心痛才可以稍减。

刘伯温返回酒席，她却失落了，犹如孤魂野鬼一样在黑暗里四处游荡。就在这时，她发现了一个女人，神神秘秘地迈动着碎步，时不时地回头张望，神色慌乱不堪。凭着闯荡江湖的经验，朱珠断定这个女人欲行不轨，便悄无声息地跟着她。

那个女人一路行至灶间，那里有个三十开外的汉子正在忙碌。女人进去后，那汉子便迫不及待地将其紧紧搂住，二人缠绵起来。

朱珠是烈火心性，最见不得这样的狗男女，本想过去一刀一个结果了他们，又怕冲撞了刘老爷子的大喜之日，愤愤地唾一口，转身回大厅去。朱珠早走了一步，她把那女人当作私偷男人的浪妇，可她万万没想到就在她一转身的瞬间，那女人乘汉子手脚乱忙、闭眼亲吻她粉颈的当儿，飞快地打开握在手心的小纸包，神不知鬼不觉地抖落进身后沸腾的汤汁里——那是酒宴最后一道菜，也是张九的拿手好戏，此刻正热气腾腾地散着白气。

这一切做得干净利落。

朱珠藏在房顶上，忽听得下面声响不对，揭去瓦片一看，方知众人中了毒。她猛然想起偷汉子的女人来——原来她是去下毒！朱珠悔恨不迭。

朱珠定定神，想看看事态的发展如何。果然，不一会儿工夫，那女人从外面进来，时而发愣，时而狂笑，让人匪夷所思。朱珠这才现身，她缓缓拔剑，怒目而视道："朋友，想走，先过我这一关！"

殷萍儿狂笑几声，面色惨白地说："你最好给我来个痛快的！"

"少废话，过招吧！"

朱珠凛然喝道。

"女侠，我一个弱质女子，哪里会什么武功？我坦白告诉你——一切都是我干的，只求你给我个痛快的死法！"

殷萍儿说到这儿，突然仰望屋顶，极尽悲怆地泣道："娘呵，我死了，你可怎么活啊！"

"哼！"

朱珠不屑地白了殷萍儿一眼，道："是贼都说有八十老母在堂！"

"女侠，我殷萍儿如有半句欺瞒，天打五雷轰！我娘岁数大了，又重病在身……娘啊，我苦命的娘！"

"哼，难得你有这一片孝心，可你怎么就忍心毒害刘府这几十口人，刘老夫人年纪也不小了哇！"

朱珠咄咄逼人。

殷萍儿"扑通"一声跪倒在地，膝行几步，昂然跪在朱珠剑下，泣告道："女侠，你饶命吧，我全说……我全告诉你！"

"快说，谁派你来的？"

"宋妈妈！"

"她是什么人？"

"扬州府玉春楼的妈妈。"

朱珠一愣，原来面前跪着的女子竟是个娼妓！她隐忍不发，又问。

"她与刘府有仇？"

"无！"

"有怨？"

"无！"

"那她一个娼妓头子，为什么派你来青田害刘府的人？"

朱珠厉声问道，毫不掩饰她对这个宋妈妈的厌恶。

殷萍儿脸一红。

"女侠，小女子只听说有个什么夫人吩咐宋妈妈做，然后她便找到了我，威胁说要不为她卖命，我娘老命不保……我不是存心害人，实在是迫不得已啊!"

朱珠问道："你给他们下的什么毒?"

"我一点儿也不知道，前些日子宋妈妈乔装改扮成卖花粉的，把一个粉红纸包塞给我，至于什么毒药，我一点不知情……哦，对了，听她讲，此药当时只会让人昏迷，三日之后才致人于死地……"

朱珠眉头一皱，突然举剑欲砍，殷萍儿双眼一闭，只准备一死。可是，朱珠只用剑割断了她的衣带，用剑挑起，径直捆住殷萍儿双手双脚，这才转身去看刘伯温。只见昔日的恋人此时双眼紧闭，牙关紧咬，脸上死灰一般。朱珠心痛不已，忙为他把脉。

朱珠精通医道，而且对毒药也不外行。稍稍沉吟片刻，她心里便有了数。她记得刘伯温总会在家中存有草药，于是飞快地跑去寻找草药，并凭着记忆配好一服汤剂，用来解众人之毒。

"我可以帮你吗?"殷萍儿小声哀求。

"哼，不烦劳你的玉手!"

朱珠心里道，不当胸给你一剑就够便宜你了，还敢胡言乱语。

朱珠给众人依次灌下汤剂，直累得满头大汗。突然，最先服下药的刘伯温身子一动，不由分说地呕吐连连，吐出一肚子黑的汁水，朱珠欣慰地一笑，转身向外走去。

刘府上下终于度过了这一劫难。

当人们发现手脚被缚、呆若木鸡的殷萍儿时，惊诧万分。殷萍儿叹口气，一五一十地将事情的原委讲述一遍，当她说到黑衣女子救活众人之时，刘伯温的心仿佛被人狠抓了一把似的，他自言自语道："一定是珠妹!"

众人都被殷萍儿的话惊呆了，他们实在不敢相信每日里勤快温柔的她不仅是个风尘女子，而且是下毒元凶!殷萍儿平静地望望众人，恭敬地给刘伦老夫妇磕了个头，而后眼睛无神地望着远方，泪如雨下。

"娘，我苦命的娘，女儿不能尽孝了。"

言毕，咬舌自尽。

刘伯温的心中满是朱珠，稍微恢复了些体力便想去找她。刘伯温了解朱珠，她断然不会混杂在嚣喧之中，只会寻一块清静地方躲起来，思来想去，青田这块地方不大，可以容纳朱珠的也只有大山了。而且，刘伯温敢断定她一定是在山上的岩洞里藏着——那是刘伯温儿时的乐园，他第一次带朱珠进去游玩时，朱珠便欢喜雀跃地道："早晚有一天，我要躲到这里来!"

刘伯温主意打定，对父母说要外出游玩散心，便独自出门。他径直上了山，凭着熟悉的记忆来到那座岩洞之前。

故地重游，思潮翻滚。

那一次二人情意绵绵，海誓山盟，而今只剩刘伯温茕茕孑立，形影相吊，这等景象实在是凄凉！

刘伯温信步向里面走去，他不知道自己是激动还是恐惧，想见朱珠又怕见到她。刘伯温的心都快从胸口跳出来了，他怕朱珠不在洞里，又怕朱珠恰恰就在这里。短短的一段路程，他仿佛走了一百年那么久。

洞里空无一人。

刘伯温的心一下子沉了下去。

洞里昏暗、阴冷，刘伯温的心比这更甚。他慢慢接近洞的最里面，突然，他发现了一个草窝，铺得又厚实又软绵，仿佛有人在这里休息过。刘伯温扑上去，终于闻到了久违的熟悉的气息——暖暖的，有种幽香！那正是朱珠所特有的味道，那正是刘伯温所日思夜想、魂牵梦萦的味道！

"珠妹，你果然在这里！"

刘伯温欣喜若狂，飞也似的奔出洞去，冲着灰蒙蒙的天空狂呼：

"珠妹！"

回声传出好远。

无人应答。

然而，朱珠去哪里了？她是不是又走掉了？刘伯温在洞里呆坐，等待了两天还不见梦中人的影子，他心中的希望之火一点点熄灭，失望一点点丰盈起来。他揪住自己的头发，在心里默默祷告——

"苍天有眼，让伯温再见她一面！"

第三天，人还未归来。

刘伯温彻底地绝望了，他失魂落魄地向洞外走去。

洞外已成银装素裹的世界。

刘伯温看着纷纷扬扬而下的雪花，只觉得心头冻结了一层寒冰。他倚在山洞一侧的山壁上，任凭雪花飞了一脸，落了一身，任凭雪花将他包裹，哪怕是埋葬也好。也许他死了，便不会有这么多痛苦了。夜，静得可怕。

也不知过了多久，刘伯温突然听到了一种声音——不是雪花飘落的"扑簌"声，而是类似于鱼儿贴着水面滑翔的声音，还没等刘伯温再仔细辨听，便有一条影子飞也似的掠来，身轻如燕，转眼便来到洞外。刘伯温不相信似的眨眨眼，艰难地，睫毛已被冻结，他模糊的视线终于凝在洞外人的身上。那正是朱珠，一刹那间的幸福感冲击得刘伯温动弹不得。

朱珠已进洞去了。刘伯温终于艰难地迈开腿，犹如雪人似的，他机械地向里面走。洞里燃起了火把，暖融融、亮堂堂的，刘伯温的心一下子热乎乎的。他身上的雪开始融化，脸上的雪水和着汗水蜿蜒而下。"珠妹！"刘伯温战栗地呼唤。朱珠正背对着洞口抖落身上的雪，蓦地，受了震动，她猛地转过身子，恰看到刘伯温的热泪从湿淋淋的脸上滑落。一刹那间，朱珠一切都不记得了，一切都不管不顾了，即便是山崩海陷也无法阻挡她投向刘伯温的怀抱，接下来幸福的晕眩让她昏死过去。

再醒来，人已在刘伯温怀中。朱珠疲倦地眨眨眼，将身子靠刘伯温的胸膛更近些，惬意而又舒坦地将脸深埋入刘伯温的臂弯里。"珠妹，你这几天上哪儿去啦？我等得心都要死了。"刘伯温边吻着朱珠的乌发，边在她耳边细语呢喃。一听这个话头，朱珠有了精神，她一下子从刘伯温怀中跃起，道："我去了趟扬州……你知道你为什么中了毒吗？知道是谁在背后下手吗？"

"殷萍儿……"

"那不过是个傀儡，可怜又可悲的傀儡！她是方国珍派来的！"

"啊！"

朱珠一五一十地将去扬州玉春堂的经过讲述了一遍，未了又问："那女人怎么样了？"

"死了…"

朱珠叹口气，道："可怜她老娘……"

"珠妹，你别离开我……"

"我答应你，一生一世！"

第13章
枯木又逢春　奇谋在心中

　　一棵雄伟的榕树，不知生长了几百年，它巨大的躯干要五六个人才能合抱起来，它像一把被撑开的大伞，挡住了夏日的骄阳。虽然只是一棵，但它的枝叶蔓延，却像搭了天篷似的小森林。一阵轻风袭来，它那数不清的绿叶随之颤动，刹那间，树上好像停着千百万只绿色的蝴蝶。

　　在这棵大榕树下，有两人正在神情专注地下棋。棋盘是刻在一块光滑平整的大青石上，横纵各十九道线，形成了三百六十一个交叉点。

　　朱珠"长考"了半天，才将一枚黑子摆放到棋盘上。刘伯温却是速度奇快地落下一子，落子后哈哈大笑，并说道："珠妹，还不赶快投子认输？"

　　朱珠闻听此言，粉脸为之一变，赶忙仔细观瞧棋面，可不是输了！自己刚才"长考"之后落下的黑子是一个败着，另一个大的破绽居然没有看出来，让刘伯温一举将自己苦心营建了半天的"黑龙"歼灭了，真真应了那句老话："一招不慎，满盘皆输"！

　　情急之下，朱珠想要悔棋，可她的手刚触到那粒黑子，刘伯温的动作比她还快，用他那只大手按住了朱珠的小手，口中说："珠妹，早就讲好的'落子无悔'，可莫要输棋又输人哟！"

"你？"朱珠被气得脸色通红，悻悻地将手用力挣脱，说道，"哼！得志便猖狂，干吗要这样不依不饶？我只不过是一着不慎，让你捡了个便宜罢了。"

"煮熟的鸭子——肉烂嘴不烂。小妹妹，我用的是三十六计第一计——瞒天过海：阴谋作为，不能于背时秘处行之。夜半行窃，僻巷杀人，愚俗之行，非谋士之所为也。"

"行了，行了，赢了就扮出一副教育人的嘴脸。别以为就你知道兵法，我刚才用的是第十二计——顺手牵羊，大军动处，其隙甚多，乘间取利，不必以胜，胜固可用，败亦可用。"

朱珠的嘴上依旧是不服气，刘伯温有意气她，因而大声说："啊！赢了的感觉真好！"

朱珠有些恼羞成怒了，一下子窜到刘伯温身旁，伸出左手，用尖尖的指甲掐住刘伯温胳膊上的一点肉，手指上一用力，疼得刘伯温龇牙咧嘴连连告饶："珠妹，珠妹，快疼死我了，简直要了我的命，快松手！这盘棋算我输了还不行？"

"什么叫'算你输了'？"朱珠的手指又一次发力。

"好，我输了，我输了。"刘伯温又让一步。

"嗯，这还差不多。"朱珠的心中感到有些舒服了，便松开了手指，脸上也有了些笑意。

刘伯温一边揉着那块被掐的地方一边抗议着说："多少年来就没变过，下棋赢不了就动武。我这胳膊可没少被你掐。"

"掐你是向着你，别人请我掐我还不掐呢！"朱珠向一旁走去。刘伯温见她背向自己，便趁她不备，从后边抱住了她。

被刘伯温紧紧搂在怀中的朱珠起先不肯就范，用力想要挣脱出来，口中急急道："哎呀，这样子让人看见了多难为情，快放开我。"

刘伯温并未理会她的话，而是将她抱得更紧了。自从朱珠重新回到自己身边后，刘伯温感觉自己浑身上下又焕发了活力，就像枯木逢春似的。他比以往更加呵护和娇宠朱珠了，一来弥补自己所不能给予她名分的缺憾，二来加倍补偿离散时她应受到的爱怜。

"温哥，快放开我，这又不是当初在山上学艺那会儿，万一叫人撞见多难堪呀！"

"这里是大山深处，人迹罕至，你不必担什么心。"刘伯温一边吻着朱珠的秀发，一边温柔地对朱珠讲。

恰在此时，他俩身后响起了一阵咳嗽声，惊得两人赶快分开，朱珠的脸上升起两团玫瑰色的红晕，她低下了头，十分羞涩地望着自己的脚尖。

"我老眼昏花的，什么都没看见啊，什么都没看见。"老家人刘安这种"此地无银"式的话，朱珠听后更窘了。

就在刘伯温打算潜下心来著书立说时，他的家却呈现出说客盈门的景象，真可谓"树欲静而风不止"。

刘伯温对这些不速之客造访的目的十分清楚，他们都想将自己骗说"上船"，为他们争权夺利而效命。仕途的几经浮沉让刘伯温对这种戎马生涯感到厌倦，特别是被人利用为攻城拔寨的"利器"。他现在愈发喜欢起老子、庄子来，清静无为要远胜过为他人建功立业。

这些说客们无一例外地吃了"闭门羹"，刘伯温为了躲避这些人的骚扰，竟将书房搬到山林深处的一个岩洞中。那岩洞是他儿时游玩时就已熟识的，虽然岩洞做书房略显艰苦简陋，可绝对是个静心修为的好去处。

在那里，刘伯温可将世外的势利纷争统统忘掉，一心一意写起他的《郁离子》来。朱珠则无微不至地照料他的起居生活，两人的生活变得有滋有味起来。

清晨，绝早，鸟儿刚刚离巢，朱珠便蛮横无理地扯起睡意十足的刘伯温，让他随自己一道去领略天地之灵气。渐渐地，刘伯温开始喜欢上这种生活方式了。林中鸟雀啾啾，山中雾气迷蒙，而且还在不经意之间传出几声令人半是惊惧半是新奇的回声，让人耳目一新。每当此时，朱珠总要意兴勃发地长啸几声，偶尔缓缓地拔出腰间六尺青锋，飒飒地舞动起来。那凌厉的风声与朱珠矫健多姿的仪态相和，让刘伯温直看得醉了。

白日里，刘伯温便专心著书，心无旁骛，连朱珠的曼妙身影都不能牵动他走笔如飞的劲头儿，朱珠快慰不已，只悉心地为他浆洗缝补，柔情一片，尽在不言之中，全无半点英气逼人的气势。

偶尔，她也会捧起刘伯温落笔成文的篇章玩味一二。朱珠那天趁刘伯温端起茶盏的当儿，撇脸向纸稿望去，那是一篇小文，名叫《麝之智》，其文不长，却写得意味深远。

其文如下：

东南之美，有荆山之麝焉。荆人有逐麝者，麝急，则抉其脐投诸莽，逐者趋焉，麝因得以逸。令尹子文闻之曰："是兽也，而人有弗如之者，以贿亡其身以及其家，何其知之不如麝耶！"

朱珠读毕，半晌不语。

"珠妹，怎么了？"刘伯温纳闷道。

朱珠脸上挤出一丝苦笑道："真不明白世间人因何忙忙碌碌？难道名利家财对他们而言真是那样珍贵？难道人真的连禽兽都不如吗？"

刘伯温轻抚朱珠背道："是啊……俗话道——人为财死，鸟为食亡。如果世上人都懂得清心修身，那么人世间也就不会有那许多哀愁与不幸了！"

朱珠陡然话锋一转，一双美目紧盯住刘伯温道："温哥，你呢？"

"我？珠妹，你还不了解我吗？名利于我如浮云，我不会把这些外物放在心上的……我只想等奔波跋涉半世之后，拣一个清静幽谧的地方躲起来，与你共赴白头，任他风云变幻，永不踏足官场……"

刘伯温眼中闪过掺杂着淡淡忧伤的希望的光芒，然而一闪即逝，即便如此，心细如发的朱珠还是敏锐地察觉到了，她心中一痛，紧握住刘伯温的手，动情地说："温哥，会有这么一天的！"

刘伯温也分外动情地拥红颜知己入怀。

转眼间到了农历七月二十七日，这本不是个特别的日子，但是由于这天与困扰刘伯温长达五年之久的神秘的"天地神人镜"相关，刘伯温便对它格外留心，每到这一天都会勾起他对往事的无限遐想。

几年前，他意外得知奇妙，从那时起便一直好奇不已，总想破解古镜之谜，尤其是朱珠失踪之事，他寄希望于古镜能帮他重圆旧梦，然而一次次的失望之后，随之而来的便是无止尽的相思，以致捧起镜子，他的心便会痛苦地抽搐好半天。

今天佳期又至，而伊人也在身畔，刘伯温心动，倒又想索镜观之，看看上面究竟是些什么稀奇古怪的玩意儿。

原本他想与佳人共睹此镜，然而朱珠一直对那古镜将信将疑，甚至在他购买之初便大大地奚落了他一番，她断然不会相信什么"神镜""魔镜""天书"之说的。

刘伯温决定暂时瞒着她。

这冗长的白昼似乎十分难熬，刘伯温甚至都无法静下心来写他的《郁离子》，看上去坐立不安，并时不时地停笔，目光盯着岩壁，不知在想些什么。聪明如朱珠，这反常的举动哪里能逃过她的眼睛，她终于忍不住了，搁下手中的活计，轻移莲步行至刘伯温身旁，边抬手轻触刘伯温的额头，边关切地问："温哥，你哪里不适？"

刘伯温顺势抓住朱珠如春葱般的小手儿，把玩不已，摇头笑道："没有啊……"

"那你……看上去心神不宁，哪有心思放在书上？难道有什么隐衷，告诉我，我为你分忧……"

"不。"

刘伯温莞尔一笑，伸手点着朱珠的鼻梁，装作漫不经心地戏谑道："你这小脑瓜儿里净装些胡思乱想！"

朱珠见自己一片好心反惹对方奚落，一时气不过，扭身就向洞外走去，长发在昏暗的洞里一飘一摆的，似在跳一种独特的舞蹈。刘伯温见势不妙，慌忙抢步上前，百般哄劝，朱珠才转怒为喜。

是夜，天降小雨，润物无声。

刘伯温击掌而笑，道："天助我也！"说完便兴冲冲地拉着朱珠向外跑，朱珠被他弄得丈二的和尚摸不着头脑，只得任刘伯温将她引到一处小山坡上。

"月亮。"刘伯温喃喃自语。

天上之水早已降下，月亮却迟迟不肯露面，怎不令刘伯温心急如焚？因为必须齐备水与月方得显神镜的威力，而且还必须在七月二十七日的夜里。几年以来，这三个条件刘伯温一直求之不得，不是欠了东风，就是没了周郎，总之都不遂人愿，唯愿今夜美梦成真。

"搞什么鬼？大雨天，哪来的月亮？"

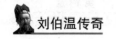

朱珠擦着被淋湿的发丝怨道。

正说着话，一轮月儿奇异地从雨丝中钻出头，怪模怪样地挂在半空中，射出道道银辉，朱珠一下子呆住了，刘伯温在雨中又发一声大喊："天助我也!"伴之而来的是几声响彻天地的大笑。

朱珠更惊诧了。

只见刘伯温忙不迭地伸手入怀，捧出一本书似的物件，他小心翼翼地将它对准月亮的光辉，犹如捧着稀世之珍。

朱珠还未来得及问清缘由，只见刘伯温手中的"书"瞬间变红，随着雨丝不住地飘落上去，那书更红了，直到发亮，在夜色中闪闪发光，终于化为青色，古意盎然，如同一面古镜，紧接着，一个个方块字由模糊变清晰，闪在古镜上，分明是"天地神人镜"五个大字，再往下是一行行蝇头小楷。

朱珠惊得目瞪口呆!

"珠妹，快看，为这一刻我足足等了五年之久……这确实是宝镜哪……"

刘伯温话音战栗。

朱珠紧紧凑在刘伯温身旁，低头去辨认那些字迹，看过了此镜的来历与用法之后，她便按捺不住地叫道："温哥，此镜既然可以看人的行踪，何不看看师父，我好想他老人家呀!"

刘伯温点头称是，忙按上面传授的方法操作，片刻之后，古镜上白光一闪，现出了一个白发苍苍的干瘦老人，他正瞑目打坐，神态十分悠闲，似乎忘却了人世间的一切纷争与烦恼，那不是授业恩师天玄子又是何人?!

刘伯温的眼圈一下子红了，眼泪欲滴未落。是啊，除了父母，世间对他最好的人便是他的师父了，朱珠想师父，他刘伯温又何尝不对师父牵挂于胸怀呢?幸好师父无恙，让他的心欣慰许多。

朱珠从旁兀自泪垂。

"珠妹，别难过，师父他老人家不是好好的吗?快，往下面看这镜子里头还有什么新奇的东西……"

朱珠的好奇心被刘伯温的几句话勾起来，她又凑上去看，镜子里不断闪过些亦真亦幻的情景，让人匪夷所思，仿佛在梦游仙境。

当朱珠的目光掠过最后一页时，她不禁哑然失笑。原来上面补充说此镜显灵不一定在七月二十七夜，也不是非要天、地、人水合一，人的血液亦可以有同样的奇效。朱珠先是一愣，继之大笑道："温哥，原来几年来你一直被蒙在鼓里头啊!"

刘伯温叹口气，苦笑道："没想到奥妙却在这里。幸好今夜上苍垂怜，成全了我，要不然我进了棺材也许还不知哩!"

"不许说丧气话!"

朱珠二目圆睁，口气强硬。

刘伯温幸福无比地笑了，转而又幽幽地望着朱珠道："好妹妹，你可知我等这一刻等了多久?你可知我破解古镜之谜全然是为寻你踪迹?"

朱珠莞尔一笑，默默地将手心——温热的——贴在刘伯温胸膛上。

流水匆匆而逝，青春的小鸟也一去不复返了。此时的刘伯温已年近半百了，"五十知天命"的刘伯温时常对自己的过去进行反思。童年时的欢乐、年少时的轻狂、中年时的老练像一支熟悉的歌常常在他的心头响起。

当年的豪情壮志曾激励他投身到建功立业的风云中而难以自己，而今身居世外，看问题更多了一分超尘脱俗。他不悔年轻时曾那样热血澎湃，亦不哀叹如今"功名未立，书生老去"的境遇。

他欣然面对"芦花被下，卧雪眠云，保全得一窝夜气；竹叶杯中，吟风弄月，躲离了万丈红尘"的潇洒生活。

他觉得自己选择隐居山林以全节操是无比正确的，但人生的反思不在于感慨过去的得失，而重在经验的总结。

最让他冥思苦想的便是从至元二年（1336年）以来自己涉足仕途到至正十七年（1357年）愤而辞官的这段生涯。

自己的仕途是如此的坎坷曲折，这远远超乎了自己初中进士时的设想。想当初，他刘伯温初次参加会试便一举考中进士，可谓踌躇满志。后来在家中闲居了三载，以为不过是时运未至，初次出仕仅被授以县丞之职并未让他气馁。

他从未将官场想象成一望见底的清水塘，他以为是个浑浊不堪的污水塘，那时真有些自不量力，天真地以为凭自己的才华会让这塘水变得清澈起来，哪里料到这水塘早就没了水而是一个泥淖，再清白高洁的人也会被染黑，也会一点一点地深陷下去，以至没顶。自己岂是同流合污的人，因而愤然辞官。

此后，又在家中闲居了三载。壮心未已的自己深感满腹经纶无处施展，因而在第二次出仕时，并未犹豫，仍是雄心满怀地去任儒学副提举之职。那时认为"恶人行恶，善人行善"，自己做些有益百姓的事便足矣，自己任儒学副提举一职时，好似坐在一把快要散架的交椅上，自己千方百计要保持身子的平衡，却不料恶人偏偏要狠狠地端上几脚。这样的位子自然坐不长久，因而又一次愤然辞官。

官场上两起两落已让自己倍感灰心，可目睹了方国珍在浙台沿海胡作非为、残害百姓时，又忍不住挺身而出，出任了浙东元帅府都事，哪知上司们只认金银不明事理，宁可养虎为患也不愿除恶务尽，自己力陈良策反遭迫害，被羁管于绍兴。

他愈来愈感到朝廷像座摇摇欲坠的"坏宅"，即便是鲁班再世也会束手无策。

后来要不是老友石抹宜孙的苦口婆心，自己断不会到他的营中相助，自己出谋划策为朝廷平定叛匪立下赫赫战功，不予赏赐也就罢了，反而让自己不准参与军事，士可杀不可辱，这等鸟气他刘伯温是断断不会忍受的。

刘伯温心中如今的大元朝好似一位病入膏肓的病人，神志特别的糊涂，倘若有人好心好意为他治病，非但不领情还要想法收拾你，这样的病人不救也罢。

刘伯温回顾了自己出仕的各个阶段，得出了这样一个结论：大元朝是非亡不可，指望着它能起死回生无异于太阳从西边出来。

刘伯温在心中暗下誓言：大元朝的官他是再也不会当了，哪怕只让他当一天。

自己纵是让这一身救世的才华都烂到胸中也不会向大元朝吐露半点，许以他再多、再丰厚的荣华富贵，也休想让他动心。旁的人以仕途为贵，我刘伯温却以山林为贵。

山林里的这段时光让刘伯温感到无比舒畅，他希望能返老还童，重新来过，倘若可以年轻二三十岁的话，他一定要把朱珠娶为妻子。

就在刘伯温回首人生往事、反思人生困惑的同时，天下的形势正在发生着巨变。南方的张士诚、方国珍、陈友谅等忙于扩张势力，割据地方，无心北伐。

刘福通的三路北伐军中以东路军最为锐不可当，先是刘福通巧用离间计，借朝廷之手除去了太尉答失八都鲁，搬掉了前进道路上的一块绊脚石。在至正十八年（1358年）五月，刘福通率部攻占了洋梁，建立了根据地，并将韩林儿从安车接到了洋梁，以洋梁为都城。

可惜这三路人马相互之间缺乏配合，特别是犯了"孤军深入，粮草不济"的兵家大忌，处境日渐危急。

更令北伐军深感不安的是，张士诚、方国珍与朝廷勾搭在一起，接受朝廷的官职，为朝廷运粮食，并在北伐军的背后进行袭击，欲置刘福通的政权于死地。

在方国珍、张士诚两股势力的夹缝中，朱元璋的势力在急剧扩充。

至正十八年（1358年），朱元璋派大将常遇春设计在江边，智赚了康茂才，康茂才在走投无路时顿感天命所系在朱元璋，便率余部来到金陵，投奔了朱元璋。朱元璋又得一员虎将，不禁喜上眉梢，封康茂才为营田使。

朱元璋的帐下虎将李文忠统率大军，一鼓作气攻下了青阳、石埭、太平、旌德诸县。接下来，李文忠会同邓愈、胡大海攻取了建德路，元军派苗帅杨完者抗拒朱元璋的大军，两军对峙在马龙岭。李文忠、邓愈两支人马合二为一，与杨完者展开激战，五昼夜后将杨完者部击溃。

这样，朱元璋的地盘、人马都激增，朝廷有心围剿他却无力为之，张士诚、方国珍也忌惮朱元璋的实力，不敢轻举妄动。

一日，朱元璋将朱升、李善长招至帐下，商议军事。

"老先生，我军虽近来捷报频传，但东有方国珍、南有张士诚、西有陈友谅，我们是在夹缝中求生存呀！"

"元帅，老朽以为，敌不犯我，我不犯敌，趁彼此还相安无事时积蓄力量，待时机成熟时再将他们一个一个除掉。"

朱元璋听完朱升的建议，未作表态，而将脸转向了李善长，李善长沉吟了一下，方徐徐说道："元帅，我认为除患宜早。诚然，我军现与之周旋可赢得时日壮大自己，但这三支人马也并未闲着，张士诚、方国珍与朝廷沆瀣一气、狼狈为奸，陈友谅处心积虑要做皇上，他的主子徐寿辉早被他'架空'了，不过是个傀儡。我军与陈友谅、张士诚、方国珍部均时有摩擦，特别是陈友谅早已将我军视为心腹之患。先下手为强，后下手遭殃！"

"善长，我军要与三个劲敌交战恐怕会顾此失彼，搞得自己很狼狈。"

"朱老，养虎遗患，此时不除难保日后不受其害。"李善长依然坚持自己的见解。

朱元璋的心中也拿不准主意了，两位高参的意见相左，各有各的道理，但哪一个意见都有缺憾，让他一时难以抉择。

陈、方、张这三股势力并不好对付，在处理与之的关系上，朱元璋一再地叮嘱自己要慎之又慎。

朱升、李善长两人仍在各抒己见，每个人都确信自己的策略是最为恰当的，然而朱元璋听后仍感到一头雾水。

最后，朱元璋对两位谋士说："与陈、方、张三股势力的对策，我们要慎之又慎，错一招，便会使现有的局面大坏，我还要仔细地想一想，你们先下去吧。"

一时之间，找不到好的对策，这个问题便被搁置起来。

在至正十九年(1359 年)春，乐平的儒士许瑗前来拜见朱元璋。

朱元璋亲自来到府门，将许瑗迎进府内，一边走一边说："许先生的才名远扬，朱某早有耳闻。许先生乡试、院试皆为第一，只因考场黑暗才致使会试不第，真是良才被埋没呀！"

"朱元帅过奖了。我本狂生，素来喜好放浪形骸，近来闻得朱元帅礼贤下士、厚待良才，便不请自来了。"

"许先生说笑了，似先生这样的谋士，朱某请都请不来，许先生能屈就大驾，光临本府，让朱某感到十分的光荣。"

说话间，两人来到帅府的大厅之上，朱元璋把许瑗奉在贵宾座，令亲兵奉上鲜茶。

许瑗道："如今元朝的气数将尽，时运不长，反元义士风起云涌，朱元帅便是一位雄才。狂生不恭要进言两句，雄才者必有雄略奇识，雄略，自是指目光长远、有雄心大略；奇识，便是要不拘一格起用人才。阁下欲扫除天下战乱、平定四方，不广纳贤才是不行的。"

"许先生所言极是，正说中元璋心里所想。元政府倒行逆施、祸害百姓、人心尽丧，其灭亡之日已不远了。我对于贤才，可谓求贤若渴，倘若能广揽天下良才，共议要务，则平乱之事得以保证。众人拾柴火焰高，眼下我的军中急需许先生这样的贤才。"

许瑗连忙摆手，道："朱元帅高看了我，我的才学远不能助元帅完成伟业，但我可向元帅推荐两人，这两人好比三国时的卧龙、凤雏。"

朱元璋听到这里，精神便为之一振，急忙问："先生快讲，是哪两位？"

"元帅莫急，不是我许瑗说大话，元帅帐下的所有谋士加在一起，也不及其中的一个。一个是青田刘伯温，另一个则是大儒宋濂。那青田刘伯温其才可比当年的张良张子房，元帅若能寻访到他，伟业指日可待；宋濂之才不亚于汉时的董仲舒，平定天下后要仰仗宋濂安抚民生、倡说儒学。"

朱元璋大喜，说："我一直寻访贤才，苦于没有目标，今日得先生指点，茅塞顿开，我这就下令将这两位贤才寻访到，即便是效仿刘备三顾茅庐也是理所应当的。"

"元帅能这般虚怀若谷，天下也就不难平定了。"

许瑗的这番话虽让朱元璋兴奋不已，但却惹恼了一人，那人便是李善长。

李善长在一旁听许瑗的述说并未有何意见，只是狂生许瑗说"元帅帐下的所有谋士加在一起，也不及其中的一个"，这句话极大地挫伤了李善长的傲气。

区区一个刘伯温有什么神通广大，让许瑗吹捧到了天上。

许瑗进一步讲："另外，叶琛、章溢与宋、刘二人并称'浙东四杰'，元帅倘若能寻访到，仍能助元帅一臂之力。"

朱元璋当即问手下："哪位能将这四人礼聘到我军中？"

下面的群臣开始交头接耳，过了好半天，有一人出奏道："末将保举一人，现在处州前线的孙炎，与刘伯温私交甚好，末将以为孙炎能胜此任。"

"好，我这就写两封书信，一封责令孙炎务必玉成此事，另一封是给刘先生的亲笔信。"朱元璋感到有些放心了。

此次与许瑗的会见也就结束了，许瑗被授以博士职，留在朱元璋身边，参与谋略。

刘伯温对眼下的隐居生活是感到相当满意的。这里的山水草木常常激发他著文作诗的豪兴，朱珠将他所写诗文中最精彩的一段抄录下来，悬挂在岩洞书斋内，以示提醒，其文如下：山居胸次清洒，触物皆有佳思。见孤云野鹤而起超绝之想，遇石涧流泉而动澡雪之思。抚老桧寒梅而劲芦与之挺立，侣沙鸥野鹿而机心与之顿忘。若一走入尘寰，无论物不相关，即此身亦属赘旒矣！

刘伯温穷其人生经验精心构制的《郁离子》在至正十九年（1359年）已基本完成。全书共分为一十八章，由近二百个寓言故事组成。这些寓言故事短小精悍，语言生动活泼，给人以警醒与启迪。

刘伯温的累累硕果还有《覆瓿集》十卷、《写情集》二卷、《春秋明经》二卷、《犁眉公集》二卷。无怪乎宋濂在应天府与他重逢时，惊叹刘伯温这两年的隐居生活真是收获颇多。

刘伯温自己看到书案上摞起的著作时心中也甚感欣慰，有时也会生出些许得意来。

就在他已习惯于隐居山林著书立说的生活时，两封同是来自处州前线的信几乎同时到达。这两封信让刘伯温顿生无穷的烦恼，就如同两块石头丢进了池塘，水面变得不平静起来。

一封是老友石抹宜孙的信。信中说：

……红巾军朱元璋之胡大海、耿再成部已兵临处州，情况十万火急，处州有不保之虞。

兄着叶操屯兵在桃花镇、林彬祖驻守在葛渡、胡深把守龙泉、陈仲真镇守樊领，进行最后的抵抗。近来，营内兵卒士气低落，大兵压境更是人心惶惶，我料处州必定失守，如今一切之努力，不过是拖延些时日罢了。

　　兄已怀必死之心，誓与处州共存亡。只要有三寸气在，乱军休想占领处州，前有脱脱、泰不华为榜样，我若能壮烈死去，也是人生的大欢喜，弟不必为我伤悲。

　　兄的家眷业已安排好，弟也无须担忧。只有一事，让兄难以放心。章溢、叶琛、胡深三人前来投靠军前，实乃冲弟而来，今已至处州生死存亡的紧要关头，兄不想三位良才折于阵前，故写信询弟有何良策。

　　"良将择主而保，良禽择木而栖"，我也明白这个道理，怎奈年岁已大，亦不愿再侍二主，就让我这把老骨头马革裹尸还吧！

　　你我交情数载，临死之前不能见上一面，甚憾！也许这封信便是我最后一封了，兄弟多保重！……

　　刘伯温手捧这封书信，心潮澎湃、思绪万千。兄长石抹宜孙的这封信好似临终前的绝笔，读来倍感心酸，自己身处荒山野郊却无力相助。当下修书一封，说些宽慰的话，可这封信遣人送出后，却不知石抹兄长能否收到。

　　石抹公在信中已将处州前线的严峻形势说得明白无误，想来他的判断是不会错的，信中曾叮嘱自己莫要回信，自己还是忍不住写了，因除此之外别无他法。

　　第二封信同样是发自处州前线，不过却是与石抹宜孙敌对的阵营，是由红巾军将领孙炎写来的。

　　孙炎的信开门见山地写道：

　　……伯温兄弟，一别数载，甚为想念。兄在处州前线，与石抹公遥遥对峙，一时间真让人有恍隔人世之感，无奈两军交战，各为其主，我与石抹公也不得不刀兵相见了。

　　元朝暴政，弄得人心尽失，怨声载道，元主昏庸荒淫，只知穷奢极侈吃喝玩乐，弃天下百姓疾苦于不顾，开河、变钞引起义军万千，今天下已成群雄逐鹿之势。

　　"俊鸟攀高枝，良将保明主。"君择臣授之以职，臣亦可择君佐之。弟深谙三韬六略、排兵布阵之法，为世人所共知。然而弟之仕途多坎、怀才之不遇亦为世人所共知。昔姜尚姜子牙先保纣王，后因纣王暴虐而隐居在磻溪，周文王礼贤下士追寻良才寻至磻溪，与姜尚姜子牙风云际会，而姜子牙亦将平生所学得以施展，辅佐周家天子，灭商建周。弟之才华不在姜尚姜子牙之下，只是恨无机遇，才未能开创伟业。

　　弟对大元朝应当是愤怒和绝望之心了吧？兄何以敢如此推断，有弟诗赋为证："上壅蔽而不昭兮，下贪婪而不贞；权不能以自制兮，谋不能以独成；进欲陈而无阶兮，退欲往而无路；忠沉沉而不白兮，心摇摇而不固。"弟如今虽身隐居在山野，心却在天下群雄间。时至今日，明主已出，弟何故矜持呢？袖手旁观在山野，焉能将平生才学施展？

　　兄知难而上，写此信说服贤弟，机出于公私二心，若论公心，我是为天下百姓荐举贤良；若论私心，我为弟满身才学鸣不平。

　　兄盼望弟以大义为根本，再度出山，做一个佐命功臣。盼望回信，请速回……

　　刘伯温把孙炎的书信折起，放到书案上，在不甚宽大的书房里踱起了步，在一旁侍立了很久的朱珠见状问道："温哥，发生什么事了，信上都说了些什么呀？"

　　"珠妹，你自己看吧，我现在脑子里好乱，我要好好想一想。"

　　朱珠展开孙炎的信仔细看过，尔后，又将信原样折好，放回到书案上，一言不发。

　　刘伯温踱了一会儿又回到了座位上，朱珠面无表情地看着他，柔声问："温哥，你打算怎么办？"

　　"老天真是爱捉弄人！我的两位好友都在处州前线，却是一个攻一个守，一个要另一个的命。石抹公性命有忧呀！至于出山，我自然是不会的。孙炎也算是江南名士了，见识也颇为不错。他肯倾心尽力保朱元璋，想来那朱元璋必有过人之处。以往我也曾留心过朱元璋，觉得此人前途不可限量，可孙炎现在将他视作真命天子，真是令我可发一笑。"

　　刘伯温说到此处指了指书房中所悬挂的那段由朱珠抄录的话，说："打打杀杀、钩心斗角、尔虞我诈，这些凡尘俗世的肮脏，我是再也不愿碰了。"

　　"那给孙炎的信怎样回复呢？"

　　"就说父母年迈，需要我在家中尽孝道，侍奉二老，另外孩子年幼，尚未成年，我仍负教子之责，因而不能出山。"

　　"好，这倒是个借口。我就怕你语气生硬，伤了孙炎的面子。"

　　刘伯温斟酌词句地给孙炎写了一封回信，非常婉转地表明自己不能出山。

　　信写好后，朱珠又细细读了一遍。之后，她帮刘伯温将信封好，找了一个家人将信送往处州前线孙炎处。

　　信已发出。朱珠似有担心地问："孙炎能就此住手吗？"

　　刘伯温苦笑一声，道："不知道，管他呢！"

　　两封信派人送出后不久，处州前线传来噩耗——石抹宜孙战死！

　　刘伯温获知这个消息是从孙炎的第二封信中得知的，此时的孙炎已被朱元璋任命为处州总管。

　　遭到刘伯温的婉言谢绝后，孙炎并未灰心丧气，给刘伯温发来了第二封信，在信中他简略地述说了石抹宜孙战死的经过，并说明是大将耿再成将石抹宜孙围攻在城中一角后，石抹宜孙拒不投降，战死于乱军丛中。

　　不久，孙炎又有消息了，不过这一次不是送信，而是派来的亲使。

　　这名亲使不仅将孙炎的话带到了，同时还送来朱元璋的一封亲笔信。

　　朱元璋的信看罢，刘伯温付之一笑。

　　他再次向来人表明：他不会出山。另外，刘伯温委托此人向孙炎捎去一柄祖传宝剑。那柄剑真是一柄好剑，可与当年的鱼肠剑相媲美，从鲨鱼皮的剑鞘抽出那柄剑，便可感到一股寒气逼人，剑锋锋利无比，用"切金断玉，削铁如泥"来形容它一点都不过分。

　　刘伯温为了表示对征战的不感兴趣、无意复出而将祖传宝剑赠予孙炎，以铭心迹。

不料，一段时日后，亲使又一次来到青田武阳村，将那柄宝剑原物奉还给刘伯温，同时还带来孙炎一封洋洋数千言的长信。

孙炎特意作了一首《宝剑歌》附在信后，并在信中表明退还赠剑的原因，孙炎认为宝剑当献与真命天子斩佞臣。

刘伯温将那封信粗粗地看了一遍后，又细细地看了一遍，特别是那首《宝剑歌》，他不知不觉吟诵出来：

> 宝剑出鞘光耿耿，佩之可以当一龙。
> 只是阴山太古雪，为谁结此青芙蓉？
> 明珠为宝锦为带，三尺枯蛟出冰海。
> 自从虎革裹干戈，飞入芒砀育光彩。
> 青田刘郎汉诸孙，传家惟有此物存。
> 匣中千年睡不醒，白帝血染桃花痕。
> 山童神全眼如日，时见蜿蜒走虚室。
> 我逢龙精不敢弹，正气直贯青天寒。
> 还君持之献明主，若岁大旱为霖雨。

"诗文写得倒很平易，只不过这诗中之意隐隐约约在说朱元璋便是真命天子，温哥，是否可以这样理解？"

"嗯，有些人手中有人马、有地盘后就总要想着称皇称帝，这样的'真命天子'多如牛毛。朱元璋是不是，现在还没有办法下定论。"

刘伯温从没想过"真命天子"是谁，他心中的"真命天子"一直都是顺帝妥欢帖睦尔——虽然那是个无德无能的"真命天子"。

尔后，刘伯温开始逐字逐句重读孙炎的那封长信，信洋洋洒洒数千言，可见孙炎非要把刘伯温请出山不可。

其信道：

古人云："轩冕客志在林泉，山林士胸怀廊庙。"弟隐退山林，力求旷达，飘然似闲云野鹤，本亦无可指摘。然弟扪心自问——心静乎？性平乎？今天下大乱，群雄风起云涌，百姓无辜身陷水火之中，弟安能无动于衷？兄知弟常怀报国救民之心，无奈仕途坎坷，壮士不遇，以致意冷心灰，甘老林泉之下。弟尝读史，可知其症结之所在？

良相比干，忠心可比日月，然尚落得个剖心下场；前朝岳飞，一心抗金，风波亭死于非难。此所谓一木难支将倾之大厦也。今元帝荒淫无道，百姓流离失所，境内战乱不休，弟又何必抱残守缺？我主朱大元帅英明爱民，深得百姓拥戴，众望所归，众意所属，此乃天命也，弟深知数术天理，何故违天命而动？望弟深切思

之……

　　刘伯温看到这儿，心里有种说不出的滋味。孙炎的信写得中肯切实，足见其一片诚心，然而朱元璋真的如他所言，是天命所归的真命天子吗？他不相信！特别是朱元璋引以为荣的红巾军，简直是一群乌合之众，是一帮匪类！刘伯温此时清楚地记得他在杭州游历时目睹红巾军烧杀抢掠的情景。每想到此，刘伯温的眼中几乎要喷出火来。

　　然而，他想的更多的还是对朱珠的承诺。自那个激动人心的雪夜刘伯温亲口答应朱珠与她厮守到白头之后，刘伯温便坚定了终生不踏出青田的决心。几年的劳燕分飞，镜中人已朱颜凋谢，刘伯温觉得自己欠朱珠的太多、太多，必须用后半生的时光才可以报答她的似水柔情。

　　看惯了刀光剑影、鼓角争鸣，看烦了尔虞我诈、钩心斗角，刘伯温只想眠风宿月，过一种与世无争的生活，宛若桃花源中人，不问寒暑，不知朝代更替，与心上人共赴白头之约。他那雄肆开阔的心性已在山林间化作涓涓细流，他对这样的生活十分满足，他甚至没有想到过有什么会打破这种平静。

　　是的，如今这种平静被打破了，一石激起千层浪，孙炎抱定了不达目的死不罢休的决心，三番五次地写信给他，要他下山去辅佐红巾军的头领朱元璋。对于孙炎的盛意，刘伯温并不反感，而对于那位美其名曰"真命天子"的匪头，他的确没有什么好感。

　　想到这儿，他意味深长地看了朱珠一眼，却发现她也正含情脉脉地注视着自己。那半是幽怨半是期待的眼神，似乎在问："温哥，你会重新卷入俗尘中去吗？"

　　刘伯温怦然心动，他忽然想起来二人年轻时第一次分别时决绝与依恋的情景。那时的自己血气方刚，满腹报国热情，任凭朱珠如何极力挽留，都留不住自己匆匆的脚步。现在想起来，年轻的自己太莽撞啦。刘伯温用不容置疑的神情打消了朱珠的一切顾虑。

　　日子平静如初。

　　这天，刘伯温回家里探望母亲，刚进门便有报事的回话道："好友相访。"

　　刘伯温分外诧异，猜不出是谁来了，于是返身回门口去迎，又吩咐小丫头禀报母亲。

　　门外站着一位十分儒雅的中年人，清瘦身材，眉目间神采飞扬。刘伯温扬声而笑道："我当是谁来叩我的柴扉，原来是你呀，请！"

　　来人正是宋濂。

　　宋濂微笑道："打扰居士的清静了！"

　　刘伯温大笑着拉住宋濂的手，一同往门里走去。

　　老友相聚，自然是互叙旧情。刘伯温专门设宴款待宋濂。席间，觥筹交错，不亦乐乎。然而，明察秋毫的刘伯温早已看出宋濂的神色异乎寻常，似乎欲言又止。刘伯温索性开门见山，豪爽地一笑，道："潜溪，你似乎有难言之语，不妨说来一听!"

宋濂笑道:"说出来伯温也许不大爱听,我想动用三寸不烂之舌,劝伯温入世。"

"哦?潜溪,江南名士孙炎已几次三番派人来游说,我亦不为所动,你不妨试上一试,看看伯温的定力如何!"

宋濂不由得轻叹一声道:"说来,劝你入世,无非有两个原因:一不愿眼睁睁看你空有经纶之才而老于山野;其二么,我坦白地说,完全是一己之私。"

刘伯温十分意外,轻轻地呷了口酒,又将目光聚到宋濂那张清瘦的脸庞上,侧耳倾听原委。宋濂也品了一口酒,又叹口气说:"世事动荡不安,我这个文人也不能安心做学问,前思后想,倒不如入世致用。然而我一介书生,治国经邦的道理懂,却不懂扭转乾坤的术数,实在是可发一叹!伯温你精通天文地理,熟谙诸韬略,若下山辅佐明主,无异于潜龙飞天,大鱼入海,显尽英雄本色。待你荡开乱世阴云愁雾,为世人撩开一方净空,我辈之人方可不负满腹诗书,把孔孟之道发扬光大。伯温以为如何?"

"依潜溪之见,当今世上,谁可称上'明主'二字?"

宋濂缓缓开口道:"朱元璋!"

又是朱元璋!

刘伯温心头本能地升起一股厌恶之情,红巾军与东汉末年的黄巾军有何不同?一样的装神弄鬼,一样的烧杀抢掠,红巾军的头领又能怎样?还不是以牺牲百万人的血肉之躯来满足自己称王称帝的私欲?

"潜溪先生,这个朱元璋我也曾留意过,我承认,他有过人之处,但你为何看好他呢?莫讲那些神异的术数征兆灵验的话,那些不足为信。"因为是老友,交情不是一般的深厚,就算对朱元璋没有好感,但他还是希望听一听宋濂讲述他的理由,交往这么多年,他所认识的宋濂并非一个浮躁的人,他认定朱元璋一定有他的道理。

宋濂将杯中酒一饮而尽,借着酒的辛辣劲儿开口说道:"伯温啊,咱们先莫提'朱元璋是真命天子的理由',咱们先遍数天下群雄。第一个元顺帝妥欢帖睦尔,荒淫无度,偏听偏信,荒废朝政,昏庸无能,指望他能够重振雄风,更新吏治,平定天下,是不可能的。"

宋濂论说元顺帝时先扳下一根手指,他接着扳下第二根手指,说:"太子爱献识里达腊,做了将近三十年的皇太子,与其母奇皇后勾结在一起,意欲夺权,然而朝廷的大权并不在元顺帝手中,大权全在湖思监、朴不花、老的沙等人的手中,这几个人在朝中营结党羽,爪牙满天下,身后还有强大的北蒙各个派别作后盾,太子与奇皇后为夺权已绞尽脑汁,至今未果,根本还在太子羽翼未丰,根基浅,指望他也是不行的。"

见刘伯温默默地点头,宋濂又扳下第三根指头,说:"刘福通辅佐小明王韩林儿能成功吗?虽然其兵分三路,北伐元朝,但他的根基也不牢固,后方有官军和诸多英雄,根本不能立稳。韩林儿是扶不起的阿斗,刘福通忠心耿耿保护幼主,但其只能保住大军所到的几个州县,他的军队一旦开拔,那些州县立刻又被他人所攻占。

况且张士诚、方国珍又与朝廷相勾结，为朝廷潜运粮食，这无异于在刘福通身后捅了一刀。"

见宋濂说完一段，刘伯温示意他饮酒，两人共饮一杯，宋濂又扳下第四根手指，说："陈友谅原是徐寿辉的部下，'架空'徐寿辉后，陈友谅雄心勃勃，打算大干一场，可惜他志大才疏，徒有数十万的人马，而难成其事。'名不正则言不顺'，我看他迟早要杀徐寿辉，徐寿辉一死，必导致其内部将士离心离德。

"再说张士诚，以小恩小惠笼络众人，以兄弟家族为本起事。虽然攻城略地，小有实力，但其人贪恋女色，胸无大志，气量狭小，沽名钓誉，江南的士人虽然有些将重望寄予在他的身上，但多是一些贪恋富贵的小人败类，指望他能匡扶天下，扭转乾坤，无异于南辕北辙，与虎谋皮！

"再论方国珍，乃是宵小之辈，反复无常，时而起义，时而归附，狡猾多变，固守一方的本领倒是有，但让他开创伟业，如同异想天开，况这种反复无常、薄信寡义的人必遭报应！"

说到这里，宋濂已有些口干舌燥，他抿了一口酒后继续说："伯温你观天象时，是否仅有七颗较大的主星呢？据我观察是只有七颗。朱元璋虽出身贫寒，从小过着流离颠沛、饥寒交迫的生活，曾寄食皇觉寺，后投奔红巾军。他从一个大头兵干起，出生入死屡建奇功，逐步成为一名足智多谋、指挥若定的统帅。从士兵到元帅有诸多事例可以表明这个朱元璋是工于心计的，特别是采纳休宁人朱升的妙计'高筑墙，广积粮，缓称王'，已逐渐在两淮、江南发展了自己的基业，这是他的聪明之处：积粮训兵，待时而动。他手下的人马纪律严明，作战勇敢，另外特别注意不扰民、爱惜民力，其军队设置营田司，劝课农桑，不扰农时。礼贤下士，用人不疑，可见其人有远略、有宏图，与其他几位不同的是他居高位而不贪恋奢华，力求节俭，身体力行，无论德才都已具备，我敢断言，元失其鹿，席将朱元璋之手！"

在刘伯温的印象中，宋濂一向沉默寡言，不问时事，是个标准的皓首穷经的儒生，今日他论说起天下英雄来，却口若悬河，滔滔不绝，与往日可谓"判若两人"。

看到刘伯温一副惊诧万分的样子，宋濂自然明白其中的缘故，他浅浅一笑，说道："伯温莫要这样看我，像看个怪物似的，今日的宋濂已不是昨日的宋濂，我这些年虽在书院潜心治学，著述也算丰厚，可这些都有什么用？不过是废纸一堆，况且，战乱不平，天下动荡，最饱受其害的莫过于黎民百姓了，我没有别的奢望，只愿早一日结束战乱，黎民百姓们都能安安稳稳地过日子，这难道不是最大的'仁政'吗？我此行前来劝你出山，既是为个人的私利，更是为天下的苍生、为百姓的生计来求你的。伯温，实不相瞒，无论你是否出山，我都已决意入世了，虽然我是个穷酸儒生，只有满肚子的书本，但我拼了这腔热血也要为这天下最大的'仁政'尽一份力了。"

两鬓已斑白、面庞消瘦的宋濂说这些话时却判若两人，不像一个文弱书生，而似一个手提百万雄兵的大将，可称得上"气吞万里如虎"。

宋濂的话在原本心若止水的刘伯温心中激起了千层浪，他站起身来，走到窗前，一把推开两扇窗子，让冷彻的寒风吹了进来，刘伯温望着窗外，心里在进行激烈的斗争，可他实在难以下决断。他在窗前站了许久，对窗外也注视了许久，他转过身来，想再与宋濂谈谈，不料却发现，宋濂已在座位上呼呼睡去，不知是路途劳累的缘故还是不胜酒力的缘故。刘伯温唤来家人，将宋濂扶到客房去休息。到了晚上，刘伯温的心绪变得十分烦躁，怎么也睡不着觉，几次从床上披衣而起在漆黑的屋子里走来走去。他脑中在想：是重出江湖还是在此终老一生呢？日间宋濂的种种分析可称上精辟、有理有据，看来他早已对时事进行了详察，自己虽然几经宦海，算得上"曾经沧海"的人了，可是自己这些年忙忙碌碌都干了些什么？说白了，不过是起到一把刀子的作用。帮这个去杀另一个，天下还是个乱作一团的天下，齐家、治国、平天下，自己做到了哪一条？若是复出的话，则要对朱珠食言，自己不久前对她许下的种种诺言转瞬成空，会又一次伤她的心，刘伯温觉得自己无论如何也下不了这个狠心。

突然，一个平静的声音在黑漆漆的屋中响起了："温哥，你还是出山吗？"

"怎么，珠妹你还没有睡着，都怪我不好，老是闹出动静。"

"没什么，只不过你都睡不着，我怎么能睡着呢？你起来、睡下、起来都已经四次了，快来被窝里吧，外边多冷啊！"

刘伯温顺从地脱衣钻进了被窝，在朱珠的耳边轻声说："珠妹，你知道我在为什么发愁，我也知道我一旦……"

"好了，好了，这么多年了，我还能不了解你，你表面谦谦和和，骨子里却争强好胜。男人都有雄心壮志，温哥，你只管放手去搏，我不会成为你的拖累。"

自己心爱的女人是如此的善解人意，宁可牺牲个人的安逸也要成全自己的志向，刘伯温觉得说什么话都是苍白的，都是软弱无力的。

他伸出一只手将朱珠搂在怀中，非常地用力，仿佛要把两个人合成一个人似的……刘伯温决计出山，辅佐朱元璋干一番轰轰烈烈的大事业。他抛下手中的著述，与宋濂在书斋里对天下局势进行分析。他觉得这是他一生最后一次机会了，既然决定要做，就要做好，他觉得自己宛若当年隐居在隆中的诸葛亮，虽然足不出户，但心怀天下。

他的夜晚也变得忙碌和漫长起来，往往到了三更天的时候，他还不肯睡去，他在精心构筑自己的"隆中对"。有一日，天气骤冷，阴云密布，雪花从空中洋洋洒洒地飘落，武阳村很快被戴上了白毡帽，被披上了白毯子，原本人迹罕至的武阳村显得更为冷清了，村外的小路上往往半天也看不见一个人影，只是偶尔响起的一阵狗吠声让人感到这个地方还有些生气。

第 14 章
出山辅真龙　运筹在帷幄

应天府自古就是龙盘虎踞之地。最早在此构筑城池的便是越国大夫范蠡；三国时孙坚在此开创了一片基业，传到其子孙权手中，便与曹魏、蜀汉形成三足鼎立之势；其后，东晋，南朝的宋、齐、梁、陈，南唐，均在此建都，帝王之气相当浓郁。元朝在此设为集庆路。至正十六年（1356 年），朱元璋亲率水陆大军攻克集庆。朱元璋为了显示他的起义是"上应天命"，因而将集庆更名为应天府。

刘伯温、宋濂、章溢、叶琛四人在朱元璋的特使朱升朱枫林的陪同下来到了应天府。

一进应天府的城门，朱升便吩咐车夫将马车直接驶往元帅府，被刘伯温拦住了，朱升甚为不解地问："伯温先生有什么事吗？"

"朱老先生，我等年少时曾来过这里，可惜那时行色匆匆，未能饱览这金陵胜地的风景，此次前来，我等当好好游玩一番才是。朱老先生，朱元帅那里我们一定会去拜访，这个请你放心。"

朱升听刘伯温说得有理，只好依从。刘伯温四人便从城门处下了车，开始信步游玩。

宋濂东瞧西看，满眼的新鲜与惊奇，大概是在僻静的书院待的时间太久的缘故，走了没多远，他便开始啧啧称赞道："人们因此地濒临江水，三面环山，地势险要，赞誉为'龙盘虎踞'之地，历史上又有多个朝代在此建都，又称赞此处极具帝王之气。今日看来，街道两旁商铺林立，街上车水马龙川流不息，好一个热闹繁华的所在。"

叶琛从未来过这里，对城内特别宽敞的街道大加赞赏，说："做过帝王之都，气势就是不一样，道路是如此的宽广！"

刘伯温听后，哈哈一笑，道："叶琛老弟，你可知晓脚下所踩街道的来历？"

见叶琛直摇头，刘伯温便解说道："南朝时宋、齐、梁、陈均建都于此，为了将王宫、官衙与民宅划分开，特意修筑了这条南北御道，这条御道可是横贯城市的正中，当然修筑得平整、宽广，数百年来一直如此。"

他们一行四人穿大街、走小巷，不仅观看了这里的风土民俗，还饱尝了此处的风味小吃，宋濂特意买了一只应天府板鸭，让摊主切碎了，几个人边走边吃。

宋濂吃得最急，不一会儿嘴唇已沾了一圈的油腻，章溢打趣道："瞧瞧，大学问家见了板鸭也顾不上斯文了，简直像没了命似的，路人们哪里会知道，这位吃相最不雅的便是文章天下第一的大儒啊！"

"唉，多年未吃到正宗的应天府板鸭了，有时做梦还会想起。章溢呀，莫要取笑我，你刚才吃小吃时好似风卷残云，不要'五十步笑百步'了。"宋濂一边吃着板鸭，一边反唇狠讥，两不耽误。

"秦淮河就在前边了。"刘伯温欣喜地叫出声来，其实，这里最让他挂念的便是这条碧青如带的秦淮河了，那年他曾与朱珠一同夜游秦淮河，桨声灯影里的秦淮河真美，美得让人心醉。可惜这次来应天府朱珠未能同车前来，她要缓些时日才来，要不便可与她做一番故地重游了。

船只在河上摇摇晃晃地行驶。有的穿过青石拱桥，有的在码头泊下。刘伯温眼见此景，不由得产生一股幽思，对其他人说："六朝时，秦淮河便已是一个繁华所在，诸多名门望族聚居在乌衣巷、朱雀桥一带。想一想当年谢灵运、刘勰、王献之父子等文人墨客也曾会聚于此。"

"是啊，'旧时王谢堂前燕，飞入寻常百姓家'。那时的名门望族们早已化作尘埃，如今只剩这秦淮河还在。"宋濂也不禁发出感慨。

"诗仙李白还写了不少金陵怀古的诗篇，我记得杜牧也写过。那时的金陵胜景该是个什么样子呢？"叶琛阐发他的幽思。

"年少时这里的景象我现在已记得不大清楚，也许是眼前这个样子，也许不是。"刘伯温经一番比较后，得出一个十分模糊的结论。

叶琛用鼻子狠狠嗅了嗅，方说："这秦淮河有股别样的气息——金粉气息，看来这帝王之气很是不纯啊！"

"哪里繁华哪里便多声色犬马，历朝历代皆如此，这不足为奇。你们不晓得吗？金陵地自古出佳丽，大概与这秦淮河水有关，一方水土养一方人嘛。"

"江南佳丽地，金陵帝王州。此言不虚。"宋濂说。

"李白诗云'地拥金陵势，城回江水流'便是此处的写照。西南有滔滔江水滚滚而来，东南有这秦淮河蜿蜒而去，真乃天地造化的不朽之作。"刘伯温进一步说。

"明日我们可以游一游钟山、清凉山、栖霞山等处的名胜古迹。"章溢提建议。

"燕子矶一定要去。我倒要看看那里像不像一只临江欲飞的燕子！"叶琛从未游玩过此地。此次初来乍到，对燕子矶的风采要一睹为快。

"叶琛啊，莫愁湖你也要看一看。"

"诸位，游玩归游玩，但并不急于这几日，眼下所要做的便是观察朱元璋元帅治下的应天府的实际情况。孙炎、朱升可没少夸赞朱元璋元帅治兵有方，纪律严明，对百姓秋毫不犯。俗话讲'耳听为虚，眼见为实'，倘若我们亲眼所见这支红巾军不同于其他的红巾军，留在这里方可施展拳脚。"

心直口快的章溢忍不住要将心中所想说出来，生怕这几个文人骚客见了好山好水会物我皆忘，将此行的目的抛至九霄云外。其实，自刘伯温阻止朱枫林将他们一行人直接带至帅府起，宋濂、叶琛便明白了刘伯温的用意，只不过谁也没有说明，可章溢是个实在人。

刘伯温等三人都冲章溢笑了笑，叶琛说了一句："你就放心吧，私访与游山玩水两不误。"

刘伯温等人在应天府一连游玩了三天，在朱升的再三催促下才决定去拜谒朱元璋。

刘伯温他们到达应天府的当天，朱升便向朱元璋汇报了一路之上的情况，朱升说到刘伯温四人执意要先游玩后拜谒时，朱元璋脸上露出一丝不易察觉的不快，但只是短短的一瞬。朱元璋随即便发出爽朗的笑声，对朱升说："好呀，应天府可是个好地方，应当好好逛一逛，只是我求贤若渴，可别把我渴死了。"

一席话惹得下边的将领笑了起来，只有李善长假装笑了笑，他的心中直泛酸水。他很清楚刘伯温、宋濂这一干人到来对他的威胁，说实话，他不欢迎这些人来到应天府。然而，这些想法只能放到内心最深处去，他在心中劝慰自己，既然刘伯温他们来了，就以平常心对待吧。

他起身出班，高声道："恭喜元帅，您能得到刘伯温、宋濂、章溢、叶琛这四名良谋高参，对我军而言如虎添翼，我敢断言以后我军攻城拔寨将无往而不利！"

朱升其实也瞥到朱元璋那一丝不快，他见李善长的话引得朱元璋的笑容更加灿烂，便"锦上添花"道："元帅虚怀若谷，招贤纳士的美名流传很广，前不久王伟、许元、黄天锡慕名而来，元帅礼遇他们，让江南士族情感振奋，我想陆续会有士人前来投靠。"

朱元璋觉得心中很是受用，但他仍是相当谦逊地说："一个篱笆三个桩，一个好汉三个帮。元璋能有今日全依赖大家的齐心协力，日后还要仰仗兄弟们同舟共济。"

朱元璋目光炯炯扫视众人一周，接着说："平胡灭元是我今生最大志向，可我有自知之明，自幼放牛没有进过书堂，所以出谋划策冲锋陷阵都要人来帮忙。也不知上苍怎么想的，将医济天下的重担压到了我的肩上，我朱元璋有何德何能在这里对大家发号施令？只因大家看得起我，让我负起总责。我不敢在这个位置上放纵一丝一毫，要不上愧苍天下愧大家！"

说到动情处，朱元璋声音哽咽，泪珠几乎要滚落下来。朱升、李善长以及满堂的将领谋士被朱元璋这段内心剖白所感动，不知谁喊了一嗓子："元帅万岁！"

这一嗓子像往热油锅里点了一把火，众人也齐声高呼："元帅万岁！元帅万岁！"朱元璋望着群情激动的众人，泪水潸然而下……泪水模糊了他的双眼，世界也变得模糊起来，他的脑中闪现出小时候给地主老财放牛屡次被打得死去活来，后来又四处乞讨过着猪狗不如的生活，再后来出家做了一名小和尚……辛酸的往事让他对眼前所拥有的一切产生了一种梦幻感，人生真是这样的无常吗？三十年河东三十年河西。

朱元璋从朱升的报告中获知：刘伯温一行已被安排在礼贤馆——那是他特意为天下的贤士名士修建的。

他的心终于放下来，因为他确信刘伯温这四人既然肯来就一定会在他的身边留下，如今最让他担心的是：刘伯温等人究竟有多么大的能耐，特别是刘伯温被人传得神乎其神，他决定接见刘伯温时，一定要试试他的才学。

刘伯温一行人抵达应天府的第四日，一场"性命功臣"与"真命天子"的风云聚会才正式开始。

朱元璋给刘伯温一行四人非常隆重的礼遇。从礼贤馆通往帅府的路上，用细细的黄土垫道，给六朝时的御道铺上一条金黄色的带子，刘伯温等人的车队通过时，一切闲杂人等都退避一旁。

在帅府门口，站立着两队高大威武的兵卒。朱元璋亲率手下的文臣武将站在帅府门口，恭迎刘伯温、宋濂、章溢、叶琛的到来。看热闹的老百姓都在远处围观，他们交头接耳、议论纷纷，因为这是难得一见的大场面。

朱升引导着刘伯温一行乘车从礼贤馆出发，驶往应天府，朱升的车走在最前面，刘伯温、宋濂、章溢、叶琛四人合乘一辆华丽的马车。刘伯温、宋濂在车中下起了"盲棋"，所谓"盲棋"是指不用棋子和棋盘，只凭口说心记来下棋。两人下得非常投入，对车外的世界看都不看上一眼。章溢、叶琛则不然，透过车帘的缝隙观察外边的动静。

礼贤馆与朱元璋的帅府相隔并不是很远，但朱元璋的迎贤仪式搞得非常隆重，使得马车车队缓缓行进，一段不甚远的路程也变得漫长起来。

当朱升的车子稳稳地停在帅府前时，朱升这位老德生从车上下来，来到刘伯温等人所乘的车前，非常客气地说："各位先生，元帅府已到了。"

宋、刘二人的全部心思还在那盘"盲棋"上，对朱升的话全然没有理会，要不是章、叶二人的提醒，他俩还要继续酣战下去。

随后，刘伯温、宋濂、章溢、叶琛四人从车中鱼贯而出。四人下车之后整整衣冠，以刘伯温为首迈步向帅府走去。

早在帅府门口恭候多时的朱元璋大步流星迎上去，他的文臣武将们紧随在后。

朱元璋高声道："各位先生能移尊大驾，屈就在我这小小的应天府，朱某不胜感激。战事紧急，朱某实在难以脱身前往各位先生的府第拜会，还请各位先生海涵。"

刘伯温等赶忙向朱元璋施过礼，在这施礼的瞬间，刘伯温终于亲眼见到传说中很不一般的朱元璋，虽然相貌不甚英俊威武，但眉宇间自然流露出一股英雄气概。刘伯温心中不禁暗自赞叹，朱元璋本人虽远不及孙炎书信上所描绘的那般有"真命天子"样，但绝非一个俗物！

朱元璋也在打量着刘伯温，刘伯温体态修长，身着青衣素袍，两眼宛若清澈的水潭，高耸的鼻梁，薄厚适宜的双唇，容貌气质也很是不俗。

刘伯温等人被朱元璋迎接到大厅上，特意赐予他们座位。双方都互相说了几句客套话，旁观的文臣武将们都在企盼着，企盼这神乎其神的四人能当堂一展他们的才识！

朱元璋在心中斟词酌句了好半天，才向四人开口言道："元璋出身贫寒，饱尝黎民百姓的饥寒之苦，恰逢元朝暴政致使民不聊生，一方高举义旗，四方云集响应，元璋亦投身于起义的洪流，东拼西杀、南征北战后，才谋得一块弹丸之地，有心平定战乱，保黎民百姓之安居乐业，怎奈志大才疏，诸多疑惑囤积脑中，今日能迎来四位先生，心中所惑之事便能一一被解答，望各位先生不吝赐教。"

宋濂老成持重，一向寡言少语，听了朱元璋的话后不动声色。

刘伯温晓得朱大元帅是有意考问他们的才识，这早就在他的意料之中。当年刘备到茅庐寻访诸葛亮，诸葛亮不就是以"隆中对"让刘备心悦诚服地拜为军师的吗？朱元璋费尽心机将自己与宋濂等人招罗至此，不单单只为落个"招贤纳士"的好名声，他是有野心的人，自己则需助他一臂之力。

"元帅的话太过客气了，但不知元帅因何事困惑，不妨讲出来。"

"我军现处在数支人马的夹缝中，图谋发展可谓举步维艰，不知先生有何良策？"

"我想元帅心中引为忧患的便是陈友谅、张士诚这二路人马了？"

"唔，陈、张之外还有个方国珍，一向脚踏多只船，对我军时友时敌。"

"方国珍乃无赖小儿，不足为虑，至于陈、张二支人马，要灭他们也非难事。"刘伯温的语气中，俨然不将陈友谅、张士诚放在眼里，对于方国珍更是不屑一顾。

朱元璋听罢心中大为惊奇，自己多次召集谋士及心腹大将商议对策，无人敢把陈、张等闲视之，但谁也拿不出好的办法来。今日刘伯温一开口便是"要灭他们也非难事"，真是好大的口气，这刘伯温该不会是以卖弄唇舌为能事，以纸上谈兵为本领的狂生吧？

"刘先生，实不相瞒，我为谋求除张灭陈的良策可费了不少脑筋，至今无计可施。先生若有良策，快请讲！"

大厅之上，所有人的目光都聚集到刘伯温一人身上，好多人听了刘伯温刚才所讲的话，都认为刘伯温太狂妄，简直是在大放厥词，他们将耳朵竖得直直的，要听一听这个刘伯温能说出什么样的良策来。

刘伯温自然明了自己下面这番话的重要性，也很清楚他是众人瞩目的焦点，但他没有丝毫的慌乱，而是先微微一笑，尔后才不徐不急地讲道："除张灭陈之事果让元帅头疼的话，也不为稀奇，我可断言，元帅一定是被先除谁后除谁这个问题所困扰，我说的对吗？"

"对啊！"朱元璋不假思索地答道。

"是了，这便是解决问题的关键所在，至于如何除张灭陈，详细的计谋我都已写在《时务十八策》中，元帅可以慢慢看来。这里，我先讲一个故事，以作开拓思路之用。"

刘伯温说到此处有意地停顿一下，环视一下大厅，心中不禁暗自好笑：都说朱元璋手下谋士如云，可连一个区区的除张灭陈之策都谋划不出，真是让人可发一笑。

刘伯温冲着在座的各位开始讲述一个故事："从前，在一座深山老林中，生活着一只老虎、两只狼。每次老虎捕获到猎物，那两只狼便前来争食，老虎驱赶这只时，那只便乘机偷吃猎物；老虎再去驱赶那只时，这只又跑了回来。老虎为驱赶这两只狼而疲于奔命，在顾此失彼中，所获猎物便被狼叼走，最终，老虎竟被饿死。"

这个故事虽短小但却精悍，尽管是个故事但寓意深远。朱元璋听后，感到有所启发，但还是没有完全明白，他不解地问："刘先生，猛虎难敌群狼，好汉难敌四拳，眼下我所面临的难题正如故事当中那只虎所处的困境，老虎怎样才不致被饿死呢？"

"老虎欲要活下来，必先除去狼，这一点是毫无疑问的，当断不断，反受其乱，元帅，陈友谅、张士诚必须铲除掉，如今便是最佳时机，倘若时机错过，必酿无穷之祸患。"

听到此处，朱元璋看了一眼朱升朱枫林，又瞧了瞧李善长，只见这两人神色凝重，想必是在胸中权衡刘伯温的话。

刘伯温也在观察朱元璋，看到朱元璋这般举动，心中立时明了了八九分，打铁需趁热，刘伯温又言："元帅，与您争天下者，陈友谅、张士诚二寇，犹如山中那两只狼，您若不当机立断除去恶狼，几年之后敌我之形势便会逆转，到那时您便成了与虎争食的狼了。"

朱元璋面有难色道："刘先生，眼下敌我实力相比，我恐怕还不能算一只虎，再者，怎样除狼也是个棘手问题，倘若我此时讨伐二寇之一，致使二寇联手共同对付我，形势岂不是要大坏？"

"元帅，您是不是虎咱们稍后分析，除狼之策也很简单，先集全力灭其中一只，一只既灭，另一只则不在话下。"

"哦？那两狼联手，我又该如何是好？"

"元帅，现在我便来分析一下您与陈、张的关系中为何您是虎，而他俩是狼的缘故。陈友谅原本跟从徐寿辉、倪文俊起兵，起先不过是倪文俊的手下，倪文俊专横独权，陈友谅心有怨言而无处可泄，后投奔徐寿辉，反戈一击，灭掉了倪文俊，又在军中私营党羽，架空了徐寿辉。去岁陈友谅攻陷龙兴，徐寿辉欲迁都至龙兴，陈友谅心生忌恨，幽禁了徐寿辉自立为汉王。从其发迹史来看，陈友谅奸诈多变、野心勃勃、寡德少信，其声望难以与您匹敌，其兵力号称百万，却不过是些乌合之众，其实不堪一击。陈友谅风流成性，贪恋女色，不能自制，可见其人虽有痴心妄想，骨子里却怕苦畏难。其现踞江水上游，虎视眈眈我部，我军与其不时有些摩擦，其灭我之心早生，不日便会顺流而下，水陆并进，将我军歼灭。因而，两狼之中首恶当推陈友谅，灭陈友谅便夺天下三分。元帅，兵家向来讲究'先下手为强，后下手遭殃'，我军眼下不早做准备，有所谋划，待到陈友谅部气势汹汹顺江而下，我部便陷于被动挨打之势！我敢断言，与陈友谅决一死战不过是时间早晚的事，晚战不如早战！"

刘伯温对陈友谅的这番分析并非空发议论，而是有理有据，让人信服。

大厅内的文臣武将们不由得交头接耳起来，扑朔迷离、复杂纷扰的局势在刘伯温的分析下，变得清晰明白。

刘伯温喝了口茶水，润了润发干的嗓子，接着分析道："张士诚原本轻财好施，收买人心，至正十三年起事后，在十六年占据姑苏自立为吴王。但张士诚胸无大志、安于现状、故步自封，其假意归顺朝廷，为朝廷开通潜运，尽失人心！其沽名钓誉、欺名盗世，为博得'尚贤'之虚名对投靠他的士人一概不拒，不以士人是否贤良为标准，好多迂腐书生为贪图富贵趁机投其帐下，其手下有蔡姓参军，叶姓参军，黄姓参军各一，均为纸上谈兵的无能之辈，吴中有童谣云：'黄、蔡、叶，作齿颊，一夜西风来，干厌。'"

这个风趣的童谣逗得在场之人发出哄堂大笑，朱元璋也禁不住笑出声来，刘伯温等大家平定下情绪，接着说："张士诚实乃鼠辈，目中无人，我军若与陈友谅决战，他倒乐意'坐山观虎斗'，决不会与陈友谅部联手共抗我军，但其人贪小便宜，必定会趁机攻取我军地盘，我军应决不手软，坚决痛击，他吃了苦头后也就老实了。至于方国珍，奸诈成性，狡猾无比，又是朝秦暮楚出尔反尔之辈，对待其可先以金银示好，派使劝其归顺，待灭陈去张后，再将方国珍部制伏。"

朱元璋心有疑惑，说："去年，方国珍遣使刘因来见我，还奉上黄金五十斤、白银一百斤，商谈合围张士诚事，我答应他了。方国珍不久遣送其子方关为人质，我恩赐方关让他回去了，方国珍又出主意说，倘若我平定张士诚部，他愿出钱出兵，并且在灭张后，将温州、台州、庆元三地献出。可这个方国珍口蜜腹剑，至今未见他有何动作。"

"方国珍是个十足的小人，'口惠而实不至'，他不过是施了个'一石二鸟'之计，让我部与张士诚火并，他好坐收渔利。元帅，有关灭陈除张、平定江南、再图江北的谋略细则我都已在《时务十八策》当中写明，请您明察。"

说着，从衣袖中取出一个纸卷，由亲传献到朱元璋近前，朱元璋取下，徐徐展开观之，只见一笔清晰隽秀的蝇头小楷，只是"时务十八策"五个字是刚劲、苍遒的行草，朱元璋当堂一字一句读了下去，这《时务十八策》将当下平寇建国最紧要的十八件事写了出来，只见：

一、灭陈去张

二、剿灭方国珍

三、军屯之自养

四、勿过度扰民、过度使用民力

五、严肃军纪，治下有方

六、粮草供应之对策

七、水战、火战之配合

八、坚城固守与弃城引敌

九、疑兵计与反间计

十、儒学教化

十一、农田水利之构建

十二、招贤纳士之标准

十三、军中将领俸禄

十四、劫寨与反劫寨

十五、谋士参议制

十六、属官编制

十七、北伐

十八、定都

朱元璋用了近一个时辰，当堂看完刘伯温这煌煌千言的《时务十八策》，掩卷之后面上禁不住流露出喜色，对刘伯温道：

"伯温先生，你真乃天赐我之子房也！"

刘伯温刚要谦虚几句，朱元璋未及他开口又说："先生未来时，我曾问询陶安：'刘宋章叶四人才学如何呀?'陶安是这样说的：'刘伯温的谋略乃天下第一，宋濂的儒家学问乃天下第一，章溢、叶琛治民之才远在我之上，元帅可将重任托付予这四人。'今日与伯温先生讨教问题，获益匪浅，又看伯温先生《时务十八策》，真可比得上十年寒窗苦读。我想任命宋濂先生为江西儒学提举，章溢、叶琛为营用司金事。另外，犬子就有劳宋先生多加调教了。伯温先生不授予实职，留我帐内运筹，预谋军机要务。"

刘伯温等四人连忙拜倒领命。厅中马上响起了一片"元帅英明"的赞誉之声。

人生就是这样的无常。刘伯温回想自己的遭遇，更是印证了这一点。少年时求学上进，获得进士，欲以满腹才学报效国家、尽忠朝廷，怎奈几度宦海浮沉，饱尝被弃之苦，今日终受人青睐，说来真是令人感慨万千。让人更觉可笑的是，自己以往出谋划策都是为了剿杀起义军，谁曾料到今日竟站到红巾军这条船上。既来之则安之，让帝星为我从天而落吧！

这一夜，刘伯温站在礼贤馆的院中，望着满天星斗，认真地观察起星象来。

北方，那颗晦暗的帝星虽还没有立时坠下来的迹象，但星光已十分微弱了；南方，有三四颗星星光亮异常，它们相距不是很远，哪一颗都不比另外几颗逊色。

一场龙争虎斗就要开始了，哪一颗会第一个掉下来呢？这个问题如同在冥冥夜空寻找太阳一样让人感到迷茫。

一场晚风吹拂，夹带着泥土的香气和花的香气，沁人心脾，让刘伯温的精神为之一振，哦，又是一个春天，也许再到秋天时不会再收获的都是苦涩的吧？

经过近一个月的精心准备，朱元璋的水陆两军都已准备就绪，灭陈的大幕被徐徐拉开。经与刘伯温、李善长、朱升等谋士商议后，至正二十年(1360年)四月，朱元璋命大将徐达、常遇春攻打赵普胜的水寨。

这个消息传到陈友谅的耳中时，陈友谅不由惊讶地叫出声："我还没打他，他倒先动起了手。这个龟儿子，不给他些厉害尝尝是不行了。"

于是陈友谅派精兵增援赵普胜部，并扬言要攻下安庆，一副志在必得的模样。

朱元璋认为安庆乃军事重镇，应以重兵固守，刘伯温却笑着说："元帅莫要中了陈友谅声东击西的诡计，他虽扬言要夺取安庆，但其锋芒必将指向池州。元帅，倘若他先夺安庆而不攻取池州的话，即便安庆被攻占也是不稳固，还会陷于池州我军的腹背偷袭，这样的话，不如先夺池州再攻安庆。"

这下朱元璋可有些为难了，因为在安庆、池州一线的兵力实在太少，置安庆于不顾实在让他放心不下。李善长这时发言："元帅，兵家历来好奇兵，出险相，我们可令遇春以老弱病残守安庆，以主力在池州附近埋伏。"

朱元璋反问道："那在何处设防呢？"

"九华山！"刘伯温、李善长不约而同地喊了出来。

"哈哈！真是英雄所见略同啊！既然两位高参不谋而合，我还有什么好担忧的，伯温先生说说你的想法吧。"

刘伯温也不推辞，侃侃而谈："九华山就在池州城池附近，其下方有江水流过，陈友谅若攻池州必从水陆并进。我军可在池州城外附近设下两支人马，一支埋伏在九华山内，以包围陆上之敌，另一支截断敌军水上退路，陈友谅军若来攻打池州城，水、陆两面包抄，池州城内守军正面攻击，以三面合围之势让敌军插翅难逃！"

刘伯温的眼睛烁烁放光，朱元璋也感到一阵阵的愉悦和轻松，以往李善长为自己谋划时，心中总也不踏实，如今有了刘伯温，真的可以高枕无忧了。

朱元璋命常遇春按此计排兵布阵，设下埋伏专等陈友谅来。

果然，陈友谅的大军并未奔向安庆而是意欲直取池州城。陈友谅的人马到了池州城下，讨敌骂阵，等待多时的池州守军在城头放炮三声，埋伏在九华山中的伏兵和江水上的伏兵将陈友谅部围在当中，池州城内的人马也冲杀出来。

这一役，杀敌过万，俘获敌军精锐人马三千。

在处置这三千俘虏的问题上，常遇春、李善长都坚持就地处决，以扫除灭陈征战中的劲敌，刘伯温却力主将这三千人马全部释放，李善长甚为不解地问："伯温，这可是姑息养奸、放虎归山呀！"

"战争伊始，我军不宜杀戮太重，当恩威并重，这样能博得人气，日后征战中获益无穷。"

朱元璋遂采纳了刘伯温的意见，然而命令传到常遇春军中时，三千人马已被常遇春杀去大半。刘伯温闻听此事后，心中暗想：常将军虽有万敌不胜之勇，可惜杀气太重。

后来，剩余的俘虏均被遣送。

灭陈的征战确实刚刚开始。当头吃了败仗的陈友谅自然不会善罢甘休，在这一年的五月，陈友谅率领他的水军顺江而下，攻打太平城。

最让陈友谅引以自豪的便是他的水军了。他亲自督选数十艘巨型战舰，这种巨型战舰高有数十丈、长上百丈、宽数十丈，可载兵士数千，浮在江面上宛如一座流动的城池。

太平城就建在江边，由虎将华云把守。陈友谅将巨舰开到城边，船舷要比太平城池还高，陈友谅命令士卒从船上跳到太平城城头上，这样太平城的城池形同虚设，没过太久，太平城便被陈友谅部攻占了，虎将华云也在此役中壮烈牺牲。

陈友谅杀徐寿辉、称帝、联张失败的消息传到朱元璋的军中，朱元璋立即召见手下高参进行商议。

刘伯温没有急于发言，倒是老德生朱升道："陈友谅行而无德，天恶人怨，其帝位难以久矣。"

李善长面有喜色地说："张士诚果然胸无大志，这样陈、张不能联手，我军可全力对付陈友谅了。"

朱元璋点头称是，看到一旁默不出声的刘伯温，便问："伯温先生，你有何高见呀？"

"元帅，山雨欲来风满楼，我想不久之后必有一场恶战。"

"哦，此话怎么讲？"朱元璋不解地问。

"元帅，您想，徐寿辉他也杀了，皇帝他也做了，他最急需要做的事便是巩固位子。谁能对他的皇位构成威胁？自然是我军了。"

"伯温先生果然有远见卓识。"朱元璋由衷地赞叹了一句。

李善长却在心中愤愤不平：这个刘伯温总要显出自己的特立独行，总爱出风头。可李善长是城府极深的人，喜怒不形于色。

就在这次会议召开后不久，果然传来陈友谅亲率大军，杀气腾腾直奔应天而来的消息。这个消息无论是在百姓当中，还是军营当中都掀起了一场轩然大波，一时之间，应天城内人心惶惶。

朱元璋有心与陈友谅决一死战，即使战事失利，也可以撤退。然而众将信心不足、士气低落，让朱元璋感到十分不满，就连老成持重的李善长也主张撤走。

朱元璋的目光在人群中搜寻，他知道还有一人未发表意见，那人便是刘伯温，谁的意见都可以不听，唯独不可不听他的意见。

刘伯温今日特意混迹于众将之中，有心听听这些将领的意见，他一直没有开口说话。当他看到朱元璋的目光在人群之中寻寻觅觅时，他知道该他讲几句了，于是他从人群之中走了出来，高声说道："孙子兵法云：'凡先处战地而待敌者逸，后处战地而趋战者劳。故善战者，致人而不致于人。'陈友谅自恃兵强将勇，沿江而下，气势十分嚣张，这有何惧？他陈友谅已犯了兵家大忌，自江州到应天路途遥遥，江水风浪甚大，陈部抵应天时已是疲惫之师，我军以逸待劳，后发制人，何患不克？"

刘伯温对厅内的文臣武将们说："诸位，兵将多寡并不能决定胜负，三国时赤壁之战，曹操大军兵多将广，蜀、吴联军人数少得可怜，结果怎样呢？曹孟德数十万大军在谈笑间变得灰飞烟灭。赤壁之战，蜀、吴联军靠何取胜？是谋略！"

朱元璋询问道："伯温先生，有何妙计可以制敌？"

刘伯温道："陈友谅心高气傲，加之兵力占优势，自认为一举可将我军消灭，兵家云：'骄兵必败。'我们可以佯装不济，难以抵抗，引陈友谅的人马孤军深入，在途中设下埋伏歼灭敌人就变得容易多了，后发制人，可以夺取威势，制伏敌人。成就帝王大业，也就在此一役了。"

"另外，我军可效仿赤壁之战中黄盖所用的苦肉计，引诱陈友谅上当。"

"伯温先生，你不妨将细微之处也讲出来，大家好好商议一下。"

"我拟将信州交由胡大海将军去攻克，攻克信州便钳制陈友谅部的后援。常将军、冯国胜将军率领一支人马埋伏在石灰山一侧，徐达将军埋伏在南城外，另外，还有……"

大伙顺着刘伯温的思路都开动起脑筋来，朱升猛然想起一点，说："可派杨景杨将军驻守在大胜港，张将军、刘将军统领水师镇守龙江关。"

"那么派谁去当'苦肉计'中的'黄盖'呢？"朱元璋沉吟着。

李善长眉毛一抖，心中物色到一个上佳人选，但他没有急于讲出来，他还要等等再讲出来。

"元帅，康茂才如何？他乃陈友谅的老乡，又是从小一起玩到大的好朋友，让康茂才假意愿为陈友谅的内应，我想陈友谅一定上当。"

朱元璋向刘伯温投去赞赏的眼光，李善长在一旁则有些懊恼不已，责怪自己太过矜持，又让刘伯温成为此次军事会上博得头彩的人。

朱元璋将康茂才招至近前，用手拍着康茂才的肩头说："茂才，'苦肉计'这出戏的主角就是你了，能胜任吗？"

康茂才将胸脯一挺，信心十足地说："元帅，茂才不会让您失望。"

朱元璋对康茂才耳语了一番，康茂才得令转身去办了。

康茂才回到自己的帐中，立即修书一封，大意是：在朱元璋的军中熬来熬去也熬不出个希望，老兄如今已荣登大宝，兄弟一直想投奔到兄处，怎奈没有见面礼，今恰逢兄长统率大军顺江而下，弟在朱元璋的水师中供职，愿为内应。

康茂才派一名精明强干的心腹之人驾小船来到陈友谅的军中，将他的书信献上。

陈友谅读罢哈哈哈连笑三声，说："朱元璋你离死期不远矣。"

接下来问道："茂才现在何处？"

"我来之时康将军正在把守江东桥。"

陈友谅将此人好吃好喝招待了一番，派人将他送回，临走时叮嘱："回去告诉茂才，我率军赶到时，以呼'老康'三声为信号。"

密使记在心中，回来后将整个经过一一告知朱元璋，朱元璋拍手笑道："陈友谅这贼人中计啦！"

朱元璋亲率大军驻扎在卢龙山，静候陈友谅的到来。

陈友谅指挥舰队东下，当舰队行至大胜港水域，狡猾的陈友谅觉察到那里港湾狭小，水道通行不畅，又远远地看到岸上似乎有重兵把守，担心会中了埋伏，便将舰队撤向江东桥。抵达江东桥后，陈友谅令数名士兵齐声高喊"老康"，哪知道任凭喊声震天，也不见有人出来接应，陈友谅心中暗叫不好，赶忙命令舰队开赴龙江，当舰队行抵龙江后，陈友谅忙派士兵立栅扎寨。一场突如其来的雨，扯天扯地地下了起来。站在高处的朱元璋看到陈友谅的士卒冒着大雨立栅扎寨，觉得这个良机不可错过，趁陈友谅立足不稳，杀他个落花流水。

朱元璋一声令下，手下的士卒如同下山的猛虎向陈友谅部扑了过去，四处的伏兵也纷纷杀出。

徐达从右面向陈友谅部发起攻击，常遇春身先士卒带领人马以万敌不当之勇从左边杀出，这下可让陈友谅的人马乱了阵脚，刚刚上岸的近万名官兵又被统统赶进水中，陈友谅有些慌乱了，顾不得让这些溺水的士兵登上战舰，便急匆匆地命令战舰驶向对岸。就在这时，朱元璋的水师由张、刘两位将军率领也赶到了，陈友谅顾此失彼，应接不暇，他的巨型战舰因江水落潮纷纷搁浅，情急之下，陈友谅改乘小艇飞桨逃命。

朱元璋"痛打落水狗"，将陈友谅杀得大败而归。

此役，朱元璋收获颇丰，不但缴获了数十艘巨型战舰，还有战船数百艘，陈友谅只带着几百人狼狈不堪地逃回江州。

士气大振的朱元璋部挟大胜之余威，兵锋直指太平城，此次进攻不仅有陆路上，还有水路上，特别是那些俘获的陈友谅的巨型战舰，发挥了极大的威力，太平城重新回到了朱元璋的手中。

刘伯温在这场"应天保卫战"中着实露了脸，原来对他心存疑虑的将士们，在"应天保卫战"后无不对他佩服得五体投地。

朱元璋更是将他视作心腹，所有机密事宜无不找他谋划。

败逃回老巢江州的陈友谅一连数日没吃下饭去，他先是破口大骂康茂才："你个该千刀万剐的'糠心菜'，卖友求荣，你别落到我的手中……"

陈友谅骂过之后，身心疲惫，至于报仇之事，只得推迟一段日子再说。

朱元璋平乱的战役并未因一场两场胜利而收手。六月份，胡大海夺取信州后，朱元璋已将目光投向了安庆。安庆历来是兵家必争之地，遏制水陆两处咽喉。原来是徐寿辉手下悍战赵普胜从余阙手中夺去的，后便由赵普胜把守，朱元璋几次令人攻打，都未能得手，后来徐寿辉部内讧，赵普胜被陈友谅杀死，另行委派将领驻守安庆。

陈友谅在攻打应天府时，胁迫原赵普胜的部下张志雄部一同前往，张志雄心生怨恨，在那场激战中消极对待，后恐怕陈友谅加害他便率部投降了朱元璋，并献了攻取安庆的计策，朱元璋部依计攻下了安庆。

第 15 章
初示展锋芒　巧言避主疑

朱元璋自从至正十七年在应天设置"天兴建康翼大元帅府"之后，短短几年的光阴，便攻下镇江、金坛、丹阳、江阴、常州、常熟、信州、扬州等战略要地。朱元璋深知行军打仗没有贤士良谋是不行的，因而他每到一处便令人四处张贴《招贤榜》，广泛地招贤纳士。至正十八年，喜获博古通今的休宁人朱升，获"高筑墙，广积粮，缓称王"的九字箴言。到至正二十年（1360年）刘伯温等四人应征召入军帐，朱元璋算是领教了刘伯温用兵如神的厉害，虽然是短短一年的时间，自己的实力已发生了根本性的改变，人马上有源源不断的新鲜血液补充进来，天下的贤士慕名而来，灭陈除张的大略正在一步一步变为现实。

忆往昔，看今朝，朱元璋感到自己的这个"天兴建康翼大元帅"的招牌还不够大，号召力还不够。于是，朱元璋在至正二十一年春，中书省设御座，奉小明王行庆贺礼，朱元璋率领文臣武将们行礼，刘伯温勃然变色，拂袖而去，走之前丢下一句话："一个放牛娃，怎么向他行礼？"

当时，大厅之上的所有人全都怔住了，大家不明白其中的道理。

朱元璋急忙追出去，一直追到刘伯温的下榻处，才大惑不解地问："伯温先生，为何生这么大的气呢？"

刘伯温铁青着脸，好半天没吭声，朱元璋又追问了一遍，刘伯温这才说："元帅，自古以来'天无二日，国无二君'，小明王有何能何德，享受如此礼遇呢？元帅这样做，是在自寻烦恼，俗话说'请神容易送神难'啊！"

响鼓不用重槌，朱元璋是何等聪明的人，立时明白了刘伯温话语中的深意。

"可……可我名望现在还很浅薄呀！"

"元帅，这倒无妨，树威名着急不得，要一步一步地来，要树威名就一定要树自己的，要不然就别树！"

朱元璋当然想树自己的威名了。自此以后朱元璋开始有意淡化、消除小明王的影响。

转眼之间到了秋八月，朱元璋召集军事议会。参谋李明道进言："陈友谅以下犯上，杀了徐寿辉，陈友谅内部将士离心，政令不畅，自陈友谅杀死了赵普胜，手下众将无不心寒，此时是我军进攻之良机。"

朱元璋接过话头，说："陈友谅找主借号，不断骚扰我部，已使我折损了几员大将，我军与之不共戴天。愿大家精诚团结，歼灭敌军。"

刘伯温道："安庆得而复失，对我军十分不利，此役要在安庆上做文章。"

不久，朱元璋率兵来征陈友谅，他的座舰"龙骧"号便是龙江之役中从陈友谅手中夺来的"巨虹"号。

朱元璋的船队乘风溯源而上，水陆并进，大军将安庆团团围住。陈友谅守军龟缩在安庆城，拒不出战。朱元璋命令水师统领廖永忠、张志雄攻击安庆城外的水寨，将其水寨悉数拔去。

然而安庆城池坚固，朱元璋部从早晨攻到黄昏，安庆城仍未攻下。在"龙骧"号上观战的朱元璋眼看着激战了一天，安庆城仍未攻克，不由得心急如焚，朱元璋晓得再坚持下去或许能攻克，或许攻不克，这都很难说。

刘伯温上前对手足无措的朱元璋说："元帅，安庆不宜恋战，我军应弃安庆而直奔江州，出其不意，直捣陈友谅的巢穴，让他猝不及防。"

朱元璋面有苦色地说："那安庆怎么办？攻之不下，弃之可惜。况我军已伤亡不小，就这样放弃了？"

"元帅，时变，势变，谋亦变。倘若再耗在此处，恐怕会愈陷愈深，到那时，进不能，退亦不能。"

朱元璋痛下决心，率兵西上。路过小孤山时，陈友谅的两员大将傅友德、丁普郎率大军拦住了去路，朱元璋立即惊出一身的冷汗，暗自叫苦：此次出征真是时运不济，想要出奇兵偏遇敌军拦截。

然而，形势并没有像朱元璋想象的那样糟糕，这傅友德、丁普郎在陈友谅手下备受排挤和压制，才能无处施展。特别是陈友谅杀了赵普胜后，军中将领人人自危，不知道什么时候陈友谅会将毒手伸向自己。傅友德、丁普郎闻听朱元璋率兵攻打安庆，便生了归附朱元璋之心。

朱元璋万万想不到会有敌军阵前投奔自己，很是高兴，当即任命博、丁二人为将，依旧统帅原部人马。傅、丁二人自告奋勇驻守要塞湖口。

陈友谅派军出江侦察，被傅、丁二人率部击回，朱元璋趁机率大队人马杀向江州。当朱元璋的人马兵临城下时，陈友谅才觉察情况危急，以为有神兵神将自天而落，短时间内根本组织不起防御，只得带领妻儿老小直奔武昌逃命去了。

朱元璋部遂顺利攻占了江州。挟胜利之余威，朱元璋部又相继攻克了蕲州、黄州、兴国、广济等地。

在江州城内，朱元璋摆下庆功宴，在酒宴上，朱元璋特意高举酒杯，朗声对众人说："江州这一役，实乃险中取胜。一开始攻安庆，我军几乎陷入进退维谷的境地，多亏了伯温先生点拨我，说服我弃安庆袭江州，不仅大破江州，还喜获傅友德、丁普郎两位将军及其部，在这里，我敬伯温先生一杯！"

身为一军主帅的朱元璋很少向别人敬酒，但对刘伯温，他破了例。

刘伯温在进入朱元璋军中两个月的时候，便协助朱元璋护卫应天，取得龙江之役的胜利，他的地位到现在已无人可及。在排兵布阵、谋略安排上，朱元璋完全倚重刘伯温，朱元璋屡次称赞刘伯温为"张良再世，孔明复活"。李善长的作用倒显得可有可无了，他很早就追随朱元璋，一直深受朱元璋的器重。然而自刘伯温来到军中后，出尽了风头，倒是他显得默默无闻了，虽然心有不平，但刘伯温的才能确远在他之上，李善长只能在心中感慨一声"真是后来者居上啊"。

江州一役后，陈友谅狼狈不堪地逃至武昌，他的人马已退守江西、湖北一带，休养生息以图东山再起，然而，不断有部下率部众投奔了朱元璋，这让他恨得咬牙切齿却又无计可施。

这天朱元璋与刘伯温闲谈，问道："伯温先生，我听人传闻，当年有说客对您讲：'今天下纷纷扰扰，以先生的才略，攻下括苍，吞并金华，明、越之地便唾手可得，划江而治，便可创勾践当年之基业，舍此不做，悠悠闲闲地等待什么呢？'果有此事乎？"

"不错，确有人这样劝说我，我对那人言：'吾平生最恨方国珍、张士诚之流，依你的计策，与那些人有何区别？况且天命有归，你且等着瞧吧！'伯温有自知之明，一辈子做个谋臣辅佐元帅平定天下，此生心愿就已实现，别无他念。"

当朱元璋把当年有人劝说自己的话一字不差地说出来时，刘伯温心中便是一惊，朱元璋的疑心太重！刘伯温赶忙把当时的原话一字不错地讲给朱元璋听，倘若不这样做的话，朱元璋的心中是会有想法的。刘伯温感到一阵阵寒冷，仿佛看到不久之后自己将过上"伴君如伴虎"的日子。

朱元璋淡淡一笑，道："我不过是偶然想起，随意问问罢了。我相信先生有那样的谋略，但人各有志，强求总是不好的。"

刘伯温亦不动声色地说："伯温能被元帅所识，真乃伯温的福气，知遇之恩唯有尽心辅佐才能报答。"

　　两人又闲谈了些别的，便各自回房了。这天夜里，刘伯温彻夜无眠，在床上辗转反侧，朱珠见状，关切地问："温哥，又遇到什么烦心事了？"

　　刘伯温便将朱元璋话语中的深意对朱珠讲了，朱珠听后，不禁怒火中烧，说："以小人之心度君子之腹，咱们甩手不干了行不行？"

　　"唉！"刘伯温说，"如今已成骑虎难下之势，我们要走是不可能了。"

　　"别看他有千军万马，想要阻拦你我是门都没有！"

　　"珠妹，这朱元璋或许能担天降大任，为了早日结束战乱，我还是辅佐他吧。待到功成名就后，我便解甲归田，携你寻一处桃花源地，安享晚年，可好？"

　　朱珠想一想刘伯温的话确实有道理，便对他说："行！行！这么些年，哪一桩事不是依你的意思去做的？不过，日后你可要多加提防，小心驶得万年船。"

第 16 章
卧龙再转世　血染鄱阳湖

　　春天的花开、秋天的风，以及冬日里的暖阳，光阴就在这四季轮回中匆匆而逝。已经五十有二的刘伯温对四季的更替看得更加淡然，不再有春天播种的憧憬和秋日收获的希冀，戎马生涯让他没有心思去感怀伤时，他更关注的是时局的演变。

　　自从江州一役陈友谅仓皇出逃武昌后，一度对朱元璋的进攻示弱，只肯固守原有地盘不肯轻易出战，朱元璋手下的文臣武将们大多以为陈友谅在江州一役中元气大伤，已无力东山再起。另外，张士诚的人马却异常的活跃，去年二三月间，金华、处州的苗军叛乱时，张士诚也趁机攻城略地，十一月，张士诚成功策反了池州主帅罗友贤，只可惜罗友贤部不久便被常遇春、赵德胜率军剿灭。今年（1363 年）二月，张士诚屡次进犯清全、金华一线，因此好多人认为陈友谅已不足惧，而张士诚则是心腹大患，原先制订的灭陈除张的战略需要进行修改。在朱元璋的"天兴建康翼大元帅府"为此事展开了一场激烈的唇枪舌剑。

　　参加军事议会的文臣武将们非常鲜明地分为两派，一派以李善长、常遇春、邓愈为主，坚持要改变"先灭陈后除张"的战略，此时要全力对付张士诚，另一派则以徐达、刘伯温为首，坚持原定战略不变，此时宜将陈友谅全力剿灭干净，再东顾张士诚。

这两派各抒己见，当场不让，可谓"公说公有理，婆说婆有理"，朱元璋被夹在当中，实在不好决断。

李善长一改会议上后发言的惯例，率先讲了话："陈友谅已成惊弓之鸟，收拾他不过是时间早晚的问题，现在放一放也是可以的，但张士诚得寸进尺、甚嚣尘上，我军倘若再对他的骚扰置之不顾的话，无异于姑息养奸，养虎遗患。特别是，我军倾全力西征，必将导致后防空虚，给张士诚可乘之机，一旦我军后院起火便不得不撤兵回防，与其这样的话，还不如先将张士诚荡平，再灭陈友谅！"

大将常遇春旗帜鲜明地说："这个张士诚很不老实，而且阴险至极，总在背后捅上咱们一刀，另外张士诚扩张得十分迅猛，现在还是一只小山猫，恐怕用不了多久便会成了一只大老虎，我军应'先下手为强'。"

常遇春的话刚讲完，大厅上便响起一阵阵"是呀，是呀"的附议声。李善长自从朱元璋兵到定远后，便投笔从戎，一直追随朱元璋南征北战，在军队中享有极高的威信，原来他的意见一出可谓"一言九鼎"，但自从刘伯温来到军中之后，不同的声音多了起来，他的意见虽不再有以前那么大的号召力，但足以在相当一部分人心中产生影响。常遇春在将领中的地位更是没的说，他与徐达号称"双子大将"，诸多将领是很信赖常遇春的，因为他们一同出生入死浴血奋战过。

刘伯温紧皱双眉，脸上的表情非常焦躁，但他并未着急开口，他需要寻找到对方意见的破绽，需要一个滴水不漏的发言，让人们能够觉悟。他感到自己此时就像一个老到的猎手，虽然在焦急盼望着，但决不会放空枪。

徐达作为将领中的"老大哥"，看问题办事情是非常的老练，他开口讲："诸位，我军在至正二十年（1360年）制订了'先灭陈再除张'的战略，那时我军对陈、张两支人马都心存忌惮，不知该怎样对付这两只恶狼。自从伯温先生来到军中，协助元帅制订了'先灭陈后除张'的战略，经过这三年来的实战，我军已二次击垮陈友谅，宜将剩勇追穷寇啊，不能再给陈友谅任何喘息的机会了。其实，自从江州一役后，陈友谅就一直在休养生息、积蓄力量，我想他不久便会卷土重来。我们的当务之急是做好水战、陆战的备战，要不然大战临头会有些措手不及。张士诚还是那个胸无大志、爱占小便宜的张士诚，他折腾得再欢也成不了气候！"大将廖永忠则说："诚然我军此时歼灭陈友谅要比两年前容易得多，但'瘦死的骆驼比马大'，我军万万不可轻敌。"

大将汤和的资历也比较老，威望也比较高，他是朱元璋幼时的玩伴，深得朱元璋的器重和赏识，他将两种意见在胸中斟酌比较了一番方说："记得伯温先生曾把陈友谅、张士诚两部比作两只恶狼，而把我军比作一只虎，虽然我们这只虎将陈友谅这只狼咬得遍体鳞伤，但陈友谅还有反咬一口的实力，另外，张士诚这只狼也一直没有闲着，我以为'先灭陈再除张'的策略不宜更改，如若更改的话，不但使前功尽弃，还将陷入危险的境地。"

听到这里，朱元璋轻轻点了点头。可李善长很快便说："张士诚正在抓紧训练其水军，他的舰队也在激增，最令我军放心不下的是张士诚不断策反我部的一些人，他指望着用里应外合的法子致我军于死地！"

朱元璋刚刚有些舒展的眉头又猛的一下子皱得比刚才更厉害了，但他旋即露出满面笑容来，对大家说："今天会议的气氛很好，大家都能踊跃发言，算得上'知无不言，言无不尽'，我们就是需要这种广开言路的风气，集思广益才能把仗打好。"

朱元璋想使会议的气氛更加热烈一下，便讲了几句以示鼓励的话。

就在这时，有个传令兵快步跑进大堂，高喝道："报元帅得知，安丰有使者前来求见！""叫他进来。"朱元璋吩咐道。

工夫不大，一个人被带上了大厅，所有人都将目光聚集在他的身上。他的衣服十分的破烂、污浊，好似几块碎布披在了身上，而且这布已脱到根本辨不出原来本色的地步。他的装束是如此的糟糕，容貌仪态就更让人惨不忍睹了，"颜色憔悴，形容枯槁'用在他的身上一点都不过分，知道的以为他是个活人，不知道的还以为刚从十八层地狱爬出来一个鬼！

"你是何人，有什么事呀？"

那人声调微弱地说了一遍，简直就像蚊蝇哼哼一样。朱元璋一个字也没有听清，便又大声地问："你说话大声点，重说一遍。"

那人似乎连吃奶的劲儿都使上了，朱元璋这才听清，那人说他姓孙，是小明王韩林儿的一员偏将，张士诚派其部将吕珍围攻安丰已两月有余，安丰城内粮草已绝，可城内人马突围无望，只得固守城池。城内已开始人吃人，就连埋在地下的死尸也被挖出来吃掉。他受小明王韩林儿的委派，前来请援，请朱元帅速速发兵解安丰之危，倘若晚去一步的话，小明王韩林儿将被张士诚部俘获。

那人越说声音越低，头也渐渐耷拉下去，最后只听见"扑通"一声，那人直挺挺地摔在地上，一动也不动，常遇春上前摸了摸那人的鼻息，然后对朱元璋说："他死了。"

大厅之上立刻一片哗然，接着有人开始小声议论起来，有的说："看来这次是非打张士诚不行了，解安丰之围咱们义不容辞。"

"现在是亡羊补牢，犹未晚矣，当初吕珍兵发安丰时，咱们不是一直坐视不管吗？如今是不管不行！"

"哼！表亲里不亲，虽说都是红巾军，可彼此各自为政。前番刘福通北伐时，咱们也没出一兵一卒。"

"小明王好歹也是红巾军的头领，我们就眼睁睁看着他落入张士诚的手中？千千万万的红巾军兄弟是不会答应的。"

众人七嘴八舌，说什么的都有。

朱元璋此时已是心乱如麻，原本"先攻陈还是先攻张"的争议还未平息，现在又冒出一个"安丰之危"来，局势变得更加棘手难办了，他将目光投向了刘伯温。

刘伯温原打算再等一会儿，可看到朱元璋直勾勾地看着自己，明白已到了非开口不行的地步，他清了清嗓子，厅上众人立时闭口并将目光投向他。

"'先攻陈还是先攻张'原不应成为一个问题，道理很简单，就如同往山坡上推大石头，倘若推到半山腰时一松手，大石头便会滚回到坡底，可谓前功尽弃，我们改变'先灭陈后除张'的战略，以往两年多的时间内为灭陈所做的准备便会付诸东流，灭张则需要一切从头开始。我们设想一下，当我军征讨张士诚到一半时，陈友谅再从背后捣乱的话，我军是不是又要改变战略呢？"

这句反问让许多人都低下头去，为自己思想的肤浅而感到羞愧，但仍有人迎着刘伯温的目光，不容置疑地说："那安丰怎么办？谁去救小明王呢？大家莫要忘了我们都是红巾军兄弟呀！自己的兄弟都不肯援之以手，会让天下人戳着咱们的脊梁骨骂个没完！"

说此话的非是旁人乃是大将常遇春，常遇春义薄云天，为兄弟能上刀山，下火海，万死而不辞。吕珍围安丰后，常遇春几次请求带兵解危，都被朱元璋压了下来，这一次看到姓孙的信使竟然摔死在大厅上，可以想象出安丰城内是怎样的惨象，常遇春心如刀割，恨不能立刻飞到安丰去解危。

朱元璋的脸上也一阵阵地发烧，他无言以对，虽然常遇春并没有责问他，但是他压制了常遇春一次次解救安丰的请求。

善于察言观色的李善长，知道朱元璋的内心正处在微妙时刻，打铁须趁热，于是，李善长说："元帅，天下红巾军本是一家，如今刘福通的主力已去北伐，无力回顾，能救小明王的也只有我们了，我们再见死不救的话，将陷于不仁不义的境地，更会让无数的红巾军兄弟寒心。元帅，您应当机立断，派兵去解围才是。"

刘伯温听到这话心中便是一惊，倘若李善长执意劝说的话，朱元璋是不会不考虑的，他上前一步说："元帅，那两只恶狼都在盯着你呢，它们一直都在寻觅机会，我军倘若倾全力去解安丰之危，势必导致后防空虚，给其以可乘之机，我军万万不该前去安丰解危，而应挥师西进，与陈友谅决一死战，要不然，我们便会顾此失彼，酿成大祸！"

就在这时，有从安丰前线回来的探马来报："元帅，安丰城池已被吕珍攻破，平章刘福通已被杀害，小明王韩林儿避难不知去了何方。"

"再探再报！"

"是！"探马转身下了议事大厅。

这下大厅可像炸了锅似的，好多将领情绪激动，纷纷向朱元璋请战："元帅，赶快下令出兵救援小明王，末将愿为先锋！"

"元帅，吕珍欺人太甚，我军岂能坐视不管呢？"

"元帅，我们还是不是红巾军，就这样任人残害我们的兄弟而无动于衷？"

朱元璋的脸色涨得通红，他大喊一声："好了！听我命令，徐达、常遇春为先锋，我要亲讨张士诚！明日出发，诸位下去准备去吧。"

"元帅……"刘伯温还要坚持己见，却被朱元璋打断："伯温先生，莫要再讲了，我亲援安丰的决心已下。"

刘伯温只得把要讲的话咽进肚中，眼见大厅内的人差不多走光时，刘伯温悄声说："不宜轻出，假使救出来，元帅将他置于何处？"

朱元璋却以一种陌生的眼光打量着刘伯温，从牙缝中挤出几个字："我供着他！"说完，大步流星地走了。

刘伯温望着朱元璋远去的身影，在心中暗骂一声：小竖子，不足与谋。

朱元璋亲率大军，以徐达、常遇春为先锋直奔安丰。刘伯温没有随朱元璋一同前往，而是去了建德李文忠处。

吕珍自攻占安丰后，料定朱元璋必定率军前来攻伐，便驱使城中男女老幼在城外结栅寨掘沟堑，准备与朱元璋长期对峙下去。然而这点障碍怎能挡住徐达、常遇春？

徐达、常遇春率军将安丰包围后，像拔钉子似的将那些障碍一一除去，吕珍出城与徐、常大军三次激战，三次都是大败而回，眼见着安丰难以固守下去，吕珍打算弃城而去，怎奈被朱元璋的兵马围得水泄不通。后来，张士诚派驻守在庐州的左君弼前来解围，亦被徐、常杀败，但吕珍趁机与左君弼率余部仓皇逃往了庐州。

安丰得以收复。朱元璋晓得城内断粮断炊已经很久了，便命令每个士兵身背白米二斗，倒在东门外的空地上，以救济城中百姓，起死回生的安丰百姓将朱元璋视作神明顶礼膜拜，随后，朱元璋令兵马围剿庐州。

而身在建德的刘伯温，以"斗智不斗力"的策略，协助李文忠给来犯的张士诚以重创。就在朱元璋主力围攻安丰的时候，认为有机可乘的张士诚亲率大军前来进犯建德。

左丞李文忠遵循"兵来将挡，水来土掩"的老法子，要与张士诚的大军正面交锋，以实力来一争高下。刘伯温赶忙阻止，劝说道："敌人来势汹汹，正盼望着与我军来一场恶战，因为从兵力上来讲，敌人处于优势。诚然我军可以与之一战，但这个法子实在不可取。'杀敌一千，自损八百'，我军即便是取胜，伤亡亦会很惨重，李将军当三思而后行。"

李文忠也不是傻子，立刻明白了刘伯温有妙计，于是说："伯温先生，还望您指点一二。"

"李将军，张士诚好比一只张开大口的恶狼，想要狠狠咬咱们一口，咱们呢，关上城门，让它咬不到，在城中固守数日，我可断言，张士诚必定撤军，到那时，我军迅速出击，追袭张士诚，必定能以小的伤亡获取大的胜利。"

李文忠听后兴奋地一拍双掌，说："先生的计策真高，就按先生所说的计策去应对。"

第一日，张士诚的大军将建德城团团围住，任凭张士诚怎样叫敌骂阵，李文忠就是拒不出战，张士诚命手下攻城，被李文忠击退。

第二日，与前一天如出一辙。

到第三日黎明，刘伯温登城远望，看了一会儿，对李文忠等人说："张士诚已率军撤去，将军速派军追击。"

李文忠看了一会儿，说："伯温先生，张士诚部不可能撤走呀，他的壁垒旗帜都还在，与前二日无甚区别，你听，这不是有鼓声吗？"

刘伯温淡淡一笑，信心十足地说："张士诚使了一招金蝉脱壳，那壁垒不过是个空壁垒，击鼓的人定是张士诚从附近掠来的老百姓，将军应当机立断，要不然敌军远逃之后，再追就追不上了。"

李文忠立刻亲率大军，出城穷追不舍，一切果如刘伯温所言，这一役，李文忠以极小的伤亡俘获张士诚四千人，杀敌过万。

朱元璋也在乱军中找到了小明王韩林儿及其母、其妹，便设銮驾车扇，卫队护送，将韩林儿一行迎驻到滁州，并为其建造宫殿，更换、补充了小明王韩林儿左右定侍，给予小明王很高的待遇。

安排好小明王韩林儿后，朱元璋来到了庐州前线，并召令刘伯温来庐州。他越来越离不开刘伯温了，不是说刘伯温比其他谋士高明，而是刘伯温本身所固有的那种雄伟豪放的气派正是朱元璋所欣赏的，他觉得正是这种气派与精神才使得刘伯温浑身散发着一种自信，朱元璋需要这种自信。

自从江州一役惨败仓皇逃回武昌后，陈友谅从未忘记要报仇雪耻，虽然在湖北、江西还拥有一块不小的地盘，依然可以做他的大汉国皇帝，但他心中最想做的一件事与朱元璋别无二致，就是怎样才能将对方置于死地。

陈友谅退守到湖北、江西一带，倾其所有招兵买马，建造巨舰，因为在龙江之役，自己的巨舰统统被朱元璋夺去，这对陈友谅来说，简直是剜心之痛。没有巨舰就难以与朱元璋的水师相抗衡，陈友谅不想在这方面吃亏，于是他拼命建造巨舰。

那些巨舰，高达数丈，船外用红漆漆就，整个巨舰被分为上、中、下三层，每一层都设有走马棚，最下面用木板房作为隐蔽的地方，并在那里设置了几十柄橹，甲板之上还建有炮台。船舰之大，上中下层之间言语互不相闻。这些大船外面全都包裹着铁皮，坚不可摧，犹如一只只硕大无比的怪兽蹲踞在水面上，让人望而生畏。

陈友谅做梦也想着一口吞掉朱元璋，他从未这样深切地痛恨过一个人。正是那个丑陋的朱和尚，大肆掠夺了自己的土地，两次打得自己大败而逃，失尽了汉王朝皇帝的颜面。他陈友谅也是条响当当的有仇必报的汉子，他之所以忍辱负重这么长时间，就是为了休养生息，积蓄力量，以图在某日一举击溃朱元璋的红巾军。

趁着朱元璋不顾刘伯温苦口婆心的劝说，领兵十万去救安丰时，陈友谅发兵六十万把洪都围了个水泄不通。

洪都守将是朱元璋的亲侄子朱文正，另有左军元帅邓愈、赵德胜辅佐。

朱文正虽然年纪不过二十出头，但却颇有他叔叔朱元璋的胆识与气魄，所以朱元帅才放心地把这个战略要地交到他手中。然而，陈友谅却丝毫未把朱文正放在眼里，他知道朱文正是个乳臭未干的毛孩子，更加得意，在大船之上耀武扬威道："朕要一举踏平洪都，而后长驱直入，踏平金陵烟粉之地！"

说不惧，朱文正知道那是骗人的。六十万大军密密麻麻，旌旗铺天盖地，一眼望不到尽头。陈友谅的军兵个个虎背熊腰，士气高涨，夜以继日地在城下叫阵。

朱文正毕竟是个年轻人，面对这种危险的局势再也无法平心静气，幸好大将邓愈、赵德胜都身经百战、临危不惧，他们与朱文正商议一番，认为于今之计只有坚守不出，同时派遣使者去搬救兵。

朱文正点头应允，走笔如飞写了一封书信，派使者刘和——一名千户长冒死去求救。朱文正精心挑选了一千士兵组成敢死队，俱是铁甲骑兵，他们要夜闯连营，护送刘和冲出重重包围，把求援信送到庐州朱元璋处。

夜，黑沉沉的。

风里带着些尖厉的呼啸，犹赛鬼哭狼嚎，令人不寒而栗。刘和披着厚厚的斗篷，下意识地伸手去触摸胸口那封十万火急的信函，他明白此时此刻千斤重担系于自己一身，只要冲过连营，洪都城的困军与百姓就有救了。

一千铁甲兵威风凛凛地伫立着，他们已喝下了壮行酒，完全将生死置之度外。赵德胜老将军一声虎吼，东城门突然被打开，一千人如开闸的洪水一般冲了出去，霎时就听见一片人喊马叫之声——陈友谅的军兵被这突如其来的举动吓坏了。

刘和将身子低低地伏在马背上，借着黑夜的遮掩，尾随马队匆匆向前飞奔。马踏连营，枪挑旌旗。赵德胜一马当先，奋不顾身地向前冲去。赵老将军杀红了眼，一把大刀舞得密不透风，如同一面光闪闪的墙，所到之处敌军人马倒下无数。

突然，一支无情的流矢劈空下来，正中赵德胜的小腹。赵德胜不愧是身经百战的英雄，他只负痛闷叫一声，瞥眼去看伤口，羽箭在那里摇摇晃晃，十分碍事。赵德胜索性一咬牙，硬生生地将那支箭拔出来，不料那支箭带有倒刺，登时血流如注，白花花的肠子淌出来，惨不忍睹。

敌军被震得愣住了。

刘和眉头一皱，也愣了一刹那。赵德胜大叫道："别管我，快走！"

那些敢死队员又催马扬鞭，疯了似的向前冲去，刘和紧紧咬住唇，要不然他定会痛哭失声。赵德胜狂笑一声，根本不去管自己的伤口，如同负伤的野兽一般扑向敌军，在他周围又倒下无数人马。然而，他毕竟精力有限，没过半盏茶的工夫，赵德胜便觉心口发闷、嗓子发黏，一口血喷涌而出，映红了他的战马与战袍，赵德胜狂呼一声：

"狼崽子，狼崽子们，来吧，老子与你们拼啦！"

说着又举起了大刀，随即软绵绵地垂下手臂，人一滚，摔入尘埃。

刘和最终没有逃出去。

一千铁甲被陈友谅的六十万大军吞噬，连骨头渣儿都没吐出来。

第二天一早，朱文正便被喊醒。等他听到城外排山倒海的呐喊，爬上城楼再看时，只见刘和与赵德胜的首级高高地悬挂在旗杆顶端，血肉模糊。朱文正眼前一黑，邓愈登时便号啕大哭。

洪都城从此陷入绝地。

洪都城被困一个月之后，远在庐州的朱元璋终于接到了亲侄儿朱文正的亲笔书信，忧心如焚，急得在地上团团乱转。

刘伯温盯住那名使者，他经过长途奔波，早已疲乏不堪，衣衫破烂，满面尘灰，双腿还在不由自主地打战。这个人年纪不过三十出头，一双大眼睛虽然深陷了下去，但却颇有精气神儿，嘴角坚毅地翘起。

"你叫什么名字？"

使者舔舔干裂的唇，道："小人是朱少帅帐下偏将，名叫房胜书。"

说着话，他极为恭敬地给刘伯温叩首。

刘伯温茫茫然的，脑子仿佛麻木了似的。他想起自己刚到庐州那几日的情景来。

那天早晨，朱元璋忽然派人来请刘伯温。朱珠很是诧异，因为还不到元帅升帐的时间。她匆匆打理好刘伯温的衣服，便送他出门去。半晌，刘伯温才回转，愁容满面。

"温哥，出了什么事？"朱珠关切地问，她望着刘伯温紧锁的眉头心痛不已，不知道她的温哥又碰到了什么棘手问题。

"唉，一言难尽！"

刘伯温喟然长叹，方才与朱元璋的一番争锋此时又浮上心头。

原来朱元璋昨夜偶得一梦，梦见恶狗背后咬人，吓得朱元璋惊魂未定，醒后犹有余悸，连忙寻人来破解。

众人七嘴八舌争论不休，朱元璋都不予理会，唯独将眼睛盯在刘伯温身上，仿佛企盼他口吐莲花似的。

刘伯温沉吟了半晌才道："此乃大凶之兆！"

众人皆惊。

刘伯温娓娓道来，恶狗伤人，其喻不言自明，况且从背后袭来，分明是说要提防敌人乘不备偷袭！

刘伯温说完之后，朱元璋面色一窘，但转瞬即逝，他不冷不热地笑道：

"照先生这么说，我现在身处险境尚不自知喽？"

刘伯温坦然一笑，说："宁可信其有，不可信其无，宁可信之防之，不可等闲视之，悔之晚矣！如今，这恶狗正是陈友谅，他知道主公全力救助安丰，后防空虚，必不肯放过这大好时机，他定然会出其不意地张开血盆大口来咬人，主公不得不防他！"

朱元璋不以为意地笑道："上一次大战，陈友谅元气大伤，说不定还在抚伤问死，哪有力气来反扑？再说，我谅他也没有这个胆子！"

李善长把须而笑："我看伯温实在是太多虑了。日有所思，夜有所梦，此乃人之常情。梦见恶狗，也无非是主公田间偶然见了条狗，又何必这样小题大做、兴师动众呢？且不必去考虑什么陈友谅，区区一个手下败将，早已被主公神威震慑得不敢动弹了……既然先生到了庐州，就应多为主公想想破庐州的计策，别再用陈友谅伤主公的心了。小小陈贼，早晚主公挥军南下，将他一网打尽！"

朱元璋不动声色。

刘伯温叹口气，道："只怕现在的洪都已经很危险了！"

"先生此言是何意？"朱元璋好奇地追问。

刘伯温拱手道："在下既然决心事主公，定然知无不言，言无不尽，有礼数不周到的地方敬请主公宽恕一二。依在下愚见，陈友谅不发兵则已，一旦发兵必然围攻洪都，其原因有三：其一，陈友谅得知江西洪都兵少将稀，而且主帅文正将军年轻，他定然以为此城如同虚设；其二，以陈友谅目前的实力，他还不敢直捣应天；其三，洪都乃战略重镇，历来为兵家必争之地，他当然不会弃之而走。主公，您亲率大军救小明王，陈友谅如何不知？他一旦发兵，洪都必将陷于万劫不复之地，因为那里才有四万人哪！"

朱元璋的脊梁骨儿一个劲儿地冒寒气，仿佛长出一块冰似的，而他的鼻尖却开始冒汗。刘伯温的话中肯有力，字字句句如重锤一样砸在朱元璋的心窝里。对啊，陈友谅又不是傻瓜，他会放过这复仇的大好时机吗？况且，距上次兵败已有许久，他的兵马一定也都屯养得十分强壮了，他一定会……

朱元璋想着，眼前仿佛出现了陈友谅那张由于荒淫过度而略显苍青的脸与阴郁的深眼窝，此时此刻那张脸正放肆地大笑着，仿佛在笑朱元璋的固执与愚蠢。

"那么……依先生之见，应当怎么办？先生明示！"

刘伯温深深地吸了口气，道："必须派兵马增援洪都，加强防御！"

"我以为此计万万不可！"

一个低沉而有力的声音毫不犹豫地打断了刘伯温的话，刘伯温知道那是李善长。不知为何，李善长惯于和刘伯温唱反调，刘伯温向西他偏向东，朱元璋也早有耳闻，不过他佯装不知，自古以来，能才相妒，这是千年不变的道理，谁也阻止不了。更重要的是对朱元璋而言，刘伯温与李善长二者同等重要，各有其独当一面之处，聪明的朱元璋不愿失去他们之中的任何一个人，这就是朱元璋的用人之道。

李善长冷着脸道："兵书上云：以我之长，攻彼之短，以我之厚，攻彼之薄。伯温先生难道连这个道理都不明白吗？此时庐州城下，敌我两军打得如火如荼，如若撤调部分兵力，势必长敌人气焰，灭我军之威风，于战事大大不利，此其一也；其二，洪都方面并未告急，应该是安然无恙，在没有得到确切消息之前贸然前往，劳而无功，虚惊一场，恐怕于军心也不大有利吧！"

李善长咄咄逼人，激起了刘伯温的怒火，他也十分不客气地道："等到消息传到，洪都恐怕已到兵尽粮绝的境地了！"

李善长拂袖道："先生不要耸人听闻！捕风捉影、凭空捏造后果不是我等应做的事！为主公出谋划策才是你我为谋臣的本分！"

刘伯温笑道："你敢不敢与我打赌？"

"打什么赌？"

"赌半月之内，洪都必有险情！"

"好！在下不惧。"

"伯温若输了，自罚缄口，从此归于山林，永不开口，永不出山！"

"好，爽快！我也来盟誓，我李善长若输了，当着全军上下给先生磕三个响头，

口称'我不如先生'，如何？"

"口说无凭，立字为据！"

二人当下执笔刷刷点点，各写上自己的名姓，请朱元璋作保。朱元璋半是狐疑半是兴奋地在字据上写下自己的名字。

听刘伯温讲完，朱珠不由得忧从中来，她不由自主地挽住刘伯温的衣袖，深情款款地注视着他。

"温哥，若是你真输了，怎么办？真回山中去吗？"

刘伯温朗声大笑道："珠妹，我不会输！既然敢与李善长这只老狐狸打赌，我就有必胜的把握。洪都早晚被围，已在我意料之中，李善长既然不肯服人，就让他尝尝受人奚落的滋味也好！"

"别大话吹在前头！"

朱珠皱皱鼻头，样子调皮又可爱，她笑着道："若真有个万一，看你这张老脸往什么地方搁？"

"输了嘛，就回青田老家去，种田、游山、玩水，和你过神仙般的日子，大不了一辈子不开口嘛。"刘伯温戏谑道。

"那你的抱负岂不是实现不了啦？"朱珠一本正经地问道。

刘伯温无声地笑了，片刻之后，郑重其事地道："待我占卜一卦。"

朱珠会意，立即去准备浴汤与纸马香烛。刘伯温极其认真地净面、净发、净手、洁净全身，又换上一套熏香蒸过的净衣，这才来到朱珠早已铺排好的香案前，焚好香烛、香纸，默默地祈告上苍。

祝祷毕，刘伯温取出灵棋，虔诚地占卜。

卦象显示：西南有兵火之灾。而此地正是洪都所在方位。

刘伯温又是喜又是忧。喜的是李善长打赌输了，正好灭一灭他的嚣张气焰；忧的是洪都一旦被围，庐州兵马接济不上，苦的是朱文正三军上下，还有无辜受难的老百姓。

刘伯温面露愁苦之色，朱珠不知出了什么事，忙上前扶住他的肩头，靠过脑袋来问道："温哥，怎么了，卦上怎么说？洪都城形势如何？"

刘伯温若有所思。"珠妹，我赢了。"

"赢了……为何你还闷闷不乐？究竟出了什么事？"

刘伯温苦笑道："珠妹，我多么不希望自己赢啊……我一人胜了，可怜洪都城四万军兵、数万百姓将受弹尽粮绝之困！伯温何其不忍！珠妹，百姓无辜，军兵无辜，原本这一切是可以避免的啊！可惜，主公他……他并不相信我，李善长又进谗言，说我蛊惑人心，耸人听闻……"

刘伯温心中十分委屈。

朱珠明白了刘伯温的心事，宽慰道："温哥，你先别往坏处想……或许洪都送信来得及时，朱元帅大军挺进，还可以救起众军民！"

刘伯温点点头，拍了拍朱珠的肩头，二人久久地站在窗前。

月儿已经悄悄爬上了树梢头。

果不出刘伯温所料，在他占卜吉凶之后的第十天，洪都城派出了求救的使者——房胜书到了庐州，他的到来无异于在军中投了一颗火炮，炸得全军上下目瞪口呆。

李善长的脸色像死灰一般。

"主公，事不宜迟，赶快发兵救洪都吧。"刘伯温恳求着。

朱元璋平静了一下心绪，阴郁着脸，一言不发。大厅之中静得掉根针都听得见动静。终于，朱元璋缓缓开口道："房胜书，我问你，陈友谅总共有多少人马？"

房胜书声音沙哑地答道："号称六十万，但具体不知有多少兵马，反正旌旗如林，兵马如雨，密密麻麻，连营七八十里地。"

众人变了脸色。

朱元璋佯装平心静气地道："一群乌合之众，不必惧他！房胜书，我问你，城中守将还好吗？"

"好。"房胜书小心翼翼地道。

"洪都被围多少日子啦？"

"两月了。"

朱元璋勃然变色，拍书案狂叫道："为何不早些告急？"

房胜书见朱元璋怒气冲天，反倒什么也不怕了，昂然抬起头来，不卑不亢地回答朱元璋道："主公有所不知，自从洪都被围，朱少帅便下死力把守，唯恐有个闪失，对不住主公的信任。无奈敌众我寡，朱少帅只得派人告急求救，先后派出六名使者，怀带少帅亲笔书信，不料都杳无音信，想是没有闯过敌营，赵德胜将军率一千敢死队冲出城门，中了敌箭，被敌军枭首示众，惨不忍睹！小人是第六个，幸运的是我跑了出来，可护卫小人的八百骑兵无一生还……"

房胜书硕大的泪珠滴滴答答地落在衣胸前，嘴唇抖得如同落叶，他一个字也说不下去了。朱元璋眼眶一热，泪水也快要滚落出来了，但他坚毅地一咬嘴唇，道："房胜书，我要你立即回洪都去，告诉我侄儿文正及各位将军，只要他们坚守不出，使洪都不失，就算立下不世奇功。大军马上就会到达，要他们一定要挺住！"

房胜书抹去泪水，道："主公放心，小人拼得九死一生也要将信送到！"

"好样的！"

朱元璋扯着嗓门儿道："只要你带回口信去，我保你一门九族代代享不尽富贵荣华。"

"小人誓死报答主公！"

房胜书叩谢而去。

刘伯温心头一痛，千军万马包围之中冲出来，再回去谈何容易？即便房胜书能将口信带到，料也不会有什么好下场……刘伯温不忍心再想下去，将眼皮一闭，一言不发。

朱元璋瞅瞅刘伯温，心道："莫非他果真如传言那样有半仙之体？十日之前他已

料定洪都被围，今日信使到才知其所言果然不谬!"

朱元璋又是佩服又是惊诧，忽然想起了刘伯温与李善长打赌的事情来，于是莫名其妙地迁怒于李善长，将脸一板，愠怒道："李善长，还记得与伯温先生的赌吗?"

李善长面色窘得难看，但他坦然一笑，不失风度地道："主公，当然记得! 伯温赢了，善长甘愿履行前言!"

言毕，撩衣跪在刘伯温脚前，恭恭敬敬地叩了三个头，口中道："我不如先生。"

刘伯温连忙双手相扶，心有愧疚地道："小小玩笑，又何须如此?"

李善长爽朗地笑道："先生之神算，简直可与三国时诸葛孔明相提并论啦，在下佩服之至，佩服之至! 主公能得到先生辅佐，无异于如虎添翼!"

李善长一番溜须拍马、阿谀奉承说得朱元璋心里十分舒坦，把方才的怒气抛之于九霄云外，哈哈大笑起来。

刘伯温十分冷静地盯着李善长那张脸——那张脸让他感到厌恶，可是又有什么办法? 都是主公朱元璋的股肱之臣……李善长脸上在笑，话也说得大度而动听，仿佛心胸无限宽广，但刘伯温心里明镜一样，他内心里对自己并不心服，甚至恨自己愈发深切。

想着这些，刘伯温听着李善长的话，厌恶无比……

却说房胜书日夜兼程，奔回洪都城，此时的陈友谅已焦躁不安。他原本打算得很好，朱文正手下只有四万兵马，而自己麾下有雄兵六十万，数倍于朱军，因何两个月屡攻不下? 尽管他绞尽脑汁昼夜连轴转着攻击，火攻、水攻、架云梯、撞城墙、掘暗道，几乎黔驴技穷都没有撼动洪都城，气得陈友谅双手叉腰冲着城头直骂娘。

汉军围着洪都，犹如一群饥饿的困兽围着它们的猎物，口水滴滴答答地流下来。

就在这时，房胜书来到了湖口，发现汉军依旧密密麻麻地围困着城，连鸟也休想飞进去。房胜书皱皱眉头，一条计策跳上心头，他大模大样地往汉军巡逻队中撞，被抓住是在意料之中的事。

房胜书并不反抗，他微微一笑，对巡逻军道："带我去见汉王，我能破洪都城。"

不大工夫，房胜书被带到陈友谅面前。陈友谅一脸鄙夷不屑地笑，他上上下下打量了房胜书一番，良久才开口道："你叫什么名字?"

"房胜书。"

房胜书据实以答，面无惧色。

陈友谅心头暗叫"无名小卒"，没把他放在心上，不料房胜书却微微一笑，道："陛下，小人虽然是个无名之辈，但是与朱文正关系非同一般，小人是少帅的救命恩人，少帅他对我一直谦恭有礼。"

"既然如此，你为何还要投靠朕，并且还要拖朱文正下水?"

陈友谅出其不意地道，二目如电盯紧房胜书。

不问则已，一提这个话头儿，房胜书立即咬牙切齿道："陛下，您有所不知，我与洪都城中的邓愈有仇，不共戴天之仇!"

"哦?"陈友谅来了兴致。

"小人虽然样貌粗俗，可拙荆却是个名震一方的美人，她温柔贤惠、体贴入微，小人与她感情甚笃。然而，那老杂毛邓愈偶然间撞见家妻便起了邪心，威逼小人将妻子让给他做小妾……小人虽然名微，可好歹也算个男人，怎么能容他这样侮辱，可那老杂毛一气之下把我从偏将之职降到火头军，使我受尽折磨与白眼，小人之妻也被他抢去……呜呜……听说拙荆不从那老东西，连夜吞金而死，可怜我那恩爱的结发妻啊……"

陈友谅颇为震惊，邓愈他早有耳闻，然而陈友谅没有想到声名赫赫的邓将军却有这肮脏的一面。房胜书泣不成声，偷眼看看陈友谅目露同情之色，又哭道："小人乘着上回他们突围时混出来，一直在湖口附近徘徊，总想寻找机会亲近龙颜。小人知道，洪都城一日不破，陛下一日龙心难安。小人仅倚着与朱少帅交情不浅，特来助吾王一阵。只求陛下城破之日让小人亲手宰了那老杂毛，为拙荆报仇雪恨。"

房胜书说完，两眼放光，不仅感动了陈友谅，而且把周围一圈人说得热泪盈眶，俱挑起大拇指道："真是个有情有义的汉子！"

陈友谅面色缓和下来，道："房胜书，你有多大把握说服城里的朱文正。"

房胜书把胸脯一拍道："陛下放心，那朱文正在洪都城里已被围困了两个月有余，粮草已绝，恐怕还要吃人肉哩……在这种形势之下，小人再去巧言说服，不怕他不开门投降！都是人生父母精血养育，谁不怕死呢？即便朱文正不投降，城中军心必乱！"

众人一听十分有理，都将目光集中在陈友谅的身上，陈友谅终于点头应允，笑着对房胜书道："好吧，你先下去饱餐饱饭，然后再去劝降不迟！"

房胜书大大地松了口气，心道："朱元帅，这下小人要完成重任了！"

然而，房胜书抱定了必死的决心，未免有些惆怅，索性大嚼大吃起来。吃完餐饭，房胜书来到陈友谅面前，面沉似水。陈友谅驱马与房胜书来到城下。

房胜书笑道："陛下有所不知，朱家人有个通病——死要面子，如果您与小人贸然上前，他必然恼羞成怒，大事难成。不如让小人先行一步，待劝得他心动，陛下再晓之以理，动之以情。如此，他才能乖乖就范。"

陈友谅十分高兴地说："你若真说动朱文正，朕封你千户之职，保你一世享不尽的富贵！"

房胜书连忙下马叩谢。

而后，他打马上前，在吊桥下立足不前，扬声呐喊——

"城头上的人听着，我是偏将房胜书，请朱少帅说话！"

城头上的人不敢耽搁，飞马去报与朱文正得知。

不一会儿，朱文正出现在城头。由于连日来的焦急等待与受饥饿之苦，面呈菜色，精神也十分不济。房胜书的出现让朱文正惊诧万分，他原本对援兵不抱希望，只待与城同亡。但朱文正又十分惊疑：房胜书单枪匹马地跑到吊桥之下，他是如何闯过千军万马的？一定是他投降了汉军！

朱文正不由得怒火万丈，他手指房胜书大骂道："叛贼还有脸来见本帅，真是恬

不知耻！本帅若得手刃你，定会碎尸万段！"

房胜书面色通红，他已顾不上那么多了，扯着嗓子道："少帅，你听我说——"

"说什么废话？你分明是来说降的，是也不是？"

朱文正冲背后一扬手，一拨弓箭手冲上来，拉开硬弓，无数箭矢对准了房胜书。朱文正紧咬牙关，他已下定决心——只要房胜书敢开口，便将他射个浑身透心儿凉！

房胜书全然不惧，他以手掩住口两侧，大叫道："少帅，朱元帅要你坚守城池，等待援兵，小人是……"

房胜书话一出口，城上箭矢如流星雨一样飞下来，房胜书身上顿时遍插箭矢，血肉四溅，犹如一只巨大的血葫芦。这时，朱文正才听到房胜书的话，悔之晚矣。

"房胜书，你——"

朱文正心痛地大叫。

房胜书在马上挺了挺身子，拼尽最后一丝力气大声叫道："少帅……小人是诈降……小人是清白的……少帅，一定要坚守……"

话音未落，房胜书已从马背上摔下来，一动也不动。

陈友谅等汉朝军兵深感诧异，陈友谅远远地唾了一口，道："这小子竟骗过了朕！"

汉军一拥而上，将房胜书的尸体剁成肉泥，枭首示众，方解陈友谅心头之恨。

城头上朱文正痛哭失声。

朱元璋在庐州也是心急如焚，然而这里的战事同样吃紧，首尾不能兼顾，他简直要悔恨死了。

"伯温先生，元璋当初要听从您的意见，哪会有今日之乱局？唉，悔恨不迭啊……先生以为该如何是好？"

刘伯温沉吟片刻，道："如今之计，唯有迅速结束庐州之战，大军返回金陵，尔后齐集徐将军部人马，大举去救朱少帅方为上策！"

"可洪都已被围了两个月，恐怕救兵到时也晚了！"

"不！元帅不必如此悲观，陈友谅虽然兵多将广，但是洪都城高池深，只要军心不乱，支持三个月不成问题。而且，朱少帅尽管年轻，却颇有大将之风，相信他定能坚守城池，临危不乱，再说还有邓愈等老将在他身边，问题不大！"

朱元璋点点头，专注于庐州战事。

大军终于回到金陵，朱元璋马不停蹄地准备攻打陈友谅，救洪都之急。权衡再三，朱元璋准备亲征江西，留刘伯温驻守应天，以防敌寇乘朱元璋空国而出前来挑衅。临行之际，朱元璋殷勤道："应天府是元璋命脉之所在，先生一定要严加防范，一国安危全在先生身上了。"

"这个伯温自然明白！"刘伯温笑道。

朱元璋双目一眨不眨地盯住刘伯温，仿佛有无限心事欲语还休，终于他双手将刘伯温的双手紧握，道："先生，我此次征战，有什么禁忌，还望先生明示！"

刘伯温持须而思，道："万事万物，皆有轻重缓急、相生相克，元帅切记这几字，必能乘风破浪，大胜而归！伯温在应天恭候。"

朱元璋点点头。

当天，朱元璋便发兵二十万，率徐达、常遇春、李文忠等大小将领数千员浩浩荡荡从水路出发，直奔洪都而去。

他们到达鄱阳湖口时，恰好是洪都被围的第八十五日。

那一日，陈友谅的汉军一下子从洪都城下消失了。

朱文正一开始不知道发生了什么事，六十万大军如何在一夜之间消失殆尽，简直让人不可思议。当从鄱阳湖来的信使把应天救兵抵达湖口的消息送来时，朱文正一下子傻了。过了半半天才疯狂地打开城门，狂奔出去，扑倒在地上放声大哭。

陈友谅率六十万大军从水路逼近鄱阳湖口，在那里将战船一字排开，静待朱元璋来战。

朱元璋大军进了鄱阳湖。

他看见一望无际的湖面上，陈友谅的帆樯如林屹立，无可计数，心里已经吃惊不小，看来汉军六十万此言不虚，于是他下令指挥戴德带领一支船队驻守泾江口，派偏将李辉屯扎于南湖嘴，以阻断陈友谅归途，又调兵守武阳渡，朱元璋这才取道松门进入鄱阳湖。

一望无际的鄱阳湖水天相接，波涛汹涌，仿佛一只巨大的怪兽在低低地鸣咽。湖面上分列两支队伍，一支旌旗上描着斗大的"朱"字，另一支人马则是大汉王朝皇帝陈友谅的。

陈友谅自恃舟大兵多，不可一世，十分傲慢地立于船头指指点点，显然没把朱元璋的人马放在眼里。

说实话，朱元璋的船队与陈友谅的相比确实相形见绌，犹如一个可怜巴巴的小丫头碰见雍容华贵、高大丰满的名媛贵妇。朱元璋眯起眼睛逆着阳光一边打量着敌方的船只，一边郑重其事地说："诸位，千万别被陈贼的高船巨舰吓到，他的船只固然巨大，然而却被铁索死死地联为一体，进退都十分不便，只有挨我们痛打的份儿啦！"

众将官哄堂大笑。

朱元璋把自己麾下的舟分划成二十支小分队，每支小分队都配备有火攻器具、箭弓及长矛等兵器。

朱元璋对自己的部下告诫说："我们船小，但来去灵活自如，因此我们要使出四两拨千斤的巧妙劲儿，不与敌硬碰硬死拼，而是乘虚而入，乘其不备，迎头痛击，见势不好，掉头就跑！靠近大舟之时，先利用火器的威力，给他们个下马威，而后发射弓弩，再靠近时直接用长矛、钩连枪与之搏斗。"

朱元璋在路上反复琢磨了刘伯温告诫他的话，"世上万事万物都有相生相克的利害关系"，因此他才想出了这么一个化不利之处为利处、化被动为主动的水战之策。众将领一听，心悦诚服，都道元帅的计策巧妙。

戊子日，徐达打了第一仗。

　　徐达在朱元璋旗下是铁牌将军，神武威猛，素有智谋，因此开头一仗交给他，朱元璋很是放心。

　　徐达与众位将士饮过壮行酒，头也不回地上船去。

　　一轮红日西坠时，徐达归来，血染征袍，却是敌人的血。他站在一只巨舰上欢快地向朱元璋招手致意。朱元璋见徐达大胜而归，而且又缴获一只巨舰，心中十分高兴，一边大叫着"给徐将军记头功"，一边迎了上去。巨舰的甲板上胡乱地滚着一堆死人的头颅——那是徐达大胜的最好证明，共计一千五百颗还多。

　　徐达向朱元璋讲述了战事的经过，朱元璋更为激动，当着全军将士的面儿，亲热地拍着徐达的肩头道："兄弟，好样的！真不愧是我的神武将军啊！"

　　开局大胜，朱元璋人马士气陡然高涨了几分。

　　陈友谅不出战，朱元璋的内心十分焦急不安，忙让部将们出谋划策。大家商议良久，苦无妙计破敌，朱元璋忧心如焚。

　　自己这支人马刚从庐州战场归来，军心早已倦怠，速战速决方为上策，拖得越久对自己越不利。

　　于是思考良久，朱元璋决定请刘伯温来军前助战，他相信刘伯温抵得上数百支船队的力量。然而，应天地势举足轻重，不可不委以重兵。前思后想，唯有让徐达坐镇应天府，才能保得后方平安。

　　于是，朱元璋令徐达去应天替换刘伯温。

　　刘伯温虽身系重任，却举重若轻，每天里轻松自在，不是吟诗作赋，便是游山玩水，甚是安闲惬意！

　　因为他料定张士诚没有胆子来应天以卵击石！

　　这天他刚作了一首《水龙吟》：

鸡鸣风雨潇潇，
侧身天地无刘表。
啼鹃迸泪，
落花飘恨，
断魂飞绕。
月暗云霄，
星沈烟水，
角声清裊。
问登楼王粲，
镜中白发，
今宵又添多少？
极目乡关何处，
渺青山髻螺低小。
几回好梦，

随风归去，
被渠遮了。
宝瑟弦僵，
玉笙指冷，
冥鸿天杪。
但侵阶莎草，
满庭绿树，
不知昏晓。

录于纸上之后，刘伯温反复玩味，觉得满口盈香。正在悠然忘我之际，突然徐达到了府上，颇让刘伯温吃惊。

徐达向刘伯温传达了朱元璋的口谕，刘伯温丝毫不敢耽搁，匆匆交接完毕应天的一应事务，便与朱珠一起上路。

朱元璋见到刘伯温时，激动异常，那种神情如同看到救星降临一般，他迫不及待地向刘伯温介绍了一番战事，便问询刘伯温如何克敌制胜。

刘伯温持须而笑道："元帅，在下于应天闲来无事，曾为元帅占卜吉凶。"

"哦？结果如何？"

"卦上主元帅凯旋，主敌将陈友谅死于鄱阳！"

刘伯温精通占卜之术，这是人尽皆知的，所以众人听了他的话后皆兴奋不已，欢呼雀跃。朱元璋自然十分高兴，道："有先生这句话，伤亡再大我们也会进攻下去，直到把陈友谅打回老家去！"

"不，元帅，应该说把陈友谅打到鄱阳湖底去！"常遇春戏道。

众人大笑起来。

"至于如何对付陈友谅，待在下观战之后再作定论。"刘伯温又道。

第二日，朱元璋船队排开阵势，与陈友谅军遥遥对峙。休兵几日，对方仿佛也有了精神，十分麻利地出兵，二军斗在一处，场面颇为激烈。

第三日的战事比昨日更为惨烈，四个时辰还不见输赢胜负，朱元璋紧皱眉头，盯着不远处往来游走的战船。

刘伯温在他身旁垂手待立。

刘伯温心里颇不宁静，仿佛总有个什么东西让他惦记着，拿不起又放不下，可他又不知道自己究竟在惦记什么。他偶然间抬起头来，青天里一个亮星闪过，太白星昼现！不是好兆头！刘伯温的心猛烈地跳动起来。

他不由分说地扯住朱元璋的衣袖便向甲板边走，朱元璋大惑不解地问："先生，这是何意？"

刘伯温顾不得回答，脸色像纸一样白，只顾拉住朱元璋快走，下了舰船，换到另一只船上，刘伯温才将朱元璋的衣袖松开。这时的刘伯温已通身是汗了。

"难星过去了！"

朱元璋犹丈二的和尚摸不着头脑。

突然间，炮声大作，朱元璋方才所在的大船立即化作粉末，残骸漂了一湖。朱元璋这才明白"难星"是何意，心有余悸好半天。

刘伯温幽幽道："多亏元帅洪福齐天，方能遇难成祥，否则……"

朱元璋又惊又喜地道："多亏先生救我性命！"

其实，朱元璋心里却在琢磨："刘伯温真是个半仙吗？"

当日，双方战平，各有伤亡。

刘伯温稍事休息，便要朱元璋召集将领议事，朱元璋答应。不一会儿工夫，众人齐集，刘伯温慨然道："众位，在下已有破汉军良策了！"

众人十分好奇地盯着刘伯温，刘伯温边笑边说道："诸位都听说过火烧赤壁的典故吧？这一回在下要故伎重演，把陈友谅的六十万大军烧成一团灰！"

众人都鼓掌称妙，唯有朱元璋闷闷不乐，过了半晌才道："火攻固然妙，然而风向最难控制。稍有不慎，便会搬起石头来砸自己的脚，先生以为如何？"

"哦……这个，伯温自然心里有数，元帅不必担心。"

刘伯温轻松地一笑，顿了顿又道："在下师从天玄子，也曾习过奇门遁甲之术，对于风向颇能掌握。只要元帅定下火攻汉营的日子，我刘伯温敢用人头担保——那日必然刮顺风！"

众人以为刘伯温是痴人说梦。三国时诸葛孔明有借东风之传说，但他也不是随心所欲地可以控制，总要有个固定日期，这刘伯温的海口未免夸得太大了！

朱元璋也半信半疑。

刘伯温不以为意地放声大笑。

"温哥，你真要借东风？"

刘伯温的前脚刚迈进舱内，朱珠便满面疑惑地问询道。

"听谁说的？"

"这消息早在军中传得沸沸扬扬，比风刮得还快。"

"不错。"刘伯温狡黠地笑道。

"你真借得来吗？"

"那自然……我刘伯温一诺千金，焉能说没影儿的事？"

"那……"

朱珠还有疑惑，刘伯温却早已抬脚走人，去向诈降的人暗授机宜了。

历来运用火攻的人都不会落下诈降计，因为大火只有里外应合才能烧个畅快淋漓，才能让人干着急而束手无策。要不为什么周瑜要让黄盖去诈降呢！

这些人都是前些日子打仗时的俘虏，刘伯温与他们一一相认，这才笑道："我已算定陈友谅大限之期将至，汉国即将亡国，所以希望你们助朱元帅一臂之力，你们看怎么样？"

众俘虏都受过朱元璋不杀之恩，哪有不为他卖命之理？当下，众人纷纷表示誓死效忠于朱元帅。刘伯温满意地点点头，这才把具体任务分派下去。

末了，刘伯温又道："你们当中若有三心二意的，定然在那夜混战之中死于非命，因为朱元帅才是天命所归的真龙天子，那陈友谅不过是个叛匪而已！"

众人诺诺连声。

到了约定的日子，众俘虏依计逃回陈友谅水寨之中。毕竟是旧部将，陈友谅虽将信将疑，却不忍心加害，暂且收他们在帐下听用。

而朱元璋这边呢？却乱成了一锅粥，因为刘伯温不见了。

朱元璋愠怒：大战即将开始，军师却溜之大吉，说出来简直笑掉人的大牙。他一边派人四处搜寻，一边按原定计划委派给各位将官任务，仗还是要打的。

天空里一丝风也没有。

刘伯温此时此刻正在法坛之上祭天。

按照他的要求，军兵已在两条船上临时搭起一个木坛，高二十四丈，表示一年二十四个时令，木坛方圆十二丈，合一年十二个月。木坛四边，各钉一百零八根木桩，分上下两层，上层三十六根，下层七十二根，暗合三十六天罡，七十二地煞。

在祭坛中央，支有香案一个，香烛纸马、牛羊牲畜等一应物件齐全。

刘伯温在军帐中早已沐浴更衣，着道袍，披散发，手执桃木剑，大步流星地来到法坛之下。

三叩九拜，极其恭敬虔诚，焚香烧纸，模样分外专注，而后他双目紧闭，将木剑举向天空，口中念念有词——

"急急如律令！"

下面的就不知所云了，周围护坛使者个个惊奇不已，却又不敢说话，只是睁大眼睛看着刘伯温作法。

祷告完毕，他仗剑走罡步，样子极像在舞蹈。

满天星斗，秋高气爽，万里无云。丝毫不像将要起风的天气。

约莫过了两炷香的工夫，晴好的夜空突然旋起一阵恶风，呼呼大作，犹如虎啸龙吟，让人不寒而栗。

法坛上的刘伯温疲惫急已极地扔掉木剑，大汗淋漓。他稍稍喘口气便直奔朱元璋的军帐，去调兵遣将。

朱元璋终于知道什么叫作手眼通天了，他不可思议而又信服地望着刘伯温，刘伯温讳莫如深地冲他一笑。

陈友谅睡得正好，他根本不知道风是怎么刮起来的，当然更不知道火是何时燃起来的。等他睁开眼睛，目光所之处已是一片火海，里里外外全是火！

那些诈降的俘虏一见陈友谅水寨外面火起，便知自己人来了，索性将火也烧起来，并乘乱溜之大吉。

陈友谅心头叫苦不迭，可是一切已经晚了，他慌不择路地逃跑，临去还拉上正在睡梦之中的玉奴。陈友谅见偌大一座水寨顷刻间被火魔吞噬，自知大势已去，毫不犹豫地跳上了王昌给他准备好的小船上去，想到张定边的陆营躲过此劫。

朱元璋的船队追了上来。

船上的人拼死保护陈友谅。

朱元璋的旗下小将郭英看个真切，冷不丁地一箭射来，自陈友谅的左眼射入，直透脑壳，陈友谅顿时气绝而亡。

大战一直延续着，直杀到第二日午时方算收场。

鄱阳湖水已被鲜血染得通红，数月不褪，让人一见便心惊肉跳。湖上死尸堵塞水流，绵延长达几十里，恶臭百里可闻。

这一仗朱元璋大获全胜，不仅灭了陈友谅，而且俘虏竟达十万之多，各种各样的船只五千七百余艘，衣甲、器械、兵刃、辎重堆积如山。单单这些就足够再建一支庞大的水军了。

庆功宴连开三日。

但是，刘伯温却不像众人那样沉浸于胜利的狂喜当中，几十年来的风风雨雨已经将他锤炼得宠辱不惊了。正当全军上下都在举杯欢饮之时，他却悄悄地从席上溜出来，与朱珠一同去了湖边。

湖边散发着令人呕吐的尸臭。

朱珠不悦地皱皱眉头，道："温哥，好端端的来这里做什么？简直让人无法呼吸！"

刘伯温不以为意地笑笑。

"来这里看月亮啊。"

可不是吗！今晚的月亮真好。经刘伯温这么一提醒，朱珠登时觉出趣味来，也不顾什么尸臭不尸臭，无声地笑了。

自从鄱阳湖开战以来，刘伯温总是忙忙碌碌，一天到晚见不着人影，闹得朱珠心里很不是滋味。有心帮帮他，似乎自己又插不上手，只得作罢。好久没有一起看过月亮了，朱珠想到这儿，便情不自禁地拉住刘伯温的手。

"珠妹，今天是什么日子？"

刘伯温问道。

"七月二十七，怎么了？"

"对，七月二十七，我今生今世都不会忘记这个日子的，每年到了今日便可以观看'天地神人镜'了。"

"哦？你还对那个镜子念念不忘啊！不过，那个镜子还真是个宝贝！当初你把它买回来时，还挨了我一顿数落呢！"

"可不是？你好凶……"

刘伯温笑着，伸手从怀里掏出一只白色的布包，打开来是那块"天地神人镜"。

"温哥，你想看什么？"

刘伯温一时愣了，他还没来得及想究竟要看什么呢。

朱珠笑道："依我看，先国后家，先让镜子看看国家大事吧，好吗？"

刘伯温点头应允，可是他又犯难了，此时此地没有无根之水，这可如何是好？突然之间，他又想起，用人血亦可，于是用牙齿咬破中指，挤出一滴血，在镜子表面涂开。

月光静静地泻在镜面上。

约莫有半盏茶的工夫，只见镜子变得通体暗红，之后转为淡青，最后终于泛起了白光。刘伯温在心中默念几声咒语，只见白光一闪，镜子里闪出一幅图画：元顺帝恣意淫乐，与十六天魔女共舞，与倚纳同席而眠……

朱珠红了脸，扭过身子不去看镜子里的画面。刘伯温一窘，连忙向下翻一页，画面上却是朱元璋在紫金山下面南背北，接受文武百官三叩九拜大礼。"珠妹，快看，朱元璋称帝了，这天下终究要姓朱……"

朱珠也惊诧万分。

"没想到他那副丑样子，居然能当上一国之君？"

朱珠说完，一吐舌，笑了。

"再向下看……"朱珠催促道。

刘伯温又向下翻一页，只见镜子里面全是陌生的面孔。朱珠看不太真切，急问刘伯温，刘伯温默然不语，缓缓合上眼皮，犹如沉思一般。那是刘伯温根据"天地神人镜"上教授的心诀使灵魂进入化境。此时此刻，他肉身虽在，三魂七魄早已飞入镜中去了，任凭朱珠如何呼唤，他也充耳不闻。

过了好半天，刘伯温才缓缓睁开双眸，做了场大梦似的，他不假思索地口喝一偈：

唯万寿之后，
孝子四不安，
燕子飞入帘，
婴儿坐一岁，
德嘉称十全。
正统为十四，
开泰七字连。
顺人年，
化及二三治。
下十八整，
埋八人天。
最久是四五，
阿六岂人间？
历朝一十八，
光明一天显。
本木七事，
崇信九与八。
总则二百八十分，

十七瓣，
人或以问我，
我亦为惘然。

刘伯温念完后，双目怅然若失。朱珠不知所云，一头雾水地望着刘伯温，说道："你都说了些什么啊，怎么我一句也听不懂？"

刘伯温一笑，道："这就是你想知道的国家大事，全在这个偈子里啦。"

"可我听不懂……"

刘伯温叹口气，道："听我诵首诗，你就能懂了。"

大明江山归一统，京师移南偏北阙。
虽然太子是嫡裔，文星高拱防乃孙。
都城坚固本无虞，不料燕子飞入京。
此城御驾尽亲征，一院山河永乐平。
秃顶人来文墨苑，英雄一半尽还乡。

朱珠半懂不懂地问："这下好像懂了……但是，温哥，这只燕子是谁，他是指一个人吧？""对，是燕王朱棣，未来的大明皇帝……"

刘伯温话音未落，却见"天地神人镜"上白光一闪，归于平静。镜中画面烟消云散，如同从未出现过一样。刘伯温十分诧异，看着朱珠，又将镜子对准皎洁的月亮，可是镜子再也显不出图画来。

"温哥，是不是因为你说破了天机，所以镜子才收回神效的？"

"也许……"刘伯温应道。

"既然如此，不妨把话讲个明白，我太好奇了。"朱珠热切地望着他说。

刘伯温淡淡一笑，道："世人从不敢泄露天机，恐遭天谴。我刘伯温生就一副傲骨，天不怕、地不怕，说出来也无妨，诗与偈子同意，无非是说法不同而已。它是说大明朝一统天下，然而不久便会迁都北方，不会久居金陵。"

"这是为何？"

"不得而知。"

"'文星高拱防乃孙'是何意，是让朱元璋提防他的孙子吗？"

"不错。"

"为何要防？"

"太孙即位时日不多。"

"那么燕子指燕王朱棣，他……"

"他是朱元璋的第四个公子。"

"'御驾亲征'何意？"

"帝王后裔骨肉相残。"

"是谁惹起的骨肉相残，是上文所言的燕王朱棣吗？"

"非也，是命数。"

"而后呢？"

"不得而知……我方才入镜中之镜，所看到的只到这里……"

朱珠叹了口气道："看来真命天子也不易啊，生在帝王家更是可怜……"

她将不快的情绪排解了一番，这才笑着对刘伯温道："只可惜……"

"可惜什么？"刘伯温追问。

"只可惜没有让镜子来预测一下家事，也不知道你我的明天会是什么样子的……"

"不必看了，我心里有数！"刘伯温神秘地眨眨眼。

"说来听听。"

"咱们两个嘛，一个变成弯腰驼背的老公公，一个变成满脸皱纹的老婆婆。"

"你……"朱珠气歪了鼻子。

"其实知道了又能如何？命里有时终须有，命里无时莫强求，用一颗平常之心静看云生云灭、潮起潮落，不就可以活得自在逍遥了吗，不就胜似神仙了吗？"刘伯温喃喃道。

朱珠使劲地点点头，她更紧地贴向刘伯温的身子，仿佛怕他离去似的。刘伯温也依偎紧了朱珠。

"温哥，以后有什么打算？"

"我准备在朱元璋登基之后就辞官，和你一起回青田老家去，还住到我们从前的那个洞里面，过神仙般的日子……"

"好呵，好呵！"

朱珠拍手叫好，转而她脸色一沉，仿佛心事很重似的，说："那朱元璋肯放你走吗？你处处表现得聪明过人，尤其是这次水战，如果没有你，真不知道会打到猴年马月去呢！他放着这么好的谋臣策士不用，难道能让你空老于山野之间？"

"也是……不过，朱元璋这人生性多疑，我自有办法让他放我走的……"

"那样最好不过，人说'才高遭人妒'，此言不虚。像你这样的奇才宁可埋没于山野，也不要暴露于尘世受他人非议与白眼，还是归隐的好……"

"珠妹说得对，对极了！你等着吧，这样的日子不会太远了。"

刘伯温眼望明月，突然一甩手将"天地神人镜"抛于湖中。

"哎呀！你……"朱珠惊叫。

"一块废铜烂铁，留它何用？"刘伯温坦然一笑。

"温哥，你忘了买这'无字天书'时立下的誓言啦？"

刘伯温听到后心中暗叫不好，可表面上仍笑着说："时过境迁，往事如风……"

第 17 章
深谋有远略　征战定天下

　　鄱阳湖一场惊天动地的大战，其战况惨烈空前，其惊心动魄之处让许多经历过此役的人永生难以忘怀。这场陈友谅与朱元璋之间的决战最终以陈友谅中箭身亡、大汉国主力被歼、朱元璋大获全胜而收场。

　　"除陈灭张"的战略基本完成了第一步，朱元璋的队伍里，上至将帅，下至士卒，人人喜气洋洋、欢欣鼓舞。虽然陈友谅之子陈理尚在武昌顽抗，但歼灭他不过是时间早晚的问题而已。

　　至正二十四年(1364年)正月里，朱元璋部都沉浸在新春佳节的欢庆气氛中，刘伯温、李善长、徐达、常遇春这四个文臣武将里的"头领"，将"功进"之意播散下去，不出几日，"劝进表"便像雪花一样飞到朱元璋的书案上。朱元璋口头上仍未答应，但刘、李、徐、常四人却已令手下筹备晋升仪式上的一切应用之物，还演练晋王仪式。

　　为了促成此事，刘伯温没能清闲下来，而是东奔西走，忙得不亦乐乎。然而他敏锐地观察到，他每到一处，将领们都非常热情，而且热情中透着一股假扮出来的意思，当他一转身离开走出一段距离后，就有人冲着他的后背嘀嘀咕咕，虽然他的听力超群，但声音非常细微，总是听不清楚。

他感到此事生得蹊跷，自己一向行得端、坐得正，没干过什么对不住人的事，为何会招人背后议论呢？

这天夜里，他将心中的疑惑讲给朱珠听。朱珠听完，嫣然一笑，说道："这有何难，俗话讲'要知心腹事，但听背后言'，我虽上了几岁年纪，但身上的功夫还没废，待我今夜走一遭，保管能探听出一些消息来。"

"别、别这样。都是老胳膊老腿了，万一有个闪失，叫我如何是好？再者说，这都是捕风捉影的事，也许是我多心了。"

"门缝里瞧人——把人看扁了，我还对你说我就不服老，先给你露一手，好叫你放心！"说罢，朱珠提气运功，"噌"地拔地而起，将身子平贴在离地三尺高的墙面上，就像一只大壁虎似的稳稳当当贴在上面，这是轻功里的绝活——"挂壁术"。

"好了、好了，快下来吧，我晓得你宝刀未老、威风不减当年还不行？"

朱珠这才吐气纵下，很是自得地说："这叫没办法——功夫就是这么好，多老也这样！"

过了一会儿，朱珠换上黑色夜行衣，向刘伯温温柔地一笑，尔后便消失在漫漫的夜色中。

朱珠走了大约一个时辰的样子，便回来了。她摘下面罩的第一句话便是："他们说你在为自己能当上右相国而四处奔波。"

"什么？"刘伯温的第一个反应就是惊诧，第二个反应便是有人在捣鬼！

"温哥，你这段日子忙忙碌碌的到底在做什么呀，他们说的不会是真的吧？"

"当然不是真的，我刘伯温是那贪恋权位的人吗？"

刘伯温在屋子里走来走去，脸上露出极端愤怒的样子，他走了几圈后，脑中也就将这事理出了头绪，负责联络、发动百官的只有他与李善长、常遇春、徐达四人，谣言的散布自然当在他们四人当中，最有可能散布谣言的便是最希望当上右相国的人。

刘伯温心中一下子豁然开朗，他站定脚步目光炯炯地望着朱珠说："是有人想做右相国，但不是我！这样的议论并非空穴来风，而是有人作怪！"

"谁呀？"

"李——善——长。"这三个字几乎是从刘伯温的牙缝当中挤出来的。

"是他想做右相国吗？你明日去朱元帅那里告他一状，叫他竹篮打水一场空。"

"道听途说不足为证，我说这些怎能让朱元帅相信？软刀子杀人不见血呀！"

"那我们怎么办呀？就让李善长这厮奸计得逞？"

"我让他'求仁得仁'，看他还有什么怨言。"

"那你具体打算怎么办呀？"

"我找朱元璋要官去！"

到了拥戴朱元璋即位的这一天，应天城内热闹空前。朱元璋在李善长、徐达为首的文武百官劝进下，装模作样推辞了几番，后来还是坐到了铺有黄绢的王位上，接受文武百官的朝拜。

接下来，分封百官，李善长为中书右相国、徐达为中书左相国，常遇春、俞通海为平章政事，汪广洋为右司郎中，张昶为左司都事，而刘伯温仅仅出任太史令。至此，吴政权的百官司属正式建立了。朱元璋为了与张士诚的吴政权相区别被称作西吴王。

由元帅到吴王的朱元璋自然心潮澎湃，但他还是抑制住满心的欢喜，一脸严肃地对李善长、徐达等文武百官下达他的谕令："各位爱卿出于为天下民生的考虑，将我推戴到吴王这个位置上，然而现在不过是政权刚刚建立，百废待兴，我以为当务之急是整顿纲纪，齐心图治，莫要做尸位素餐的混混！"

下面齐齐地回了一声："谨遵王命！"

朱元璋感到非常的满意，继续说："经过几年来艰苦卓绝的厮杀，我军已彻底打垮了陈友谅，现在只余其残部拥护陈友谅之子陈理在武昌负隅顽抗。我现在颁第一道令：令常遇春率其部一月之内拿下武昌，活捉陈友谅之子陈理。第二道令：康茂才何在？""末将在！"康茂才应声出班。

"你这个营田使做得很好，我现在令你在新攻占的郡县推广军屯。第三道令颁给……"

朱元璋一连颁了十几道令，涉及各个方面，刘伯温在下边无须听朱元璋讲什么便知晓其政令的内容，因为这些内容都在事先与他们商议过。他偷眼打量了一下新被封为中书右相国的李善长，虽然一脸的凝重，但还是遮掩不住踌躇满志的神态。刘伯温心中暗想：李善长这个读书人，心地可谓"不纯"，有些过于迷恋权位，太向往"封侯拜相"的荣耀了。唉，像他这样的人为了谋求权位不惜玩弄阴谋伎俩，真是让人可悲。

刘伯温想起不久前告老还乡的朱枫林心中就没有好气，这个老头不辞万苦到深山老林里请我，原来是让我替他"顶缸"，待到天下已定时，我也一定告老还乡，封我什么官职都不稀罕。

新登位的西吴王朱元璋在焦急地盼望武昌方面传来捷报，因为"斩草须除根"。虽然陈友谅已死，但其子陈理还在武昌做着大汉国的皇帝，陈理一日不除，他就一日不能安心。常遇春号称"常胜王"，每逢恶战总能取胜，然而这一次，他的捷报却迟迟不来。

等得有些不耐烦了的朱元璋决定亲往武昌督师，刘伯温自然要随他亲征。就在刘伯温准备行囊的时候，朱珠突然向刘伯温提出："温哥，我这一辈子从未去过武昌，这次你带我去好不好？"

刘伯温面有难色地说："这非是在自家军中，一切由我做主，这是西吴王亲自督师，上几次你随我在军中，背后已有人在议论了，我将你带去，怎么向旁人说明呢？你还是待在家中为好。"

"这么多年来浇菜做饭、端茶送汤，我毫无怨言，也从未对你提出什么别的要求，今日我只是想让你带我一同去武昌，这点要求你都满足不了我，你……到底……"朱珠说着说着眼圈一红，泪水唰唰地流下来。

刘伯温一见此状，赶忙过来哄劝，说道："哎呀，又不是小姑娘了，几十岁的人了，怎么还是说哭就哭呢？你让我想想办法嘛。"

不哄劝还倒好，一哄劝朱珠哭得更欢了。

"天是白的，海是蓝的，我对你的感情是纯真的。"刘伯温只好拿出止哭的"杀手锏"，这句话原本是朱珠对刘伯温表露内心情感时说的，多少年来，朱珠一哭，刘伯温只要复述这句话，朱珠便会转哭为嗔怒。

这次也没有例外，朱珠瞪着红彤彤的眼珠子，厉声逼问道："刘伯温，你到底是带我去还是不带我去？"

人过五十天过午，刘伯温今年已五十有三了，早被生活磨得没有棱角了，对待自己的知心爱人，不但学会了油腔滑调来对付她的怒，还会百依百顺来抚平她的心，对于这近似"河东狮吼"的话，刘伯温很乖巧地说："好了，好了，一切都依你，带你去武昌还不行？"

这句话话音未落，朱珠马上破涕为笑。刘伯温看后直摇头，小声嘀咕道："都快成老太婆了，还这样感情用事，简直就是老顽童。"

幸亏这句话朱珠未听到，要不然刘伯温又要吃苦头了。

终日忙碌于事务，周旋于各种人际关系之间，刘伯温的心情是很不畅快的。可是回到家中有"返老还童"的朱珠与他闹上一回，心情变好了许多，有时刘伯温真觉得这样的日子才算有滋有味。

朱元璋率一干人等抵达武昌后，亲自督兵攻城。

武昌城内又要遭受一场劫难，因而刘伯温进言道："吴王，我军对敌军已构成瓮中捉鳖之势，虽然武昌城易守难攻，但迟早有城破的时候。臣以为我军现在当以攻心为上，敦促陈理及其手下投降献城，这样一来可以减少我军的伤亡，二来可以树立西吴王宽厚仁义的威望。"

朱元璋在心中权衡了一番，觉得刘伯温的话比较在理，因而派罗复仁前去劝降。

陈理思忖再三，决计献城投降。

陈理嘴中衔着玉璧并袒露肩膀，带领张定边等一干人跪到了武昌城门，朱元璋看到陈理跪倒在地，身子战栗，一副楚楚可怜的样子，便伸手将陈理扶了起来，说了一句话："别害怕，我不会加害于你的。"

自陈理在武昌投降后，汉、沔、荆、岳等郡县相继投降，朱元璋将湖广划为行中书省，由枢密院判杨景镇守。至于陈理，被封为归德侯。

朱元璋从濠梁崛起之后，天下处于群雄并起的时代，张士诚占据吴越，明玉珍占据川蜀，方国珍占据浙东，这些人不过都是夜郎自大，真正对朱元璋平定天下构成威胁的还要算陈友谅。陈友谅虽然从徐寿辉手下发迹，但他的发展并没有受徐寿辉的掣肘，而是越过徐寿辉，自立为大汉国皇帝。他的地盘包括江西、湖北等地，并扼守长江上游，占据险要地势而且兵多将广，若没有朱元璋的异军突起，天下姓

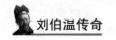

陈也未可知。

朱元璋之所以能以劣势转化为优势，以败势转化为胜势，完全依赖于"先灭陈后灭张"的战略的制订。倘若没有刘伯温初到军中便力排众议，定下"先陈后张"的战略，朱元璋断然不会有今日。朱元璋在刘伯温的辅佐下，先是取得龙江大捷，尔后又是池州大役，真可谓稳扎稳打、步步为营，最终在鄱阳湖大战中，获最后的胜利。若没有刘伯温，朱元璋也不会屡受挫折而毫不气馁，也不会有在平定伪汉后发出的那一声慨叹："陈友谅已灭，则天下也不难平定！"

平汉之后，朱元璋得以腾出手来，全心全力对付那第二只恶狼——张士诚。

朱元璋此时可谓踌躇满志，平定天下指日可待。但朱元璋为人越在大功即将告成时越为谨慎，有时他也在笑自己是不是小心过了头，不过，"小心驶得万年船"，他总用这句话来安慰自己。

吴王召令李善长、刘伯温、徐达、常遇春进王宫议事。

议事的内容不问自明：商讨有关灭东吴的具体策略、具体战术。朱元璋正襟危坐在交椅上，见刘伯温四人进来了，便示意他们都坐下。他的精神显得很好，对刘伯温四人讲："今日我要与众位爱卿商议平东吴事，原打算将文臣武将都召集起来，可人多嘴杂，议得不清爽，故先请你们四个来这小室里，大家坐着近，话也听得真切，好将此事议个明白。"

平章政事常遇春率先发言："区区一个张士诚，不过占据了浙西十几个郡县还有淮南的一块地盘，踏平他要比灭陈友谅容易得多！"

左相国徐达则不这样认为，他说："张士诚自泰州一十八骑起事，曾被元军百万大军围困而屹立不倒，并非完全是一个蠢才，我军东进要荡平他，他决不会任我们宰割的，俗语讲'狗急了还跳墙，兔子急了还蹬鹰'，我军与之相比，孰优孰劣，一目了然，但要防止其困兽犹斗！"

右相国李善长笑道："主公，原先是一虎对二狼，如今是一虎对一狼，我军灭东吴要容易多了，身后已没有陈友谅，无须担心腹背受敌，只是张士诚在浙西、淮南一带苦心经营了多年，要想一口将其吞掉是不大可能的，我军仍可采用'步步为营稳扎稳打'的策略，将张士诚所据州县一个一个地攻克。"

"伯温先生，你是什么意见啊？"聆听完左右相国及平章政事的议论后，朱元璋将炯炯目光投向刘伯温，虽然在这几个做臣下的当中，刘伯温的官职最低，但朱元璋所有机密都要与刘伯温这个太史令商议，刘伯温是有"实"无"名"的军师。

听到朱元璋询问自己，刘伯温沉思片刻，一笑说道："泰州张士诚以十八人进驻高邮，面对百万元兵，机灵周旋，后来转战南北，攻城略地，时至今日，其地盘北跨淮海与山东相邻，南据浙西与方国珍接壤，拥有兵士数十万，沃野肥田数千里，乃是天下最为富饶的地区，这块地成就张士诚自立为王，也限定了张士诚仅仅是个东吴王。"

朱元璋初听刘伯温所说，中间似对张士诚有溢美之词，心头闪过一丝的不快，但听到后来，刘伯温称张士诚据富庶之地，既是成全张士诚亦是害张士诚，感到这话颇为玄妙，便不解地问道："先生，何出此言？"

"主公，倘若张士诚励精图治、广纳贤士，定能突破江南，将来与主公一决海内也未可知，然而张士诚却是个胸无大志、故步自封的家伙，以其所纳谋士黄、蔡、叶三人便可见一斑，其成事势比登天。若说陈友谅之失在于轻战，那张士诚之失则在自守。"

"自守？"朱元璋嘴中念叨着这两个字，心中还在回味刘伯温刚才讲过的话，左相国徐达此时不无担忧地说："兔死狐悲，陈友谅被灭，张士诚应当感到不久将大祸临头，我担心张士诚与方国珍联合在一起，垂死挣扎。"

刘伯温却用力地摇摇头，坚定地说："张士诚自守到了极点，虽然他与方国珍都勾结朝廷，但他与方国珍之间积怨颇深，他决不会异想天开去联合方国珍。"

"那我军当如何收拾这只恶狼？"

"先攻取通州，看张士诚有何反应，再从长计议。"

"那岂不是要打草惊蛇？"常遇春心生疑惑，不由得要问个明白。"张士诚固然自守，但他也明白现在的处境与我军决一死战已是在所难免，他是不会坐以待毙的。我军攻取通州，取的就是打草惊蛇之意，我料定张士诚必定会反扑。"

朱元璋冲李善长等四人挥了挥手，说："今日我身体不爽，改日再议其他事宜吧。"

之后，朱元璋按刘伯温之计行事，攻打通州。

果然不出刘伯温所料，张士诚在通州失利之后，并不肯坐以待毙，而是令其弟张士信进犯长兴。长兴守将耿炳文、费聚以诱兵之计大败张士信，张士信损兵折将，但他仍像在赌场输急眼时一样，拼命追加赌注。他的后援又将长兴层层围困起来，耿炳文据城坚守，并派人到应天府送信。朱元璋很快派遣驻守在常州的汤和前去增援，耿炳文待汤和军到，便与之两面合围张士信，张士信眼见大势已去，单人匹马狼狈逃窜。

朱元璋并没有倾全国之军去围剿张士诚，而是遵照刘伯温的意见，兵发多路，常遇春、邓愈征讨赣州的熊天瑞，一路提防浙东的方国珍，一路防范福建的陈友定。

至正二十五年（1365 年）春正月，张士诚再次来犯长兴，被耿炳文击败，张士诚至此不敢再犯长兴。

屡遭败绩的张士诚憋了一肚子的火无处发泄，看看自己身边的人，亲弟弟难堪重任，众堂上只会巧言献媚，偌大一个东吴政权都要自己一个人扛，他快有些扛不住了。

为了寻求一场胜绩，张士诚命其司徒李伯升挟西吴叛将谢再兴率水陆大军共计二十万围攻清全城。

张士诚此次进攻清全做了相当充分的准备。他的大军在清全城外安营扎寨，而且修建仓库，特别让人可发一笑的是：清全尚未攻克，张士诚已任命好了一套县府班子，只待清全一攻下便进城接管。

消息传至应天府，朱元璋召见刘伯温，商讨对策。

朱元璋身穿一身红马皮里的袍子，也没穿褂子，坐在书房的火炭盆旁烤手取暖。见刘伯温匆忙赶到，便笑着说："伯温先生，要不是军务紧急我也不会在这天寒地冻的大冷天让你遭罪，来，来，靠着火炭盆坐，先去去寒气。"

刘伯温一边烤着手一边问："主公可是要问清全的军事？"

"嗯，不错。伯温先生，张士诚此次围清全志在必得啊，不光安下营盘，设下粮仓，就连清全未来的县府班子也任命好了。"

刘伯温轻蔑地一笑，说："想不到张士诚是个急性子，大雁还没有射下来，就开始琢磨是清炖还是红烧。"

朱元璋呷了一口茶，微笑道："他是在长兴被耿炳文打痛了，想在清全城讨些便宜，还有谢再兴那个奴才，卖主求荣，居然还敢来攻我。"

"主公，张士诚还在清全城北屯兵数万以阻遏我军的援军，小将胡德济有勇有谋，守住清全本无大碍，但敌我兵力悬殊，我军应速派援军，越早越好。"

闻听此言，朱元璋可有些犯难，说道："徐达、常遇春领军在外，汤和、邓愈驻守在赣州，如今应天城内是兵少将寡，派何人完此重任？"

刘伯温思虑片刻，道："李文忠驻守处州，与清全相距不过六十里。半日便可赶到，文忠将军亦有谋略胆识，与小将胡德济里外配合，便可败敌军。"

"驻防处州的守军不过万余人，加之清全守军，也不过两万来人，而敌军有二十万之众，敌我实力相差悬殊啊！"

"张士诚的兵力固然占优势，但我方的谋略要胜敌许多。当年谢玄以八千人破符坚八十万，以一当百，今日我军以二万对二十万，是以一当十，并非没有胜算。"

"伯温先生，敌军来势汹汹，又自恃兵多将广，锐气逼人，我军是否应避其锋芒？"

"不，"刘伯温断然说，"敌军众而骄，我军少而锐，可以一战定胜局。令李文忠倾力出击给敌军当头一闷棍，这是死中求生的险招，敌军屡遭败绩，已成惊弓之鸟，此次卷土而来，其实色厉内荏。"

朱元璋虽然有些将信将疑，但还是遵照刘伯温的意见部署，未及十日，前线传来捷报，李文忠等大获全胜，杀敌数万，俘获敌军将领六百余人，其中包括张士诚之子、李伯升，另外还俘获三千兵卒，马八百匹，敌军的辎重不计其数。

朱元璋大喜，召集李文忠、胡德济至应天赏赐两人名马御衣，并将胡德济升为右丞。

其后，朱元璋向刘伯温讨教平张士诚之谋略。

朱元璋踌躇满志地说："我军已夺通州，两败张士诚部于长兴，近来又取得清全大捷，张士诚二十万大军灰飞烟灭，伯温先生，张士诚已伤元气，想必不会再轻举妄动，我军应携清全大捷之余威，一鼓作气全歼张士诚，还请伯温先生多为谋划，从细处计议才是。"

刘伯温此时已是成竹在胸，他娓娓而言道："张士诚所据州县，南至绍兴，与方国珍相邻，北据通、泰、高邮、淮安、徐、宿、濠、泗至济宁，与山东相邻。我军应先取通、泰诸郡，剪其羽翼，然后专攻浙西。最后，直捣其老巢平江，张士诚部遂为主公所平。"

朱元璋听完，喜上眉梢，道："伯温先生真乃吾之张子房，运筹于帷幄，决胜于千里。"

遂命左相国徐达与平章常遇春，攻伐通泰，通州不久便被攻下。

大军遂挥师攻取泰州。泰州守军弃城而逃，泰州遂被攻占。徐、常二人率军继续攻打高邮，高邮也没费什么力气便攻克了。

两个吴政权开仗，东吴张士诚节节败退，西吴朱元璋却攻无不克，战无不胜，势如破竹。

这天朱元璋召见刘伯温，说道："元璋有一事不甚明了，还望先生指点。"

"主公，有事您尽管吩咐微臣。"

"伯温先生，但不知元璋完成大业，面南背北，位居九五之尊，还有何事须办？"

刘伯温沉吟了片刻，说道："主公，灭陈除张成功在即，平定江南指日可待，此乃其一；小明王韩林儿如何处置，是其二也；修筑宫殿，然后方能开国，主公完成此三项大事，便可开国。"

朱元璋一时默然，心中在思虑着：灭掉张士诚已不在话下，建造宫殿也没什么难的，如何处置小明王韩林儿可是个棘手的问题，真是请神容易送神难，自己当初也是头脑发热，没事给自己添乱，但车到山前必有路，船到桥头自然直。

朱元璋遂不再去想小明王的事，而是满脸挂着笑将刘伯温礼送出了王府门。

朱元璋命徐达攻取高邮一线，四月，徐达与常遇春会师，两支人马合攻淮安，当晚便攻破淮安。朱元璋又命韩政攻夺濠州，濠州现为张士诚的李济把守。

战前会议上，李善长道："濠州乃主公的家乡，又是起义之地，如今被张士诚所占据，害得主公有国无家。倘若我军能招降濠州守军，既可使濠州父老免受战火之苦，又可使我军不折兵将攻占此城。"

朱元璋听罢喜上眉梢，赞道："善长的建议非常好，倘若真能实现，也算元璋报答家乡的养育之恩。"刘伯温的心中却不免生出几分厌恶来，自入朱元璋军中以来，屡见李善长曲意媚上，做事乖巧。

然而，李济是个硬骨头，对李善长的劝降书信嗤之以鼻，与韩政所率领的攻城人马死战到底，以至惨烈牺牲。

朱元璋待到淮东诸郡已平，便召开中书省大都督府臣会议，他对众人讲："张士诚占据姑苏，屡次进犯我边境，现我军已平定淮东，现请各位好好谋划一下。"

李善长回答道："张士诚早就该讨伐了，但依臣愚见，其大势虽已去，但兵力并未穷尽，而且土地肥沃居民富足，又积蓄多年，恐怕一时之间难以攻取，我军宜相机而动。"

徐达却不似李善长这样保守，他说："我军大军压境，张士诚部内心已极度恐慌，攻他并不如右丞相所言那般难办。"

朱元璋又把目光投向一直沉默不语的刘伯温，问道："伯温先生，你定是有好的

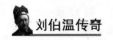

计策,不妨说说看。"

刘伯温见朱元璋点到自己,也就不推辞,开口言道:"张士诚骄横,暴殄奢侈,如今已到了灭亡他的运数。他手下的将领如吕珍之流皆龌龊不足虑,只是把拥兵拥将作为富足的娱乐。他手下的谋士,如黄、蔡、叶三位,迂阔书生,不知大计。请徐将军率精锐之师,声罪致讨,张士诚部指日可灭。"

朱元璋听后,甚感欣慰,扭头对李善长讲道:"善长,你也太过谨小慎微,不若伯温先生视张士诚如无物。"

李善长面带笑容道:"主公,天下谋略当推伯温先生为第一人。微臣读书不求甚解,兵书战策从未专门学过,与伯温先生相比,自是小巫见大巫了。"

嘴上的话虽然说得很漂亮,心中却起阵阵酸楚,莫非真是后来者居上,我李善长真的不及刘伯温?

刘伯温早将李善长心中的不快看在眼里,他不愿让话题继续停留在这个问题上,以免引起李善长心中更大的不满,他提议道:"主公,我军将士奔波劳碌,南征北战,很是辛苦,不若在讨伐张士诚之前,检阅一下部队,鼓舞众将士的士气。"

"好,就依伯温先生。"

时值夏秋之交,天气依旧闷热难耐,朱元璋体恤士卒,特意挑了一个阴云遮日的日子阅兵誓师。

朱元璋站在临时筑起的将台上,望着下边兵成林,将成行,以一种十分激昂的腔调进行出征前的训示,阵阵风儿吹来将他那口淮南话送去老远:"众位将士,自大乱以来,豪杰并起,群雄混战,争霸一方。西有陈友谅,东有张士诚,各据土地数千里,拥兵数十万。我军夹在其中,与两者艰苦卓绝争斗了十余载,观这两者的所作所为,志向并不在民众,只不过是贪图富贵、行凶作恶而已。如今,陈友谅已被歼灭,唯独剩下这张士诚占据浙西,北连两淮,自恃兵多将广,屡次进犯我郡县,扰我边民,我军已到忍无可忍的地步。自讨伐以来,诸位将士精诚团结,连岁征讨,已攻取了两淮,只剩浙西、姑苏诸城还未攻克,望诸位将士,一鼓作气,勇往直前,全歼张士诚!在这里,我要声明一点,我西吴军队不是土匪山贼,也不是游兵散勇,烧杀抢掠、奸淫掳盗之事决不可发生,谁有触犯,无论他是士卒还是将帅,一律杀无赦,斩立决。另外,听说张士诚将其母葬在姑苏城外,严令禁止侵毁其母之墓。望诸位将士戒骄戒躁,预祝讨伐成功!"

下边的将士三呼"吴王万岁"之后,便浩浩荡荡向姑苏、浙西挺进。

刘伯温也站在那较为简陋的点将台上,聆听了朱元璋的训话,那些话他并未往心中去,他想得更多的还是自己的感悟,站在自己前列的吴王朱元璋正慷慨陈词,点将台下的将士站满了整个旷野,一眼望不到边际,虽然许多人根本听不到朱元璋在说些什么,甚至有许多人根本看不到朱元璋,但他们仍是肃穆挺立、敛声屏气地在听,许多人的眼神中露出虔诚的样子,特别是三呼万岁时那震耳欲聋的呼喊,让人觉得气壮山河,也许人到了一定阶段,想不呼风唤雨,想不叱咤风云都难……他的联想就如开赴前线的队伍,绵延不绝……

刘伯温也与朱元璋一道奔赴前线，朱元璋与他并马而行，不时交谈几句，商讨军中的大小事情。

"伯温先生，我军此行，应当先攻取哪一地呀?"

"主公，你认为呢?"刘伯温反问。

"我想逐杀蜂必须倾覆它的巢穴，捕捉老鼠必须掘开它的地洞，平江便是张士诚的巢穴地洞，我军宜直捣平江。一旦攻取平江，其余郡县便迎刃而解。"

"主公，张士诚原本是贩卖私盐出身，没少干那杀人越货的勾当，是个强悍之徒，若想让他低头认输，比登天还难。他的手下张天骐、潘原明与他是一路货色，情同手足。张士诚已到了穷途末路，张天骐、潘原明亦有'唇亡齿寒'之感，必定会死力救援。倘若不将这三股力量拆开的话，突然去攻姑苏，则张天骐、潘原明随后援救姑苏城，这样一来，我军便难以取胜。倘若先攻湖州，使张、潘疲于奔命，随后再挥师攻取姑苏，让他们回防不及，夺姑苏则轻而易举。"

"妙哉，妙哉。"朱元璋不住地赞道，"伯温先生用兵已到了出神入化的地步，自从先生到我军中，从定大计谋远略到细微之处，无不仰仗先生。"

"主公，伯温有个不情之请，望主公能够答应。"

"伯温先生，有什么难事，你尽管提，我会竭力满足的。"

"主公，我想待您荣登九五之尊后，退隐还乡，恳请主公一定要应允伯温。"

"哦?"朱元璋心中便是一惊，他打量刘伯温就像看一个陌生人似的，"先生，元璋是不是有怠慢先生之处，先生只管提出来，元璋一定竭力改之。"

"主公，莫要误会伯温的意思，伯温今年已五十有五，在军中征战久了，身子骨有些打熬不住了。另外，待主公建国后，不愁没有栋梁之材前来效力，正所谓'长江后浪推前浪，一代新人换旧人'。主公，伯温的这个请求，主公一定要答应。"

"伯温先生，成千上万个后起之秀加到一块也顶不了一个先生你呀! 先生，此事还是以后再议吧。"

恰在此时，有小校前来报告，说左相国徐达有请吴王到前边观看，朱元璋趁机溜走了，刘伯温只落得满腹的惆怅。刘伯温萌生退意不是一天两天的事了，自从入仕朱元璋的军中，虽然自己的谋划方略被人采纳，自己的真知灼见受人重视，朱元璋也给予自己很高的礼遇，但他已发现朱元璋是能同患难但不能同享福的人，倘若他日朱元璋当上皇帝的话，难免"狡兔死，走狗烹"，自己还是早做抽身的打算为是。另外，朱珠虽随自己来到军中，但自己终日里忙于政务、军务，陪伴她的时间越来越少，心中便多了一份愧疚之情，不知该怎样才能补偿她，倘若能告老还乡，重过那无拘束、少人烦的日子该多好。

朱元璋依刘伯温之计分散张士诚部的兵力，张士诚部果然中计上当，一座座军事重镇被攻克，张士诚手中的棋子越来越少，特别是在徐达攻下湖州后，又接连攻取了平江、南浔等地。

朱元璋的大军在攻下平江之后，在平江休整了一段时日。因为连年征战，大军已疲惫不堪，士卒已多有怨言，李善长向朱元璋建议道："主公，凡事不可操之过急，行军打仗应有张有弛，我军实在辛苦，假若不休整一段时间，不但会影响日后攻伐的战绩，弄不好会引起士兵的哗变。微臣的意思是在平江休整一个月，养精蓄锐，以备再战。"

朱元璋觉得李善长所说，言之在理，人主既要会用兵，也要会养兵，便下令全体将士在平江休整一个月。

刘伯温对这个提议也举双手赞成，除了参加一些例行的会议外，还携朱珠逛一逛平江古城，放松一下紧张很久的身心。

朱元璋的大军在平江休整了一个月之后，便直奔姑苏而去，数万大军将姑苏城团团围住，朱元璋授意徐达要"围而不打"，给张士诚一段考虑时间。朱元璋还几次派人送去书信，表示只要张士诚肯投降归顺，会保障他的安全，并给他分封一块地方，让他享尽荣华富贵。可是张士诚早就犯了牛脾气，对这些条件优厚的降书不理不睬。

被围在姑苏城内的张士诚，犹如热锅上的蚂蚁，他几次想要突围，登上城头往下一看，下边已是严阵以待，因而另想他途。他又转至盘门，盘门正对着常遇春的大营，张士诚决定铤而走险，从常遇春的大营杀出一条血路去，可惜他的如意算盘打错了，常遇春比往日要猛上十倍，张士诚被杀得大败，不得不退回到姑苏城内。

随后，张士信被襄阳炮轰死在城头，姑苏城也守不住了，张士诚在逃亡时被俘。

夜间，张士诚在舟中自缢而死，东吴王就这样化为鬼魂，永辞人世了。自朱元璋的大军攻下姑苏城，张士诚被擒获，支撑了一十二载的东吴政权便轰然倒塌了，死的死，降的降，真可谓"树倒猢狲散"。

灭陈除张的大略不过历时六年的征战便基本完成，朱元璋每每想到此处，禁不住心潮澎湃，自己在一步一步走近龙床，多年的愿望快要实现了，他没有理由不激动。

他想起刘伯温所讲的三件事，第一件已基本完成，第二件修筑宫殿一事，他已令刘伯温前去选址。自己能指挥千军万马，能灭汉平吴，凭现有的地盘、人力、财力，修一座宫殿也不是难事。至于小明王的安置问题，确实要有一个稳妥且一劳永逸的法子，普天之下都知晓小明王韩林儿被自己奉养起来，待到自己称皇称帝时，大宋国皇帝怎么办呢？

朱元璋为这事大伤脑筋，他死死盯着一杯冒着热气的茶，那袅袅的热气从水面上升腾，上飘，直至消散……低头吹了吹浮在上面的茶叶，刚要浅呷一口，却从那渐渐沉到杯底的茶叶得到了启发，他眼前就是一亮。

不久之后，朱元璋找来心腹将领廖永忠，派他去将小明王韩林儿接到应天。

当载有韩林儿及其后宫嫔妃的船行至瓜步却莫名其妙地沉入江底，韩林儿也葬身鱼腹。

朱元璋闻听了这个消息，当着全体大臣的面将廖永忠骂了个狗血淋头，并宣布罚去廖永忠俸禄一年，尔后责令廖永忠远戍边境。

刘伯温听了这个"韩林儿沉江瓜步"的消息一点都不感到意外，他的脑中开始巡游千古。"一将功成万骨枯"，更何况是当上皇帝呢！当初秦王政统一全国后，自感"王"的称号已不足以显示他的尊贵，他对群臣说："今名号不更，无以称成功，传后世。"

有博士建议道："古有天皇、地皇、泰皇，三皇之中以泰皇最贵。王为'泰皇'，命为'制'，令为'诏'，天子自称曰'朕'。"

秦王政思虑之后却说："上古时有三皇五帝，称号立为'泰皇'不若立为'皇帝'气魄更大。"

自秦王政立下"皇帝"这个称号，自称"始皇帝"后，"皇帝"的称号诞生，几千年来为这个"皇帝"致使多少生灵涂炭，恐怕难计其数，为了产生一个"天上地下，唯他独尊"的"皇帝"，杀再多的人、流再多的血也被视作天经地义……

"伯温先生。"一声召唤将刘伯温从幻想中唤回，他收拢心神，应时回道："臣在！"

"伯温先生，福建陈友定很是厉害，打败了我军将领胡深，依先生之见，这个陈友定怎样才能制伏呢？"

刘伯温笑了笑，回道："陈友定蹬鼻子就上脸，刚败了胡深部便猖狂不可一世，又进犯我长汀，对陈友定当给他点厉害瞧瞧。"

"陈友定手下已有数万精兵，我军此时若不遏制其势头，恐日后成大患。"

"主公，兵书云'不敌其力，而消其势，兑下乾上之象'，以现在局势来看，陈友定气焰正炽，攻势正盛，我军宜用釜底抽薪之计。"

"哦？釜底抽薪？我军不给陈友定以迎头痛击，怎能灭他的嚣张气焰呢？"

刘伯温浅浅一笑，耐心地给朱元璋讲解此计的玄妙："水沸者，力也，火之力也，阳中之阳也，锐不可当；薪者，火之魄也，即力之势也，阴中之阴也，近而无害；故力不可当而势犹可消。"

"伯温先生，您别引用兵书上的话了，太绕口了，您讲些直白的。"朱元璋胸中的墨水本来就不多，刘伯温这些书面上的话，他听不大懂，因而打断了刘伯温。"主公，有句老话不是说'扬汤止沸，不如釜底抽薪'吗？我军眼下要挫败陈友定，跟他硬碰硬是不明智的，我军应当避其锋芒，而灭其气势和有生力量。当年，袁绍欲攻白马，曹操据守官渡，两军隔河对峙。当袁绍刚一用兵攻打白马时，曹操则马上摆出一副要渡河的架势，迫使袁绍回军拦击。可曹操却袭击袁绍在白马的营寨，让袁绍损失惨重。袁绍粮草囤积在乌巢，曹操审时度势，亲率精兵打着袁绍的旗号夜袭乌巢，一举烧毁了袁军的粮草，袁军闻讯，人心浮动，曹操趁机大举进攻，杀得袁绍大败而逃。"刘伯温用官渡之战的事例给朱元璋讲解"釜底抽薪"的战法，朱元璋听后，恍然大悟，说道："先生所说'釜底抽薪'用在对付陈友定上一定能大发神威。"

"主公，陈友定疯狂进攻，其后防一定空虚，我军派精干人马，偷袭其粮囤，依样画葫芦，放火烧掉他的粮草，他必然会后撤，到那时我军再予以痛击！"

"那么依先生来看，此役派谁去比较合适呢？"朱元璋进一步问。"主公，我军大将如徐达、常遇春等都各有重任在身，汤和、邓愈也在驻守军事要塞，依臣之见可在青年将领中选一名胆大细心的便可，我们也要给年轻人一些机会嘛。"

"好，我的心里已有了底。"朱元璋十分满意地说。刘伯温又陪朱元璋议了好久，方散会回"家"。刘伯温的"家"仍在礼贤馆内，这是朱元璋特意安排的。刘伯温与朱珠住进来之后，感到较为舒适，也就没有另谋宅院。其时，刘伯温并没有多少积蓄，真让他起屋置地，他也拿不出那么多银子来。刘伯温刚走到礼贤馆门口时，猛然发现朱珠在倚门守望，他正要快步迎上去，朱珠却一扭身进了里面。

刘伯温晓得自己回晚了，又惹朱珠不高兴了。

进了屋，看到桌上的饭菜冒着热气，而杯筷俱已摆好，朱珠却背脸坐在床上。

"哟！这么香的饭菜啊！"刘伯温竟夸张地叫了起来。朱珠却没有反应。

"珠妹，快来吃饭吧！"朱珠还是一动不动，一声也不吭。

刘伯温走到床边，双手搭在朱珠的肩头，柔声说："珠妹，我知道你心中有怨气，可人在朝廷身不由己啊！这几年委屈你了。待到他做了皇帝，天下初定之时，我立刻辞官回乡，你我做一对逍遥自在的老鸳鸯，好不好？我发誓，我一定说到做到！"

刘伯温太了解朱珠了，这几句话都说到朱珠的心窝子里，朱珠鼻子一酸，泪水夺眶而出，她立刻抱住刘伯温，呜呜地哭了起来。刘伯温又好言劝了半天，朱珠这才止住哭声，她抬起头，两只眼已略显红肿，用略带嘶哑的嗓音说："你可一定要说到做到啊！"

第 18 章
督建应天府　烟雨叹江山

记得在闻听张士诚自缢于舟中的消息后，朱元璋曾兴奋地问刘伯温："伯温先生，如今二狼已除，江南离平定之日已不远矣，若为日后着想，我还有什么未做之事?"刘伯温思索了片刻，答道："应天府的建筑破旧，需另兴土木。"

"好吧，我令你督建此工程。"朱元璋非常爽快地说。

这样为开国皇帝营建新都的重任便落到自己的肩上。刘伯温一回想起那一幕，便不禁要自我埋怨一番，都怪自己当时多嘴，揽了个出力不讨好的差事，更让他感到后悔的是，有几件建国所必需的事自己没有提。首当其冲的便是构建官属。

这是个敏感的问题，简直就像个马蜂窝，自己不提也不能提，他有难言之隐。自至正二十年辅佐朱元璋以来，他一直淡泊名利，尽量远避权位，尽管他千小心、万小心，但仍引起了一人的不满，那便是朱元璋手下谋臣中资历最老的李善长。

当初百官劝进时，自己就竭力避免与李善长争权，仅在西吴王朝中任一个太史令，那一次他便深切感到李善长这个人心地不纯，贪恋权位，眼看着朱元璋就要登基做皇上，丞相这把交椅恐早已被李善长盯上。

自己无心去争坐这把交椅，因而时时处处谨小慎微，可就是这样，仍被李善长猜忌，自己本是"无意苦争春"，不料却被"群芳妒"，真乃时也、命也、运也，身处在这个权力的旋涡，稍有不慎便意味着被卷入水底，永世难再浮出水面。

刘伯温心中的愁和苦，无处倾诉，自己一向韬光养晦，力求全身远害敌，对权位敬而远之，可有的人却恰恰相反，譬如李善长，他愿做就让他做去吧。

对于督造宫殿，他是尽心尽力的，事无巨细，他都要过问，又要处理军务、政务，又要督造宫殿，刘伯温终日里像只永转不歇的陀螺，时间一长，人更加清瘦了，这让朱珠很是心疼，屡次劝他少操些心，对此刘伯温只能报以苦笑，说："就是这鞠躬尽瘁的命！"

这天，朱元璋忽然来了兴致，要去看看尚未建好的宫殿，刘伯温便陪同朱元璋到宫殿工地上巡视。

宫殿的主体建筑已基本完成，但其竣工还要花费些时日，工地上一片忙碌的景象，朱元璋东瞧瞧，西看看，对宫殿的制式、规模不时向刘伯温询问。

刘伯温便将宫殿的制式、规模以及建成后的景象向朱元璋做了介绍和描绘，刘伯温娓娓道来，好似这一切都在他的脑中。

"主公，宫殿的制式是参照前朝宫殿的法度，取其气魄宏大，迎面而来是三座大殿，依次名为奉天殿、华盖殿、谨身殿。在殿后建有乾清宫、坤宁宫。两座宫殿的两边是东六宫、西六宫，整个皇城建有四门，南为午门、东为东华门、西为西华门、北为玄武门。"

朱元璋聚精会神地听着，并不住地点头。刘伯温继续介绍："宫内有座御花园，建有亭、台、楼、阁，种植奇花异草，皇宫呈正方形，四角皆筑有角楼。城墙高峻，上铺琉璃瓦，其厚五尺有余，由砖石构筑，并在墙外抹上紫泥。"

朱元璋听得都有些心花怒放了，自己当年不过是个放牛娃，住在茅草屋里，那茅草屋冬天冷夏天热，雨天外边下大雨里边下小雨，何曾想过有一日会住进金碧辉煌、气魄宏大的皇宫里？

朱元璋满意地称赞道："好一座雄伟气魄的皇城，不仅美观大方，而且实用，真可称得上固若金汤，伯温啊，你可费了心了。"朱元璋走到一截已砌好的外墙边，用力推了推，又向上望了望，呵呵笑道："真是铜墙铁壁，高不可逾。"他笑着转过身来问众侍卫，"你们谁能一跃而过？"

众侍卫皆摇头，刘伯温则说："大概只有燕子才能飞过吧。"

朱元璋听完，哈哈大笑："也许只有长翅膀的才能飞过。"可刘伯温心中暗道：再高再坚固的墙，也挡不住人，你的儿子朱棣便可一跃而过，只不过你是活不到那一天了，倘若你亲眼所见，恐怕你就笑不出来了。但这事是刘伯温在"天地神人镜"中观到的，乃是天机，朱元璋自然对此一无所知。

朱元璋巡视即将完毕的时候，很是深情地望着这座皇城，也不知他心中是何感想，看了许久，他才一挥手，吩咐道："走吧！"

刘伯温随朱元璋回到了王府，朱元璋把刘伯温请进了书房，显然是有要事相商。

"主公，还有何吩咐？"

朱元璋在座位上坐稳了，一手让座，问道："伯温先生，你即日占卜一卦，看何时登基建元最为合适。"

"主公，此时还不宜操心此事。"

"什么？先生曾对我所言的三大障碍，我已一一搬去了，是否因宫殿尚未建好？"朱元璋皱眉问道。

"宫殿建成指日可待，但主公有一件要务还须办理。"

朱元璋心中顿时升起一股无名火，心道：刘伯温呀刘伯温，早就问你登基之前须办妥哪些事，你说只有三件：张士诚我灭了，韩林儿被溺死在瓜步，宫殿马上就要建成，怎么突然又冒出一件事。

可朱元璋的满腹怒火不好发作，便耐着性子说："请先生讲来。"

刘伯温淡淡一笑，说："故元尚在北方苟延残喘，虽然旦夕之间便会咽气，但主公要居安思危啊，因而这件要务便是立即北伐。"

朱元璋一听可犯了愁，自己戎马征战十几载，眼看着便可登上九五之尊，却又要亲征中原，这一去又不知要几年。

刘伯温瞧出他心中所虑之事，便说："北伐虽然干系重大，但顺帝朝廷已如一间即将倒塌的破房子，只须轻轻一推它便会轰然倒塌，因而主公无须亲征。况且江南刚刚平定，地面上还不甚太平，偏僻之处仍有一些负隅顽抗之徒，主公只须坐镇江南便可。至于北伐，委派徐、常二位将军领兵前往便可。""徐、常二人能行吗？我们莫要轻敌。"朱元璋还是有些不放心。

"我军对故元已成摧枯拉朽之势，徐、常二人定能胜任。"

"那先生写一篇北伐的战斗檄文吧。"

"主公，有潜溪先生这样的大手笔在，我岂敢班门弄斧，这篇文章还是由潜溪先生来起草吧。"

朱元璋欣然应允。

在北伐军出征前，宋濂的北伐檄文草就，草稿呈览朱元璋。朱元璋读过之后，大为赞赏，立即将这篇檄文发布天下。

宋濂不愧为"天下文章第一人"。这篇檄文如下：

自古帝王临御天下，皆中国居内以制夷狄，夷狄居外以奉中国，未闻以夷狄居中国而制天下也。自宋祚倾移，元以北夷入主中国，四海以内，罔不臣服，此岂人力，实乃天授。彼时君明臣良，足以纲维天下，然达人志士，尚有冠履倒置之叹。

自是以后，元之臣子，不遵祖训，废坏纲常，有如大德废长立幼，泰定以臣弑君，天历以弟鸩兄，至于弟收兄妻，子征父妾，上下相习，恬不为怪，其于父子、君臣、夫妇、长幼之伦，渎乱甚矣。夫人君者，斯民之宗主，朝廷者，天下之根本，礼仪者，御世之大防，其所为如彼，岂可为训于天下后世哉！

及其后世嗣沉荒，失君臣之道，又加以宰相专权，宪台报怨，有司毒虐，于是人心离叛，天下兵起，使我中国之民，死者肝脑涂地，生者骨肉不相保，虽因人事所致，实乃天厌其德而弃之之时也。古云：胡虏无百年之运，验之今日，信乎不谬。

当此之时，天运循环，中原气盛，亿兆之中，当降生圣人，驱除胡虏，恢复中华，立纲陈纪，救济斯民。今一纪于兹，未闻有治世安民者，徒使尔等战战兢兢，处于朝秦暮楚之地，诚可矜闵。

方今河、洛、关、陕，虽有数雄；忘中国祖宗之姓，反就胡虏禽兽之名，以为美称，假元号以济私，恃有众以要君，凭陵跋扈，遥制朝权，此河洛之徒也；或众少力微，阻兵据险，贿诱名爵，志在养力，以俟衅隙，此关陕之人也。二者其始，皆以捕妖人为名，乃得兵权。及妖人已灭，兵权已得，志骄气盈，无复尊主庇民之意，互相吞噬，反为生民之巨害，皆非华夏之主也。

予本淮右布衣，因天下大乱，为众所推，率师渡江，居金陵形势之地，得长江天堑之险，今十有三年。西抵巴蜀，东连沧海，南控闽越，湖、湘、汉、沔、两淮、徐、邳，皆入版图，奄及南方，尽为我有。民稍安，食稍足，兵稍精，控弦执矢，目视我中原之民，久无所主，深用疚心。予恭承天命，罔敢自安，方欲遣兵北逐胡虏，拯生民于涂炭，复汉官之威仪。虑民人未知，反为我仇，絜家北走，陷溺犹深，故先谕告：兵至，民人勿避。予号令严肃，无秋毫之犯，归我者永安于中华，背我者自窜于塞外。盖我中国之民，天必命我中国之人以安之，夷狄何得而治哉！予恐中土久污膻腥，生民扰扰，故率群雄奋力廓清，志在逐胡虏，除暴乱，使民皆得其所，雪中国之耻，尔民等其体之。

如蒙古、色目，虽非华夏族类，然同生天地之间，有能知礼义，愿为臣民者，与华夏之人抚养无异。故兹告谕，想宜知悉。

此文一出，华夏为之震动，蒙古、色目人惶惶不可终日，中原汉族则顿感精神振奋，人心所向江南的朱元璋。

这篇檄文其实是由刘伯温、宋濂二人合作完成的。当刘伯温按朱元璋的指示去找宋濂，宋濂问明后，面露难色，说："伯温老兄，我的文风你又不是不晓得，让我记事叙情、描景状物尚可，像这般旗帜鲜明的战斗檄文，我实在无能为力，还是待会儿让我面见主公，恳请他另觅高人吧。"

"潜溪老弟，你这文曲星都写不出，天下还有谁人能写呢？你也过于谦逊了。"

"伯温兄，你就高抬贵手放过我吧，另请高明行不行？"

"潜溪老弟，这是主公交代让你写的。"

"算了吧，我敢打赌，这战斗檄文一定是主公先叫你写，你又推到我身上，是也不是？"宋濂不肯就范。

"好，好，咱俩是一根绳上挂俩蚂蚱，爬不了你也跑不了我，这样吧，我出意思，你执笔，交差时就算你一人写成的。"刘伯温寻到一个变通之法。

"好吧，算你厉害。"宋濂无可奈何地笑着说。

刘伯温先在心中想好构思，方对已准备就绪多时的宋濂说："开篇点明夷夏有别，夷狄制中夏乃是逆天循环；其次，陈说夷狄废坏纲常，扰乱根本；再次，汉民举义起事乃迫于无奈，事出有因；又次，扩廓帖木儿与李思齐之争，祸乱百姓；最后点明主公乃应运而生的圣人，以布衣投身义兵，实乃恭承天命，其统帅王师，乃为拯生灵于涂炭，救万众于水火，复汉宫之威仪。

宋濂著文有绝活，他从起笔写下第一个字到收笔写完最后一个字，一气呵成，绝无冥思苦想之态。另外，他还能一心数用，因而刘伯温讲完文中应有之意后不久，他便将这篇战斗檄文完成了。

刘伯温读罢，忙说："果然是大手笔，出手不凡，当年江淹得到的那支神笔是不是传到了你手上？"

宋濂腼腆地一笑，没说什么。

至正二十七年（1367年）即吴元年，这一年的十月甲子，已金秋时节，秋高气爽、碧空万里无云，秋风将校兵场上竖立的数百杆旗帜吹得猎猎作响，马铃之声也不绝于耳，二十五万大军列队成行，鸦雀无声，只待出征炮鸣响，主帅的一声令下。

点将台上，朱元璋双手执着徐达的手，语重心长地说："自从元朝失政以来，万民陷于涂炭之境地。我和诸位仗义起事，希望能安民平乱，先平了陈友谅，又灭了张士诚，闽、广等地不日也将平定，但想到中原大地还处在一片扰乱之中，山东被反复无常的王宣父子占据，河南被王保保（扩廓帖木儿）所占据，上疑下叛，关陕则为李思齐、张思道，互相猜疑，内讧不止，灭元的时机便在此时，今日我命令你等北伐中原，有何谋划？"

常遇春答道："如今南方已定，我军兵力雄厚，以百万雄师直捣大都，已成摧枯拉朽之势，主公不必过虑，只待捷报就行了。"

朱元璋对常遇春的回答不大满意，忧心忡忡地说："元朝建国已有百年，城防坚固，决非像爱卿所言北伐易如反掌，倘若大军受挫于坚城之下，既无援军，粮草又难以供给，爱卿又当如何应对？"他未待常遇春回答，而是自顾自地往下说："我之意见，应当先攻取山东，撤去元朝的屏障，随后进军河南，剪断元朝的羽翼，最后进攻潼关，占据元朝的门户，倘若这三步完成，则一切尽在掌握。此战略乃是我与伯温先生研究后议定的，你等一定要牢记。"

徐达、常遇春等点头称是。

朱元璋又再三叮嘱："一定要严肃军纪，大军每到一处，不可烧杀抢掠，不可奸淫妇女，不可强征民兵，不可扰民。"

说完这些，朱元璋原本还想再说些什么，但见刘伯温向他使眼色，示意天色已不早了，莫要错过吉时，朱元璋用力拍了拍徐、常二人的肩膀说："重担就托付你二人了！"

随后，响起了十八声出征炮。二十五万大军像一条蜒蜒数里的巨龙，向北方挺进了。

在北伐大军出征前一个月，朱元璋已命参政朱亮祖征讨方国珍，刘伯温几次请求随同朱亮祖一同出征，朱元璋不许，因为身边确实离不开刘伯温。

朱元璋安慰刘伯温道:"伯温先生,我知你与方国珍素有旧怨,方国珍其人狡诈奸猾,首鼠两端,反复无常,我对其也素无好感,现已派亮祖前去征讨,灭他不过是朝夕之间的事。"

"主公,伯温与他的个人恩怨算不了什么,我只恐亮祖年轻气盛,被方国珍的奸计所迷惑住。"

"不碍事,我等在后方观战便可,亮祖处置若有不妥之处,飞马快报纠之便可以了,伯温先生,对付这个狡黠之徒,有何高招?"

"先打后讲,让他吃些苦头后他才会明白与我们作对没有好下场,倘若他能醒悟过来,愿做个本分的臣子,我们便招安他,若不,则全歼之而不必手软。"

"好,就依先生之计。伯温先生,就劳你动笔写封书信,也算我军在用兵之前给他提个醒可好?"

"谨遵王命。"

让刘伯温写这样的书信,真是张飞吃豆芽——小菜一碟,刘伯温当场写了一封措辞严厉又不无讥讽的信。

方国珍读罢这封书信,气就不打一处来,他将书信撕了个粉碎,怒骂道:"爷爷我举兵起事时,你还在庙中当小和尚呢!你历数我四条罪状,真是血口喷人!我方国珍也不是孬种,与你在海上决一死战,死和尚,我等着你……"

待他骂累了,火气也消歇下去,头脑也稍稍冷静下来。自从张士诚死后,真是"兔死狐悲",由张士诚的悲惨下场想到自己身上,他心中也是一阵阵的发慌,毕竟今非昔比,实力相差悬殊,好汉不吃眼前亏,寻一条稳妥的法子才好。想来想去,只想出把妻儿老小、金银珠宝运到远离大陆的海岛上,以防不测。

朱亮祖的大军初抵台州,方国珍之弟方国瑛便欲弃城而逃,恰逢方国珍回庆元整顿军务,一再严令方国瑛坚守城池,方国瑛这才未能成行。主帅尚且如此贪生怕死,下面的士卒则更怕打仗把命送掉。因而方国瑛未坚守多久,便弃城逃窜到海上,台州遂被朱亮祖占领。

刘伯温在后方对朱元璋建议道:"朱亮祖那一支虽然进展顺利,但我军宜再出一支人马,成两面夹击之势。"

朱元璋应允,命令汤和为征南将军,吴校为副将军,率领常州、长兴、宜兴等地的兵马杀向庆元。不久庆元被攻克,俘获方国珍三千兵车、战船六十艘、马二百余匹、银六千九百余锭、粮三十五万四千六百石。方国珍则逃到了海上。

朱亮祖则率部攻打温州,方国珍之侄方明善坚守。方明善不敌朱亮祖,逃走了。

后来,朱元璋又令廖永忠为征南副将军,率领水师会同汤和、朱亮祖继续追剿方国珍。逃到海岛之上的方国珍,见自己苦心经营多年的地盘丧失殆尽,痛心不已,原打算据海岛负隅顽抗,但已是心有余而力不足,大势已去的方国珍只好命弟弟方国瑛、其侄方明善到汤和营中请降,并奉上金银财宝。

当朱亮祖兵至黄岩时,方国珍率一家老小投降,并派遣儿子方关去应天府奉表谢罪。

朱元璋对方国珍的反复无常十分恼火，并未打算放过方国珍，但方国珍的降书请罪表写得十分可怜，让朱元璋已生怜悯，便不打算为难方国珍了。

这封措辞巧妙贴切的降书，救了方国珍一家老小的性命。

朱元璋连夜将这封"降书请罪表"让刘伯温看，刘伯温看罢，仰面长叹，一时之间，感慨万千，思绪翻滚。往事一桩桩、一件件涌上心头，好友泰不华的惨死，自己被谗被贬、几次遭险，都系方国珍所为。

当年，两人都是欲置对方于死地而后快，其势可谓"不共戴天"，转眼之间，斗转星移三十多年过去了，昔日的仇家已是砧板上的鱼肉，自己完全可以割、可以剁，可这封"降书请罪表"真是能揣摩人的心思，甫说朱元璋起了怜悯之心，即便自己，也不愿再施杀手。

"鸟之将死，其鸣也哀；人之将死，其言也善。"刘伯温愣了许久之后，从嘴中蹦出这么一句话。

"伯温先生还欲报当年之仇吗？"朱元璋笑着问。

"恩恩怨怨，仇仇杀杀，原本就没有尽时，我放手不管，将旧日恩仇揭过去吧。"

"好，真是大度。"

方国珍被恩赦了，赐第建康，其儿子被授予官职，方国珍也得以全身养老而终。

至正二十七年（1367年）年末，宫殿已建造完毕，朱元璋开国登基的各项筹备工作也在紧锣密鼓地进行。

丞相一职由谁出任成了文臣武将们心中的一个大大的问号，人们把目光都集中到两个人身上，一个是李善长，另一个则是刘伯温。虽然李善长现任中书右相国，而刘伯温只是太史令，但两人无论功勋、威望都相差无几。

朱元璋也在为丞相的人选而头疼，他的选择也在李善长、刘伯温两人之间徘徊，选哪一个会更好？上一次李善长运用伎俩，如愿获封中书右相国，当时自己也被迷惑了，但不久便觉察了这一点，只因军务繁忙因而未对此事予以追究。眼下就要开启朱家朱明皇朝的基业，而且不光自己要坐稳这个皇帝之位，以后还要传于二世三世以至万世，自己有责任奠定朱家万世一系帝位的基础。因为事关子孙万代，所以在择取开国丞相这件事上，朱元璋不能不慎之又慎。丞相，既为百官之首，又是帝王之师，权倾朝野，其权势仅在皇帝一人之下。选一良相则可以兴国安邦，如伊尹、周公、魏徵；选一奸相则乱政败国，如李林甫、杨国忠、蔡京、秦桧。比较李、刘二人，各有所长各有所短，李善长自至正十四年从定远跟随自己后，着实提了不少妙计良策，如"行仁义、禁杀掠、敬贤达、结民心"，统筹谋划，调度兵食，其功劳非同一般，但总觉得李善长虽忠心尽力，可办事情没有远略，比刘伯温要逊色许多。提起功劳来，刘伯温虽到军中要晚些，但"灭陈除张"的大计是他制订的，几次关键时刻全是倚仗他才扭转了乾坤，然而刘伯温其人擅术数，亦妖亦神，让人难以把握，不如李善长那么容易驾驭。

朱元璋思来想去，决定再对这二人考察考察。

这一日，朱元璋召见李善长、刘伯温，令二人在烟雨楼守候。

这烟雨楼位于应天西郊，地点虽僻远，然而风光却极其绚丽多姿，素有"应天之秀首"的美誉。

只见它傍湖而建，共有六层，廊檐飞壁，雕梁画栋，造得极其工巧。烟雨楼下便是著名的"莫愁湖"。此湖有个美丽的传说，据闻在南朝宋、齐年间，这幽静的湖畔曾经有个美丽善良的少女，谁也不知她的名姓。这个少女聪明而能干，当地老百姓把她当成仙姑下凡一样敬爱着。后来，少女嫁到石城（应天）的卢家，夫妻感情甚笃。谁知后来，好景不长，丈夫应官府兵役入伍，远走他乡，这个美丽的妇人思夫心切，天天站在湖边掉眼泪。她的泪水融入湖水中，使湖水变得更加碧澄可爱，人们既同情她又怜惜她，便对她说——"莫愁啊，莫愁"，从此妇人被叫作"莫愁女"，这座湖也应运而生一个美丽动听的名字"莫愁湖"。

莫愁湖水清澈见底，湖底的卵石历历可见。可惜现在是严冬，若是盛夏，定然是"接天莲叶无穷碧，映日荷花别样红"。

刘伯温信步走上楼来，首先映入眼帘的是一个清癯而瘦削的背影，此人青布衣衫打扮，极其朴素无华。刘伯温觉得这个背影很熟悉，真像李善长！

听得脚步声响起，那人缓缓转过身来，露出一张笑脸——让刘伯温无论如何也忘不了，正是李善长！

李善长还是惯常的笑容，殷勤道："伯温先生，在下抢了先，早到一步了，哈哈……"

刘伯温也顺着他打了个哈哈道："在下一路上贪恋风景，却让百室先生你捷足先至！"

二人心照不宣地笑了。

刘伯温在楼上落座，对着满湖风光心里却很烦闷。说实话，他十分不喜欢也不习惯单独与李善长接触，这个人脾性与蛇一般无二，总是张着一双敏锐的能够洞察一切的眼睛在打量、比较、窥探，无论你何时抬起眼睛，总能与他那双眼睛相遇。在那种眼神的包围之下，没有人会觉得轻松舒畅。可是，偏偏今天在这里遇上他，而且是在朱元璋不在场的情况下。

于是，刘伯温决定多沉默少开口。

然而，李善长却不依不饶，兴趣盎然地打开了话匣子。

"伯温先生，你还记得咱们第一次相见的情景吗？一晃十几年，唉，咱们都老了，不知道那个酒店如今还在不在？真想再去老地方看一看哪！"

"怎么？"

刘伯温脸上笑着，心里却十分厌烦，他第一次见到李善长时就觉得此人绝非善类，偏偏那时李善长受朱元璋暗托来寻访高人，对他纠缠不休，让刘伯温十分恼火。现在一提及往事，刘伯温眼前还能浮现出李善长喋喋不休的样子。刘伯温也佯装叹口气，道："先生还对那地方记忆犹新吗？只可惜，物是人非，今日非昨……"

李善长又道："令在下难忘的是当年阁下豪放雄肆、无拘无束的气概啊！伯温或有耳闻，在下当年受主公之托，到绍兴访寻旷世奇人，一眼便认准了阁下，料定阁下不是俗流中人。可是当年先生孤傲得很哩，对我这个闯荡江湖的算命人不屑一顾，哈哈……你说你当时是怎么想的？如果那时你随我去见主公，或许主公还可以早一些荡平群贼、安定天下呢！"

刘伯温不疾不徐地应道："人各有志强求不得，就比如现在的百室先生与我刘伯温，这无法强求，是不是啊，百室先生？伯温的话还有些道理吧？"

刘伯温的话绵里藏针，着实刺痛了李善长，他极力克制着自己的怒火，牙缝儿里挤出一丝笑，道："伯温先生……说的也是……"

笑容极其尴尬。

李善长话锋一转，脸上堆满笑容道："伯温先生，在下先向您道一喜了……"

"喜从何来？"刘伯温十分惊诧地问。

"哦……伯温先生明知故问嘛。现在朝中上下谁人不知、哪个不晓先生您就要官拜丞相之位了，先生又何必卖关子？"

刘伯温一脸的无辜，转瞬之间他便明白李善长的用意了，他这招叫作"投石问路"，是看看自己有没有对高官厚禄、位重权高动心。显而易见，李善长野心不小，他对丞相之职垂涎已久，又怕自己给他造成威胁……刘伯温在心头暗笑不已，随口道："俱是无稽之谈！若论资历与功劳，刘伯温怎么也不敢与百室先生争，自惭形秽，避犹不及，又怎么敢鸠占鹊巢呢？"

这几句话让李善长听来很受用，他讳莫如深地笑了。正在这时，忽然听见一声大喊："二位久候多时了吧？"

"主公……"

二人赶忙躬身施礼。

朱元璋笑容满面地摆摆手，令二人坐下，他也坐在位子上，又回身冲随行的卫士挥挥手，让他们退到五十步之外，听候吩咐。

寒暄已毕。

朱元璋眼望无尽的莫愁湖水，幽幽地对李、刘二人道："二位先生随我征战多年，既是我的师长、兄弟，又是我的谋臣策士，我对二位的依赖很深……近来有个问题一直困扰心头，我百思不得其解，于是想让二位帮我破解一番。"

李善长抢先道："愿闻其详。"

刘伯温缄口不语。

朱元璋又望了一眼莫愁湖，略有些伤感地说："这美丽妖娆的莫愁湖原本属于大元朝，再往前属于宋，再往前是五代十国，再往前还有无数……现在它属于我，以后也不知将归属于谁……它几易其主的症结何在？敞开窗子说亮话——我在思考元朝之失在何处？为何好端端的天下说乱就乱了，说亡就亡了。这一切究竟是为什么？"

刘伯温心里一震，朱元璋想得这么深远，大大出乎他的意料，看来这曾经出家剃度过的小和尚、这曾经浪迹天涯的小匪徒着实不简单哩，起码，他有居安思危的忧患感，这一点比那身处累卵之危尚不自知的元顺帝不知要强过多少倍呢。有这样

一个有远见卓识的人一统天下，对老百姓而言，未尝不是一件好事呢。

刘伯温心里这么想着，脸上不觉露出一丝笑容。这点微薄的笑容马上被朱元璋牢牢地抓住了，他不由分说便点刘伯温来答。

刘伯温不假思索地道："我主能思考这个问题，为天下百姓之福啊！在下以为，元之大失在于元帝荒淫无道，失尽天下民心，激起众怒而反。古人云：得民心者得天下。反之，丧失民心者，天下必不久矣。这是放之四海而皆准的道理。大唐皇帝李世民有句名言——君为舟，民为水，水可以载舟，也可以覆舟。由此观之，民心才是治国之根本。元顺帝荒废朝政、滥收税赋，诸侯混战，天下百姓无以聊生，这才有大厦一日倾覆的下场。"

"说得好，精彩极了！伯温先生果然有真知灼见。"

朱元璋扬眉而笑。

李善长狡黠地一笑，未置可否。

朱元璋将脸转向李善长，笑容可掬地对他言道："善长可有异议？"

李善长不动声色，娓娓道来："主公，依在下愚见，朝代皆有气数，也就是天命。天命所归，必然是暴君死、新君立，气数将尽，纵然是有力挽狂澜之力也无法回天，无法扭转乾坤。在下酷爱读史，历朝历代的更迭无不说明了这一点。如今元朝气数已尽，是天不保，真龙天子出现，自然大元要唱挽歌喽！我主以为如何？"

刘伯温猛地打个激灵，心道：这李善长真是厉害，明明在奉承朱元璋是天命所归的真龙天子，却把话说得滴水不漏、严丝合缝，让人听来十分受用。这也是天赋与本事哪，刘伯温在心中自叹弗如。

朱元璋听了这话，不仅没表现出受用的样子反而沉默不语了。空气一下子变得很紧张，似乎三个人的呼吸声都可以清晰地听到。李善长心里也纳闷，平常惯使的挠人痒处的招儿怎么到了这时不管用了，难道朱元璋话里有话？而朱元璋心里揣摩的却是刘伯温的话恳切，句句是箴言，然而他把世间的道理看得太透了，他长着一双慧眼，没有什么东西能瞒过他的眼睛——那是一双集天地万物灵气于一身、汇日月精华于一体的眼睛。这双眼睛太敏锐了，朱元璋固然欣赏，需要那一双眼睛，然而却令人恐怖，人至察则无徒啊。陡然之间，朱元璋觉得他自己在刘伯温面前变得赤裸裸的。

李善长尽管花言巧语讨他欢心，但是朱元璋听得出来他说的都不是真心话，他故意让朱觉得他蠢笨不堪，比刘伯温逊色许多，然而这正是李善长比刘伯温高明的地方。毕竟李善长在朱元璋身边的时间要长一些，对他了解得入木三分。李善长明白，越是聪明人越让主子起厌烦之心，功高盖主的人没什么好下场，自古使然。朱元璋也十分了解李善长，对他打的这个小九九焉能不知？

像刘伯温这样一个集智慧、灵气、天命、人心、术数于一身的人物，是个多么可怕的角色啊！他有呼风唤雨的超能——这在鄱阳湖大战时已表现得淋漓尽致，他有未卜先知的能耐——朱元璋也早已领教过。

朱元璋心事重得犹如落雨天气的铅云，一朵朵地压着他的躯体，令他无法言语、无法呼吸。当他昏昏沉沉地走回内院时，混乱的思绪突然被一把剑劈空斩断，他的心也随之明朗起来。

新年很快来临。

一元复始的欢欣使人们忘却了种种的不快和困扰心头的愁绪。新春过后第四日，是朱元璋荣登大宝的吉日。这是刘伯温戒斋七日、焚香三天为朱元璋求取的，可算是个黄道吉日。

在这之前，在朱元璋的授意之下，李善长亲笔起草劝进表，请吴国公登基、进皇位，朱元璋拒不接受，李善长率文武百官长跪不起，朱元璋才以不忍拒众之意为由接受下来。

众人心中明白，大明朝开国宰相是李善长无疑了。

接着，李善长被任命为登基大典总司仪，主持所有仪式、庆典。

登基大典举行之地设在应天府紫金山的南面，面北靠南，依山傍水，造了一座九尺高的祭台。祭台共分三层，每层插九九八十一杆旌旗，由守旗官护卫。每层祭台上都用红毯铺就，极尽富贵奢华，让人眼花缭乱。

吉日吉时，朱元璋乘坐龙辇，在浩大的仪仗队簇拥下，众星捧月一般缓缓行至祭台之下。那仪仗队甚为光鲜威武，所乘坐的马匹全是清一色的枣红马，衣甲在阳光下夺人耳目。

朱元璋缓缓下辇，行至祭台之下，双膝跪倒，行三叩九拜大礼，一步一拜，直到祭坛之顶。上设香案，供养着五谷牲畜。朱元璋焚香已毕，便祷告上苍道："大明开国皇帝祭告天神……"

接着，朱元璋展开祭文，朗声读出来，祭坛方圆数里可闻。

然后，朱元璋起驾奔太庙，祭拜列祖列宗，并封谥朱氏四代祖先。

分别是：

尊高祖考曰玄皇帝，庙号德祖。

曾祖考曰恒皇帝，庙号懿祖。

祖考曰裕皇帝，庙号熙祖。

皇考曰淳皇帝，庙号仁祖。

封盘完毕，朱元璋想起了双亡的父母，不由得悲从中来，放声大哭，内心里大喊道："爹，娘，你们睁睁眼，在九泉之下看看孩儿……孩儿重八如今做了皇帝了，爹娘，你们死得好惨。"

众人赶忙连扶带劝，才让皇帝止住悲声，他依依不舍地出了太庙，直奔社稷坛祭扫，祈求江山长治久安。

朱元璋终于行完了这一系列繁冗的礼节，最后坐龙辇回奉天殿，接受百官朝贺。

李善长率文武官员按序次排班迎接。

朱元璋宣读即位册书，其文如下：

朕惟中国之君，自宋运既终，天命真人起于沙漠，入中国为天下主，传及子孙，百有余年，今运亦终。海内土疆，豪杰分争。朕本淮右庶民，荷上天眷顾，祖宗之灵，遂乘逐鹿之秋，致英贤于左右。凡两淮、两浙、江东、江西、湖湘、汉沔、闽广、山东及西南诸部蛮夷，各处寇攘，屡命大将军与诸将校奋扬威武，已皆戡定，民安田里。

今文武大臣，有司众庶，合辞劝进，尊朕为皇帝，以主黔黎。勉徇舆情，于吴二年正月四日告祭天地于钟山之阳，即皇帝位于南郊，定有天下之号曰大明，以是年为洪武元年。追尊四代考、妣为皇帝、皇后。建大社、大稷于京师。册封马氏为皇后，立世子标为皇太子。

布告天下，咸使闻知。

诏书一下，文武百官欢呼雀跃，李善长率众人行三叩九拜大礼，三呼万岁，其势如排山倒海一般。

李善长捧上金册与皇帝玉玺，封马王后为正室皇后，世子朱标进位为太子。

而后，众人伏地听封。大明朝开国，必要大封功臣，安天下人之心。只听朱元璋款款言道："封李善长为银青荣禄大夫、上柱国、录军国重事、中书左丞相、宣国公。"

"封徐达为中书右丞相，兼任太子少傅、信国公。"

"封常遇春为中书平章、军国重事、鄂国公。"

文武官员，依次加官进爵。

总体说来，分封还算公允，唯有对刘伯温似乎吝啬刻薄了些，只封他为太史令兼御史台御史中丞。

其中大有文章在。

依朱元璋的性格，他多疑而又知人善任，何尝不知道刘伯温对于社稷是多么重要。然而，权衡再三，朱元璋还是狠了心不封刘伯温为公侯，却让他做御史大夫。

即便是这么一个品阶不甚高的官职，刘伯温也不愿担任，他闻讯后，马上去见朱元璋，欲辞去御史大夫一职。朱元璋起先以为刘伯温嫌官小，但刘伯温却诚恳地道："陛下，御史大夫乃御史之长，重同相国，不可轻视，伯温自以为才疏力薄，不能尽其责，还望陛下另择人选。"

朱元璋再三规劝，刘伯温执意不从，无奈只好委以御史中丞之职。

刘伯温知道历代帝王都可以与臣下共患难，而不可共安乐，所以才有勾践灭吴之后文忠被赐死，聪明一些的臣子唯有功成身退，方可保得老于林泉之下，安度余生。刘伯温一直十分羡慕汉时重臣张良，他洞察世事，最后抛却世间一切名利，回归家乡，不知强过韩信之流多少倍呢！

刘伯温早已打算好了，待大明国扫清贼寇那一日，他便要学张良，将高官厚禄抛于脑后，隐退山林，过他那神仙般的日子。所以朱元璋对他的种种猜忌与试探，恰好成全了他，他十分满意朱元璋对他的冷落。

刘伯温只等时机成熟便向朱元璋递上辞呈。

第 19 章
归途遇刺客　图穷匕首见

北伐已取得决定性的胜利，这让朱元璋在军事上不必操太多的心了，自己可以腾出手来处理全国的政务。

刘伯温觉得递上辞表的时机已经来了，北伐胜利已使圣心欢悦，此时不递，更待何时？

这一日，在朝堂之上，刘伯温跪奏道："万岁，臣刘伯温今有辞表，望万岁体谅臣的难处，准臣告老还乡。"随后将辞表奉上。朱元璋听了就是微微一怔，旋即满面带笑地说："伯温先生，如今国家初定，百废待兴，朕每有大事还要靠先生从长计议呢。"

刘伯温言辞恳切地奏道："万岁，臣犬马微躯，身有暗病，时时发作，乞求万岁能准臣告老，回归乡里颐养天年，倘获准许，真乃微臣的福分，亦是万岁的体恤。"

"伯温先生，你追随在朕的左右已八载有余，屡屡为朕出良策，建奇功，先生泊名利，远富贵，高风亮节，是我朝臣的楷模，先生理应在朕的身边，开启、教化后进，再者说，京城有御医，可为先生精心调治病体，先生莫要辞去。"

"万岁，微臣已近风烛残年，再也无力帮万岁什么了，不若腾出位置让给后起之秀。臣一生喜好山水，且已离家乡数载，思乡之情甚切，金陵虽好，但伯温还是怀念那武阳村，望万岁念微臣效些许犬马之劳的份上，恩准微臣告老还乡。"奏完，再三地磕头，朱元璋心想：我若再强硬挽留，反倒不美，姑且让他回乡，反正"普天之下，莫非王土；率土之滨，莫非王臣"，我若下旨意召你，你还得回来。于是，朱元璋道："伯温先生，朕确实有诸多要务要向先生请教，倘若先生离去，朕便陷入彷徨无计之境地，但先生讲得在情在理，朕准了你的奏章，不过还望先生置身于武阳村中，以便朕为难之时好向先生讨教。"

"谢主隆恩，臣定谨遵圣旨。"

"先生，临行之前，关于军国大事有甚意见请莫保留，讲出好让朕知晓。"

"万岁，今天下已由大乱渐至大治，以皇上的英武圣明，诸般事务皆井井有条、步入正轨。万岁，北方正与王保保(扩廓帖木儿)展开激战，王保保狡诈多谋，实乃敌之悍将，还望万岁莫要小瞧了王保保。"

"仅此一件吗?"

"臣所忧虑之事仅此一件。"

"好，王保保我会加以小心的，先生可以回家去了。"

"谢主隆恩。"

刘伯温与朱珠终于踏上了回青田武阳村的归途。

朱珠脸上满是笑容，刘伯温也是一脸的轻松。朱珠高兴的是刘伯温不负前言，说到做到，刘伯温则为自己能够得以全身而退感到激动，一块在心中压了很久的大石头终于可以放下了，自己虽不能"从赤松子游"，但有朱珠这位红颜知己相伴也就足够了。

远离争权夺位、相互倾轧的官场，远离君臣猜忌的险恶境地，让刘伯温有种起死回生的感觉，他回想起刚才临上路之时，宋濂执着自己的手，说："大隐隐于朝，中隐隐于市，小隐隐于野，伯温啊，你舍大隐而求小隐，也许是明智之举，也许会受其牵累。你我二人再见面就不容易了，过上一段时间，我也乞求皇上准许我回书院去，我的好几本书都只写了一半，我可不想半途而废。伯温保重。"

宋濂用力握了握刘伯温的手，刘伯温心中升腾起一股热浪……

"咯噔"一下，刘伯温与朱珠所乘坐的马车猛地一颠，将刘伯温从回想颠回到现实中来，他问朱珠："珠妹，这里距青田县城还有多远?"

"温哥，你真是归心似箭，我们刚行了多远你就问。"

刘伯温不好意思地笑了笑，自己确实是归家心切，他深情地说："上一次回家还是六七年前，时间过得真快，一晃就过去了。"

"温哥，回到家中，你最想做的一件事是什么?"

刘伯温想了想，说："我想扫一扫父母的墓。"说到这里，他的眼眶都有些红了，未在父母跟前好好尽孝，这一点是刘伯温深深引以为憾的。然而父母双亲都已深眠于地下，永世不醒，刘伯温纵有天大的孝心也无处可报。

朱珠没有料到自己随随便便一问竟然会引出他的伤心事来，一时不知该说些什么才好，刘伯温却已被触动心弦，深情地背诵道："慈母手中线，游子身上衣。临行密密缝，意恐迟迟归。谁言寸草心，报得三春晖。"

刘伯温背完这首孟郊的《游子吟》，心中便叫悔不迭，因为朱珠是孤儿，自己这般渲染思念双亲之情，倘若因此而勾起朱珠的伤心身世来，岂不是很糟糕？

刘伯温抬眼去打量朱珠，朱珠没有丝毫的伤悲之情，而是在欣赏车外的风景。

"珠妹，也不知咱们的岩洞书房破败成什么样子了，回去之后也许要花费力气收拾一番。"

"嗯，也许已让什么野兽给占据了。"

两人在车上有一搭没一搭地闲聊着，不知不觉中已走到夜幕降临，他们找了一家旅店投宿住下，明日继续赶路。

他们投宿的这家旅店叫"时来旅店"，生意比较红火。刘伯温和朱珠住进时，专门挑了一间比较清静的客房。

他们在旅店大堂内吃饭时，点了两荤两素四个菜，刘伯温还令伙计烫了壶小酒，一个人自斟自酌，朱珠陪着，一边吃菜一边与刘伯温说着话。

突然，从旅店外边进来一僧一道两个人。那僧呢，是个矮墩墩的胖子，满脸横肉一身的肥膘，最引人注意的还是他的秃脑袋，油光锃亮；那道人呢，瘦细高挑，一双铜铃似的大眼睛，两撇小胡须。两人手中都是提着兵刃，胖和尚拿一把镔铁戒刀，瘦道人背负一柄长剑。

从两人一踏进大门开始，目光就在吃饭、住店的人当中搜索，目光扫到刘伯温、朱珠二人后就不再东看西看了，这一僧一道来到旅店的柜台，也找了一间屋子住下。

朱珠当时用眼角的余光瞥见之后，并未言语，而是继续与刘伯温有说有笑。待二人吃过饭重又回到店房时，一进门，朱珠反手便将房门掩闭，然后对刘伯温悄声说："温哥，我们今晚可能有麻烦。"

刘伯温听完，心头就是一惊，问："怎么回事？"

"温哥，刚才从店外来了一僧一道，你可曾注意？"

"啊，我看到了，一个极胖极矮，一个奇高奇瘦。"

"对，就是这两人，他俩极有可能是仇家派来追杀咱们的。"

"是吗？从我年轻时直到现在，要杀我的人可真是不少，多这一胖和尚一瘦道人也没什么大不了的，珠妹，我们今夜该如何防范呢？"

"捉弄捉弄他俩！"朱珠的玩心又起，她设计好种种"机关"，单等那两人来犯。

夜半时分，旅店的大多数人都已进入梦乡，各种声调不一的呼吸声此起彼伏，刘伯温与朱珠都没有睡，他们在静待敌人来。

果然，房门外的走道传来一轻、一重两种脚步音，刘伯温听得一清二楚，他用手指捅捅朱珠，黑暗中朱珠冲他点了点头。

一僧一道来到刘伯温所住房间的门口，那胖和尚见房门是虚掩的，心中大喜，推门便往里闯，哪里知道，他一只脚刚跨进门里，脑袋也进去了，只听到"哗""咣当"两声响动，瘦道人心中暗叫不好，再看胖和尚，先是被浇成落汤鸡，后又被重物狠狠砸了一下，立时血流满面，秃脑瓜简直成了"血葫芦"。

原来他中了朱珠的"暗算"，朱珠将满满一盆水放到虚开的房门最上端，她特意找了一个最大最重的铜盆，只要谁一推门，那满满一盆水会连盆带水砸下来。

胖和尚被砸得又气又疼，一阵哇哇怪叫，冲了过去，瘦道人想要拦他已是晚了，只听到屋内"扑哧"一声，一个重物急促间摔倒，显然是胖和尚又遭到暗算。

瘦道人不敢贸然进屋，害怕屋内再有什么埋伏，他急急招呼那个胖和尚："老七，老七！你怎么了？你倒是赶快出来啊！"

"我正忙着找我的大门牙呢，你也不进来帮帮我，站在屋外干什么呀！快进来，他们俩就在炕上呢，我都瞅见了。"

瘦道人听胖和尚这样说，便将长剑拔了出来，冲了进去，只听到"砰"一声，瘦道人也遭到暗算，瘦道人眼看着就要倒下，不是向前倒，而是向后倒下了。

朱珠设计了三处"机关"，门上的铜盆、一道绊马索、一块从房梁悬垂下来的条石，这块条石是朱珠专门为那瘦道人预备下的，她在一更天时，特意跑到外边寻了一块条石来，用牛皮绳捆绑结实，悬垂在房梁上。

朱珠见自己的三处"暗算"一处也没有落空，便拍手笑道："妙啊，真是妙啊，好久没有这么开心地玩过了。"

说着，她下了炕，用脚踢了踢那胖和尚，兀自摇头，道："如今做杀手这一行的真是良莠不齐，你们俩这种蠢货居然也会有人雇你们，说吧，你们的东家是谁？"

说着，又要飞脚向那瘫软在地的胖和尚踢去，不料那胖和尚出手如电，以极其敏捷的手法点了朱珠足部及小腿七处穴道，朱珠浑身一阵酸麻，已动弹不得。

趴在地上的胖和尚回头瞅了瞅那瘦道人，说了声："得手了，起来吧。"

那刚才已"碰晕在地"的瘦道人，一个鲤鱼打挺，从地上站起，拍了拍身上的灰土，得意地一笑："朱珠，聪明反被聪明误，我们虽然说吃了些苦头，可你现在已被我们控制住了，要杀便杀，要剐便剐，一切趁我们的心意。"

"你们！"又气又悔的朱珠已然说不出什么话来，刚才她确实大意了。

"温哥快跑！"朱珠大声叫道。

"珠妹，我不会丢下你一个人走的，我们说过永不分离。"

"你就是刘伯温吗？"瘦道人的声音又尖又细。

"不错，正是刘某，你们二人是受何人所托，应该是来取我的性命的吧？"

"你还不傻，我们是受……"胖和尚瓮声瓮气还未讲完，头上便被瘦道人狠狠拍了一下，瘦道人恶狠狠地说："猪脑，什么时候都是这么蠢！说那么多废话干吗？"

听到此处，朱珠急急道："温哥，快走，别管我，他俩要对你下毒手了，你快走！"

刘伯温听后，很是不以为然，而是淡淡一笑说道："就凭他们两个要取我的性命？他们俩还没那个本事，我刘某年到花甲，什么大风大浪没见过，什么险滩恶浪没闯过，数次历险都能化险为夷，都能逢凶化吉，你们说这是为什么？'"

"哎，对呀，是为什么？"胖和尚又在傻里傻气地问自己，一旁的瘦道人有些等不及了，上前一步，道："跟他在这里磨什么牙？把他的脑袋割下来赶快交差！"

"且慢！"刘伯温断喝一声，吓得胖和尚、瘦道人俱是一颤，刘伯温才缓缓道："你们看，身后是谁？"

这话惊得胖和尚、瘦道人齐齐向身后看去，却什么也没有看见。待他们再回过头来，却惊异地发现：朱珠不见了，他们的面前只剩下刘伯温一个人。两人的脸上不胜惊惧，互相看了一眼，便挥动刀剑向刘伯温砍杀过去，刚迈出半步却又双双跌倒在地，他们的身后传出朱珠欢快的笑声。

"你们大概不知道吧，我的经络穴位与常人大不一样，所以你的点穴法根本就不起作用，我只不过想逗逗你们，看你们有什么鬼花样。你们说，到底是谁'聪明反被聪明误'？"

瘦道人气得浑身哆嗦，胖和尚却是半天也未想明白，朱珠用脚尖一挑，便把瘦道人的长剑拿在手中，用剑尖抵住胖和尚的喉咙，厉声问道："快说！谁派你们来的？"

胖和尚也不知是大智还是痴呆，依旧瓮声瓮气地说："对呀，是谁派我来的？"

朱珠又将剑尖抵住瘦道人干瘦的胸膛，逼道："快说！谁是你们的东家？"

那瘦道人只是嘿嘿冷笑，并不搭言。朱珠眉锋一挑，厉声道："是不是以为我不敢杀你们？"

"珠妹，珠妹，莫动杀机，问不出来就算了，别管是哪一个仇家，我们也不找他们寻仇。"

朱珠听到这里，便一脚一个，将这一胖一瘦两名刺客踢出门外。

刘伯温看了看外边的天色，已是凌晨时分，天正在慢慢地亮起来，便对朱珠说："珠妹，今夜这么一折腾，觉也没睡成，过一会儿到路上再睡吧。"

"温哥，我一点都不乏，今夜好好捉弄了这两个活宝，真是有趣！"

两人又在路途上行了数日，回到青田县武阳村。

刘伯温暂时抛下心头的郁闷以及官场上的纷扰，专心致志地过起他的田园生活来。

刘伯温辞官归隐了，此事让宰相李善长感到极为快乐。刘伯温一走，一个时时刻刻威胁自己相位的人便彻底没有了。自己的相位应该说是高枕无忧了。

然而，李善长心中正在考虑：要不要派人将刘伯温干掉，那样的话，这个最大的政敌便会永远不再威胁自己的相位，但要是万一搞砸了，麻烦就大了。李善长在心中翻来覆去地想，最终一咬牙：派人去追杀刘伯温。那胖和尚、瘦道人正是他派遣去的。

可是两名杀手派出去没多久，李善长便接到令他十分沮丧的消息：瘦道人、胖和尚并未得手，刘伯温已毫发无损抵达老家。

李善长将满口细牙咬得嘎吱响，思忖了好久：该不该再派第二批杀手前往青田武阳村？可他转念一想，让刘伯温留着他那条小命吧，也算是自己行善积德。

　　然而，刘伯温与朱珠在青田武阳村的幸福时光并未持续太久，在刘伯温返回武阳村不到三个月的时候，洪武皇帝连发三道密令，急令刘伯温火速返回帝都——南京。

　　一种不祥之感立刻笼罩在刘伯温的心中，朝廷一定发生了什么大事，要不然皇上不会这样急促。刘伯温默想了许久，想不出皇上为何要这般着急，是什么事呢？莫非皇上要干那"鸟尽弓藏"的事？

　　刘伯温怀着一颗忐忑不安的心踏上了去往南京的路途。他不知道，南京城内，朱元璋那里，将会有些什么在等待着他。

　　刘伯温抵达南京之后，直奔皇宫而去。

　　正在睡午觉的朱元璋听说刘伯温来了，立刻觉也不睡了，把刘伯温召进了御书房，刘伯温一进书房就要行礼，朱元璋连忙扶起，说道："伯温先生，不必如此拘礼，请坐。"

　　刘伯温坐到座位上，用眼角的余光注意到御书房里只有他与洪武皇帝两个人。刘伯温顿感事情非同小可，要不然皇上不会做得这样隐秘，他静静等待着，静待皇上说出那件事。

　　然而朱元璋并不急于说出来，尽管这事在他心中憋了好久，似乎他在心中斟词酌句，酝酿了好半天，朱元璋方开口讲话，语气十分的冷峻，让刘伯温感到不寒而栗。

　　"伯温先生，也许你也在心中猜测朕为何要急急招你前来的缘由，先生离开朕这三个月内京城发生了不少事情，促使朕思前想后好好想了一番，有一事我想与先生计议计议。"

　　朱元璋开口讲了一大通，并没有开门见山，而是在兜圈子，这愈发让刘伯温感到困惑不解，但他不便开口相问，只好耐着性子听朱元璋的开场白："伯温先生，朕欲削去李善长宰相之职，立先生为相。"

　　"图穷匕首见"，最后这一句话真可谓石破天惊，刘伯温料到了李善长的相位难保，但从没料到会来得这样快，十分惊诧的表情立刻映现在刘伯温的脸上。

　　朱元璋苦笑一声，说："伯温先生，你一定在惊讶朕立相不到九个月的时间又要换相，事情来得太过突然了吧！"朱元璋话锋一转，说道，"朕也不想这样唐突行事，然而李善长飞扬跋扈、嫉贤妒能、营结党羽、败坏朝政，任他为相于国于民都已极不适宜，朕也是不得已而为之，朕想到四海之内，能帮朕挑起这副重担的也只有先生一人啊！"

　　绝不能答应这个任命！刘伯温在脑中不加思虑便作出决定，他开口言道："皇上，李善长跟随您已是多年，可谓劳苦功高，功勋卓著，乃是国家社稷的重臣，与诸将间的关系融洽，轻易将李善长换掉并非是明智之举啊！皇上，今天下初定，朝廷的千头万绪都需宰相一人来操持，陡然间换掉会引无穷的风波啊！皇上，臣请皇上三思而后行，切莫轻下决断。"

　　这下轮到朱元璋感到惊诧了，他像打量陌生人似的从头看到脚，他满以为刘伯温会推辞再三而答应下来，然而刘伯温一开口便是强调李善长不能换。

"伯温先生，李善长几次运用奸邪伎俩陷害先生，先生为何以德报怨，执意要为他留住相位呢？"

"皇上明鉴，臣所说之言，乃是肺腑之言，是出于公心，而非私心，换相乃朝政大事，关系重大，臣不敢以私心来对待朝事。"

"可朕对他是愈来愈厌恶。"

刘伯温见朱元璋十分执拗，知道再正面劝说他必定徒劳无功。

"皇上，我为您讲则故事吧，或许对此事有所启发。"

"哦？"朱元璋满是狐疑地盯着刘伯温，说道，"先生请讲。"

"从前有一户世家大族，他家的屋梁遭虫蛀已难堪其负，随时有倒塌的危险。他决定要更换屋梁，因而把工匠请到家中来。工匠来到他家中对屋梁查看了一番，然后对他说：主人，屋梁的确已被虫蛀坏，已到了非换不可的地步，不过要有预先备好的适合的木料才可以，要不然不能更换屋梁。他手头没有适合的木料，但他急于要更换屋梁，急到一刻也不能等下去的地步，于是他又召来另一个工匠，让工匠把一些木条捆在一起充当屋梁，就这样更换了屋梁。然而，就在那一年的冬天，天降大雪，屋梁难负其重，一下子便折断了，屋子也随之倒塌。"

刘伯温讲完之后，朱元璋良久没有说话。

突然，他问刘伯温："伯温先生，为何你不能出任朕的宰相呢？"

刘伯温笑了，而后非常诚恳地说："皇上，臣疾恶如仇，又缺乏才学，特别是不耐其烦，而宰相之职要处理一国的军政要务，千头万绪，若让臣出任宰相，臣必有负皇上的知遇之恩。"

"伯温先生，那么你看朕的文武大臣中是否有可担宰相之职的人才？"

刘伯温默想了一会儿，冲朱元璋摇了摇头。

朱元璋不甘心地问："难道一个都没有吗？"

刘伯温又摇了摇头。

"杨宪怎么样？"

刘伯温未加思索便回禀道："杨宪虽有宰相之才但没有宰相的器量。能担当宰相一职的人，必定要持心如水，以仁政礼义为权衡，本人不能有私心私利，以臣之见杨宪没有这个器量。"

朱元璋听刘伯温将杨宪否决掉，便又问道："那么汪广洋其人如何？"

刘伯温用力地摇了摇头，说："汪广洋的器量还不及杨宪，让他担任宰相之职，定会搞得一团糟。"

朱元璋在心中将满朝文武筛来筛去，过了好久，又问："先生，你看胡惟庸如何？"

刘伯温一听，大惊失色，断然道："皇上，任命谁为宰相也不可任命胡惟庸，胡惟庸不仅器量不够，连才学都不够，胡惟庸就如一只牛犊，用他驾车，一定会翻车。"

朱元璋听完之后，一脸的愁苦，他又搜肠刮肚想了好几遍，可实在想不出还有什么人可以一问。

"伯温先生，莫非朕要换相一事必遭搁浅不成？"

"皇上，现在的朝政宜稳不宜乱。至于合适的宰相之职的人才，皇上可以悉心求访。四海之内，良才济济，这点，皇上不必过虑。"

朱元璋默想了许久，只得把换相的想法放下，而把刘伯温也留到了身边，未将他放回青田老家去养老。朱元璋身边有个小太监，叫小丸子，他专门在御书房伺候。小丸子为人伶俐，手脚勤快，而最讨巧的地方却是那张嘴，什么话到了他的嘴里都会变甜。

朱元璋喜欢他，他却不知道小丸子正是胡惟庸的亲信。

当朱元璋与刘伯温正在御书房里论相的时候，小丸子却躲在窗子下面听得不亦乐乎。等君臣二人一散，小丸手便借机溜出宫去，跑到胡惟庸家里，将朱元璋与刘伯温的话跟胡惟庸说了一遍。

胡惟庸没想到刘伯温居然在皇上面前如此蔑视他、恶意中伤他！他何处得罪了这位御史中丞？简直欺人太甚！

胡惟庸心里想道："我一定不会让刘伯温好过。"

朱元璋因身边没有可堪大用的人才而无法换掉李善长，心中一直耿耿于怀。

这一日，他将刘伯温召到身边，对刘伯温说："伯温先生，我已广发天下明诏，求贤良之才，可几个月以来，毫无收获，先生能不能再想想法子。"

刘伯温笑了，对洪武皇帝说："皇上，看来您还将换相一事牵挂在心中，我来给您讲个故事吧。从前韩非子在韩国主持朝政，韩国的高官由于严刑峻法而丧命，因而造成许多要职都空缺起来。韩王求教于公叔说：'寡人急需人才，然而现有的人却不能够担起重任来，您有良计吗？'公叔回答说：'大王您了解种树这件营生吗？我的家就住在国都的东北角，世世代代都以种树为谋生的本领。材质上佳的树，如松、柏，这都是栋梁之材，然而种下后，都必须三五十年才可长成材；材质较差的树，如柳、朴、桂，种下便可成活，然而只能充作柴火。因此，用日来衡量，则栋梁获利慢而柳等获利快；用年来衡量，则柳等获利为一，栋梁获利为百。栋梁与柳等，我家都种植，世世代代依靠这两种树来获利，因而成为韩国的富豪。与我们家相邻有个老头，艳羡我们家种树致富，于是也种起树来，他无论种植松、柏，还是种植柳、桂、朴，往往不能种满三年，还未成材便都砍掉，因而收入极可怜，只能糊口而已。今日大王使用人才，不等这些人有足够的阅历，便急于委以重任，这犯了拔苗助长的错误啊！'"

刘伯温将故事讲完后，对朱元璋说："皇上，栋梁之材的成长需要时间啊，正所谓'十年树木，百年树人'。您如今急于换相，却不等栋梁之材长好，这样做的结果会适得其反，因而要克制操之过急的念头。"

朱元璋听后，频频点头，刘伯温趁机又进谏道："皇上，选拔人才不要为条条框框所约束，只要真是人才，无论出身贵贱，都可以选拔上来，要给他们锻炼的机会，要培养他。"

"先生所言极是。"

洪武三年(1370年)，朱元璋大封群臣，李善长被封为银青荣禄大夫、上柱国、录军国重事、左丞相，兼太子少师，封宣国公。

徐达被授银青荣禄大夫、上柱国、录军国重事、中书右丞相，兼太子少师，封信国公。

在对刘伯温的封法中，对刘伯温大加称赞。

刘伯温受封完毕回到家中，将法文背给朱珠一遍，并笑着说："撰法文的所言不实，什么'基挺身来谒，于金陵归，谓人曰，天星数险，真可附也'，简直是一派胡言。"

"当真什么，几个破称号，有什么大不了的?"朱珠更是满不在乎。

"我哪里是在乎这官爵? 也罢，我即日就奏本请辞。"

朱珠灿烂一笑，道："我早等着这一天呢!"

"其实，我已早生厌烦之心，倘若再回到青田武阳村，其乐无穷。"

洪武四年(1371年)，刘伯温第二次被获准还乡养老。

武阳村远离都市，更远离那些纷扰的政务。作为一介平民的刘伯温在享受自由自在的生活时，心中却始终有隐忧，自己像一只风筝，无论飞得再高，飞得再远，却总也摆脱不了身上的那根线，别看现在飞得欢，只要那根线一动，自己就身不由己了，而那根线正是握在洪武皇帝的手中。

第20章
伴君如伴虎　魂游在四方

　　"庭院深深深几许？杨柳堆烟，帘幕无重数。"坐拥万里江山的大明皇帝朱元璋便在那深不可测的宫闱之中过着锦衣玉食、珠围翠绕的日子，然而这个戎马一生的帝王心里却日渐恐慌与不安。尽管平时他面对臣子嫔妃的脸孔是阴郁冷峻的，甚至带着几分肃杀气，让人望而胆寒，可是唯有他自己清楚他愈来愈害怕了。因为他知道自己日趋衰老，他不愿意老去，他宁可用荣华富贵去换取大好的青春。他倚北而坐，威仪天下，似乎没有任何人、任何事可以违拗他的旨意，他要谁死，只消动一动小手指！但是在这种至高无上的权力的背后却是帝王深深的忧虑——他正在老去，也许会有撒手西归的那一天，到那时候，这江山社稷又当如何？九五之尊？朱氏宗业能光辉万代、亘古不息吗？俗话道"父传子，家天下"，自己之后理应是太子即位，以至无穷，可是谁又敢担保玉阶之下那些俯首帖耳的文臣武将不会有朝一日变节叛乱呢？

　　朱元璋时常这样描摹着：武将有兵，有猛力，有帅才，一旦变节便如野火烧山，其势不可遏制，然而文臣虽手无缚鸡之力，但他们有笔——那比寒刀利剑还要凶上百倍！他们若起了反明之心，危言惑众、鼓动人心，旦夕之间便可以反了天下……

朱元璋为此而头痛不已，为了大明江山的长治久安，他不能不运用这些人的武功智慧，但同时也为他们大伤脑筋。为此他设了锦衣卫，在全国上下遍布他的鹰犬，随时随地监察官吏们，以防他们有不轨之心。朱元璋还不放心，每日亲自处理国家大事，五更而起，三更才息，唯恐自己不尽心而让奸臣贼子钻了空子，趁机作乱。

文武群臣战战兢兢，如履薄冰，每一看到皇帝阴云密布的脸庞与紧绞在一处的眉头，他们便被吓得面无人色。即便如此小心，也难免招致杀身之祸。

河南尉氏县学教授许元因表章中有"藻饰（早失）太平"之语而被诛灭九族。

印度得道高僧释来复赞扬朱元璋的诗中有一句"殊域及自惭，无德颂陶唐"，原为自谦之语，道自己何德何能得以颂赞龙颜，孰料朱元璋以"殊"为"歹朱"，又因"无德"二字分外恼火，跳脚大骂天竺僧侣，结果德高望重的释来复大师终于被处以腰斩，无命重返家园。

金事陈养浩有诗"城南有嫠妇，夜夜哭征夫"，而被以扰乱军心的罪名溺死于皇城金水桥下。

凡此种种，不胜枚举。

文武众臣敢怒不敢言，凡事更加谨慎，几乎连短短数行的回奏章表都要仔细研读数遍，以免出现纰漏自家性命难保。然而，威猛而冷峻的朱元璋不仅不觉得吏治太苛，反而认为唯有此方能让众人死心塌地、不怀二志。

自儿子刘璟离开青田之后，刘伯温的心再也没有平静过。他虽名为退隐青田，实则心忧天下不已，他是万不得已才用此苟全性命之策的。自古以来，功高盖主的臣子无一例外都没有好下场，刘伯温熟读史书，都把眼睛看出跶子来了。与朱元璋水里火里打拼了十几年，没有人比刘伯温更了解这位猛健的皇帝。朱元璋从外表上看去不愧为一代奇男子，他面对众人总是挺直肩背，朗笑声声，豁达而大度，分外让人亲近，然而在这个枭雄的心底里却弥漫着无尽的黑暗与阴险，敏感而多疑，暴戾而凶残，刘伯温真正体会出了什么叫作"伴君如伴虎"的滋味。

刘伯温早已将滚滚尘嚣看透，视功名利禄、荣华富贵如浮云，他只想学汉朝的张良，能用自己的心思保住一个安逸的晚年，他愿意朝看晨雾花露，晚对皓月清风，隐逸在不为人知的山间，不问寒暑，不问甲子，平平安安地过上神仙一样的生活。而且，他又多了一个牵绊——他的珠妹终于结束了半生的飘零，回到了他的身边。人生得一知己足矣，夫复何求？他觉得欠下朱珠的情债太多，他必须抓紧余下的残存时光补偿她，同时自己也获得前所未有的幸福。

在青田县南 170 里，有一个地方，名叫淡洋。

当年，方国珍就在这里发迹，拥兵自重，对抗朝廷。刘伯温回乡隐居这段时间，周广山等人在淡洋起兵叛乱，但明朝官吏企图隐瞒不报，不让皇帝知道。

"淡洋"的事，刘伯温与朱珠不止一次地商议过。刘伯温想提醒皇帝注意，莫让坏人作乱此地，朱珠却认为既然已退隐山林，凡尘的一切俗事便无需劳神费心，一切任其自然。无奈刘伯温执拗，硬让儿子刘璟携他的书信入京见皇帝，朱珠苦笑道：

"温哥，你年纪也不小了，怎么脾气一点儿也没改？还是那样倔，认准了的事，一条道儿走到黑……当年我怎么流着眼泪，举着宝剑要留下你，你都不肯，一心要下山……唉，这莫不是'江山易改，本性难移'？"

刘伯温道："这不好吗？不那么执拗，珠妹你能等我半世吗？"说着眼睛有些湿润。

朱珠忽而想起了自己经受的种种磨难与坎坷，世间的冷暖炎凉，人情的淡漠阴损，更甚的是她对刘伯温那不曾稍减的一段痴情的噬骨般的折磨，她忍不住坠下两颗泪珠来，旋即又掩住窘态，道："好什么？还不是一段孽债？！"

"不，这是一段仙侣奇缘……我刘伯温世称有半仙之体，珠妹你红颜白发，是仙宫里的人物，咱们就在这青田乡下快快乐乐地做一对神仙眷侣！"说着话，刘伯温深情地望着满头如雪似练的发丝的朱珠，白发之下面如凝脂，眉似远山，星眸如水，唇儿丰鲜娇艳，比十七八岁时的容颜毫不逊色，哪里像年近六旬的老妇？刘伯温一时情动，执朱珠之手，怔怔地站住，两个人的眼里泪光闪闪。

"温哥，我已经老了……"

"不，在我心里，珠妹永远貌若天仙，容颜不改！"

"又说痴话……"

"说真的，珠妹，我刘伯温扪心自问有愧的事情不多，若说有的话，那么便是对你……我欠你的情太多太多，你花一样的年纪生生叫我耽误了。我……"

朱珠温存地一笑，情动间捧刘伯温的双手在自己的手心里，边摇头边道："温哥，不要太自责，也是我脾性太烈，所以才阴差阳错……唉，往事不堪回首，咱们已朱颜辞镜，青春不再，又何必耿耿于怀。不管怎么说，现在在一起就好，不是吗？"

刘伯温握紧朱珠的手，将她牵引至自己的胸前，柔声道："是的，不会再分开了……珠妹，刘伯温愿与你共度桑榆之年！"

朱珠眉梢一扬，调皮道："一把年纪的老太婆喽，即便要跑也跑不动啦！"

然而，儿子刘璟的迟迟不归，却让刘伯温渐渐忧心如焚。儿子未曾上京之前，刘伯温便知他此行凶多吉少，因为如今朝中说一不二的人正是自己的冤家对头胡惟庸。从前由于选相的事，刘伯温在皇上面前对胡的评价不高，致使朱元璋犹疑不决，迟迟不让胡惟庸荣登相位，为此心小气狭的胡惟庸一直有不平之气。刘伯温上书奏事，怕胡惟庸从中破坏，因此再三叮嘱刘璟要伺机当面呈报皇帝，不令胡惟庸插手，否则定会弄巧成拙。

刘伯温太了解胡惟庸这只狡猾的老狐狸了。

刘伯温心里不安宁，饮食上便不经心起来，这让朱珠焦虑不已，她明白刘伯温是担心刘璟的安危，父子连心，人之常情嘛，可是她又怕刘伯温拖垮身子，毕竟年纪不饶人。于是朱珠每日挖空心思为他亲手调羹，才略略解除了刘伯温心头的几丝愁云。

又过了旬日，掐指一算，刘璟离开青田已有两月之久，刘伯温预感大事不妙，他便再也坐不住了，一心要赶奔帝都去探个究竟。朱珠苦劝半晌，刘伯温才叹气作罢，于是另派两个伶俐的奴仆去金陵打听消息。

刘伯温默默地净手，焚香，默祷苍天片刻后取出灵棋，占了一卦，他定睛一看卦象，只觉一桶冷水劈头盖脸地浇下来，他呆坐于椅上，半晌无言。卦上乃大凶之兆。

刘伯温心头暗叫：我儿危矣，朱珠见势不好，抢步冲到刘伯温跟前，摇摇他的肩头道："温哥，你……这是为何？"

刘伯温失魂落魄似的道："璟儿，璟……儿……祸事临头……"

声音细得像呻吟，轻得像片羽毛，但是朱珠却重重地挨了记闷棍似的，脸色倏地苍白起来，她急道："那，璟儿……是不是……不，不，他不会，胡老贼他不敢把璟儿……"

刘伯温的脸阴云密布，他咬着牙关缓缓站起来，灰白的胡须直抖。

"不行！我要去金陵，定是那胡惟庸为难我儿，寻机陷害，我不能眼看着儿子去送命……我要上路，我要去见陛下……"

朱珠浑身凛然一震，急叫道："温哥，这也许又是个阴谋，你不能去，去了便是自投罗网！"

"那璟儿……"

"先等等消息再作打算……"朱珠打断刘伯温呓语似的话，斩钉截铁道，"那胡老贼正要引你去金陵，你难道看不出来，他置好了口袋等你钻呢……璟儿只不过是个诱饵，你不去，他一点儿危险也不会有！温哥，听我一句吧，先冷静些……"

刘伯温颓然倒在座位上。

奴仆终于回来了，他们带来的消息令刘伯温大失所望之余更加坐卧不宁——刘璟下落不明，金陵城中上下打听不出一丝风声，两位仆人费尽九牛二虎之力也不知刘璟的安危存亡！刘伯温险些昏倒，他强挣着挥手令仆人退去，自己一个人坐着想心事。

朱珠悄无声息地进来，刘伯温浑然不觉，口中喃喃自语着什么似的，朱珠显然已经知道刘璟的事了，她轻声问道："温哥，什么时候动身？"

她了解刘伯温的脾气，刘璟此行生死未卜，无论如何也让他这个做父亲的放心不下，金陵是一定要去的，在刘伯温看来，唯有自己才可以保住儿子这条命。朱珠知道根本拦不住刘伯温，索性敞开窗子说亮话。

"这……当然，越快越好……即刻就起程吧。"

刘伯温言语伦次全无，朱珠知道那是担忧刘璟的安危所致。她唯有拿出母性的温存来，才可以让刘伯温纷乱的心绪平静一些。

二人慢慢上路。一路之上，二人默默无言，仿佛要去的不是都城金陵，而是阴曹地府。愈接近金陵，二人心事愈重，尤其是刘伯温，他夜里常常醒着，白天却又魂不守舍。

刘伯温何尝没察觉到自己的异常，许久不见朱元璋，刘伯温都有些胆怯，他不知道如今的帝王脾性如何，但事已至此，纵是怯场也不行，唯有硬着头皮往上冲了。

当他真的见到朱元璋时，刘伯温的心一下子沉重起来。人还是昨日的朱元璋，可他的气色却大不如从前了，眉宇之间集聚着一股怨气。对于朱元璋这几年来的所作所为，刘伯温略有耳闻，这位威猛之君的内心早已变得虚弱和敏感起来。

刘伯温向朱元璋行三叩九拜之礼，口称："草民刘伯温拜见吾皇万岁万万岁。"

朱元璋高高在上，用力睁大双眼去辨认刘伯温。

"伯温先生……"

朱元璋边亲切地呼唤着，边起身离开御座龙案，降阶去扶刘伯温。朱元璋殷勤地携刘伯温双手，上上下下打量着他，刘伯温被他看得有些窘，于是询问道："皇上近来身体还康健吧？"

"唉！自从先生去后，朕无一日不思先生，再加上积劳过度，身子已大不如从前了。"

"望圣上保重龙体。"

刘伯温躬身一礼，心中却在暗自思忖如何提起儿子的事。

朱元璋仿佛知道刘伯温心事似的，故意不提刘璟来京的事，顾左右而言他。刘伯温心急如焚，但表面上平静如初，仿佛心如止水。朱元璋暗自窃笑，终于玩腻了这种捉迷藏似的游戏，开口道："伯温先生此行，是专门为了令郎的事情来的吧？"

刘伯温心里打了个激灵，应道："陛下英明，臣正是为此事而来的。俗话说'儿行千里母担忧'，犬子刘璟离家数月不归，臣时常记挂在心，所以才从青田老家跑来的……"君臣二人都小心地避开敏感的"淡洋"，其实刘伯温心里明镜儿似的，朱元璋之所以先夺他的俸禄，又将他儿子刘璟扣在京城，其目的不外乎是对"淡洋"之事放心不下。刘伯温知道朱元璋为人生性多疑，他不会相信自己，因为自己精通术数，有半仙之体，同时他也不会完全听信于胡惟庸的话。然而朱元璋既身为天子，一定会为他的江山社稷而担忧，旧逢大乱之年，恨不得天下百姓人人为之卖命，天下太平之际又恐天下人个个争夺他的王位，战战兢兢，多疑多虑。

这是真命天子的悲哀。

朱元璋听了刘伯温的话，默默点头道："可怜天下父母心！先生惦念儿子的归期，朕何尝不惦念皇儿的前程？"

"大明朝国力昌盛，无莫恩泽天子，正有子孙千秋万代基业去打理，皇上为何如此悲观呢？"

"恐社稷江山不保。"

朱元璋道，二日炯炯地盯着刘伯温。

刘伯温坦然道："一切皆有定数！"

此话一出口，刘伯温便追悔不迭。他差点忘记了如今的朱元璋最怕的、最不爱听的便是什么"术数、气、天命"一类的话，不然他又为何因"淡洋"之事耿耿于怀？想到这儿，刘伯温头上见了汗，他忙道：

"陛下，臣此番来，最主要为请罪而来，臣……"

朱元璋佯装不知，道："先生何罪之有？"

刘伯温一愣，随即道："臣知因'淡洋'之事，朝中起了风波，有扰陛下清静，因此负罪而来，请陛下依律惩处！"

朱元璋突然哈哈大笑，道："先生多虑，多虑了……'淡洋'之事乃是朝中重臣恶意中伤，纯属乌有，朕从未放在心上……"

朱元璋顿了顿，叹口气道："先生，朕知夺你俸禄不公，然朕亦无可奈何。朝中臣子对'淡洋'之事分外敏感，朕不得不做做样子，以平衡众臣之心，先生可知朕的苦心吗？朕这个皇帝，着实难当哩，只是委屈了先生。"

刘伯温忙道："不，陛下，臣已无官一身轻，还要什么俸禄？况且，臣在青田老家，还有些田产，供度日无忧，不劳陛下为臣操心。"

朱元璋点点头，又将话头儿扯到刘伯温的儿子刘璟身上。

"先生，令郎聪慧过人，颇识大体，且为人忠厚坦诚，朕十分喜欢他，意欲让他留在朕的身边。"

刘伯温心头暗叫不好，但还是沉静地一笑，道："犬子能得陛下青睐，真让臣感到荣幸。然而璟儿年纪尚轻，恐怕有负圣恩，宜再锻炼几年……"

"不，不，足矣，自古英雄出少年嘛！朕正想授他修职佐郎之职。"

刘伯温连忙跪谢圣恩。

朱元璋又道："先生既来之，就应在京师多逗留些时日，聊解朕思念先生之情。"

刘伯温早听出了朱元璋的弦外之音——要把他软禁在应天府，刘伯温从心中陡然生出一种反感，但他又不敢将这种情绪写在脸上。

"陛下圣令老臣感激涕零，但臣在山野间住惯了，乍来应天十分不舒服，连气都喘不匀……"

"哈哈……先生，不必如此，既来之，则安之。"

朱元璋不等刘伯温有所反应，又接着对他说道："先生还住在旧宅中吧，朕闲暇的时候，说不定还要去讨杯水酒吃呢！……哈哈哈，朕可知伯温先生有好酒量！"

刘伯温苦笑道："陛下，那已是很久之前的事情了，如今臣已老迈，不敢多染杯中物啦。皇上，臣有下情禀报。"

"讲！"

"臣年老体衰，分外恋家，不想在京师过多停留。如果陛下没什么要紧事，希望能准许臣归故里。"

朱元璋黯然神伤，道："先生为何见弃于朕？"

"臣不敢，臣惶恐！"

"先生，自你回归故里青田之后，或许你得享天伦之乐，可是朕真成了孤家寡人，再无一个可以陪着朕下棋、喝酒、说说知心话儿的人了。"

刘伯温心中一酸，朱元璋说的话打动了他，他不禁同情起这个皇帝来："如此，臣谢龙恩。"

刘伯温深深地叩头。

朱元璋亲自降阶扶起刘伯温，殷勤地拉着他的手，说长道短。

刘伯温的心热乎乎的，但是当他一走出那座金碧辉煌、代表着尊贵与华丽的宫殿时，一阵风吹来，吹醒了他的头脑，他猛然间意识到方才的一时冲动和感情用事会给他带来什么样的后果。

他后悔不迭。

他沮丧万分。

当他回到昔日的府邸时，却发现院落之中摆了一大堆的礼担，还有许多人在忙忙碌碌地往来搬运着。朱珠正手足无措地站在他们中间，左顾右盼。恰好她发现刘伯温进门来，便扬声叫道："你看，你看，这些人搬了许多礼物来，问他们也不说……"

刘伯温便问那些人这些东西的来历，只见人群中走出个身量不高，但精干伶俐的五十岁左右的男子，他笑着对刘伯温道："刘大人，这些东西是皇上吩咐让搬过来的，小的们是奉旨办事！"

又是朱元璋！

刘伯温心里好生厌恶，朱珠看出刘伯温不悦，却又冲着屋子里面努努嘴，语气颇有些不屑地道："屋子里还有礼物呢。"

朱珠所指的"礼物"是四个形容美丽、身段苗条的女子。她们穿着红、粉、黄、绿四色纱裙，头上珠围翠绕，身上香气扑鼻。再往脸上看，个个娇艳无比，打冷眼一看，会让人误以为是月里嫦娥下凡。

刘伯温惊道："你们这是……"

四女子齐齐行礼，齐齐地道："奴是皇上派来伺候老爷的！"

那声音甜得直醉到人心里去，可刘伯温听来却刺耳难当。什么伺候？分明是来监视自己的！然而，毕竟面前是几个花容月貌、天真可爱的女孩子，刘伯温不便于发怒，却又十分尴尬，连笑容都那么勉强。

"启禀老爷，奴叫松心，这位是竹心，这位是梅心，这位是菊心。我们四个都是大人的奴婢，大人以后有什么不方便的，我们姐妹愿代劳！"

那位身着黄衣裙的女子大大方方地说道，又为刘伯温一一指引她的姐妹。

竹心是穿绿裙的女子，她天生眉心痣，如红豆大小，配上一对蛾眉，这眉也有说法，叫作"二龙戏珠"眉。这竹心发现了立于刘伯温身后的朱珠，心直口快的她不等刘伯温介绍，已跳到朱珠面前，深深地行了礼，讨巧道："奴婢问夫人安！"

朱珠的脸一下子红到脖子根儿。夫人？我算哪路夫人？朱珠心中暗暗叫苦，不由得充满怨恨地瞪了刘伯温一眼。刘伯温自知理亏，什么也没说。

那三位女子也上前给朱珠问好，口口声声"夫人"长，"夫人"短，叫得朱珠想恼火都恼不起来。

众人都忙乎去了，剩下朱珠与刘伯温，朱珠一脸不快道："一群口无遮拦的女孩子乱叫一气，真让人受不了！"

刘伯温道："叫又何妨，你不高兴吗？"

"谁稀罕？"

朱珠佯装清高，一甩头走出门去，旋即又回过身子。

"温哥，皇上这是什么意思？又给礼物，又赐美女，八成是他不想放你回青田吧！"

刘伯温的心事又被勾上来，叹口气，道：

"谁说不是呢？今日在宫里，皇上已明白无误地告诉我，要我在京师逗留些日子，我心急如焚，却又无计可施！"

"为什么？"

朱珠二目圆睁。

"他自有他的理由，说身边没有可以说知心话的人……"

"这狗皇帝太过分了，不顾别人的死活，只想着自己……"

朱珠口快，不顾一切地发泄道。原本她打算陪刘伯温来应天寻回刘璟之后，顺便重游扬州瘦西湖，这下子刘伯温被困在这里，而且身边又被安插了这么多人监视，她心里哪有不气的道理？当下，她就要拉着刘伯温进宫找皇上讲理去，刘伯温推开她，苦笑道："傻妹妹，皇上是轻易见得着的？不要说你，五品的官员都难得见他一面……再说，他是皇上，怎么说都有理，又何必跟他计较。"

"那就这样耗下去？什么时候他才肯放咱们走呢？"

"唉，皇上嘛，高兴的时候就会开恩的。别急，容我日后想办法！"

刘伯温叹道。

"温哥，不如我们趁夜深人静，一走了之，看他上哪儿抓我们去？而我们呢，就索性浪迹天涯，四海为家。你说好不好？"

朱珠兴奋地道，这一直是她长久以来的一个梦想。

刘伯温真不忍心打击朱珠的积极性，但是他还是摇摇头，道："不行啊，珠妹，你自然是无家无业，大可以浪迹天涯，而我却身在官场，人不由己，更重要的是……我还有子嗣、后人，我得为他们想想……"

朱珠的心顿时沉重起来。

那松心姑娘居然是个美厨，真让刘伯温与朱珠大感意外。吃饭时间一到，只见四个姑娘如风车一般进进出出，一眨眼的工夫便摆出一桌丰盛的宴席，简直像在变戏法。

那些菜肴、羹汤色、香、味俱佳，勾引得人肚腹中的馋虫蠢蠢欲动，使刘伯温与朱珠对这几个姑娘的反感一扫而光，他们同桌吃饭，笑语喧天。

饭后茶余，刘伯温无事，便手录从前的诗词歌赋，聊以养心性。这一天，他录下的是《霜叶飞》：

鲤鱼风起。
津梁断，
盈盈一水难渡。
藕花相向，

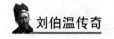

自成莲，
谁道中心苦？
又不觉，明星在户。
鹊桥横跨黄姑渚。
怕喜极悲生，
似那日匆匆，
再把欢笑辜负。
堪恨桂阙姮娥，
乘云骖雾，
便踏龙尾先去。
碧鸡啼罢凤楼寒，
早漏声催鼓。
盼油壁香车驾了，
踟蹰欲频回顾。
但暗滴珍珠落，
教向人间，
散成飞雨。

　　录毕，刘伯温拿给朱珠看。朱珠读了半晌才道："温哥，你这词写得惨凄艳绝，教我这不懂词的人看了心都要碎！"

　　刘伯温道："多情自古伤离别嘛！"

　　二人正在说话，忽然家人报说宫里有人来了。刘伯温不敢怠慢，忙出去相迎，这才知道皇帝朱元璋有求于刘伯温——让他从《春秋明经》里选篇文章供宫里小皇子们读阅，所以特派人来告知。

　　刘伯温心里道："皇子们有太傅教书，什么文章选不来，偏劳我动手？这皇帝做事太愚！"

　　后来，转念一想，才明白是朱元璋怕他闲得无聊才寻出些琐事让他费费神、劳劳心，刘伯温不由得一怔。

　　说实话，《春秋明经》上的篇章多为针砭史实之作，他为了记录历史才作此书，上面的东西深奥难懂，几乎不适合幼子来读。刘伯温挠头不已，就着烛光翻阅了半夜，这才勉强取出一篇来，用工整洁净的蝇头小楷抄了一份，以待来日送入宫里。

　　其文如下：

　　大国用兵，以掩人之不备，《春秋》特书以著其罪也。夫兵以御暴，非所以为暴也。而况以诡诈行之者乎？齐为不道，乘莒人之不备而潜师以袭之，不仁甚矣。《春秋》特起袭莒之文而专目，齐侯则其包藏祸心之恶，何所逭哉。自昔先王用三驱而不掩群，君子钓而不纲，弋不射宿。待物且尔，而况于人乎？

凡《春秋》书用兵，皆在所恶，然亦有声罪伐人而驻兵不战以服之者矣。未闻有以袭书也。被小国恃大国之安靖已，无故而加之兵，已有陵弱犯寡之罪，况以阴谋密计，出其不意而掩取之乎！此《春秋》之所必诛而不赦者也。齐庄背澶渊之会盟而助叛臣以伐盟主，不义甚矣。入孟门，取朝歌，无损于晋也。动而无所以生悸心，于是袭莒之念兴焉。

衔枚卧鼓，出莒人之不意，自谓一鼓可以得莒矣，而不虞其谋之不遂也。且于之门，伤股而退，蒲侯之遇，杞梁授首，亦何益哉！人亦有言，抑君似鼠，昼伏而夜动，其齐侯光之谓矣！春秋二百四十年之编此，为特笔，盖用兵之中，其罪为尤甚者也，而齐独有焉。他日宋皇瑗帅师取郑于雍丘，而郑罕达亦帅师取宋师于岩，潜踪密跡，伺人之间，以相倾覆，流而至于战国，残民以逞，若文草菅然，始作俑者，其无后乎！

今年未能得志，明年再兴伐莒之师，构怨未已而不知祸盈恶积，变起萧墙，未几何时，崔氏之难作矣。

故曰：阻兵无众。安忍无亲。众叛亲离，难以济矣！呜呼！

刘伯温心道："让皇子们明白一下国家兴盛亡衰的道理也是好的！"

终于有一天，刘伯温如愿以偿地见到了儿子刘璟，此时的他已升迁到修职佐郎的职务了。朱元璋真是一诺千金，然而刘伯温却不喜欢儿子为官，尤其是在皇帝身边为官，须知"伴君如伴虎"啊！

刘璟新升迁，自然春光满面，不住口地赞扬皇上对他如何青眼有加，刘伯温告诫儿子一番，让他警惕官场的险恶。

松心又在刘家人面前显露了一回高超的厨艺，直吃得刘璟赞不绝口，待到见了松心本人却又忘记了吃饭，双眼直直地盯住那美貌脸儿看，吓得松心一路往外跑去。

朱珠用胳膊肘轻轻触动刘伯温，压低了声音在刘伯温耳边道："老子英雄儿好汉！连窃玉偷香的本事都一样。"

刘伯温好不尴尬。

一家人其乐融融，正谈笑间，忽然家人进来报说门外来了一个疯疯癫癫的和尚，要见刘伯温，家人不允，喝其走开，并且动了棍棒，那和尚还是不走。刘伯温当时就沉下脸来，责怪家人不该打那和尚。家人十分无辜地撇着嘴，抱怨道："老爷，您以为他是什么正经出家人？他分明是个疯子！在大门口大吵大闹，又哭又笑，您去看看就知道了！"

刘伯温登时向门外走去。

家人丝毫没有夸张，那和尚的确疯癫。只见他身上披着一件破烂袈裟，可是早已不知道本色了，手里握一条沉甸甸的杖，不知是什么东西打造的，乌黑油亮。那和尚浑身脏兮兮的，恶臭半里可闻，一张油腻乌黑的脸上布满皱纹，宛若一段干枯的老松树皮。

这和尚年纪大概五六十岁，在刘伯温门外一边高诵佛号，一边纵声大笑，还时不时地诵一篇偈子，一群奴仆正围着他看热闹。

刘伯温信步过去，那些仆人都毕恭毕敬地闪开一条道，刘伯温径直来到和尚跟前，道："高僧佛号如何称呼，仙乡何处，宝刹何方？"

那和尚睁大一双绿豆眼儿，先眯着看了刘伯温几眼，随即眯成一条缝儿，笑了："老和尚我无名无姓，云游四方。"

"哦！既如此，高僧今日来我门上，是化斋，还是讲经布道？"刘伯温彬彬有礼地问道。

那老和尚突然狂笑两声，伸出脏手边拍着光头边道："非也，非也！"

"那高僧为何而来？"

"嘻，老和尚高兴了四处逍遥。"

这老僧着实奇怪。虽说破衣烂衫，但两只眼睛溜圆发光，鼻准端正，方海口，大耳垂轮。从面貌上看，这和尚颇有些根基。刘伯温心中有数，知道真正的高僧就在他面前，于是又问道："高僧，敢问可讲经布道？"

高僧哑然失笑道："别说讲经，就是放焰口，做全场水陆道场，老和尚样样精通哟。"

刘伯温摇头而笑，心道：这高僧专会装疯卖傻，他究竟要干什么呢，为博众人一乐？

"哈哈……这位施主在心里猜测老僧的来由，好，不妨实言以告——贫僧此次来，乃为点化梦中人！"

"哦？此人为谁？"

"施主，近前来说话。"

老和尚双手合十，样子不疯也不傻，刘伯温身不由己地向前走。刚挨近老和尚二三步，谁知那老和尚讪笑着，将一口浓浓的痰吐在刘伯温的耳际，准确无误。刘伯温刚回过神儿来恶心难当，伸手便去摸手帕，谁知那僧人却叫了个好，双臂一用力，将刘伯温硬生生地拽到怀里来，贴着耳朵道："大祸不久临头！"

说完在刘伯温耳朵旁轻轻地吹口仙气，刘伯温觉得一痒，伸手去摸，只触到一块硬硬的小包。刘伯温大惊失色，方知高僧不仅是根基深厚而且是个世外高人。

"请教高僧，在下将有什么大祸，请高僧不吝赐教。"

那老和尚一怔，立即恢复痴傻疯癫的老和尚面孔，不再有一句正经话。刘伯温惘怅地盯着他，看他在那里肆无忌惮地摇来晃去，引得众人哈哈大笑。刘伯温叹口气，转身欲回厅堂里去，忽听那老和尚又道："但愿贫僧一语惊醒梦中人！至于什么祸事将要临头，是无论如何说不得的，因为天机不可泄漏，否则必遭报应。"

刘伯温又一怔，回身去看那老和尚，只见他将足顿了几顿，将手中禅杖紧紧握了握，诚心诚意地对刘伯温道："老和尚是灵隐寺的，如果有空闲，去寺里找我！"

"高僧不是云游四方吗？为什么要去灵隐寺寻找？"

"魂游四方才是浪迹天涯的最高境界！"

"此中有真意也！"刘伯温赞叹道。

那老和尚一边叹息一边道："在劫难逃，善哉，善哉。"

话虽说得理直气壮，但是刘伯温从话中或多或少地听出一点悲凉的味道。

那疯和尚一瞬间又恢复了疯态，弄傻撒痴，让人哭笑不得。刘伯温虽然惊异，却没怎样在意，谁知夜来那疯和尚又走入刘伯温梦中，千叮万嘱，要他小心行事，又说自己是灵隐寺的伽蓝僧，说着话，那身破烂衣衫迎风一抖，变成光鲜美丽的衣裳，那根禅杖也放出金光万道……

伽蓝僧临去之时，用禅杖击打刘伯温额头，刘伯温醒来时下意识地触碰额头处，发现居然隐隐作痛！

胡惟庸好不容易抓住刘伯温的把柄而在皇上面前参了他一本，原本指望皇上一怒之下会杀了刘伯温，谁知仅仅夺去了他的俸禄，胡惟庸心有不甘。

要致刘伯温于死地的念头像冬后的春草一样飞快蔓延着，不杀死刘伯温，胡惟庸的心头总是压着一块大石头。光明正大地杀他做不到，胡惟庸便决定暗杀——反正刘伯温难逃一死！

这天晚上，胡惟庸一个人坐在书房里。他的眼睛在昏暗的烛光下显得黑黢黢的，仿佛深不可测，他的嘴角紧紧绷着，如同上满了弦的弓。今天夜里，他买的那个杀手就来与他面谈，胡惟庸的心里有说不出的紧张。

不一会儿，管家佝偻着背，领着个通体玄衣打扮的陌生人进来，胡惟庸挥手打发走管家，方上上下下地打量面前的黑衣人。此人身材十分高大，也颇为壮实，借着不太明亮的光，胡惟庸发现那人脸上有道明显的疤痕，想必是打打杀杀留下的印迹。

"你，叫什么名字？"

"杀手！"

"哦？"

胡惟庸大吃一惊，这才纳过闷来，杀手是忌讳别人问他的名字的，他的行当是杀人，"杀手"便是他的名字。

"那么，怎么称呼你？"胡惟庸道。

"人家叫我'快刀王'。"

"噢……好吧。'快刀王'，你替我做一件事……"

"什么事？"

"杀一个人！"

"那是我的老本行！说吧，那个该死的鬼叫什么名字！"

"刘伯温！"

"让他什么时候死？"

"明日子夜。"

"好，明日子夜，世上便再也没有这个人啦。"

"快刀王"面无表情地说道，他一生杀人如麻，早已麻木，杀人在他看来就如同砍瓜切菜一般平常。

胡惟庸取出五百两银子付给"快刀王"，这是他们事先讲好的价钱，这一部分仅仅是定金。

胡惟庸有点疲倦似的向靠背上一靠，双手垫在脑后，道："这是定金，你先拿着……如果事情做得漂亮，我额外还有赏！"

"快刀王"脸上浮现一道笑容，道："不必，我只收分内应得的钱。"

"快刀王"将那红布包着的银子收入怀中，转身走入黑夜里去了。这一次接受任务与往常没有什么不同，所以当他兴致勃勃地喝过了酒，便提刀上路了。他已记不清有多少回是这样怀着一个残忍的目的上路的，但他清楚地记得第一次是为给他受尽屈辱的妻子报仇雪恨，从那之后便踏上了不归之路。

"快刀王"按着胡惟庸给的地图在黑暗之中很快找到了刘伯温的家门，他远远地朝大门口眺望一眼，随即提气跃上墙头，又往里面听了听，这才飘然落下。

宽敞寂静的院落里，几棵花树幽然散发着香气，淡淡的，沁人心脾。月亮很亮地照着，泻了一地的银辉，杀手唯恐将自己的影子投射在地上，因此钻进花木中。院子中央摆着张桌子，二人对坐饮酒，一男一女，浓烈的醇香弥散开来，让"快刀王"垂涎三尺。因为离得太远，他辨认不出这个男子是不是胡惟庸所说的刘伯温，他决定等一时三刻再下手。

夜深人静。

男女对话声听来是那么清晰。

女人叹了口气说："这日子何时是个头哇……咱们在这里待了这么久，每天无所事事，空耗光阴，真让人心里难受。"

"是啊，'人在官场不由己'，谁知道哪天皇帝老子会开恩放咱们走？急也没用，且放宽心吧！"

男人似乎在劝慰女人。

"快刀王"心里暗道："原来他们两个不是自由之身，奇怪！皇帝老子凭什么囚禁他们？！看他们的年纪，仿佛六十多岁了，居然还受这种煎熬？"

说话的二人正是刘伯温与朱珠。

自那疯和尚走后，刘伯温心里就一直不痛快，然而过去了好些日子还不见灾难来临，刘伯温也就不往心上去了。他也曾取出灵棋为自己占卜，丝毫没有呈现险象，他不禁在心底责怪那和尚危言耸听，害得他一连许多天心绪不宁。

朱珠知道这件事后，大笑刘伯温之迂。然而就在刚才，刘伯温不经意地抬头向天穹望了一眼，映入眼帘的首先是他的命星。那星今夜怪得很！自己已步入暮年，可那星却分外耀眼，亮得宛若一盏明灯，使它周围的星星为之黯然失色。

这是怎么回事？刘伯温正疑惑间，忽见那颗命星却又一丝儿一丝儿地暗下去，最后几乎成了一圈光晕，宛若在水里化开的蛋清，薄薄的一层。刘伯温惊得无语，难道真的要大祸临头了吗？难道真应了那句老话——"闲在家里坐，祸从天上来"？刘伯温的脸一下子变得苍白，他久久地仰望天穹，喃喃自语道："苍天不佑，苍天不佑……"

"温哥，你怎么了？出了什么事？快告诉我！"朱珠一脸焦虑地问。刘伯温还是仰望着无尽的穹宇，心头涌进无尽的悲凉，他不服不忿地叫道："老天，为什么我刘伯温如此命运多灾，为什么我刘伯温处处遭人猜妒？我在朝，无时无刻不有人陷害，弃官归里还遭构陷，天降不白之冤，如今被困在这方寸之间，无所事事，百无聊赖，几乎是在等死了，为什么还不能放过我？为什么？"

藏在暗处的"快刀王"一听，心中泛起了波澜，原来此人正是刘伯温！听到这个名字，他就仿佛看到一堆白花花的银子，看到了无数个买醉寻欢的日子……呵，他为什么要抱怨苍天，难道上天待他还薄吗？供他衣食无愁，身边还有女人，虽然他看不清朱珠的模样，但是从身形上判断，她还很年轻……"快刀王"气愤地想着，忍不住弄出了动静。

朱珠一下子便听到了。她将脸尽力向刘伯温身边凑，而后压低了声音，道："温哥，院子里有人……"

刘伯温眉头一皱，侧耳倾听半响，肯定地点点头，道："他在花丛里……别打草惊蛇，我们接着说！"

朱珠佯装笑，不露痕迹地将身子向刘伯温那里挪了挪，道："温哥，今天月亮真好，把地上的一切都照得清清楚楚……"

这句话她是扬着声音说的，而后她又压低声音道："怎么收拾这厮？"

刘伯温道："敲山震虎，抛砖引玉！"

朱珠强忍住笑，故作正经地大声说给那"快刀王"听："温哥，你说这么个大月亮，那些贼们岂不要断了生意？""此话怎讲？"刘伯温佯装不知。"那些贼们，那些欲行不轨之人无处藏身了呗！无论他怎么躲，月亮都会把他那条狐狸尾巴给映出来！"

"快刀王"心一惊，下意识地去寻找自己的影子，不料恰好此时朱珠突然大笑起来，吓得"快刀王"心惊肉跳。他一看并没有什么事发生，便不住口地低声咒骂起朱珠来。

朱珠又笑道："温哥，此时此刻啊，不知有多少贼在心里大骂我哩！"

"这是为何？"

"因为我看破了他的行藏吧！"

朱珠大笑。"快刀王"又气又怕，他不敢确定是不是朱珠已发现了他……转念一想，她一个女人家，坐在那里身子未动，又怎么能发现我？只不过是话有凑巧罢了！"快刀王"正安慰着自己，却又听刘伯温道："珠妹，你既看破了贼人的行藏，那么贼子在哪里，你说出来啊……怕是你信口胡诌吧？"

朱珠哈哈一笑，道："温哥，附耳过来，我悄悄告诉你……"

说完，扯过刘伯温的耳朵来，佯装嘀咕几句，刘伯温也装着频频点头。"快刀王"愈是听不见，愈是拼命竖起耳朵去听，结果弄巧成拙，碰响了身边的灌木丛，沙沙地响，"快刀王"急中生智，忙学了几声猫叫。"奇怪，这光景猫还叫？"刘伯温打趣道。"八成是母猫想它的野老公吧，这叫春的老猫！"

朱珠冷着脸咒骂道。"快刀王"几乎气得吐血。刘伯温与朱珠还在那里一唱一和地激"快刀王","快刀王"实在难以忍耐，晚上喝的那些酒，此时此刻都化作烈火吞噬着他的神经，他终于不顾一切地从花丛后跃出来，提刀奔向刘伯温。

刘伯温并不吃惊，朱珠却为只来了一个杀手而懊恼不已，沉着脸瞪着"快刀王"。

"侠客尊姓大名？"刘伯温戏道。

"这个你不必知道，你只要明白我是来要你项上人头的！"

"哦？承蒙尊驾抬爱了……不过，你可不可以告诉我，你在为谁卖命？"

"你没有必要知道，对于一个即将死去的人而言，知道什么事都是枉费心机！你莫怪我，我是拿人钱财、为人消灾，到九泉之下你再寻仇家吧！"

说着话，"快刀王"将刀一横，嘘了口气。朱珠轻蔑地白了他一眼，刘伯温一笑，挥袖示意朱珠稍安勿躁。"侠客，其实你不说，我也知道你是谁派来的！"

"少废话，拿命来！"

"快刀王"显然已觉出眼下他处境不佳，急于做完事走人，于是狠狠心，挥刀照着刘伯温的面门便劈。

刘伯温侧身闪开，朱珠娇喝一声，跳入圈内，徒手去夺那"快刀王"的兵刃。"快刀王"万万没有想到这个白发童颜的女人身手这么好，几个回合下来，他便渐渐吃不消了，白毛汗出了一层又一层。"快刀王"知道今日要栽跟头，于是便虚晃一招，躲过朱珠两掌，跳出圈外，没命地逃走。

朱珠欲起身去追，刘伯温拦住她，道："穷寇莫追！"朱珠懊丧道："我当他是个英雄，却原来是个大狗熊！没打斗几个回合，就抹油逃跑……真是让人扫兴！"

刘伯温未答话，眼神变得忧虑深沉。朱珠道："温哥，你知道是谁派来的杀手？"

刘伯温重重地点点头。

"是谁？"

"胡惟庸！"

"啊？又是这个老狐狸！"

刘伯温叹口气道："可不是吗？胡惟庸为一己之私，用'淡洋'之事弹劾我，想一举置我于死地，可是皇上念我功高年迈，并未加害，只是夺去了我的俸禄，他胡丞相自然是不称心如意，派个人来杀我也是情理之中的事。"

朱珠惊道："这人心肠也太歹毒了！温哥，你到皇上面前去告他……"

"无凭无据。"

"难道就让他猖狂下去？"

朱珠颇为气愤。刘伯温坦然道："恶人自有恶报。"

朱珠激愤地站起身来，在地上团团转着圈子，咬牙切齿："温哥，你现在怎么变得如此懦弱？这不是从前的你了。"

"唉，人一老，什么雄心壮志都没有了，哪能不懦弱呢？从前，一直不过是少不更事、年轻气盛罢了！"

"你……简直……"

朱珠赌气回房中去了。刘伯温怅然独立，有一种被天地抛弃的感觉。他知道自己的命星已衰，大限之期不远，心里涌起了说不清的滋味，酸、甜、苦、辣、咸五味俱全。那一夜，天未亮，刘伯温突然病倒。说不清他是什么病症，通体发热，手足冰冷，面红耳赤，满口说胡话。急得朱珠直跺脚，忙命人去请郎中。郎中来到后，细细为刘伯温把脉，过了好半天仍然愁眉不展。朱珠见老郎中面有难色，忍不住问道："老先生，他怎样？"老郎中抬起浑浊的老眼看了朱珠一眼，又失望地合上眼皮，摇摇头，离开刘伯温的床畔，转身往外走。朱珠急追，道："先生，您给他开个方子吧！"

老郎中惭愧地一笑，道："夫人，老夫行医五十余年，治愈的疑难杂症不可计数，可从未见过这样的病。老夫无法判定症候，不敢贸然用药，夫人还是另请高明吧，老朽惭愧！"

说完，头也不回地去了。朱珠不灰心，又让人去请其他的郎中，然而众口一辞，让朱珠失望到了极点，她再也无法克制自己的情感，扑在床侧号啕大哭。刘伯温昏迷不醒，压根儿不知道朱珠正为他哭泣。这样一连十天，刘伯温水米没沾牙，一直昏睡。朱珠整个人瘦了一圈，憔悴得令人心碎。她无数次地在枕边轻轻呼唤她的温哥，无数次流着眼泪哀求他醒来，他都无动于衷，朱珠几乎要崩溃了，不会说、不会笑，吓得松、竹、梅、菊四位姑娘在她面前大气儿也不敢出。

正在众人私下里议论刘伯温命在旦夕之际，这天忽然门外传来响亮的佛号声，徘徊在那里久久不去。松心姑娘嫌那佛号声扰得人心发慌，便出去打发和尚远走。不一会儿，她却气喘吁吁地跑回来，嚷道："夫人……门口有……疯和尚……他能治……老爷……"

松心语无伦次，然而朱珠已完全听明白了，三步并作两步奔出去，眼睛急切地搜寻那个和尚。

这个和尚她见过，正是上回在门口纠缠不休的疯和尚。朱珠宛若溺水的人抓住了一根救命稻草，疾奔至疯和尚面前："高僧，救命啊……"疯和尚还是从前那一身打扮，他痴痴地回答朱珠道："咦，小娘子，这就奇了，你好端端的为何叫贫僧救命？"

朱珠急不择言："不是我，是我家里人……命在旦夕，求您救助！"

说着话，朱珠"扑通"一声跪倒在疯和尚脚下，把头磕得山响。那疯和尚笑眯眯地看着朱珠，好半天才仰天大笑，道："好了，贫僧纵是铁石心肠也要被你感动了……前面带路，让贫僧去为你的当家人看上一看！"

朱珠快步在前面带路，三拐两转便来到刘伯温的卧房。疯和尚伸出肮脏污浊的手摸摸刘伯温的额头，又看看眼底与舌苔，闭眼冥想一会儿，睁眼笑道："小娘子不必着急，你当家人的病症并不严重……"

朱珠惊喜万分。那疯和尚伸手从身上的褡裢中摸出一只精小可爱的细瓷瓶，长颈，洁白如玉，里面盛放着丹药。疯和尚将小瓶儿放在床头，转脸对朱珠说道："还须借你一样东西……"

"什么？"

朱珠惊诧万分。疯和尚又从怀里掏出一个浅浅的白玉碟，递给朱珠道："借你的眼泪。"

"做什么？"

"当药引。"

"这……"

朱珠原本就泪少，现在众目睽睽之下，更无法流下泪来，当时就为难地低下头去。疯和尚哈哈一笑，随即板下面孔，道："怎么？连些许眼泪都舍不得？你若如此吝啬，我就收回这灵丹妙药，这可是千年天山雪莲酿配的良药，正好用来治他肝火愈旺的病症。如果再耽误下去，他一命呜呼，你就只好独守空房了……"

疯和尚一番话逗得周围奴仆窃笑不已，唯有朱珠硕大的泪珠滚滚而落，不可抑止地流满了那只小碟。和尚大笑，拍拍朱珠肩头，安抚道："好好，足矣，你放心，有我在，他死不了……"

说着话，疯和尚从小玉瓶中取出一粒丹药，将其放入小碟中。不一会儿工夫，那丹药便融化成一堆雪水似的白色液体，发出阵阵异香，沁人心脾。疯和尚戏谑地唤过朱珠来，吩咐她给刘伯温灌入肚里，还强调道："千万别洒了，少一滴都不行，千万要小心哟！"

朱珠深深地吸口气，接过碟子来，一手撬开刘伯温的牙关，一手持碟将药液倾入。她是那样细心，灌一小口便停一小会儿，唯恐刘伯温呕上来。众人看得屏气凝声，心里都替朱珠捏了把汗。朱珠给刘伯温灌完药时，浑身衣衫尽湿，紧贴在身上。疯和尚又大笑数声，打下保票说刘伯温吃了他的丹药很快痊愈，为保险起见，疯和尚又留了一粒丹药，朱珠千恩万谢，拿出金银来酬谢，疯和尚哈哈大笑而去。和尚临去之时，特别叮嘱朱珠如果刘伯温病愈，就将丹药保存好，可包解百毒。那奇药果然奏效，不消半日，刘伯温便苏醒了过来，朱珠喜极而泣。朱珠将那粒丹药小心放好，以备不时之需。在她的精心养护之下，刘伯温的身体渐渐复原，那已是一个月之后了。

其间，朱元璋听说刘伯温患疾，多次派人来探望，又赐了不少滋补药品。刘伯温病好之后就有心去拜谢皇恩。刘伯温择吉日去见朱元璋。朱元璋打量了刘伯温半天，经过一场大病，刘伯温明显消瘦了，衣裳有些松松垮垮的。他一个头磕到地上，道："臣之病体，缠绵于病榻上达一月之久，所以许久没来拜望圣上，臣卧病不起，皇上还派人探望，臣不胜感激。如今病体痊愈，特来叩谢圣恩。"

朱元璋笑道："伯温先生，你病体安康，朕就可以放心了，但不知先生身患何疾？"

"肝火炽旺。"

刘伯温实言以告。

"先生因何突然患病？"

"久行在外，怀念故土。"

朱元璋听出了刘伯温的弦外之音，但他佯装糊涂："这又是为何？"

刘伯温见朱元璋明知故问,索性明白无误地启奏道:"陛下,臣久留京师,分外思念故土青田,陛下能不能念臣年老体弱,开恩准许臣回故乡呢?"

"这……"朱元璋愣了一会儿,又道,"先生又提这个话头儿来伤朕的心吗?以后再说,以后再说。"刘伯温突然满眼含泪,道:"陛下,臣夜观天象,臣命星已衰,恐不能久长,请陛下念在君臣旧谊之上,让臣老死于林泉吧。"朱元璋惊道:"先生没有吓朕吧?"

刘伯温郑重其事地点点头。朱元璋深深地叹口气,道:"伯温先生,容朕再考虑一下。"

刘伯温叩拜而退。朱元璋在空无一人的宫殿中怔怔地立了半晌,才沮丧地返回御书房。一路之上,他的头脑里波涛澎湃,有无数的念头飞快闪过。刘伯温能识天象,这是朱元璋亲眼所见、亲身验证过的铁的事实,那么是否真如他所说命不久矣,还是他为返青田而故意使诈?朱元璋心里像塞了一团麻,千头万绪,打理不清。

朱元璋觉得头皮发紧,李公公进来,给朱元璋送来一碗补汤,很涩,朱元璋呷了半口,便十分厌恶地推在一边。这时候,胡惟庸来了。"快刀王"办事不力,未能将刘伯温送上黄泉路,让胡惟庸十分恼火。他刺杀事件败露,于是便派人悄悄毒死了"快刀王",好让他永远守口如瓶。

胡惟庸怕刘伯温在皇帝面前告御状,然而他忐忑不安地等待了一月之后,并未见刘伯温有所动作,于是渐渐放心,今天特来探探动静。朱元璋与胡惟庸商议了几件国政大事,朱元璋突然沉默下来,双眼发直,胡惟庸窘迫难当,但他还是小心地问:"陛下,您怎么了?"

朱元璋黯然道:"今日,伯温先生奏返归青田,朕不知如何计较……"

胡惟庸见有机可乘,便谏道:"陛下,万万不可放他回去!"

"为什么?"

"刘伯温身怀异术,又会望气,若他忠心向主还则罢了,如果一旦起异心,陛下恐怕追悔不及!"

这句话正说到朱元璋的痛处,他的眉头不由自主地纠结在一起,胡惟庸全然看在眼里,又往火上浇油:"陛下,青田山民暴动未息,乱党散于民间,据说他们中有一个头目与刘伯温交往过密,不得不防……"

朱元璋是靠山民暴动起事的,深知老实巴交的民众一旦被激起,那蕴涵的力量足以将一切摧枯拉朽!胡惟庸的话句句说到他的心坎儿里去了。胡惟庸盼望着朱元璋被激怒,哪怕有一个气愤不已的表情也好,然而沉稳的皇帝面冷似水,谁也不知道他心里是怎么打算的。胡惟庸讪讪退去,朱元璋却朗声对李公公道:"去传御药房主事。"

朱元璋双目盯紧眼前这个慈眉善目的胖大老太监,冷冷地道:"世间何毒无药可解?"

老太监禀道:"断肠草!"

朱元璋点点头,挥手令他退下。朱元璋沉思片刻,提笔写诏书,脸上露出一丝

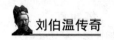

笑容。其文如下：

> 朕曾引古人有云，君子绝交，恶言不出，忠臣去国，不污其名。尔刘基，本有显功于大明，当敕归老于桑梓，以尽天年。何期祸生于有隙，致使不安。若明以宪章，则轻重有不可恕，若论相从之始，则国有八议。故不夺其名而夺其禄，此国之大体也。

> 尔刘基年迈，居京师数载，近闻有老病日侵，不以筋力自强，朕甚悯之。于戏！禽鸟生于丛木，翮翅千而飞去，恋巢之情，时时而复顾。禽鸟如是，况人者乎！若商不亡于道，官终老于家，世人之万幸也。今也老病未笃，可速往括苍，共语儿孙，以尽考终之道，岂不君臣两全者焉。

刘伯温接到圣旨，与朱珠相顾而泣。朱珠简直无法承受这突如其来的喜悦，一转身奔了出去，她要痛痛快快地大哭一场。笼中之鸟终于要飞回山林了。刘伯温老泪纵横，不相信似的一遍遍地看着，李公公笑道："刘大人，回老家了，这回可称心如意了吧？"

刘伯温毫不掩饰自己的感情，哈哈大笑。他拉着李公公去厅堂里喝茶，李公公欣然前往。二老欢谈片刻之后，李公公忽然如梦方醒似的拍拍脑门，笑道："老了，老了，看我这记性！"

说着话，伸手从怀里掏出一只锦盒，蓝底白花纹，分外清丽。李公公双手捧着递给刘伯温，刘伯温连忙接过。李公公道："陛下知道你肝病日益严重，特别叮嘱御药房给你配了这个药丸，据说灵验得很，陛下让我一定亲手交给你。"

刘伯温感激涕零。

"臣谢主隆恩！"

"现在就服下去，我也好回去向皇上他老人家交差不是吗？"

刘伯温点头称是，将锦盒拿在手中，小心地打开来看，只见盒中盛一粒丸药，朱红色，有佛珠一般大小，弥漫着一股淡淡、涩涩的药味儿。刘伯温不看则已，一见这药丸，一闻这味道便如一桶雪水从天而降，淋了他一头，那药丸竟险些脱手而出！李公公大惊道："刘大人，您怎么了？没事吧？是不是身子不舒服?!"刘伯温苍白着脸，声音颤抖地道："没，没事儿……我，不过有些……头晕，不大要紧……"李公公关切地说："刘大人，您可要当心身子啊……岁月不饶人，毕竟不是壮年时了……"

刘伯温心不在焉，他的视线全被那颗药丸吸引住了，那不是一颗普通药丸，也不是什么包治肝病的灵丹妙药，而是——一颗奇毒无比的毒药！

刘伯温凭着多年的经验，单从气味上就辨了出来。

皇上此举是何意？不是准许我返回青田吗？因何还要赐毒药于我？

一刹那间，刘伯温真想抱着这颗药丸上殿面君，问清楚到底是怎么一回事，但是只是一刹那的想法……人生百年，转瞬即逝，早与晚又有什么关系？又有什么区别？谁能长生不死？人死万事空，一具皮囊行走世间一回，有什么可留恋的！

　　刘伯温想到命星已衰，大限之期已近，于是不再彷徨，坦然一笑，将药丸放入口中，吞了下去。

　　李公公又问："大人，您好些了吗？"

　　"好，好，替我谢皇上圣恩吧。"

　　刘伯温平静地说道。

　　刘伯温什么也顾不得了，匆匆忙忙往青田老家赶。朱元璋说得对极了，"若商不亡于道，官终老于家，世人之万幸也"。刘伯温只怕会客死他乡，所以连陪朱珠去瘦西湖的心思都没有了。

　　他安全抵达青田。

　　刘伯温没有将服毒之事告诉朱珠，他怕她空等一生的幸福时光终归化为乌有。他愿意独自承受这痛苦，直到生命的最后一刻。

　　到了生命的最后时刻，刘伯温像讲述别人的故事一样将事情经过原原本本地告诉朱珠，朱珠吓傻了，她疯了一样掏那丸神药，以至于把衣服都抓破了，她哭叫着："温哥，你吃……这是神药，高僧说的……能解世间百毒……你快吃下去，你不会死的，我不让你死……"

　　刘伯温异常冷静地道："不用了……此药已不管用了……半月前离京之时我便……吃了皇上赐的药……"

　　"狗皇帝，我要杀了他！"

　　朱珠几近疯狂。

　　"珠妹，你听我说，如果我是皇帝，也会那么做的。自古以来，功高盖主的没一个有好下场……"

　　他叹口气，眼神哀怨地盯着朱珠。

　　"只可惜……和你神仙眷侣做不成了，那个仙洞也去不成了……唯一遗憾在此……"刘伯温费力地喘了口气说，"我当年与那位胖和尚打……打赌，想不到……我……输了，只……可惜……没法替……他抄……金……刚经……卷子了……"

　　刘伯温的声音渐渐弱下去，弱下去，终于合上了眼皮。

　　朱珠终于在峨嵋山削去三千烦恼丝，与青灯古佛相伴残生……